SERIE DELLA MALEDIZIONE DEGLI IMMORTALI

Le Leggi del Sangue
Legami Proibiti
Cuore di Sangue
Legami di Sangue
Legami Angelici
Cercatore di Sangue
Fardello di Sangue
Legami Malvagi
Re di Sangue

Unisciti al gruppo di discussione *Immortal Curse Discussion Group* per non perderti il divertimento!

 "Perché sento di essere stata ingannata?"

"Forse perché sono un mago con le parole e i compromessi."

"O solo un enigmatico maligno capace di ottenere sempre quello che vuole, in qualsiasi situazione."

Issac sorrise mostrando le fossette e Stas si sciolse. Quell'atto sarebbe dovuto essere illegale per lui. Sempre. Era pericoloso per le donne (e anche per gli uomini). "Una descrizione intelligente, approvo."

Astasiya prese un lungo respiro e allontanò il desiderio che le bruciava dentro. Un solo sguardo e si sarebbe sdraiata nuda sulla spiaggia, al diavolo le conseguenze, tutto ciò senza che lui ci avesse nemmeno provato. "

I balli mi sembrano una buona idea," decise, aveva bisogno di distrarsi.

Gli occhi di Issac le fecero capire di aver percepito tutto, che fosse consapevole dell'impatto che aveva su di lei. "Mi permetta di accompagnarla, signorina." Le allungò una mano.

"Oh, questa è la parte in cui ti chiamo *Vostra Altezza*?" Stas aveva da poco scoperto le origini nobili della famiglia di Issac. Il padre era un duca, il che, alla sua morte, aveva fatto di Issac il Duca di Wakefield. Stas non era ancora riuscita a prenderlo in giro, ma quello le sembrò un buon momento.

"Tecnicamente si direbbe *Vostra Grazia* e no, non mi chiamerai in questo modo."

"E se lo facessi, Vostra Grazia?" gli chiese lei sventolando le ciglia in maniera civettuola.

Lui la guardò a occhi stretti. "Sarò costretto a punirti."

"Illuminante, per favore elaborate, Vostra Grazia."

Issac la passò in rassegna. "Vuoi giocare, tesoro?"

Stas sorrise. "Sempre."

"Allora giocheremo." Issac allungò una mano. "Chiamami con qualsiasi soprannome tu voglia, ti sfido."

Astasiya gli prese la mano e si sentì infuocare al contatto, le si strinse lo stomaco per un motivo del tutto differente da pochi minuti prima. "Raccontatemi il vostro passato, Vostra Grazia. Ballate con me come facevate secoli orsono."

"Dovremo improvvisare, vista la musica moderna," mormorò lui guidandola verso la festa. "Ma accetto la sfida."

Astasiya sentì il cuore fare una capriola. "Allora portatemi a ballare, Duca di Wakefield."

"Con piacere, Lady Aya."

LEGAMI ANGELICI

SERIE DELLA MALEDIZIONE DEGLI IMMORTALI

TRADUZIONE DALL'INGLESE
A CURA DI
WELL READ TRANSLATIONS

AUTRICE DI BESTSELLER PER USA TODAY

LEXI C. FOSS

Legami Angelici

Copyright © 2022 Lexi C. Foss

Editing a cura di: Outthink Edits, LLC

Consulto trama: Heart Full of Ink

Recensione iniziale del contenuto: Allison Irwin

Proofreading a cura di: Barb Jack, Joy Di Biase-Giachino, Katie Schmahl, & Laura Schoenfelder

Design di copertina: Manuela Serra

Fotografia di copertina: Wander Aguiar Photography

Modello: Thom Panto

Pubblicato da: Ninja Newt Publishing, LLC

Traduzione dall'inglese a cura di Well Read Translations

Edizione Digitale

ISBN eBook: 978-1-68530-097-5

ISBN Stampa: 978-1-68530-098-2

A Bethany, per aver tollerato tutte le mie pazzie, le disavventure con le scadenze e per essere l'editrice più precisa che ci sia. Adoro lavorare con te! Brindo a tanti altri libri e manoscritti consegnati in perfetto tempo! Baci xx

Inoltre, a Matt, per avermi aiutata a rimanere in vita nei periodi delle scadenze ;) Prometto che qui da qualche parte c'è ancora traccia di tua moglie. Ti farò sapere quando la trovo, così potremo fare una bella e lunga vacanza. <3

LEGAMI ANGELICI

SERIE DELLA MALEDIZIONE DEGLI IMMORTALI
LIBRO CINQUE

LEGAMI ANGELICI

Un amore così proibito da oltrepassare ogni limite…
Ma anche i legami più forti hanno bisogno di un sacrificio.

Stas e Issac hanno infranto tutte le regole e ora è tempo di affrontare le conseguenze. Una resa necessaria porterà alla devastazione, costringendo Stas a scegliere tra il proprio cuore e il proprio futuro.

Issac le rimarrà al fianco? O i due sono destinati a prendere strade separate?

Si sparge la voce su un certo risveglio, il trattato immortale si infrange e un'incombente battaglia tra poteri minaccia di distruggere tutto ciò che si trova davanti.

La guerra è iniziata.
La morte regnerà sovrana.
Fino a quando un angelo non risorgerà dalle fiamme della distruzione…

GLOSSARIO

ESSERI SOPRANNATURALI

Neonato (sostantivo): Il figlio di un maschio Ichoriano e di una donna umana, non è ancora rinato come Hydraiano; solitamente non hanno poteri soprannaturali o psichici fino alla loro rinascita immortale.

Hydraiano (sostantivo): Discendente immortale di un maschio Ichoriano e una donna umana, possiede due poteri soprannaturali o psichici e non ha bisogno di sangue umano per sopravvivere.

Ichoriano (sostantivo): Un essere immortale dalla discendenza sconosciuta che possiede un potere soprannaturale o psichico e necessita di sangue umano per sopravvivere.

Immortale (sostantivo): Sostantivo generale che definisce un essere che non invecchia ed è immune alla naturale morte umana.

Seraphim (sostantivo): Un essere appartenente all'ordine più alto della gerarchia angelica.

PAROLE CHIAVE

Arcadia: Famoso bar per Ichoriani a New York, utilizzato anche come luogo di incontro primario per il governo Ichoriano.

Leggi del Sangue: Serie di ordinanze redatte dal consiglio amministrativo Ichoriano in risposta al Trattato del 1747.

Fondazione Assistenza Catastrofi (FAC): Organizzazione umanitaria con sede a New York, dotata di un'unità paramilitare segreta incaricata di annientare gli esseri soprannaturali ribelli e sovversivi.

Conclave: Il consiglio amministrativo Ichoriano.

Editto: Legge o Regolamento emanati dall'Alto Consiglio di Seraph.

Anziani: Gli Hydraiani originari, compongono il consiglio amministrativo Hydraiano.

Destinati: Seraphim in grado di prevedere il futuro.

Alto Consiglio di Seraph: Consiglio amministrativo dei Seraphim.

Nizari: Antichi assassini Ichoriani che cacciano e uccidono i Neonati.

Veleno Nizari: Sostanza verde nota per uccidere i Neonati e impedire la loro rinascita.

Sentinella: Soldato del FAC incaricato di massacrare e uccidere gli esseri immortali ribelli e sovversivi.

Trattato del 1747: Armistizio tra Hydraiani e Ichoriani che si impegnano a cessare il fuoco e vivere nelle rispettive aree delimitate. Coloro che decidono di oltrepassare suddetti limiti lo fanno a proprio rischio e pericolo.

PRIMA PARTE:
LEGAMI FESTIVI

"È la stagione del caos."
— Issac

STAS

"BEH, CERTAMENTE È STATO MOVIMENTATO."

Stas Davenport inarcò un sopracciglio al bell'uomo che aveva al fianco. La ragazza aveva decisamente colto il sarcasmo nella voce di lui. "Comportati bene."

"È forse un ordine, tesoro?" L'uomo piegò la testa di lato, un seducente sorriso gli attraversò le labbra. Stas amava quel lato di Issac Wakefield, quello giocoso che usciva solo quando erano soli.

Stas si sedette nel sedile del passeggero dell'auto che avevano noleggiato e si allacciò la cintura, mentre lui stette a guardarla. Quegli occhi blu sembravano percorrerla centimetro per centimetro. "Ti rendi conto che ho qualcosa come quattro strati addosso, vero?"

Issac posò un braccio sul SUV e si sporse in avanti per premere le labbra su quelle di lei. "Non vedo l'ora di togliterli uno a uno. L'avrei già fatto se tu mi avessi concesso di viaggiare a modo mio."

"Non lascerai mai perdere, vero?" I genitori adottivi di Stas le avevano mandato dei biglietti aerei per andare a casa durante le vacanze natalizie e sapeva che dovevano essergli costati una piccola fortuna. Ecco perché aveva pregato Issac di prendere un volo di linea. "Abbiamo raggiunto un compromesso facendo l'upgrade in prima classe."

"Classe business," la corresse lui.

"Ah, c'è differenza?"

"Oh, Aya." Issac scosse la testa e chiuse la portiera.

Passare le vacanze in Montana con lui si sarebbe rivelato molto interessante. Aveva ovviamente insistito per affittare una casa a Kalispell, dopo che i genitori adottivi di Stas avevano suggerito di stare in hotel. Fortunatamente erano rimasti contenti del cambiamento e li avrebbero raggiunti a Flathead Lake. Dal momento che vivevano a Havre, sarebbe stato più facile ed economico per loro andarci in macchina.

Issac le si sedette al fianco, si allacciò la cintura e cominciò ad armeggiare con gli elaborati pulsanti. Stas non aveva idea di come avesse fatto a noleggiare un SUV del genere in Montana, eppure li stava aspettando lì, una volta usciti dall'Aeroporto Internazionale di Glacier Park. Per fortuna aveva i sedili riscaldabili, una comodità della quale avrebbero avuto bisogno.

Issac mormorò una parolaccia proprio mentre le portiere sul retro si aprirono da entrambi i lati. "Andate a casa," ordinò ai due uomini che conosceva fin troppo bene mentre loro si accomodavano sui morbidi sedili in pelle.

"Sì, immagino che ci stiamo dirigendo verso la vostra nuova casa," esordì Luc a mo' di saluto; Stas inarcò un sopracciglio.

"Nuova casa?" Lanciò un'occhiata a Issac. "Pensavo che l'avessi presa in affitto…"

"Noccioline?" Luc allungò un sacchetto verso i sedili anteriori.

Issac ignorò il re degli Hydraiani e sorrise. "Ho detto di aver acquisito una residenza per le vacanze."

"Hai detto che la stavi affittando."

"Ho decisamente usato il termine *acquisito*. Sei tu che hai dedotto volesse dire affittare." Gli si mossero le labbra. "Si dà il caso che fosse anche una buona opportunità d'investimento, visti i prezzi in crescita."

"Come hai fatto a trovarne una da comprare?" Kalispell era una di quelle zone in cui le case venivano tramandate di generazione in generazione, oppure acquistate da personaggi ultra famosi.

"Il denaro canta, tesoro," le rispose.

Giusto. Il fidanzato di Stas era miliardario.

Con tutto ciò che accadeva nelle loro vite, a volte la ragazza dimenticava quel piccolo dettaglio.

"Immagino che non vogliate una nocciolina. B?" Luc allungò il sacchetto all'amico sedutogli al fianco, ricordando a Stas che avevano compagnia.

"Che cosa ci fate voi due qui?" Stas li guardò: il biondo muscoloso e il moro fin troppo attraente. Se li avesse portati a conoscere i propri genitori... *Accidenti*, il padre sarebbe andato al negozio di armi più vicino per comprare un nuovo pezzo da aggiungere alla sua già vasta collezione e si sarebbe offerto di fare pratica di tiro al bersaglio con le loro teste.

"Ci godiamo le feste," le rispose Balthazar con un ghigno. "Amelia e Tom sono già al lago, stanno preparando la casa con gli altri, ma Jacque ci ha mollati all'aeroporto per viaggiare con voi."

Issac tirò fuori il telefono e cominciò a comporre un numero, mentre Stas continuava a guardare a bocca aperta gli intrusi.

"Definisci la parola 'altri'?"

"Origini germaniche, si riferisce a coloro che non

fanno parte di un gruppo o non sono stati ancora menzionati," le rispose Luc. "Oppure può essere usato per riferirsi a un individuo o un oggetto che è diverso o si distingue da un altro. Tutto questo sempre che tu stessi parlando del pronome, ovviamente."

Stas sbatté le palpebre. "Che cosa?"

"Tutto questo è inaccettabile," commentò Issac al telefono. "Beh, digli che devono andarsene." Si pizzicò il dorso del naso mentre Balthazar ghignava sul sedile posteriore. "Amelia..." Dalla cornetta si sentì la voce della donna sovrastare il resto, suggerendo che la sorella di Issac non approvasse la richiesta di lui. I sorrisi nei sedili posteriori non fecero che allargarsi.

"Siete entrambi nei guai," sussurrò Stas.

Luc si mise una nocciolina in bocca e scrollò le spalle. "Ho sempre adorato i pagani e le loro tradizioni."

"Che vorrebbe dire?"

"Il Natale, dolcezza," le spiegò Balthazar. "A volte ci dimentichiamo di quanto tu sia umana."

"Lo era," aggiunse Luc risoluto.

Stas rabbrividì, non voleva pensare al suo attuale destino. Quelle feste avrebbero dovuto essere una fuga da tutto, un modo per lei e Issac di decidere il loro futuro insieme, ma sembrava che gli immortali nel retro avessero altri programmi.

La maggior parte degli umani avrebbe invidiato la stirpe della ragazza, poiché avrebbe potuto vivere in eterno. Sfortunatamente voleva anche dire che non sarebbe potuta stare con l'Ichoriano che aveva al fianco. Tutto per colpa di qualche legge antica e delle stronzate sulla genetica che mettevano i due esseri soprannaturali l'uno contro l'altra.

"È molto più di ciò," mormorò Balthazar piano.

Stas gli lanciò un'occhiataccia. Il telepatico aveva

sentito tutto. Sentiva sempre tutto. Aveva buone intenzioni, ma a volte Stas avrebbe voluto tenere per sé i pensieri.

"Sì, va bene," disse Issac dolcemente. "Beh, loro credono che lui sia morto, ricordi?" Portò la testa all'indietro con un sospiro. "Sì, Amelia. Lo farò."

Si sentì una voce maschile prendere il sopravvento sulla linea telefonica.

"Dovrebbe funzionare, parlerò con Aya. Ripassami Amelia, Thomas." Issac pronunciò l'ultima frase a denti stretti e si rilassò solo quando la sorella tornò a parlare. "Sì, magnifico." Issac sembrava pronto a prendere a pugni qualcosa. "Ci vediamo presto." Chiuse la telefonata e lanciò un'occhiataccia nello specchietto retrovisore. "La pagherete entrambi con la morte, per questo."

Luc finì le noccioline. "Un'interpretazione del fantasma dei Natali passati davvero unica, Wakefield."

"Possiamo chiamarlo Scrooge?" chiese Balthazar.

"Assolutamente sì."

"Fantastico." Balthazar sorrise. "Andiamo, allora? Ho un appuntamento nella neve con una futura ospite d'onore." Mosse le sopracciglia in direzione di Stas.

"No," risposero lei e Issac contemporaneamente.

"Vi rifiutate di giocare con la neve?" Luc li guardò offeso. "Chi non ama le lotte con le palle di neve?"

"A quanto pare questi due Scrooge sono tra quelli." Fece un cenno verso i sedili anteriori. Issac sbuffò e guardò Stas di lato. "Ti suggerisco di chiamare tua madre e avvisarla del fatto che un branco di bambinoni si uniranno a noi."

Se i suoi genitori non fossero stati già in viaggio verso Kalispell, Stas gli avrebbe detto di rimanere a casa e Issac l'avrebbe portata a Havre. "Come faremo? Dove dormiranno tutti?"

Il sorriso di Balthazar era davvero malvagio. "Ci divideremo il tuo letto, Stas."

"In casa c'è abbastanza spazio." Issac guardò di nuovo male lo specchietto retrovisore. "Lucian, il fantasma del Natale di cui parlavi diventerà realtà nel giro di pochi secondi se il tuo braccio destro non la smette di inviarmi quelle visioni."

Il seducente Hydraiano gli mandò un bacio e Luc tirò fuori un altro sacchetto di arachidi dalla tasca. Jacque li aveva rubati durante il volo apposta per lui? "B, smettila di tormentare Wakefield."

"Come vuoi, re Luc," rispose Balthazar secco.

Luc ridacchiò e si infilò altre noccioline in bocca.

"Andiamocene e basta, Issac," gli disse Stas, era stanca per aver viaggiato tutto il giorno. Le sarebbe piaciuto poter fare un pisolino, oppure ingerire una grande quantità d'alcol. "È a soli trenta minuti da qui."

"Giusto." Issac si allontanò dal marciapiede, aveva rinunciato all'idea di allontanare i due intrusi sul retro. "Devi avvisare i tuoi e informarli che Thomas è vivo, dal momento che credono sia morto."

Stas lo guardò a bocca aperta. "E come faccio a spiegarglielo?"

"Gli dici che era impegnato in una missione sotto copertura che richiedeva la massima riservatezza e mimetizzazione."

Stas alzò le sopracciglia. "Ti aspetti che mi credano?"

"Quando li vedrà, Thomas darà una mano. Il suo dono di insinuare verità è incredibilmente utile."

"Va bene, d'accordo." Stas non aveva idea se i genitori se la sarebbero bevuta, ma che altra scelta aveva? "Voi due farete meglio a fare silenzio, lì dietro." Aveva bisogno di concentrarsi il più possibile.

"Sì, signora," le rispose ossequioso Balthazar.

Luc tirò fuori l'ennesima confezione di arachidi.

Beh, almeno saranno delle vacanze memorabili.

STAS

MEZZ'ORA PIÙ TARDI, STAS NON AVEVA ANCORA CAPITO come risolvere il problema seduto sui sedili posteriori. Aveva avvertito la madre che due amici di Issac si sarebbero uniti a loro (un commento che le aveva fatto guadagnare un'alzata di sopracciglia da parte del guidatore). Tuttavia, non era riuscita ad aggiungere altro, come… *Oh, a proposito, sono assurdamente attraenti e probabilmente faranno venire un infarto a papà.*

Portare Issac a casa per le feste era già stata un'impresa, ma aggiungere l'intera gang? Beh, Stas sperava che sarebbero sopravvissuti tutti.

Accidenti, i genitori non sapevano nemmeno che la ragazza si fosse trasferita a Hydria, o che avesse mollato l'impiego alla Fondazione Assistenza Catastrofi (FAC); oppure che Lizzie fosse incinta e promessa in sposa.

Bene, quindi non sapevano letteralmente nulla e pensavano che lei vivesse ancora a New York, con Lizzie. Menomale che non potevano passare per una visita a sorpresa senza affrontare un lungo volo aereo.

Issac si allungò e prese una mano di Stas, stringendola

mentre usciva dalla strada e si immetteva in un vialetto asfaltato fiancheggiato da alberi innevati. Quando lui aveva menzionato l'acquisizione di una casa al lago, Stas si era immaginata una bella baita accogliente con abbastanza spazio per loro due e i genitori di lei.

Ma no, quello non era certo lo stile di Issac Wakefield. Avrebbe dovuto capirlo quando lui aveva detto che ci sarebbe stato abbastanza spazio per ospitare gli altri immortali.

Stas rimase a bocca aperta quando le apparve davanti la tenuta montana incorniciata dalla parte superiore del lago Flathead. Finestre enormi, balconi che avvolgevano l'intera struttura al secondo e terzo piano, ampie doppie porte, legno ovunque e una distesa di alberi tutt'intorno.

Issac parcheggiò nel garage al lato della casa, poi spense il motore. "Come ho detto, è un bell'investimento." Sorrise a Stas e le alzò il mento. "Andiamo a esplorare, ti va?"

Balthazar e Luc erano già fuori dalla macchina e stavano chiacchierando di palle di neve, così da lasciare Stas sola con il suo vampiro preferito.

Strizzò gli occhi mentre Issac le slacciava la cintura di sicurezza. "Un investimento," ripeté lei. "Stai pianificando di aprire una foresteria?" La proprietà era sicuramente abbastanza grande per farlo.

"L'agenzia immobiliare mi ha suggerito di affittarla a gente famosa o in affari." Alzò le spalle. "Ho pensato che potesse servire come punto d'appoggio quando vorrai venire a trovare i Davenport e in più ci frutterà qualcosa senza dover alzare un dito."

"Un punto d'appoggio," ripeté lei. "Mia madre andrà fuori di testa quando la vedrà."

"La mia ricchezza non è affatto un segreto, Aya." Le diede un bacio su una guancia e aprì la portiera del guidatore. "Andiamo, voglio fare un bel giro prima che arrivino Henry e Susan."

Stas si unì a lui, le valigie erano ancora nel bagagliaio. Respirò l'aria fredda e tagliente. Stare a Hydria negli ultimi due mesi non l'aveva preparata a dovere per l'inverno nel Montana, come dimostrava la pelle d'oca che le correva lungo le braccia.

"Anche gli immortali patiscono il freddo," commentò. "Buono a sapersi."

Issac ridacchiò intrecciando le dita con quelle di Stas. "Oh, credo che gli immortali percepiscano ogni sensazione più intensamente." La tirò a sé con sguardo suggestivo. "Vogliamo iniziare il tour dalla nostra camera da letto?"

"Non posso credere che tu abbia comprato un intero rifugio."

"Immagino che tu voglia che Susan e Henry vengano a farci visita il più spesso possibile, negli anni a venire," le rispose gentilmente mentre si avvicinavano alla bellissima casa. "Prima che si accorgano che abbiamo smesso di invecchiare."

Il cuore di Stas ebbe un sussulto, lei inciampò. Non aveva mai pensato così tanto al futuro, anche se sarebbe stato logico farlo.

"Non possono saperlo," aggiunse Issac dolcemente.

"Lo so," riuscì a dire lei con la gola improvvisamente secca. "È solo che…"

"Non ci avevi pensato," mormorò lui. "Lo so, ma io sì e volevo che avessi un posto dove sarebbe stato sicuro riceverli in visita."

Perché il FAC stava monitorando i genitori di Stas e la loro casa. "Mateo ha detto qualcosa?" gli chiese Stas. Aveva bisogno di cambiare argomento con qualcosa di più tranquillo, come l'imminente arrivo dei genitori. Issac aveva incaricato la sua creatura tecnologicamente dotata di far partire i due senza che avessero qualcuno al seguito.

"Il suo ultimo messaggio diceva che era riuscito a deviare le Sentinelle che monitorano i tuoi genitori verso nord, tramite l'alterazione di un dispositivo di tracciamento nella macchina di Henry. Per quanto riguarda la sorveglianza… non ha visto nessuno che li seguisse."

"Bene." L'ultima cosa di cui avevano bisogno era che il FAC rovinasse la festa. Avevano già abbastanza intrusi da gestire.

Due di loro li stavano aspettando all'ingresso della tenuta.

Almeno Tom aveva un'espressione che sembrava esprimere delle scuse.

Jayson, al contrario, nient'affatto.

Il forte profumo di biscotti appena sfornati suggerì che Lizzie si trovava in cucina. Anche da incinta, la donna cucinava ininterrottamente.

Accidenti, i miei genitori andranno fuori di testa davanti a tutto questo.

"Birra?" le chiese Tom.

"Sì, per favore." Aveva bisogno di quanto più alcol possibile, per… Lasciò cadere la mano prima di prendere la bottiglia. *Quello è…?* "Oh, no, no no! Issac, lui non può conoscere i miei genitori." Stas indicò l'Ichoriano nascosto nell'atrio con un sorrisetto malizioso.

"Credo di far parte della famiglia di Issac da molto prima che arrivassi tu, tesoruccio," le rispose Tristan, rubandole la birra che Tom le aveva porto, poi prese un lungo sorso. "Grazie, Thomas." Gli rivolse il saluto militare e se ne andò verso il corridoio, lasciando tutti gli altri all'ingresso.

"Non può…"

"Gli parlerò io, Aya," mormorò Issac. "Andrà tutto bene, te lo prometto."

La ragazza inarcò le sopracciglia. "Bene?"

"Non morderà i tuoi genitori," la rassicurò Issac. "Entriamo e diamo un'occhiata in giro, vediamo come hanno sistemato le camere e ripartiamo da lì."

"Amelia si è assicurata che a voi spettasse la suite padronale," li informò Tom. "I genitori di Stas saranno nella suite al pian terreno, lontani da tutti gli altri, avranno anche la loro cucina e un'uscita privata sul patio."

"Fantastico." Issac spinse Stas in avanti mettendole una mano sulla schiena. "Cominceremo dal seminterrato così Aya vedrà che Susan e Henry saranno al sicuro."

"In una casa piena di immortali, dove alcuni di loro adorano mordere i mortali," aggiunse piatta. "Sì, proprio al sicuro."

"Avranno un chiavistello alla porta," le disse Issac, guidandola attraverso l'ampia area relax e poi verso un'enorme scala. Tristan era steso sul divano, gli occhi puntati sul gigantesco albero di Natale vicino alle finestre e sull'Ichoriano che lo stava addobbando con delle lucine. "Ciao, Aidan."

"Issac," rispose l'altro, un sorriso affettuoso gli arricciò le labbra mentre lanciò loro uno sguardo da sopra la spalla. "Bell'investimento immobiliare, come sempre."

"Sono contento che ti piaccia." Issac guardò con interesse l'uomo che considerava suo padre, poi inarcò un sopracciglio come a porgergli una silenziosa domanda. Probabilmente voleva sapere perché le mani di Aidan fossero avvolte da un groviglio di fili. Anche a Stas sarebbe piaciuto saperlo. Visto quello che conosceva riguardo l'antico Ichoriano, quella situazione sembrava molto lontana da lui.

Dov'è il suo harem? Era raro che si spostasse senza il

bellissimo trio, ma forse le aveva lasciate a Hydria, dove vivevano tutte per via della faida con Osiris, il presunto nonno di Stas.

"Amelia mi ha chiesto di decorare l'albero," spiegò loro Aidan. Quelle parole sembravano nascondere un significato più profondo, abbastanza da far fermare Issac in cima alle scale.

"Ah, sì?" gli chiese con gli occhi zaffiro che sbrilluccicavano.

"Sì, ha richiesto un'atmosfera festosa."

"Dov'è mia sorella?"

"Al piano di sopra, sta incartando i regali," gli rispose Tom. "Ha detto che chiunque l'avrebbe disturbata sarebbe stato trafitto da un paio di forbici."

Issac e Aidan guardarono entrambi il biondo in jeans e maglione che stava sorseggiando la birra. Peccato che non ne avesse procurata un'altra per Stas. La ragazza guardò con sguardo truce l'Ichoriano steso sul divano che gliel'aveva rubata.

Stronzo.

Aiden sostenne lo sguardo di Issac, lanciandogli una sorta di tacito messaggio. "Mi ricorda quasi una vecchia vita, senza la minaccia di morte."

"Proprio così," mormorò Issac. "Puoi dire a Jacque di venire a cercarmi, quando lo vedi?"

Aidan sorrise, tra di loro si capirono al volo. "Certamente."

"Ciao," rispose Issac. "Noi saremo di sotto per un po'."

Stas aspettò che fossero tutti fuori portata d'orecchio per sussurrare: "Che cos'è stato quello?"

"Amelia adorava le feste," le rispose altrettanto piano Issac. "Beh, prima che succedesse… tutto quanto."

"Oh." Stas non aveva mai conosciuto la vecchia Amelia, ma aveva sentito storie riguardo il suo amore per le feste e le celebrazioni in famiglia. Essere tenuta in ostaggio nel seminterrato del FAC per alcuni anni l'aveva cambiata irrevocabilmente. "Aidan è sorpreso di vederla in modalità tanto festiva."

"Esatto," confermò Issac. Mise di nuovo una mano su Stas e la strinse leggermente. "Anche io lo sono."

"È per questo che tutti hanno insistito a venire." Balthazar e Luc chiaramente adoravano rovinargli i piani delle feste, ma il motivo era molto più complesso e andava oltre il mero divertimento. Volevano ridare ad Amelia un pezzo della vecchia lei, festeggiare come erano soliti fare un tempo.

Essere una famiglia durante le festività.

"Va bene," mormorò Stas, si voltò verso il vampiro e gli cinse il collo con le braccia. "I miei genitori saranno sopraffatti, ma ce la caveremo. E poi…" lanciò un'occhiata all'ampio spazio. "Non penso che potranno lamentarsi della loro sistemazione."

Issac sorrise. "Quindi approvi il mio investimento?"

Stas guardò le finestre che si affacciavano sul patio e sul lago, il grande caminetto tra le librerie vuote, la mobilia confortevole e la porta che pensò conducesse alla camera da letto inferiore di cui parlava Tom. "Voglio dire… è carina. Gli servirebbe qualche ritocchino."

Issac rise contro il collo della ragazza, i denti pericolosamente vicini al battito di lei. "Ti stai offrendo di essere la mia interior designer personale?"

"Dipende da quanto è buona la paga, dai vantaggi del lavoro… sai, tutti i dettagli importanti."

"Che ne pensi di esserne comproprietaria?"

Stas si immobilizzò. "Cosa?"

Issac le mordicchiò il lobo dell'orecchio delicatamente, stando attento a non farle uscire del sangue. Erano diventati sempre più audaci nell'ultimo periodo, si erano spinti fino alla soglia del pericolo. Un singolo morso, una sola goccia del sangue di Stas e lui sarebbe morto.

A volte non sembrava importargliene.

"Non puoi dire sul serio," commentò lei tirandosi indietro per studiare l'espressione di lui.

Stas vide un bagliore allegro negli occhi di Issac. "Un'altra donna starebbe facendo i salti di gioia, ma ovviamente tu esiti all'idea."

"Dimmi che non fai sul serio," gli ordinò.

"Non sto facendo sul serio," le rispose. "Lo dico solo perché tu mi stai forzando a farlo."

Accidenti. A volte avere l'abilità di soggiogare le persone le si ritorceva contro alla grande. "Issac…"

Lui le premette un dito sulle labbra. "Potrai sgridarmi più tardi, Lucian mi ha appena mostrato un'immagine dell'auto di Henry che fa ingresso nel vialetto. Sarebbe meglio accoglierli prima che lo facciano gli altri, no?"

"Questa conversazione non finisce qui."

"No, decisamente no," concordò lui con occhi scintillanti. "Sai che adoro i nostri negoziati, Aya." Fece sfiorare le loro labbra, mettendo a tacere la risposta di lei. "I tuoi genitori, tesoro."

Giusto, era tempo di festeggiare.

Con i genitori umani e il fidanzato Ichoriano miliardario.

Oh, e un rifugio pieno di antichi e folli immortali.

Cosa sarebbe mai potuto andare storto?

Issac

Susan Davenport sembrava sul punto di svenire. Nemmeno Henry sembrava stare meglio, aveva un'espressione tra il preoccupato e lo stupito.

Astasiya era in piedi tra i due e stava facendo le presentazioni. Cercava costantemente lo sguardo di Issac, come se desiderasse trarne forza.

Balthazar ci andò giù pesante con il suo solito fascino.

Lucian rimase calmo e tranquillo come il padre, Aidan.

Amelia si mostrò affettuosa e accogliente, ma non troppo.

Thomas ed Elizabeth conoscevano già i Davenport, l'ex Sentinella si impegnò a raccontare la storia di copertura che avevano studiato.

Jayson e Henry si scambiarono una stretta di mano, che sembrò intimidire l'umano, più basso e smilzo.

Tristan si limitò a sorridere, celando a malapena il disgusto per il contatto ravvicinato con i mortali.

A Issac suonò il telefono: un nuovo messaggio di Mateo. *Via libera.*

Fantastico, gli rispose. Parte del motivo per cui aveva

scelto la cittadina di Kalispell invece di andare a trovare i Davenport a casa loro aveva a che fare con la sorveglianza da parte del FAC. Per quanto sarebbe stato divertente uccidere un paio di Sentinelle, Issac voleva che Astasiya si godesse le feste. Non ci sarebbe riuscita se avessero avuto le mani sporche.

Issac si assicurò che lei lo vedesse controllare il telefono prima di farle un breve cenno, rassicurandola che fossero al sicuro. Il sorriso di risposta di lei gli scaldò il cuore. Era preoccupata di incontrare la famiglia così vicino a casa, ma Issac sapeva quanto ci tenesse. Anche se Susan e Henry non erano i suoi genitori biologici, erano stati coloro che l'avevano cresciuta da quando aveva sette anni e lei li considerava una madre e un padre.

Per quel motivo, anche lui l'avrebbe fatto.

Il che significava che avrebbe dovuto far cambiare l'idea che Henry Davenport aveva di lui, poiché in quel momento l'uomo stava sicuramente pensando a un modo creativo per fare fuori Issac. Ovviamente aveva pensato anche ad annientare Balthazar, dopo che aveva baciato la mano di Susan, un'idea che a Issac non dispiaceva affatto.

"Che bella casa in affitto, Issac," mormorò Susan ammirando la zona living al piano principale.

"Grazie." Non si preoccupò di correggerla. Avrebbe potuto farlo Astasiya più tardi, quando lui le avrebbe detto dell'accordo di comproprietà, una conversazione che avrebbe sicuramente fatto infuriare la bionda.

Non vedeva l'ora di assistere alla sua espressione quando le avrebbe detto che il nome sul contratto era un alias che lui aveva creato per lei, non per se stesso. Stas avrebbe dovuto imparare qualcosa sugli investimenti in qualsiasi caso. Quella sarebbe stata la sua introduzione ai giochi. Avrebbe potuto scegliere cosa farne del ricavato; lui l'avrebbe guidata solo se lei glielo avesse chiesto.

"Dovremmo fare accomodare tutti quanti," disse Elizabeth. I suoi occhi color cioccolato danzarono nervosamente tra i Davenport e tutti gli altri. Il vestito blu che indossava le copriva a malapena la pancia, il che era strano visto che aveva scoperto di aspettare un bambino in ottobre, due mesi prima. La genetica Seraphim, mischiata ai geni Hydraiani di Jayson avevano reso la gravidanza imprevedibile, per quello Lucian e Balthazar la monitoravano attentamente.

Tuttavia, sembrava stesse bene, sebbene un pochino stanca.

"Sì, Tristan, mi aiuteresti con i bagagli?" Issac gli lanciò un'occhiataccia, indicandogli che non fosse tanto una richiesta, quanto un ordine.

L'amico sospirò. "Ne sarei felice," disse piatto.

"Oh, non è necessario." Susan guardò il marito, esortandolo a parlare.

"Insisto," le rispose Issac prima che Henry potesse aprir bocca. "Astasiya vi accompagnerà in camera." Aveva già accennato agli alloggi prima che entrambi scendessero per accogliere i genitori di lei.

Tristan fece strada, aveva le spalle tese. Issac per poco non gli diede una pacca sulla spalla, affinché il povero bastardo si rilassasse, poi decise che le parole sarebbero state una scelta migliore.

"Devo avvertirti di stare alla larga dai Davenport?" gli chiese seriamente una volta usciti di casa. "O posso fidarmi del fatto che ti comporterai bene?"

Gli occhi verdi di Tristan emisero un bagliore. "Quindi ora sono un bambinetto, è così?"

"Di certo tratti Aya come se fossi un fratello geloso, sì."

Tristan rise. "Ciò implicherebbe che siamo pari, e non lo siamo."

"No, non lo siete." Issac aprì il bagagliaio di Henry e

sbatté una borsa sul petto di Tristan. "Astasiya potrebbe benissimo farti il culo, se solo volesse, quindi potresti mostrarle un po' più rispetto."

Tristan emise un grugnito. "Mi piacerebbe vederla provare."

"Oh, Tristan, piacerebbe anche a me." Stas avrebbe annientato quel bastardo arrogante in un secondo. Issac sollevò un'altra valigia e la poggiò a terra prima di guardare l'amico. "Susan e Henry non sanno nulla delle nostre vite e dobbiamo fare in modo che rimanga così. Sono sicuro che ricordi gli ultimi anni passati con la tua famiglia, perché io sì."

Issac era stato paziente mentre Tristan aveva salutato i cari, lo aveva consolato quando i genitori erano morti, un decennio più tardi, soli, a chiedersi dove fosse finito il loro figliol prodigo.

"Niente di tutto questo è facile per lei," aggiunse. "Sta cercando di nascondere il fatto che la tocchi particolarmente, che il suo mondo non sia stato messo sottosopra da un momento all'altro..."

"Per via di una scelta che ha preso lei," lo interruppe Tristan con un ringhio che risuonò anche dentro Issac.

Come se lui non lo sapesse.

Come se non pensasse ogni dannato secondo al giorno in cui Astasiya era scappata a Bora Bora per salvare la migliore amica, senza pensare al futuro, il *loro* futuro.

"Hai il diritto di essere arrabbiato," continuò Tristan. Aveva le spalle tese e un sorriso tirato. Lasciò cadere la valigia. "Quella donna mette in pericolo la tua vita ogni singolo giorno e tu rimani con lei, ti aspetti che io lo accetti. Non lo farò, Issac. Mi rifiuto. Non puoi chiedermi di farlo."

Tristan deglutì stringendo le mani in pugni lungo i fianchi.

"Colpiscimi, se ne hai bisogno. Posso sopportarlo, ma in fondo anche tu sai che ho ragione." Tristan puntualizzò quelle parole puntando un dito sul petto di Issac. "Stai rinunciando a tutto per lei, forse anche alla tua stessa vita e io non posso stare a guardare mentre succede, non lo farò."

"Allora perché sei qui?" gli chiese Issac a denti stretti. "Perché vuoi passare le vacanze con noi se la odi così tanto?"

"Perché tu sei la mia famiglia e ho paura che ogni giorno sia l'ultimo che passiamo insieme. Quindi sì, rimarrò qui e ti guarderò sacrificare la tua stessa felicità per una donna che non è minimamente degna di te. Farò del mio meglio per starle alla larga, ma non chiedermi di essere gentile. Non quando lei se ne va in giro a essere una minaccia in carne e ossa per la persona alla quale tengo di più al mondo."

Un profondo respiro fece rabbrividire Issac.

Astasiya era in piedi sulla soglia, guardava dritto verso un risoluto Tristan.

"Aya," esordì Issac, ma lei gli tese una mano.

"Sono venuta solo per dirti che i miei genitori sono di sotto, quando vorrai portare loro i bagagli." Si voltò prima che lui potesse rispondere, poi sparì dentro casa.

"Sei uno stronzo," sibilò Issac.

"Lei sa la verità tanto quanto la so io. La differenza è che io non ho paura di dirla, perché a me importa davvero. Lei è solo una stronza egoista che…"

Il pugno di Issac colpì la mascella di Tristan così forte che lo fece indietreggiare di qualche passo. "Non osare parlare così di lei, mai più." Un conto era sottolineare le preoccupazioni riguardo la loro situazione, un altro era appellare Astasiya in modo così dispregiativo.

Qualcuno iniziò ad applaudire e Issac si irrigidì.

Erano tutti dentro casa.

La fonte del suono proveniva dal vialetto.

Alle loro spalle.

Si voltò lentamente e vide Ezekiel appoggiato alla porta del garage, indossava la solita giacca di pelle e dei jeans. "Bella forma, Wakefield. Chi l'avrebbe mai detto?" Applaudì di nuovo, con le gambe incrociate alle caviglie. "Ora... Qualcuno ha parlato di festeggiare le vacanze e io sto morendo di fame. Vi spiace invitare a cena un assassino che si sente solo?"

ISSAC

UN COLTELLO VOLTEGGIÒ NELL'ARIA. EZEKIEL L'AFFERRÒ al volo per il lato affilato. Guardò il metallo in bilico tra le dita e sorrise.

"Ottima lavorazione, come sempre, Jedrick." Si infilò la lama in una tasca della giacca. "Un regalo perfetto, viste le festività. Sfortunatamente, io non ti ho comprato niente."

"Oh, io ho il regalo perfetto in mente," gli rispose Jayson avvicinandosi con Balthazar al seguito. Il telepatico doveva aver sentito le imprecazioni di Issac di fronte all'ospite inaspettato.

"Ah, sì?" L'assassino sembrava sinceramente felice. "Sono tutt'orecchi."

"Vattene," ringhiò Jayson.

"Mi sembra un regalo piuttosto misero, per un'amicizia di lunga data come la nostra." Ezekiel si toccò il mento. "Lo so, che ne dici di invitarmi a cena in cambio di alcune informazioni che potreste trovare utili?"

"L'ultima volta che ci hai dato delle informazioni non è andata proprio bene," gli rispose Balthazar piatto, sicuramente stava pensando a quando Osiris aveva costretto Alik a utilizzare le sue abilità di tortura contro tutti loro.

"Ah, no?" Ezekiel inarcò un sopracciglio. "Vedi, per come lo ricordo io, Lizzie è tornata a casa sana e salva e nessuno è morto. Oh, e Stas ha saputo una verità molto importante riguardo a se stessa. È stato celato per moltissimo tempo, saranno venticinque anni la prossima settimana, per essere precisi." Sorrise affettuosamente e gli occhi gli si incresparono. "Quello sì che è stato un bel mese."

"Perché sei qui, Ezekiel?" gli chiese Jayson, rubando le parole di bocca a Issac.

"Beh, per celebrare le feste, ovviamente. Voglio dire, è per questo che tutti quanti vi siete imbucati nei piani di Issac e Stas con i Davenport, vero?"

Issac venne percorso da un brivido lungo la schiena. "Tu sorvegli Astasiya."

"Da anni, ormai," gli rispose Ezekiel. "Ci sono tante cose che non sai. Continuo ad aspettare il momento in cui tutto verrà fuori, ma è come guardare una tartaruga correre una maratona." Sospirò in modo drammatico e si discostò dal garage. "Allora, che ne dite di far unire lo zio Ezekiel ai festeggiamenti? Forse potrei darvi qualche altro suggerimento per convincervi, eh? Mi è sempre piaciuta la cerimonia del Ceppo."

"No." La risposta arrivò da Jayson. "Non ti avvicinerai mai più alla mia Rossa."

Ezekiel ridacchiò, le sue inquietanti iridi pagliuzzate d'oro cercarono lo sguardo di Issac. "È un tipo protettivo, eh?"

"Non ti avvicinerai nemmeno ad Astasiya," ringhiò.

"Oh, perché non lasciamo che sia lei a decidere, eh?" Fece correre lo sguardo su tutti, fino ad arrivare alla bionda in questione. La sua espressione cinerea comunicò a Issac esattamente come si sentisse a riguardo.

Si spostò al lato della ragazza, cingendola istintivamente. Gli tornarono in mente le parole di Tristan, le sue accuse e frustrazioni.

Se Aya si stava comportando da egoista, anche per lui era lo stesso.

Issac voleva tutto ciò tanto quanto lei, se non di più.

Starle vicino era come respirare, senza di lei sarebbe annegato.

"Perché lui è qui?" chiese Stas.

"Dice di avere delle informazioni e vuole unirsi a noi per cena."

"Forse vuole mangiarsi i miei genitori, per cena," scattò lei. Un bagliore di spirito emerse dalla sua figura spettrale. Ezekiel aveva ucciso i suoi genitori biologici, o almeno così ricordava lei. Lo sguardo negli occhi della ragazza suggeriva che desiderasse vendicare loro e se stessa, per tutto ciò che le avevano fatto passare.

"Non sono il mio tipo," mormorò Ezekiel inclinando la testa di lato. "Jedrick, puoi fare una domanda alla tua cara Rossa?"

"No," gli rispose Jayson senza batter ciglio.

Ezekiel lo ignorò. "Chiedile dell'uomo che l'ha aiutata a scappare dalla tenuta di Osiris. Chiedile come si chiamava." Spostò lo sguardo su Issac. "Consideralo il primo indizio. Tornerò alla vigilia di Natale con un bel Ceppo, sarà il mio contributo alle festività." Sparì in una nuvola di fumo nero.

Astasiya crollò al fianco di Issac, qualsiasi dolore le avessero provocato le parole di Tristan, impallidiva in confronto alla visita inaspettata di Ezekiel. Premette la fronte sulla spalla di lui, che la avvolse in un abbraccio.

Balthazar lo guardò negli occhi con un'espressione comprensiva.

Prese le valigie dei Davenport senza fiatare, ne diede una a Tristan e guidò l'Ichoriano imbronciato all'interno della casa. Ma non prima che il suo più vecchio amico potesse rivolgergli un'ultima occhiataccia, il livido sulla guancia stava già sparendo.

Issac non gli avrebbe chiesto scusa, non dopo ciò che Tristan aveva detto di Aya. Quel bastardo si meritava un pugno e molto peggio.

Jayson si passò le dita tra i capelli scuri ed espirò a lungo. "Va bene, penso che sia meglio riportare Lizzie a Hydria, dove sarà al sicuro."

Ezekiel aveva assaggiato il sangue di Elizabeth, ecco perché era riuscito a trovarli così facilmente, in Montana. Poteva rintracciare ogni persona della quale aveva assaggiato l'essenza. Tuttavia, ciò non spiegava come facesse a sapere dei piani originari di Stas e Issac.

"Non penso che sia qui per Elizabeth." Se quello fosse stato l'obiettivo di Ezekiel, non si sarebbe fatto vedere da tutti fino a che non avrebbe colpito. "Si tratta di Astasiya."

"Forse, ma Lizzie non può rischiare di rimanere qui." Jayson stava già tornando in casa.

Issac non poteva condannarlo per essersi preoccupato. Osiris voleva il loro bambino e aveva già rapito Elizabeth una volta... il ruolo di Ezekiel in quella guerra era ancora molto ambiguo. Viveva con quella mente malvagia di Osiris e spesso portava a termine le sue commissioni ma, allo stesso tempo, offriva loro informazioni interessanti che si erano rivelate utili nel corso dei mesi precedenti.

"Falle la domanda," vociò Issac. Jayson si fermò alla porta. "Ezekiel sta chiaramente giocando. Voglio quel nome, così saprò come rispondere."

Jayson non si mosse e non rispose per un po', le

emozioni gli stavano offuscando le abilità strategiche. Chiedere a Elizabeth era la mossa giusta, tuttavia, la gravidanza stava prendendo il sopravvento su tutto, specialmente sulla mente del futuro sposo di lei.

Alla fine annuì ed entrò in casa, lasciando Issac e Astasiya soli. Lei rimase in silenzio, tremante contro di lui, mentre stava senza dubbio rivivendo gli orrori del passato. Le fiamme che si erano portate via i suoi genitori infestavano ogni incubo, un dettaglio che in pochi sapevano. Si era confidata con Issac a riguardo, gli aveva detto che con l'immortalità stavano peggiorando, invece di migliorare. Ogni volta che si svegliava in preda alle urla, a Issac si spezzava sempre di più il cuore.

"Non sei felice?" gli chiese lei sottovoce, cogliendolo di sorpresa.

"Cosa?" Issac si tirò indietro per studiare attentamente l'espressione di lei. "Perché me lo chiedi?"

Stas gli lanciò un'occhiata. "Sai perché te lo chiedo, Issac." L'Ichoriano vide del dolore negli occhi verdi di lei, le labbra le si incurvarono verso il basso. "Lui ha ragione. Io non…"

"Se stai per dirmi che non sei degna, potrei spaccare qualcosa." Riguardo a quell'argomento, era in completo disaccordo con Tristan.

Stas fece una smorfia. "No, stavo per dire che non ti faccio bene."

Issac grugnì, la lasciò andare a guardò verso l'alto. "È come dire la stessa cosa, Astasiya."

"No, non lo è. Io potrei ucciderti, Issac."

"E io potrei uccidere te," ribatté lui. "Avrei potuto farlo il primo giorno che ci siamo conosciuti. Potrei farlo in questo momento. La domanda è… ti aspetti che lo faccia?"

"Ovviamente no."

"E nemmeno io."

"Non è giusto," commentò lei. "Non è uguale."

"Quindi non mi è permesso fidarmi di te ma tu puoi fidarti di me? È così che stanno le cose?"

Stas ringhiò, un suono che Issac era solito apprezzare, ma non in quel momento. Proprio allora, avrebbe voluto strozzarla. "Stai facendo lo stupido apposta."

Issac alzò le sopracciglia, sorpreso. "Come, scusa?"

"Prima di tutto, tu non puoi uccidermi. Anche se mi piacerebbe vederti provare. Secondo, il mio sangue è tossico per te. Un solo morso, Issac, e morirai. Tristan ha ragione. Sono una minaccia vivente, una con la quale danzi ogni giorno e dormi ogni notte. È solo questione di tempo prima che…"

"È questa la tua opinione sul mio autocontrollo?" la interruppe lui, furioso. "Dopo quasi due mesi passati a far funzionare la nostra relazione, sei disposta a buttare via tutto per colpa di alcune stupide parole dette da Tristan?"

"No. No, non è questo ciò…" Stas si incurvò, l'espressione arresa. "Non è questo ciò che intendevo. Dico solo che… ha ragione." Concluse piano, il fuoco che aveva dentro ormai estinto. "Come potresti mai essere felice in questo modo?"

"No, Aya. Quella non è la domanda giusta." Le invase lo spazio personale, mettendosi a un soffio di distanza da lei. "La domanda che devi farmi è come potrei mai essere felice *senza* tutto questo?"

Stas alzò lo sguardo su di lui, il cuore in gola. "Io non…" Deglutì rumorosamente. "*Non* posso perderti." Gli prese il volto tra le mani. "Tu sei il mio sempre."

Issac cercò di sorridere, ma la bocca si rifiutò di muoversi. "Allora fidati del fatto che conosca i miei limiti." Si crogiolò nel tocco di lei, sospirando. "Niente che valga la pena avere è facile, Aya."

Si guardarono negli occhi per un lungo momento,

mentre venivano attraversati da moltissime parole non dette ed emozioni non esplicitate.

Issac non era mai stato il tipo da relazione stabile, le trovava frivole e indegne di sforzo. Tuttavia, Astasiya era diversa. Lo aveva cambiato irrevocabilmente dal primo giorno in cui si erano conosciuti.

Lei era una pedina che lui avrebbe dovuto usare per vendicarsi, ma era diventata molto di più. Il destino aveva riservato loro una mano complicata, che li rendeva incompatibili, ma Issac non era mai stato uno che seguiva le regole.

Rischiava la vita ogni volta che la baciava, ogni volta che si toccavano, ma lui non sarebbe riuscito a sopravvivere se l'avesse lasciata andare. Quella dipendenza lo terrorizzava. Non aveva mai fatto affidamento su un'altra persona, per niente al mondo. Eppure Astasiya possedeva il suo cuore, senza di lei avrebbe smesso di battere.

La loro connessione andava oltre la comprensione.

Era così e basta.

Issac avrebbe fatto il possibile per tenerla stretta, al suo fianco.

"Non voglio e non ho bisogno di nessun altro," le sussurrò. "Solo di te, Aya. Tu sei la mia felicità."

I bellissimi occhi della ragazza si riempirono di lacrime. "Issac…"

Qualcuno si schiarì la gola dalla porta principale della casa, interrompendo il momento e costringendo Issac a voltarsi per incontrare lo sguardo dell'uomo in attesa.

"Dobbiamo parlare." Il tono di Jayson era come rassegnato. "Anche Stas vorrà stare a sentire."

STAS

"AMELIA STA TENENDO OCCUPATA SUSAN IN CUCINA E Henry sta chiacchierando con Tom." Luc informò Stas prima che lei potesse fare domande sui genitori.

Tutti gli altri erano in salotto, incluso Jacque. Aveva una bella pizza in grembo e sembrava dividerla con Balthazar.

Aidan e Lucian erano in piedi, i loro occhi verdi identici traboccavano di sapere e curiosità.

"Che c'è?" chiese Stas. Tutti erano focalizzati su di lei. "Di che si tratta?"

"Di' a Stas cosa mi hai riferito," mormorò Jayson con le mani intorno a Lizzie, erano entrambi seduti su un'ampia poltrona.

"Non ho mai pensato che fosse un dettaglio importante," iniziò lei, poi arrossì.

Jayson giocò con una ciocca di capelli rossi che le era scappata dall'acconciatura improvvisata. "Va tutto bene, Rossa. Eri concentrata su altri dettagli importanti." Le portò la mano alla pancia e gli si illuminarono gli occhi. "Ma diglielo, così potremo parlarne tutti insieme."

Lizzie si morse un labbro e annuì. "Sì, va bene. Jayson mi ha detto che Kiel, scusate... Ezekiel ha chiesto di farvi dire il nome dell'uomo che..." Lasciò cadere la frase e deglutì. "Osiris lo chiamava Sethios."

Il cuore di Stas smise di battere.

"Talmente rari, infatti, che rivelano la tua ascendenza... Figlia di Caro e Sethios." Increspò le labbra in un sorriso arido mentre Stas lottò per continuare a respirare regolarmente. *"Oppure preferisci che ti chiami... nipotina?"*

"Anche Ezekiel ha parlato di lui," continuò Lizzie. "Ha detto che sono cresciuti insieme, che Osiris era suo padre, ma Jay ha specificato che intendeva dire il suo *creatore*, o *Sire*."

"Che aspetto aveva Sethios?" le chiese Aidan. Le sue parole erano appena udibili sotto al rumore di scroscio d'acqua che attraversava le orecchie di Stas. "Riesci a vederlo?"

"Ehm, sì." Lizzie aggrottò la fronte, poi focalizzò l'attenzione su Issac. Lui poteva vedere le immagini, manipolarle, costringere le persone a sognare. Stava vedendo Sethios, in quel momento? "Capelli marroni, occhi verdi. Alto, muscoloso ma non eccessivamente, probabilmente dovuto al fatto che non riuscisse a mangiare bene con la bocca cucita."

La concentrazione di Stas si spezzò, quella descrizione le portò alla mente dei ricordi.

Sono caratteristiche comuni.

Non sperarci troppo.

Lui è morto.

L'hai visto bruciare.

Delle immagini l'assalirono, facendola tuffare nel passato, i ricordi si trasformarono in qualcosa di duro, reale, travolgente.

"*Devi giocare oggi, angioletto. Per me e per la mamma. In caso arrivassero gli uomini cattivi, va bene?*"

Stas si coprì le orecchie e le ginocchia le cedettero.

"*Come tutte le altre volte, nasconditi e aspetta che veniamo a cercarti. Poi andremo a prendere il gelato.*"

"*Ora va, angioletto dolce. Nasconditi.*"

Qualcuno stava gridando, gridava così forte da fare male alle orecchie.

Quei ricordi.

Stas li odiava.

Il fuoco.

Il sorriso di Ezekiel tra le fiamme.

Il bagliore delle piume rosse al suo fianco...

Scosse la testa, l'incubo le prese vita nella mente, continuava a cambiare, non sembrava mai giusto. Era come se il cervello di Stas si rifiutasse di comprendere quel giorno. Quella notte. Quella che le aveva cambiato la vita per sempre.

"Aya." La voce di Issac era un sospiro contro le orecchie della ragazza.

Tuttavia, le urla del padre erano più forti.

Si contorceva per terra.

Niente fiamme.

Non era così. Lui stava bruciando... Stas aveva visto i genitori ardere vivi. Eppure quel fuoco non esisteva. C'era solo *lui.*

"*Proiettili incendiari,*" disse Ezekiel. "*I ricercatori di Jonathan li hanno sviluppati per le Sentinelle del FAC.*"

Che diavolo era tutto quello?

"Aya." Issac sembrava insistente, aveva le mani sulle spalle di lei.

Ma lei stava correndo. Veloce, imperterrita, nelle braccia di un angelo.

Poi niente.

Sussultò, aveva la gola dolorante, il viso ricoperto di lacrime. Un odore di menta piperita e sandalo la travolsero, la riportarono alla realtà, la confortarono. "Issac," sussurrò con voce roca un secondo prima di seppellire il volto nel maglione di lui. Isaac la cinse con le braccia, avvolgendola e proteggendola dall'incubo che aveva preso vita grazie a una descrizione del suo passato.

La madre di Stas aveva sofferto molto quel giorno.

Dopo che il suo amico angelo le aveva fatto visita.

Astasiya lottò per respirare, la mente le si offuscò, si frantumò in mille pezzi rivelando un mucchio di ricordi che non esistevano, che non *avrebbero dovuto* esistere.

"Che cazzo le prende?" chiese Issac, la sua voce era come un sogno distante. Stas provò disperatamente ad aggrapparsi a lui, ma andò a sbattere contro un muro. Il colpo fu così forte da accecarla, strappandola al ricordo del padre, della madre, di Ezekiel.

Si strinse il petto, il dolore le aprì una voragine nello spirito. Il suo mondo, la sua vita. Al pensiero di qualcosa che non sapeva, presero a scenderle delle lacrime sul viso, la realtà le scappò dalle dita e venne sostituita da una falsa immagine sfuocata.

Non è così.

Il fuoco non c'era.

Una nuvola la avvolse.

Calore.

Issac.

Si tenne stretta a lui, circondandosi del familiare calore, l'unica verità nella sua esistenza. Il suo sempre.

"Distraeteli," stava dicendo. "La farò tornare in sé."

Qualcuno rispose, a Stas non importava chi fosse stato. Tutto ciò che importava erano Issac e quella voce… la voce di una donna.

Mamma?

Seguì un filo in profondità, nell'acqua, una visione familiare le si palesò nel cuore. Intrappolata sul letto dell'oceano, un frammento di se stessa, persa nelle profondità del mare.

Il corpo si contorceva, implorava di avere aria, i polmoni urlavano in un'agonia infinita.

Bruciava.

Rallentava.

Divampava di nuovo.

Ancora, ancora e ancora.

Issac coprì la bocca di Stas con la propria, il suo stesso ossigeno diventava di lei, mentre succhiava ciò che le serviva, avvolgendosi a lui. Quel bacio la riportava sempre di più con i piedi per terra, tra le braccia di lui.

Il suo conforto.

La sua adorazione.

La sua protezione.

"Issac," gemette Stas, nascondendo il volto nel collo di lui, respirando la sua essenza, pregandolo di tenerla ancorata al presente, di non lasciarla andare di nuovo. *Che cosa mi sta succedendo?*

Tremò, del tutto inorridita.

Quei terrori erano soliti colpirla di notte, non di giorno. Non in quel modo, non insieme a un gruppo di persone.

La paura nello sguardo di Issac le trafisse l'anima, facendola immobilizzare davanti a lui, sotto di lui, *insieme* a lui. Issac la baciò di nuovo, più insistentemente, costringendola a rilassarsi, a sentire, a perdersi nel loro abbraccio.

Quello era il mondo di Stas.

Il suo posto.

Il suo Issac.

Ricambiò il bacio con fervore, dimenticandosi del

passato, del presente e del futuro, concentrandosi solo su di lui. Il caos iniziò lentamente a dissiparsi, sostituito da una passione che solo il suo vampiro avrebbe potuto svegliare. La lingua di lui contro quella di lei, le mani che le percorrevano tutto il corpo sotto il maglione, pelle contro pelle. Stas si inarcò verso Isaac, aveva bisogno di più. Aveva bisogno di lui.

"Aya," mormorò Issac staccando le labbra da quelle di lei ed espirando forte contro la sua bocca.

Lei lo afferrò, tirandolo di nuovo a sé, non era ancora pronta per smettere. Lo divorò nel modo che più desiderava, che amava, come era solita fare. Tuttavia lui la respinse, le mani sul petto, il respiro non più sul collo di lei. La tensione nel tocco di Issac indicava qualcosa di sbagliato, era immobile sopra di lei.

Fu allora che lo sentì, il familiare sentore di ferro sulla punta della lingua.

Sangue.

Conficcò le unghie nelle spalle di lui, immobilizzandosi, come congelata.

Santo cielo…

Fa che non sia il mio.

Per favore, cazzo, fa che non…

"È mio," sibilò lui. "Aspetta… mi serve un minuto."

L'aria le uscì dai polmoni in un istante e le salirono le lacrime agli occhi. *Ci erano andati vicini. Troppo vicini.* Astasiya si scosse, l'anima le si divise a metà davanti alla realtà di quello che ciò avrebbe potuto significare.

Potrei perderlo per sempre.

Lo sapeva già, lo capiva, ma la realtà di ciò mandava in frantumi tutte le verità che si era costruita per credere che avrebbe potuto funzionare.

Issac la tenne stretta, le loro spalle si mossero all'unisono. Anche lui lo sapeva, quanto erano stati vicini a perdersi. Stas non sarebbe riuscita a sopravvivere sapendo di averlo ucciso.

Seppellì la testa contro di lui, piangendo sotto il peso di quelle devastanti verità.

Non potrà mai essere davvero mio.

Non di nuovo.

"Mi dispiace," pianse Stas. "Mi dispiace tanto."

Issac scosse la testa mentre le sue stesse lacrime ricadevano silenziose su di lei.

Astasiya aveva distrutto Issac Wakefield con un bacio.

No, lo aveva distrutto quando era morta prima che avessero avuto la possibilità di dirsi addio. Tuttavia, avrebbero voluto farlo?

"Aya." La strinse in un abbraccio, aggrappandosi a lei come se potesse sparire.

Erano vicini alla fine.

Lo sapevano entrambi.

Lei non riuscì a trattenere la propria agonia. "Non so cosa fare."

"Nemmeno io," ammise lui con voce spezzata.

Il tempo prese a scorrere.

Loro erano persi nella tristezza e nel dolore.

Nessuno dei due avrebbe voluto lasciar andare, ammettere sconfitta.

"Non posso perderti, Issac. Non voglio perderti."

Avrebbe preferito vivere una vita senza poterlo toccare, piuttosto che una senza di lui.

"Ti amo," sussurrò Stas.

Issac le accarezzò il collo con il viso umido di lacrime. "Non sono pronto a dirti addio, Aya."

"Lo so."

"Non farmelo dire ancora." Issac sembrava davvero distrutto e Astasiya soffriva anche per lui. Non avrebbe potuto dirgli di no, soprattutto quando anche lei desiderava lo stesso.

Tuttavia, uno di quei giorni avrebbero dovuto essere forti e separarsi l'uno dall'altra. Perché Astasiya si rifiutava di vivere in un mondo senza Issac Wakefield.

Non deve essere oggi.

Un'altra settimana.

Un altro mese.

"Dobbiamo stare attenti," disse lei con le dita nei capelli di lui. "Molto più di quanto lo siamo stati finora."

Issac annuì. "Sì."

Stas fece lo stesso. "Non ancora, allora."

"Non ancora," ripeté l'Ichoriano rilassando le spalle ma mantenendo salda la stretta. "Non ancora."

Ripeté quelle parole ancora qualche volta, suonando sempre meno sicuro. Tuttavia, Stas si rifiutò di lasciare che il dubbio si insinuasse tra loro, si rifiutò di riconoscere quel senso di presagio che la ricopriva piano e invece scelse di vivere nel momento. Con il suo Issac.

Il suo amore.

Il suo sempre.

STAS

Stas sbatté le palpebre davanti all'orologio, convinta che le stesse mentendo.

Le quattro? No, non poteva essere. Strizzò nuovamente gli occhi in quella direzione. Indicava sempre lo stesso numero. Qualcuno si era dimenticato di aggiornarlo sull'orario giusto, quando erano arrivati?

Si allontanò dal petto di Issac e guardò verso le finestre, trovò la luna che danzava sul lago.

"Merda." Stas si mise a sedere e si stropicciò gli occhi intorpiditi dal sonno. I suoi poveri genitori. Che cosa avevano pensato? Si erano preoccupati? Oh, accidenti, erano al sicuro?

Stas fece per alzarsi dal letto quando venne trascinata di nuovo all'indietro, contro il corpo tonico di Issac.

"Dormono tutti," le mormorò contro un orecchio. "Inclusi Susan e Henry."

"Oh, cavolo," grugnì Stas portandosi un palmo della mano sulla fronte. "Sono stata proprio una brava padrona di casa."

"Amelia ha detto a Susan che non ti sentivi bene e che

me ne stavo occupando io. Lei sta bene, così come tutti gli altri." La fece rotolare sulla schiena per poterla sovrastare, poi le posò una mano su una guancia. "Ma tu come stai?"

Astasiya deglutì, aveva la gola secca. "A essere onesta non lo so." Quel turbinio di emozioni l'aveva fatta sentire vuota e instabile. "Odio tutto questo, Issac."

"Anche io, tesoro." Sfiorò le labbra della ragazza, un tocco troppo delicato per i gusti di lei. Tuttavia, avevano deciso di fare attenzione. Stas non poteva rischiare di perderlo, non in quel momento, mai. "Possiamo parlare di ciò che ha detto Elizabeth? Del tempo che ha passato con Osiris?"

Stas si accigliò, cercò di ricordare la conversazione. Il giorno prima era diventato un miscuglio di eventi, dal viaggio in aereo fino a ritrovarsi nel letto con Issac. Le sembrava di star scavando attraverso anni e anni di ricordi, non un solo giorno.

"Aya?" la chiamò Issac, la luna brillava abbastanza da evidenziare la preoccupazione nei suoi occhi azzurri.

"Ieri mi è sembrato tutto un sogno," sussurrò la ragazza. "Un brutto sogno."

Issac le passò un dito sul labbro inferiore osservando il movimento. "Sei caduta in trance e ti sei svegliata come se avessi appena fatto un incubo. Non sapevo come comportarmi, così ho fatto l'unica cosa che potevo per riportarti da me in quel momento."

Era tutto così confuso. Aveva a che fare con i genitori di lei e il fuoco. "Non c'erano le fiamme." Stas aggrottò la fronte mentre cercava di ricordare ma le immagini le sfuggivano, si nascondevano nei meandri della mente, dietro un muro che non riusciva a penetrare. "È strano, è come se il mio passato fosse stato in qualche modo alterato." Punzecchiò quel muro. "Sembro pazza."

"No," mormorò lui, alzò lo sguardo azzurro su di lei.

Fece scivolare il palmo sopra il maglione di Stas, su un fianco, facendola mettere di lato cosicché potesse infilarsi sotto il tessuto lungo la parte inferiore della schiena. "Questa runa prova che qualcuno ha alterato dei momenti chiave della tua vita da bambina, forse anche dei ricordi." Il tocco alla base della spina dorsale la fece rabbrividire.

"Gli immortali possono fare qualcosa del genere?"

"Conosco un Ichoriano che può manomettere la percezione del passato e c'è un Hydraiano con abilità simili. Tuttavia non parliamo di immortali comuni, Aya. È stato un Seraphim a farti questa runa, uno con molto potere. Magari lui o lei ha alterato anche la tua mente."

Stas prese in considerazione la possibilità, una raffica di piume rosse le dipinsero la vista per una frazione di secondo. "Perché dovrei ricordarmene solo adesso?" Per tutta la sua vita, Stas era stata sicura del proprio passato. Tuttavia, gli ultimi mesi l'avevano cambiata in modo irreversibile, rendendola sempre più insicura ogni minuto che passava.

"Se dovessi tirare a indovinare… direi la tua rinascita." Issac continuò a tracciare la pelle di lei con le dita, quel tocco era ipnotico e rilassante. "O forse dei nuovi sviluppi hanno scatenato i tuoi veri ricordi, che ora stanno risalendo in superficie. Incontrare Osiris ed Ezekiel, per esempio. Sentire i nomi dei tuoi genitori, Sethios e Caro." La studiò attentamente, come se stesse aspettando una reazione da parte di lei.

Le ci volle un momento per seguire il discorso, il giorno prima era stato troppo sconvolgente per ricordarne ogni dettaglio, ma uno si stagliava alto nel mare della confusione, spinto dal silenzio di Issac. "Lizzie ha detto che l'uomo che l'ha aiutata si chiamava Sethios."

"Sì, lo stesso Sethios che Aidan e gli Anziani conoscono da migliaia di anni. Era considerato il protégé di Osiris, ma circa venticinque anni fa è sparito. Tutti hanno dedotto che si fosse dato alla macchia, come Ezekiel, ma alcuni eventi recenti suggeriscono che potrebbe non essere così."

"Pensi che sia lui mio padre."

"Sì." Issac distese la mano sulla pelle di Stas, marchiandola fino nell'anima. "Sethios era in grado di persuadere gli altri tramite l'ipnosi, un dono molto simile alla soggiogazione."

"È possibile che, visto che Osiris era il suo Sire, la mia creazione abbia in qualche modo mischiato le abilità?" si chiese Stas. "Permettendo a me di fare più affidamento sulla persuasione che sull'ipnotismo." Il potere di lei era decisamente caratterizzato dal comando, non dall'inganno.

"Sì, ma trovo che la terminologia di Osiris sia piuttosto intrigante. Ti ha chiamata nipotina, come se avessi il suo stesso sangue."

"Ma lui è un Ichoriano." Gli Ichoriani non erano in grado di procreare.

"Vero, ma se avesse creato Sethios prima di essere trasformato in un immortale?"

Stas ci pensò su. "Stai dicendo che Sethios potrebbe essere suo figlio biologico."

Issac annuì. "Non sappiamo quanti anni abbiano davvero, in più tornerebbe con la storia che Ezekiel ha raccontato a Elizabeth. Le ha detto che Sethios è figlio di Osiris e che era famoso per riferirsi a lui in quel modo."

"Quindi pensi che Osiris sia diventato un Ichoriano dopo la nascita del figlio e poi abbia trasformato anche lui, Sethios, in un Ichoriano," dedusse Astasiya.

"Sembra piuttosto plausibile, sì. Spiegherebbe anche come tu abbia ereditato le abilità di Osiris."

Stas era d'accordo… che storia familiare bizzarra. "Se

tutto questo è vero, allora Lizzie..." Non riuscì a finire la frase, le parole le rimasero incastrate in gola.

"Ha visto il tuo padre biologico meno di due mesi fa," mormorò Issac. "Esatto."

"Siete sicuri che sia lo stesso Sethios?"

"Quello che ha visualizzato lei combacia con quello che conosco io, fatta eccezione per alcuni dettagli strani."

"Dettagli?" ripeté Stas.

"Sì, sembrerebbe che stia venendo punito per qualcosa."

Il modo in cui lo disse fece rabbrividire Stas. "Per colpa mia?" tirò a indovinare, la voce appena sopra un sussurro.

Issac scosse la testa. "No, Osiris non si è reso conto della tua esistenza fino a quando non sei stata in grado di usare il tuo potere contro di lui. Il suo shock era reale. Sfortunatamente, questo non ci dice perché ha deciso di cucire le labbra di Sethios in modo che non possa parlare."

Stas rabbrividì, quell'immagine le lasciò un marchio raccapricciante nella mente. "Se è davvero vivo... se è davvero mio padre..."

"Capisco dove tu voglia andare a parare Aya, ma fidati di me, Sethios sa come cavarsela da solo. Se vorrà scappare da Osiris, ci riuscirà."

"Come fai a saperlo?"

"Oh, Aya, ha una reputazione... particolare."

Particolare? "In che senso?"

"Diciamo solo che è figlio di suo padre."

"Mi stai dicendo che mio padre è un uomo malvagio?" gli chiese, si sentì istintivamente sulla difensiva. Il padre dei suoi ricordi, per quanto confusi, non le ricordava affatto Osiris. Era un uomo amorevole, affettuoso, la definiva sempre il suo piccolo angioletto...

"No, sto dicendo che Sethios ha una reputazione

formidabile, proprio come il padre. Se c'è qualcuno in grado di opporsi a Osiris, quello è Sethios."

"Solo che ha letteralmente la bocca cucita," ribadì Stas. "Perché qualcuno dovrebbe voler vivere in quel modo?"

Issac la studiò per un lungo momento, le iridi color zaffiro brulicavano di un'esperienza e un'intelligenza che Stas invidiava. Luc e Aidan erano conosciuti per le loro abilità strategiche, ma il *suo* vampiro prendeva sempre in considerazione ogni angolazione, misurava ogni passo, le sue decisioni non erano mai dettate dalle emozioni. Era pratico, passionale e perfetto.

"Mi duole dirlo, ma credo che dovremo accettare l'offerta di Ezekiel riguardo il cenone di Natale. È chiaro che abbia delle informazioni e anche se sono sicuro che sia mosso dall'egoismo, potremmo riuscire a carpire dettagli importanti… Se giochiamo le carte giuste."

"Tra te, Luc e Aidan penso che dal punto di vista della strategia saremo ben coperti."

Issac non sembrava affatto convinto quanto Stas. "Ezekiel non è un tipo prevedibile."

"No, ma nemmeno tu lo sei," gli fece notare lei sfiorandogli le labbra. "Mio bel vampiro disertore di regole."

Issac ridacchiò. "Stai flirtando con me, Aya?"

"Sto solo puntualizzando uno dei tuoi attributi migliori." Gli fece scivolare una mano sul sedere, strizzandolo attraverso il tessuto dei boxer.

Lui la spinse di nuovo sulla schiena, lo sguardo luccicante. "Ora stai decisamente flirtando."

"No, evidenzio un altro dei tuoi attributi migliori," lo prese in giro lei.

"Stavo cercando di avere una conversazione seria."

"E sei stato bravo. La conclusione è che dovremo

invitare Ezekiel al cenone di Natale." Avrebbero dovuto discuterne con il resto del gruppo e decidere i parametri necessari per tenere al sicuro i genitori adottivi di lei. A ogni modo, non erano nemmeno le cinque della mattina, avrebbero avuto tempo di prepararsi a quella discussione. "Sono pronta per un diversivo."

Issac si mostrò divertito. "Un diversivo, eh? Per toglierti Sethios dalla testa, dici?"

Un po' di quell'energia giocosa lasciò il corpo di Astasiya. L'abilità di Issac di interpretare la ragazza era sbalorditiva. "Non posso permettermi di sperare, Issac."

Le prese il volto tra le mani. "Lo capisco, tesoro. Non è facile da digerire, ma se fosse vero confermerebbe che i tuoi ricordi sono stati alterati."

"Lo so."

"Sarà necessario scavare ancora di più nel tuo passato, perché Aya, i Seraphim non interferiscono nelle vite immortali, non senza avere un motivo valido."

I Seraphim erano quasi un mito per gli Ichoriani e gli Hydraiani, pensavano che si fossero estinti eoni prima. Tuttavia la runa sul corpo di Astasiya suggeriva diversamente. Così come l'intrusione nella mente della bionda.

"Perché io?" sussurrò Stas alzando lo sguardo su Issac, avrebbe voluto che lui avesse tutte le risposte.

"Vorrei poterlo sapere, Aya." Le sfiorò le labbra con le proprie. "Ma non posso negare che ci sia qualcosa di assolutamente e incredibilmente unico in te."

Astasiya iniziò a dubitare di quell'affermazione fino a che non incontrò il sorriso di lui sulle labbra. "Ora sei tu che flirti con me."

"Alcuni direbbero 'corteggiare'," mormorò Issac.

Lei ridacchiò. "Solo gli anziani provenienti da un altro tempo."

"Che ne dici di 'sedurre', allora?" suggerì lui, le loro bocche erano a un soffio di distanza.

"Dipende dai tuoi obiettivi, signor Wakefield."

"Beh, per prima cosa vorrei spogliarti di queste vesti, signorina Davenport."

Stas si sentì pervasa dal calore e sorrise istintivamente. "Penso che mi piacerebbe."

"Lo penso anche io."

"Allora smettila di parlarne e datti da fare." Un tocco di persuasione si infiltrò in quelle parole, costringendo le mani di lui a cominciare a muoversi. *Spogliami*, sussurrò lei alla mente di Issac. Lo sguardo scuro di lui le confermò che aveva recepito il messaggio e che lo approvava.

"Mmmh, un ordine," mormorò lui contro la bocca della ragazza. "I miei preferiti."

ISSAC

I CAPELLI BIONDI DI ASTASIYA BRILLAVANO ALLA LUCE DEL sole, gli ricordarono l'aspetto che aveva avuto quella mattina presto, distesa nel suo letto. Anche se allora era nuda. In quel momento indossava di nuovo un maglione e un paio di jeans puliti, grazie a Balthazar che aveva lasciato le loro valigie fuori dalla porta della suite.

Issac sorseggiò il caffè ammirando il sorriso di lei. Gli sembrò davvero rilassata e sollevata, accanto a Susan, mentre parlavano delle feste natalizie passate. Qualcosa riguardo un giro in slitta a Havre prima di andare a vedere l'albero in centro città. Avrebbe dovuto portarcela, l'anno successivo, solo per vedere se le immagini nella mente di Susan avrebbero combaciato.

Sempre che lui e Astasiya fossero ancora stati insieme.

Sentì il petto dolergli al pensiero di vederla con chiunque altro, l'ingiustizia di quell'ipotesi gli fece contorcere lo stomaco. Il bacio della sera prima gli aveva fatto aprire gli occhi. Lei lo aveva ferito a malapena, in preda al momento. Se fosse stato il contrario, lui non starebbe respirando.

Come poteva essere che qualcosa che sembrava così giusto fosse impraticabile?

Doveva esserci un modo per farlo funzionare. Un modo per aggirare il fato.

Il cuore di Issac voleva Astasiya e solo lei.

Gli ci erano voluti trecento anni per trovarla, per sentirsi in quel modo con un'altra persona, per *amare*. Non avrebbe rinunciato a lei solo per un ridicolo diritto di sangue.

Era quello che nessun altro capiva, il loro legame era più profondo di qualunque altro, era come se le loro anime si fossero fuse.

Stas lo guardò con i suoi occhi verdi, i segreti dentro quelle pupille lo fecero sorridere. Sapeva come funzionava la mente di lei, cosa significavano i commenti della madre sulla serietà della loro relazione.

Susan alludeva al matrimonio.

Astasiya non aveva mai avuto il desiderio di sposarsi. Non era nel suo stile e nemmeno in quello di Issac.

"Mamma," gemette lei. "Smettila."

"Che cosa?" Astasiya guardò Issac. "Ha affittato una casa per far sì che potessimo passare le feste insieme. È chiaro che veda questo rapporto come qualcosa a lungo termine."

Astasiya poggiò la testa sul tavolo e in quel momento entrò Elizabeth. "Non ci sposeremo, mamma."

"Ho forse detto questo? Volevo solo sapere quali fossero i prossimi passi, tutto qui." Lanciò a Elizabeth uno sguardo implorante. "Tu mi capisci, vero, Lizzie?"

Astasiya grugnì più forte mentre la migliore amica rideva, chiaramente si stava godendo il suo tormento. Issac non poté fare a meno di ridacchiare e si guadagnò un'occhiataccia dalla sua bionda preferita.

"Stas non è tipa da matrimonio, signora Davenport,"

commentò Elizabeth. "Ma penso che quello che ha con Issac sia davvero speciale."

Lizzie aveva detto chiaramente che faceva il tifo per loro, anche quando tutti gli altri si aspettavano che il loro rapporto andasse a rotoli in malo modo. Elizabeth Watkins era una vera romanticona, credeva sempre nel lieto fine.

Jayson si unì a loro, incapace di stare troppo lontano dalla futura sposa e dal figlioletto non ancora nato.

Quella mattina Issac gli aveva parlato brevemente di Ezekiel, raccontandogli del loro piano per la sera successiva. Jayson aveva acconsentito e gli aveva comunicato che lui e Lizzie sarebbero rimasti. Issac pensò che fosse stata una richiesta di Elizabeth: non avrebbe voluto lasciare sola la migliore amica dopo aver scoperto che il padre biologico avrebbe potuto essere ancora vivo.

Ovviamente ciò significava che il territorio circostante avrebbe pullulato di Guardiani, tutti lì per proteggere gli Anziani Hydraiani ed Elizabeth.

Non sarebbe stata una reazione orribile, finché i Davenport non se ne fossero accorti.

"Quindi dov'è diretta?" insistette Susan, guardando entrambi con impazienza.

"A cosa ti riferisci?" chiese Henry, facendo il suo ingresso con le braccia colme di buste della spesa. Thomas lo seguì con il doppio del peso. Henry era voluto uscire per comprare la birra, ma la moglie aveva trasformato il tutto in una lunga lista della spesa, così Thomas si era offerto di accompagnarlo, anche per proteggerlo.

"Alla relazione tra tua figlia e Issac."

Henry posò le borse e guardò Issac negli occhi. "Beh, chiaramente si sposeranno, non è così figliolo?"

Astasiya balzò in piedi. "Papà!"

"Che c'è? Praticamente vivete insieme... e se lui è

davvero il gentiluomo che sostieni che sia, allora farà di te una donna onesta,"

"Ricordatemi, in che secolo siamo?" chiese Stas.

"Uno in cui il corteggiamento è considerato obsoleto," le ricordò gentilmente Issac.

Stas gli rivolse un'altra occhiataccia. "Vuoi sposarti?"

"Tu lo vuoi?" ribatté lui con un sorriso malizioso.

"No!" Stas guardò Elizabeth, implorando. "Per favore, aiutami tu. Ti prego."

"Cosa dovrei fare?" le chiese l'amica con gli occhi che brillavano di gioia. "Ho già detto che non sei una tipa da matrimonio."

"Certo che lo è," intervenne Henry. "Tutte le donne vogliono sposarsi."

"Non Stas," dissero Thomas ed Elizabeth all'unisono.

Astasiya agitò le mani nella loro direzione, come a dimostrare di essere la prova che stavano cercando.

"Allora quali sono le tue intenzioni?" chiese Henry, rivolgendosi ad Issac e non ad Astasiya.

Dunque è così che sarebbe andata la giornata. Il padre adottivo di Stas non aveva tenuto nascosto il proprio disgusto nei confronti di Issac fin dal momento in cui si erano incontrati per la prima volta, dopo la laurea di lei. Naturalmente, allora l'Ichoriano non usciva ancora con sua figlia. Stava semplicemente pianificando di usarla per vendicarsi di qualcuno. Non era certo stata la migliore delle presentazioni.

"Papà," Astasiya lo guardò attraverso gli occhi socchiusi, il divertimento del momento era passato e la serietà stava prendendo il sopravvento.

"Va tutto bene, tesoro," mormorò Issac. "Ha il diritto di chiederlo e un gentiluomo risponde sempre."

Henry inarcò un sopracciglio. "Concordo."

Issac si alzò per guardare l'uomo negli occhi, non gli piaceva la posizione di dominio che aveva assunto su di lui.

"Pur non avendo alcun riserbo sulla santità del matrimonio, non è mai stato uno dei desideri di sua figlia, e nemmeno uno dei miei."

"Esattamente," mormorò Astasiya, evidentemente sollevata.

"Quello che desidero," continuò, "è una vita lunga e prosperosa con la donna che amo al mio fianco, farò tutto il necessario perché questo accada. Non abbiamo bisogno di una cerimonia per dimostrare l'uno all'altra che ci amiamo, né a nessun altro. Ciò che importa è che Astasiya si fidi di me e che io mi fidi di lei, resteremo insieme fino a che lei non vorrà il contrario."

Issac mantenne lo sguardo di Henry, permettendo all'uomo di sentire la sincerità dietro quelle parole, così come la determinazione nel tono. Issac sarebbe stato rispettoso, ma non intimidito. Nemmeno dall'uomo che aveva adottato Astasiya.

"Quindi accetti di prenderti cura di lei." Non era una domanda, ma un'affermazione.

"Oh, cielo." Astasiya si rivolse al padre. "Posso prendermi cura di me stessa, grazie tante."

"Per quanto me lo permetterà, sì," gli rispose Issac senza interrompere il contatto visivo, nemmeno quando Aya si voltò per guardarlo. "Ma se pensa che Astasiya abbia bisogno delle mie cure, allora non conosce bene sua figlia." Quella piccola provocazione sferzò l'aria, Thomas e Jayson fecero entrambi un passo indietro e Susan spalancò la bocca.

Astasiya, al contrario, sembrava piuttosto soddisfatta.

Elizabeth aveva un sorriso a trentadue denti.

Issac inarcò un sopracciglio, in attesa che Henry parlasse ancora.

Lui desistette.

Non esistevano altri risultati possibili, quando si trattava della sua Astasiya. *Mia.*

"Ho letto di te."

"Sono sicuro che sia così, Henry. Anche Astasiya l'ha fatto, quando ci siamo conosciuti." Le sorrise di proposito, ricordando una conversazione che avevano avuto su come lui non sorridesse mai nelle foto.

Stas incurvò le labbra e scosse la testa. "Non è l'uomo di cui parlano i giornali, papà."

"Comincio a rendermene conto." Henry squadrò Issac da capo a piedi. "Mi piacerebbe continuare a farlo."

"Risponderò a tutte le domande che vorrà," gli disse Issac. "Mi consideri un libro aperto." Ai limiti della ragione, ovviamente. Era chiaro che non avrebbe potuto vuotare il sacco circa le sue origini Ichoriane.

Henry annuì, per il momento sembrò soddisfatto. "Aiutami a scaricare il resto della spesa."

"Non c'è più nulla," s'intromise Thomas, indicando le borse sul bancone della cucina.

"Le hai portate tutte tu?" Henry strabuzzò gli occhi.

Thomas si limitò a scrollare le spalle. "Sono giovane, forte… ho le braccia lunghe."

Susan ammirò le braccia in questione e Anastasiya si allontanò dal tavolo. "Ehm, Issac, non volevi farmi vedere la tenuta?"

"Sì." Era una bugia, non avevano piani di quel genere, ma stare al gioco gli veniva naturale. "Sei pronta?"

"Sì, per favore." Stas allungò una mano e lui la prese volentieri, attirandola a sé per darle un bacio sulla guancia. Era così calda e soffice. Perfetta, la sua Aya. "Torneremo tra un pochino."

Astasiya cominciò ad avviarsi, i piedi, ricoperti dagli stivali, si mossero velocemente sul pavimento di marmo della stravagante cucina. Il tavolo al quale erano seduti era più che altro un'isola di granito, ma era grande abbastanza per accomodare dieci persone. Era uno stile moderno che a Issac piaceva molto. Magari avrebbe rimodellato la propria cucina perché somigliasse a quella, così avrebbe potuto utilizzare la sala da pranzo per qualcos'altro, forse una zona relax?

"Hai uno sguardo strano," mormorò Aya una volta che furono usciti sul balcone del piano principale. Era stato ripulito dal ghiaccio e dalla neve, un compito portato a termine prima del loro arrivo. Per fortuna il tempo era rimasto asciutto, e freddo.

"Sto solo pensando alle mie altre proprietà. Mi piace la disposizione di questa cucina."

Mentre scendevano le scale, Stas alzò le sopracciglia sorpresa. "Davvero?"

"A te no?"

"No, voglio dire… sono sorpresa che tu stia pensando a ristrutturare casa, in un momento come questo."

"A cos'altro dovrei pensare?"

"Oh, non lo so… al fatto che mio padre abbia cercato di pretendere che ci sposassimo?"

Issac ridacchiò. "Henry non mi spaventa, tesoro." Sethios, al contrario, se fosse risultato essere il padre biologico di Stas… forse. Issac si accigliò. Che cosa avrebbe pensato Sethios del fatto che sua figlia uscisse con lui?

"Va bene, ora mi sembri preoccupato," osservò Aya una volta arrivati al piano inferiore.

"Stavo solo pensando a come affronterei Sethios se giocasse la carta del genitore protettivo."

Astasiya si fermò e impallidì. "Pensi che…" Deglutì. "Pensi che lo farebbe?"

"Non lo so," ammise Issac. "Sarebbe interessante."

"In senso brutto? O bello?"

Brutto, decisamente brutto. "Ci penseremo quando arriverà il momento." L'attirò a sé per un bacio sulla tempia. "Se dovessimo preoccuparci di tutti gli 'e se' della vita, non potremmo godercene nemmeno un momento. Io dico di respingerli tutti quanti e vivere e basta."

Stas lo guardò negli occhi per un lungo momento, poi sorrise. "Penso che mi piacerebbe."

"Sì?"

"Sì." Allargò il sorriso e nelle iridi le apparve un guizzo malizioso. A Issac piaceva molto quando succedeva. "Viviamo il momento, giusto?"

"Che cos'hai in mente?"

Stas si allontanò da lui e si buttò nell'erba innevata, i biondi capelli al vento mentre lui la stava a guardare.

"Dove stai andando?"

"A vivere il momento!" esclamò lei, poi sparì dietro gli alberi.

Issac la seguì, sorpreso da quel comportamento buffo. "Aya, io…" Fu interrotto da una palla di neve che gli arrivò dritta in faccia. Era fredda e soffice. "Mi hai appena lanciato una palla di neve?"

La risata di lei gli arrivò dritta al cuore.

Tump.

Quell'attacco giunse dalla sinistra ed era decisamente più potente.

Balthazar.

Brutto bastardo, pensò Issac mentre si scrollava il ghiaccio dalle spalle.

"Ehi!" Astasiya rispose all'attacco dello stronzo sorridente. "Quello è stato un colpo basso, B!"

Balthazar schivò la palla di neve ridendo. "Tu l'hai colpito mentre stava parlando!"

"Sì, ma a me è permesso farlo." Ne stava già preparando un'altra.

Dietro di lei apparve improvvisamente Jacque con un secchio, che le rovesciò addosso: i soffici fiocchi bianchi le si attaccarono ai capelli e al maglione, donandole un fascino invernale che Issac trovò molto sexy.

Tuttavia dovette punire il teletrasportatore per quella mossa crudele.

Prese possesso della visione di Jacque e lo mandò all'indietro contro la neve con una spinta mentale che fece sussultare l'Hydraiano.

Ne mandò una anche verso Balthazar, per buona misura.

"Ora chi è il bastardo?" borbottò il telepatico.

"Tu usi i tuoi doni, io uso i miei," gli rispose Issac spostandosi al lato di Aya per aiutarla a togliersi la neve dalle spalle tremanti. "Stai bene?"

"No, ma starò meglio quando li avremo distrutti," mormorò lei.

"Suggerisci di unire le forze, tesoro?"

"Sì." Nessuna esitazione, solo una grande sicurezza in se stessa.

"E chi dovremmo distruggere?"

"Tutti quanti."

Isaac sorrise, percepiva diversi altri giocatori in campo, tutti con gli occhi puntati su di loro. "Riesci a sentirli tutti?"

Astasiya annuì.

"Io e te contro il resto del mondo?"

"Sempre."

"Sempre," ripeté lui, poi sentì il potere di lei irradiarsi tutto intorno. "Cerca di non metterti troppo in mostra, tesoro. Lo sai che adoro i tuoi comandi."

Stas sorrise. "Suona come una sfida che devo accettare a tutti i costi."

"Spero proprio che tu lo faccia." Fece inciampare Balthazar con l'aiuto della propria mente, in modo che la palla di neve che il telepatico aveva indirizzato a loro deviasse a sinistra. Issac si voltò per catturare l'attacco di Luc con la mano destra. I fiocchi esplosero all'impatto, quella neve non era fatta per fare a botte, ma sarebbe stata un ottimo modo per divertirsi.

Era tempo di vivere il momento.

Perché chi avrebbe potuto sapere cosa avrebbe portato il domani.

GABRIEL

"Che stai facendo, Ezekiel?"

Quando Gabriel apparve improvvisamente, l'assassino dai capelli neri non indietreggiò né reagì: si limitò a strizzare gli occhi verso l'orda di immortali che si tiravano addosso palle di neve a vicenda. "Guardo Stas annientare la concorrenza. Oserei dire che tua sorella sia abbastanza abile in quanto a strategie, Stark."

Gabriel seguì lo sguardo dell'altro in direzione della bionda in questione. Il viso della ragazza si illuminò in un modo che lui non vedeva da molto tempo. Si girò proprio nel momento in cui Jacque si teletrasportò dietro di lei. L'Hydraiano si gettò un secchio di neve addosso mentre lei rideva.

"Sta sicuramente imparando a controllare i poteri," notò Gabriel, impressionato. "O almeno uno di loro." Stas non aveva ancora idea di cosa fosse capace, le sue abilità stavano a malapena iniziando a fare capolino.

"Così sembra." Ezekiel sorrise nel momento in cui Stas mandò Luc a sbattere contro un banco di neve grazie a un comando mentale. Le brillavano gli occhi di potere anche a quella distanza. "Però non è per niente pronta per Osiris, ancora."

Gabriel trattenne una risatina. "Ovviamente." Era una Seraphim giovane, non aveva ancora nemmeno sviluppato le ali. Tuttavia, sarebbe successo presto. "Perché sei andato da loro, ieri?"

"Sapevo che mi stavi spiando." Ezekiel schioccò la lingua e i capelli gli si mossero allo scuotere della testa. "Se ti mancavo così tanto saresti potuto passare per un saluto."

"Ciao," gli disse Gabriel piatto. "Ora rispondi alla mia cazzo di domanda."

Ezekiel sorrise, gli occhi accesi dal divertimento. "L'umanità ti dona, Stark."

Gabriel non abboccò. Non commentò nemmeno, si limitò a fissare l'altro con sguardo privo di emozioni, sapeva che quello fosse il modo migliore per contrastare i giochetti dell'assassino.

"Come sei noioso," sbuffò Ezekiel, poi riportò l'attenzione verso lo spettacolo.

Nessuno sospettava di loro, appollaiati su un tetto vicino. Gli Hydraiani che circondavano il perimetro non erano addestrati a sufficienza per prendere un Seraphim e un Ichoriano così anziano. A ogni modo, i Guardiani non erano del tutto inutili. Molti di loro avevano poteri inenarrabili che avrebbero potuto proteggere Stas in un secondo. Solo, non dal sangue del suo stesso sangue.

"Se proprio vuoi saperlo, ho deciso di accelerare un po' la faccenda. Avrebbero dovuto capire della presenza di Sethios alla tenuta di Osiris, ma ancora non ci sono arrivati, ovviamente."

Gabriel era d'accordo con Ezekiel. "Come hanno fatto a non pensarci?"

"Lizzie non ne ha mai fatto cenno, è troppo occupata con la gravidanza. In più non hanno parlato molto delle affermazioni di Osiris riguardo il diritto di nascita di Stas."

Anche Gabriel lo aveva notato. "Hai idea del perché stiano evitando l'argomento?"

"Perché credono che Sethios sia un Ichoriano e Caro una mortale. Non riescono a vedere l'ovvia verità che hanno davanti."

"Che mia madre sia una Seraphim."

"E che anche Osiris lo è, rendendo Sethios per metà Seraphim." Ezekiel scosse la testa. "Non sono sicuro di come possa renderglielo più chiaro di così."

"Ci arriveranno presto." Probabilmente quando la sorella avrebbe sviluppato le ali.

"Sai, potresti dirglielo," gli suggerì Ezekiel per la millesima volta.

"Non è ancora pronta."

L'assassino tornò all'attacco. "Compirà venticinque anni la prossima settimana."

"Ne sono consapevole."

"Forse potresti comportarti da bravo fratello maggiore e dirle come andrà a finire in anticipo."

"Perché?"

Ezekiel ridacchiò. "Giusto… ma certo. Ho a che fare con un Seraphim emotivamente instabile." Si accovacciò appoggiando i gomiti sulle ginocchia. "È tua sorella. Qualcuno potrebbe dire che una spiegazione gliela devi."

"Ho intenzione di dargliene una, quando sarà pronta."

"Allora te lo chiedo di nuovo, quando arriverà quel momento? Perché io sono stanco di vedere il mio migliore amico sotto costante tortura."

"Così come io sono stanco di sentire le urla di mia madre in testa, ma tutti facciamo ciò che prevede il destino." A Gabriel si arruffarono le piume sulla schiena, l'aria fredda gli irritava i sensi. Perché qualcuno decidesse di giocare fuori con quel tempo, o peggio ancora che ci vivesse, era un mistero per lui. Preferiva di gran lunga gli alloggi nel sud del Pacifico. "Cosa dirai loro domani?"

Ezekiel scrollò le spalle. "Quello che mi verrà in mente. Sono sicuro che mi chiederanno di Sethios."

"Gli dirai la verità?"

"Fino a che mi è permesso farlo." Ezekiel si guardò sopra una spalla. "Non preoccuparti, lascerò i fatti sui Seraphim a te." Un tono infastidito gli coloriva la voce, le pagliuzze dorate negli occhi scuri bruciavano alla luce del sole.

"Sei scontento di me."

"Allora sei in grado di discernere le emozioni," mormorò l'assassino. "Interessante."

"E ora stai facendo il sarcastico."

"Come sei brillante." Ezekiel sorrise ma mancava di calore. "Hai idea di cosa stia facendo Osiris a Sethios, in questo momento?"

Non poteva essere peggio che annegare più e più volte, continuamente. "No."

"Sta cercando di costringerlo a procreare di nuovo."

Gabriel aggrottò la fronte. Sethios e Caro erano legati per sempre. Il corpo di lui non avrebbe mai risposto in maniera adeguata a quello di nessun'altra. Senza contare che la creazione di un Seraphim era un evento raro. "È praticamente impossibile."

"Ma non mi dire," gli rispose Ezekiel.

"E allora perché disturbarsi?"

Ezekiel lo guardò attentamente. "Si tratta di strategia mentale, Stark. Osiris sta soggiogando il figlio affinché fornichi, o per lo meno ci provi, il che è già abbastanza doloroso tra soggetti non consenzienti. Aggiungici l'inabilità di Sethios di sottrarsi a quella persuasione e ottieni una ricetta straziante. E proprio quando è sul punto di svegliarsi dalla confusione e dal dolore, Osiris gli permette di ricordarsi di Caro, dettaglio che fa letteralmente impazzire Sethios. La sua agonia e le sue urla sono il motivo per cui mi sono reso volontario per sorvegliare Stas, questa settimana. Avevo bisogno di una pausa."

Una strana fitta colpì il petto di Gabriel. Il cuore aveva reagito a un'emozione connessa al legame con la famiglia.

Caro.

Si passò le mani tra i capelli e spostò lo sguardo sulla donna che aveva giurato di proteggere per tutta la vita. "Stas non è ancora pronta." Non fino a che non le spunteranno le ali. "Ma lo sarà presto." *Lo spero.*

Una piccola preoccupazione che lo tormentava da anni minacciò di persuaderlo, ma Gabriel la scacciò.

Volerà.

Doveva farlo.

"Mi dispiace per Sethios," ammise Gabriel. Gli dispiaceva per un sacco di altre cose.

Ezekiel non disse nulla, le braccia avvolte intorno agli stinchi.

"Come sta la tua Skye?" gli chiese dolcemente Gabriel.

"Ti interessa davvero?" gli rispose Ezekiel. "Siamo tutti all'inferno e tu sei l'unico ad avere in mano il potere."

"Non è pronta," ringhiò Gabriel, irritato dall'accusa di essere colui che impediva al piano di proseguire. "Deve evolversi, prima."

"A me sembra già piuttosto evoluta, cazzo," gli rispose Ezekiel indicando Stas, che stava brillando alla luce del sole.

Angelica.

Eterea.

Corporea.

Vicina ma non ancora abbastanza.

"Tornerò a fine settimana per essere aggiornato." Annunciò Gabriel.

"E cosa farai nel frattempo?"

"Sorveglierò Jonathan." L'amministratore delegato del FAC aveva in mente qualcosa, ma non era tanto in vena di condividere le informazioni. Dopo il litigio con Osiris ed Elizabeth, era determinato a farsi valere. "Sta pianificando qualcosa."

Ezekiel ridacchiò. "Quell'idiota dovrebbe essere messo a riposare in pace."

"Eppure Osiris l'ha lasciato vivere."

"Ma certo, vuole un altro Seraphim." L'assassino scosse la testa, poi si alzò di nuovo in piedi. "Devo trovare un bel ceppo per la cerimonia."

"Un bel cosa?"

Ezekiel sorrise. "A volte dimentico quanto tu sia giovane, Stark. Che ne dici di fare una passeggiata con me, così potrò spiegarti una vecchia usanza nordica e annoiarti con storie del passato?"

"Perché mai dovrei voler fare una cosa del genere?"

"Perché te l'ho chiesto, perché mi devi un favore e francamente, perché mi serve una distrazione." L'assassino fissò l'angelo. "È il minimo che tu possa fare dopo tutto quello che abbiamo passato."

Quell'ultima parte lo colpì.

Il tempo che Stark aveva passato tra gli umani lo aveva cambiato irrevocabilmente. Aveva cominciato a percepire le cose in modo diverso rispetto a trent'anni prima. Una parte di lui... *ci teneva*.

"Ti comporti come se fossi l'unico ad aver fatto un sacrificio," mormorò Gabriel sottovoce, aveva di nuovo lo sguardo su Stas. "Come se fossi l'unico a soffrire. Anche io provo dolore, Ezekiel. Molto più di quanto tu possa immaginare." Ci conviveva ogni giorno, l'agonia della madre che non faceva che annegare, l'anima della donna che si deteriorava nella mente del figlio. "Ho lasciato casa mia, tutto ciò che conoscevo, per proteggere una donna che mi odia."

Vedeva l'odio di Stas nei suoi confronti ogni volta che lei lo guardava. Lo considerava un mostro e forse aveva ragione. Aveva compiuto azioni orribili sotto il comando di Jonathan, aveva ferito centinaia di persone per scalare la vetta, affinché potesse posizionarsi al posto giusto per poterla proteggere.

"Abbiamo tutti rinunciato a pezzi importanti di noi stessi per lei," aggiunse delicatamente. Anche se avesse potuto, non avrebbe rinnegato nulla, né lo avrebbe fatto in altro modo. Sapeva che anche Sethios e Caro la pensavano così. "Astasiya è il futuro."

Ezekiel seguì lo sguardo dell'angelo, sorrise leggermente. La pesantezza di quella conversazione cedette il passo a una cupa risoluzione. "Vorrei solo che il futuro arrivasse più velocemente."

"Sarà qui prima che tu possa accorgertene," gli rispose Gabriel, al solo pensiero di vederla crescere gli ribollì il sangue. "Ci siamo quasi."

Come se avesse percepito la presenza dell'angelo, Stas si voltò a guardarlo e i loro sguardi si incrociarono. Gabriel assunse istintivamente la forma eterea, le piume rosse brillarono alla luce del sole.

Astasiya non distolse lo sguardo.

Chiuse gli occhi.

Poi svenne.

"Sì," sussurrò Gabriel a Ezekiel nel vento. "Quasi."

Stas aveva perso conoscenza poiché, per un secondo, aveva visto Gabriel nella sua forma di Seraphim.

Era quello il motivo per cui non era ancora pronta: la mente della ragazza non era ancora in grado di processare la verità. Tuttavia, ogni giorno li avvicinava sempre di più all'inevitabile.

Le sarebbero spuntate le ali prima di avere il tempo di accorgersene.

Ci vediamo presto, sorellina.

ISSAC

ISSAC SI PASSÒ LE DITA TRA I CAPELLI ED ESPIRÒ profondamente mentre si sedeva accanto all'uomo che considerava un padre.

Astasiya era nella sala principale con Susan e Henry, a chiacchierare davanti al fuoco. L'aveva lasciata lì, sapeva che aveva bisogno di passare più tempo possibile con loro. Gli anni sarebbero passati in modo diverso per lei, di lì in poi, un dettaglio che avrebbe cominciato a capire dopo una decina di anni.

Aidan versò un bicchiere di brandy e lo passò a Issac. "Come sta?"

Issac prese un lungo sorso, la gola era alla ricerca di quel bruciore. "È una domanda eccellente… che lei sembra evitare."

Mentre stavano giocando nella neve era svenuta e quando era tornata in sé non aveva idea di che cosa avesse potuto causarle il mancamento. Ovviamente aveva minimizzato il tutto dicendo di stare bene, ma Issac sapeva che non era così.

"Aya ha delle visioni, forse riguardanti il passato che

non sapeva di avere." Issac si fermò per valutare come pronunciare quelle parole. Non voleva tradire la sicurezza che Astasiya aveva in sé, ma doveva anche fornire ad Aidan i dettagli per arrivare a una possibile causa. Se c'era qualcuno in grado di saperlo o anche solo avere un'idea di che cosa le stesse succedendo, quello era il creatore di Issac.

"Penso che abbia visto qualcosa, fuori, un'altra visione che l'ha messa al tappeto. Questa volta non ne ricorda i dettagli, ma crede che qualcuno possa aver alterato i ricordi di quando era bambina."

Issac continuò, raccontando ad Aidan della conversazione che lui e Stas avevano avuto quella mattina, inclusi i dettagli pertinenti e le loro speculazioni, così come le sue teorie personali.

"Osiris è il padre naturale di Sethios." Aidan si grattò la barba corta bionda. "Questa sì che è una notizia intrigante. Non ricordo che abbia mai fatto menzione di un figlio biologico, negli anni passati, ma non trascorrevo molto tempo con lui. Mi sono avventurato a nord, mentre lui è rimasto a sud. Spiegherebbe il dono persuasivo di Stas."

"Sì, e anche perché si sia riferito a lei come a sua nipote."

"Vero." Aidan osservò Issac per un lungo momento. "Che cos'è che ti preoccupa, figliolo? Fatta eccezione per i suoi incubi, intendo."

Preoccupare non era la parola giusta. Era più un dettaglio che Issac aveva creduto fosse una coincidenza o un qualche effetto collaterale. Dal momento che si era manifestato, sapeva che avrebbe dovuto essere legato a qualcos'altro. "C'è ancora una cosa," ammise dolcemente. "Finora non l'ho detto a nessuno."

Aidan allungò un braccio sul retro del divano e poggiò

una caviglia sul ginocchio opposto. "A me puoi dire tutto, Issac. Sempre."

Issac lo sapeva, si fidava ciecamente di Aidan, ecco perché l'aveva cercato. Non solo per l'esperienza e la conoscenza, ma per l'infallibile lealtà. Issac aveva perso il padre naturale quando era piccolo ed era cresciuto con Aidan a fargli da figura paterna. Il loro legame si era finalizzato quando Aidan aveva trasformato Issac in un Ichoriano, da allora erano sempre stati legati.

L'uomo accanto a lui sarebbe stato l'unico in grado di aiutarlo a districare la matassa.

"L'ultima volta che ho bevuto sangue è stato quello di Aya, prima dell'incidente." Issac aspettò che passasse l'ondata di shock ma l'espressione di Aidan rimase invariata, gli occhi verdi gli brillavano di sapere. "Lo sapevi già." Era ovvio che fosse così, quell'uomo sapeva tutto.

"Lo sospettavo, sì." Tamburellò le dita sullo schienale del divano con espressione incuriosita. "Perché non l'hai detto a Stas?"

"Non voglio che si preoccupi."

Aidan inarcò un sopracciglio, in attesa. "E?"

Issac esalò un respiro, lasciò cadere la testa all'indietro e puntò lo sguardo sul soffitto. Lei era seduta proprio sopra di lui, insieme alla famiglia, a far finta che tutto andasse bene mentre il mondo intorno a lei stava andando in pezzi. "Mi costringerà a nutrirmi, ma io non ne ho bisogno."

"Diglielo."

"L'ho fatto." *Durante la festa di fidanzamento ufficiale di Jayson e Lizzie.* "Ha insistito affinché lo facessi lo stesso."

"Ma tu non l'hai fatto."

"No, le ho detto che me ne sarei occupato." Issac lanciò un'occhiata di sbieco al creatore. "Tecnicamente non è una bugia, dato che non sembra che abbia bisogno di sangue, al momento."

Aidan arricciò gli angoli della bocca. "Figliolo, se c'è una lezione che ho imparato negli anni è non mentire mai a una donna, nemmeno tecnicamente. Devi dirglielo."

"Lo so e lo farò, ma mi chiedevo se ti fosse mai successo. È una conseguenza dell'invecchiamento oppure ha a che fare con… beh, lei?"

Aidan si fermò a pensare, le iridi presero a vorticare mentre si guardò dentro, attraverso i migliaia di anni di esperienza. Ricordava tutto, proprio come Lucian, era per quello che tutti li consideravano degli onniscienti. Avevano vissuto molto, catalogato ogni dettaglio… potevano processare tutte quelle informazioni in un attimo. Quella valanga di pensieri avrebbe potuto annientare qualsiasi mente, ma loro gli resistevano con facilità.

"Il periodo più lungo che ho passato senza bere sangue è stato di tre settimane," mormorò Aidan, il ricordo gli si era stampato in volto. "Ma so che Osiris emette condanne con punizioni anche più lunghe. Molti si indeboliscono dopo due o tre settimane, gli effetti collaterali aumentano giorno dopo giorno, fino a quando non perdono l'uso del cervello, troppo appannato dal bisogno."

"Qual è la sentenza più lunga che abbia mai elargito?"

"Un decennio, ma ogni mese dava del sangue all'Ichoriano affinché tornasse in sé, così da poterlo far impazzire di nuovo." Aidan guardò Issac. "Osiris preferisce i giochetti mentali, come ben sai."

"Sì." Il fatto che gli somministrasse il sangue una volta al mese era piuttosto normale. "Non ne bevo da quando Aya si è trasformata e mi sento più forte che mai."

"Non ne hai proprio voglia?"

Issac scosse la testa. "No. L'unica che voglio mordere è Aya, ma non per nutrirmene." Una dichiarazione piuttosto diretta, che sapeva Aidan avrebbe capito.

"È l'unica della quale ti sei nutrito, negli ultimi mesi?"

"Non c'è stata nessun'altra da quando l'ho assaggiata la prima volta a giugno, no. Lei è la sola che voglio."

Aidan sorrise. "La monogamia ti dona, proprio come donava a tua madre." Sparì di nuovo, perso nella propria mente fino a quando gli occhi non gli sorrisero in preda ai ricordi. "Sarebbe molto fiera di te, dell'uomo che sei diventato. Avrebbe approvato anche Stas."

"Mia madre voleva che sposassi una donna dal titolo nobiliare," gli ricordò Issac sorridendo mentre immagini della madre e delle sue ramanzine gli scorrevano nella mente. "Era ossessionata da quella figlia del Duca di Dangerfield... Lilliana, se mi ricordo bene."

Aidan ridacchiò. "Me lo ricordo. Voleva che fossi monogamo già in giovane età."

"Diciotto anni." Issac scosse la testa. "Protestai parecchio."

"È vero. Sei proprio il prodotto della natura testarda di tua madre." Aidan sospirò, il cuore pesante. "A ogni modo, titolo o meno, approverebbe la tua Stas. Anche solo per il modo in cui riesce a farti sorridere. Tua madre voleva solo che tu fossi felice, figliolo. Che anche Amelia lo fosse... e anche io." Un velo di tristezza avvolse quelle ultime parole, Aidan si emozionava sempre a parlare della madre di Issac.

"Ti manca ancora," mormorò Issac ricordandosi dell'affetto che correva tra i due. Aidan aveva provato a convincerla ad accettare l'immortalità, ma lei si era sempre rifiutata nonostante i due figli si fossero uniti ai ranghi immortali.

"Ogni giorno," gli rispose Aidan dolcemente. "Ti direbbe di parlare con Stas."

Issac ridacchiò. "Sì, è vero." Lui voleva farlo, ma prima aveva bisogno di più informazioni. Farla preoccupare quando aveva già tanto a cui pensare sembrava una mossa crudele. Era un peso che avrebbe potuto portare lui al posto di Stas, specialmente visto che lo riguardava. "Hai idea di che cosa possa aver causato ciò?"

"Ho parecchie teorie ma richiedono tutte dei campioni di sangue da analizzare." Guardò verso la finestra, osservò il falò dove erano riuniti tutti gli altri Hydraiani, compreso Tristan. "Dovrò parlarne con Lucian."

"Certamente." Issac aveva già dedotto che il re Hydraiano avrebbe dovuto essere coinvolto. "Mi piacerebbe che foste entrambi discreti a riguardo."

Aidan annuì. "D'accordo, ma Astasiya dovrà essere messa al corrente."

"Lo so." Issac finì il proprio drink. "Le parlerò." Una volta finite le vacanze. Al momento lei avrebbe dovuto concentrarsi sulla famiglia, senza contare l'imminente visita di Ezekiel. "Tu pensi che le due faccende siano legate?"

"Ai suoi incubi e alla possibilità che qualcuno le abbia alterato i ricordi? Assolutamente sì. Niente che la riguarda è mai stato normale, come per esempio l'abilità di soggiogare prima della resurrezione o la runa protettiva che ha addosso. Il fatto che il suo sangue pare ti stia facendo da sostentamento a lungo termine, almeno per ora, deve c'entrare qualcosa. È l'unica conclusione possibile."

"Che teorie hai riguardo le cause?"

"Che il suo diritto di nascita non è comune agli altri," gli rispose senza esitare Aidan. "Credevamo che i Seraphim si fossero estinti, ma la runa sulla sua schiena dice il contrario. Sospetto che li rivedremo molto presto, data la genetica alterata di Elizabeth e le abilità stravaganti di Stas."

Issac si accigliò. "Pensi che Astasiya possa essere imparentata con un Seraphim?"

"Sì." Gli occhi verdi di Aidan si posarono su Issac. "Sì, è così."

"Cosa significherebbe ciò?"

"Quello, figliolo, è ciò che vorrei capire anche io." Si perse di nuovo in quel bagliore lontano, la mente lavorava con centinaia di pezzi di puzzle proprio davanti a Issac.

"Lo sospetti da un po' di tempo," si rese conto il più giovane. "E non hai mai pensato di farne parola?"

"I miei sospetti sono precoci e non sviluppati." Aidan riprese la concentrazione, sbatté le ciglia. "Sai che preferisco i fatti alle teorie, ma sì, ho preso in considerazione questa possibilità parecchie volte dal momento in cui mi hai fatto vedere la runa sulla sua schiena. È chiaramente un marchio di protezione e, per mia esperienza, i Seraphim non fanno mai nulla senza avere una ragione."

Issac posò il bicchiere vuoto sul tavolo, i pensieri gli vorticavano nella mente e la speranza era appesa a un filo sottile nel petto.

Se Astasiya fosse stata in parte una Seraphim, cosa avrebbe voluto dire per il loro futuro? Sarebbe potuto stare con lei in tutto e per tutto senza preoccuparsi di morderla?

"Cosa sai dei Seraphim?" chiese ad Aidan, era desideroso di dettagli.

"Non molto," ammise Aidan. "Ne ho conosciuti solo una manciata in tutta la mia vita e non erano molto loquaci. Sono esseri molto stoici che operano soltanto quando c'è ragione di farlo. Poi tendono a sparire prima ancora che tu possa chiedere loro qualcosa."

Issac pensò più intensamente: gli venne in mente un altro pensiero, uno che aveva preso in considerazione dopo che Astasiya gli aveva raccontato di alcune caratteristiche della madre. "È possibile che la madre biologica di Aya sia una Seraphim?"

Aidan ridacchiò. "Immagino che se esistesse qualcuno in grado di sedurne una, Sethios sarebbe stato il candidato perfetto, ma dubito che la relazione sia così immediata. Sembra più come se la tecnologia impiegata da Osiris e Jonathan per creare Elizabeth fosse stata applicata in qualche forma anche a Stas."

"Allora perché disturbarsi a disegnare la runa? Perché proteggerla?"

"Per nasconderla da Osiris," gli rispose Aidan. "Sethios e Osiris hanno un rapporto notoriamente imprevedibile. Alcuni credono che si facciano la guerra per il potere, altri li considerano forti alleati. La mia teoria è che Sethios abbia creato Stas senza che Osiris lo sapesse e abbia ipnotizzato un Seraphim affinché la marchiasse con una runa protettiva."

Era un'ipotesi plausibile, ma... "Dove diavolo ha trovato un Seraphim da ipnotizzare?"

"Probabilmente dalla stessa fonte da cui estraggono la genetica per i test che vengono fatti all'interno del FAC."

Issac ci pensò su, era sbalordito da quella possibilità. "Quindi pensi che Astasiya potrebbe essere un esperimento di laboratorio di qualche tipo."

Aidan annuì. "Uno creato da Sethios in persona, sì."

Tutto ciò non aveva senso secondo Issac, non combaciava con tutto quello che lui sapeva. "Aya parla dei suoi genitori biologici con tanto amore."

"Potrebbe anche essere vero, ma come hai detto tu i suoi ricordi sono stati alterati. Dove sta la verità?"

Issac sospirò portandosi una mano sul viso. "Che razza di rompicapo."

"Puoi dirlo forte." Aidan gli posò una mano sulla spalla e gliela strinse, per rassicurarlo. "Ma ne verremo a capo insieme."

Issac annuì piano, implicitamente fidandosi del suo mentore. "Lo spero."

"Ce la faremo," gli promise Aidan. "Nel frattempo… parlale."

Issac rise davanti a quell'ordine non poi così discreto. "Lo faccio sempre." Più che con qualunque altra donna nel suo ecosistema. "Grazie."

"Quando vuoi." Aidan lasciò andare la spalla di Issac. "Ora, ci uniamo a loro di sopra? Così potrai continuare a ingraziarti suo padre…"

"Hai sentito cosa è successo prima?"

Ad Aidan brillarono gli occhi. "Sì, a quanto ho capito te la sei cavata bene."

Issac scrollò le spalle. "Gli ho solo detto la verità."

"No, gli hai mostrato quanto ami sua figlia e lei ha dimostrato il suo affetto per te." Si fermò e la sua espressione si ammorbidì. "Tutto ciò che un padre vuole davvero per i propri figli è vederli felici. È il regalo più bello del mondo." Fece un cenno verso le scale. "Fagli vedere quanto la ami, Issac, te ne saranno grati per sempre. Fidati di me."

STAS

Con grande dispiacere di Henry Davenport, Susan Davenport aveva perso la testa per Issac Wakefield.

Stas guardò i tre interagire e un calore le si insinuò nel petto, assestandosi nelle vene. Si era preoccupata di cosa avrebbero potuto pensare i genitori nei confronti di lui, ma nel giro di ventiquattr'ore li aveva conquistati entrambi.

Erano tutti seduti intorno al fuoco a godersi una varietà di bevande, stuzzichini e chiacchiere. La vigilia di Natale perfetta, se non fosse stato per l'ospite che stavano ancora aspettando.

Jayson e Lizzie sedevano su una poltrona ampia. Lei aveva insistito per restare al rifugio dicendo che se Ezekiel avesse voluto farle del male non avrebbe di certo preso appuntamento. Era un ragionamento logico che nessuno era riuscito a contrastare, ma l'assassino era famoso per i suoi giochetti.

Aveva ucciso i genitori di Stas.

Forse.

La mente della bionda continuava a mostrarle immagini che suggerivano ricordi non del tutto precisi.

Tuttavia, quel giorno lui era stato presente. Stas se lo sentiva.

Issac si guardò sopra una spalla e gli si illuminarono gli occhi alla luce del focolare. Astasiya si staccò dal muro per unirsi a lui sul divano e gli poggiò la testa su una spalla.

"Tutto bene?" le sussurrò.

Stas annuì. "Aspetto." *Ezekiel.* Avevano detto ai genitori di lei che un vecchio amico di Jayson sarebbe passato per un saluto, una comunicazione che aveva sorpreso Susan. Kalispell non era solito essere un luogo di passaggio per i turisti. Tom era intervenuto, infondendo verità nelle parole e convincendo i genitori della bionda che ciò fosse completamente normale. In quel momento era appoggiato al muro dove si trovava Stas un momento prima, aveva le braccia incrociate al petto e l'espressione attenta.

Amelia era con Lucian e Balthazar in cucina, la stavano aiutando con un regalo. Tristan sedeva al fianco di Aidan.

Astasiya incontrò lo sguardo verde foresta di Tristan. Dopo lo scambio di parole con Issac, due giorni prima, non le aveva più rivolto la parola. Sembrava ignorare anche l'amico. Sebbene Stas non fosse particolarmente affezionata a Tristan, non avrebbe voluto essere motivo di litigio tra lui e Issac.

Erano migliori amici; anche se lei non sapeva bene il perché, rispettava le scelte del suo Ichoriano.

Tristan inarcò un sopracciglio, aveva un viso arrogante ma bello. Stas capiva perché le donne lo trovassero attraente. Peccato che rovinasse sempre tutto aprendo la bocca.

Astasiya aveva sempre pensato che l'accento irlandese fosse sexy.

Beh, non su di lui.

Tristan strizzò gli occhi, come se percepisse i pensieri di

Stas rivolti a lui, probabilmente perché glielo si leggeva negli occhi. Issac le sfiorò la tempia con le labbra. "Si sta comportando bene, Aya," le sussurrò dolcemente in un orecchio. Tristan lo avrebbe sentito lo stesso, dal momento che il suo dono era la manipolazione del suono. Il luccichio consapevole nello sguardo lo confermò.

"Lo so," gli sussurrò lei di rimando. "E lo apprezzo."

L'Ichoriano si accigliò. "Non è per te."

"Che cosa?" chiese Aidan facendo finta di interessarsi alla conversazione per il bene dei genitori di Stas, che avevano sentito quel commento.

"Niente," gli rispose Tristan, alzandosi dal divano e allontanandosi dalla sala.

Stas sospirò, non intendeva turbarlo.

"Scusami solo un secondo," mormorò Issac, poi seguì l'amico.

La madre di Stas lo guardò andarsene con ammirazione negli occhi. "Quell'uomo ti ama davvero," disse a Stas con tono malinconico. "Ti ricordi quando anche tu mi amavi così, Henry?" Lui le lanciò un'occhiata divertita. "Tanto tanto tempo fa, quando mia moglie ancora non mi faceva queste domande sciocche, sì. È vero."

Aidan ridacchiò. "L'amore non sparisce mai, semplicemente si evolve e si fortifica. Ecco cosa rende il legame tanto speciale… Non esistono due amori uguali."

Susan guardò affettuosamente Aidan. "Sei molto saggio."

"Anni di osservazione," le rispose.

Henry lo guardò dubbioso. "Non hai nemmeno quarant'anni, vero?"

Tom coprì la propria risata con un colpo di tosse e Stas sorrise.

"L'apparenza inganna," gli disse Aidan, poi spostò lo

sguardo sull'ingresso. "Jayson, credo che sia arrivato il tuo amico."

Stas si irrigidì, l'energia nella stanza cambiò e Issac e Tristan fecero il loro ingresso insieme a Ezekiel, trascinando quello che sembrava essere un albero appena sradicato, alto circa trenta centimetri in più di tutti gli uomini presenti.

"Un vero e proprio ceppo natalizio," commentò Aidan mostrando un sorriso. "Forse dovreste portarlo sul patio, che ne dici Ezekiel? I ragazzi possono aiutarti a tagliarlo."

"Mi mancano i veri caminetti," mormorò l'assassino, suscitando la risata di Aidan.

"Alcuni sostengono che i nuovi modelli siano più efficienti."

"Non io."

"No, immagino di no," concordò Aidan.

I genitori di Stas osservarono lo scambio confusi, non riuscivano a vedere l'Ichoriano dai capelli neri nascosto dietro il grandissimo tronco che teneva in mano.

"Di qua," disse Issac, guidando Ezekiel verso le porte di vetro con Tristan al seguito. Quello doveva essere il motivo per cui Tristan se n'era andato all'improvviso, poco prima, probabilmente aveva sentito o percepito Ezekiel e aveva informato Issac con una visione. Anche se era arrabbiato proteggeva ancora il suo Sire, dimostrava che la lealtà avrebbe superato qualsiasi altro sentimento tra loro.

"Ho forse sentito Ezekiel?" chiese Balthazar, che si unì agli altri nella sala principale appena in tempo per vedere il tronco venir trascinato via. "Oh, sembra divertente." Li seguì entusiasta.

"Forse dovrei accodarmi anche io," mormorò Jayson alzandosi in piedi. "È il mio l'amico, dopotutto." Si sforzò di sorridere e di far uscire le parole di bocca.

Stas sapeva cosa stavano facendo. Era una

chiacchierata quattro contro uno per assicurarsi che Ezekiel fosse disarmato e consapevole del fatto che ci fossero dei mortali presenti.

Tom li guardò attraverso il vetro, gli occhi scuri nascondevano l'anima di un vero soldato. Il suo compito era quello di proteggere la zona del soggiorno. Stas e Aidan lo avrebbero aiutato.

A ogni modo, Ezekiel si limitò a ridere e aiutare gli uomini a tagliare l'albero in piccoli pezzi adatti al camino. La presenza dell'uomo non fece rabbrividire Astasiya come un tempo, non era più tanto convinta della sua colpevolezza.

Ezekiel incrociò lo sguardo della bionda attraverso i vetri e lo sostenne. Quelle iridi nere pagliuzzate d'oro erano piene di conoscenza e segreti.

È davvero anziano.

Proprio come Aidan, ma in qualche modo più vissuto.

E triste.

Quel dolore intrinseco nuotava nelle profondità crudeli dell'uomo, nascoste dietro una maschera di nonchalance. Le lasciò spazio solo per un secondo, dietro gli occhi si risvegliò una verità che sparì in un battito di ciglia.

Dopo quell'occhiata nell'animo torturato di Ezekiel, Stas si sentì il cuore a pezzi.

L'assassino che aveva conosciuto era del tutto spensierato, quasi in modo terrificante. Eppure l'uomo che la guardava in quel momento aveva un passato radicato nell'agonia, sottolineato da una parvenza di rimorso.

Stas aveva già visto quell'espressione.

Su di lui.

Anni e anni prima.

Il ricordo le solleticò la mente, rifiutandosi di elaborare. Eppure lei *conosceva* quel volto, quegli occhi. Quel dolore persistente che nuotava in un mare nero e dorato.

Come faccio a…

"Stas?" La voce di sua madre la riportò al presente. "Stai bene?"

"Come?" Stas sbatté le palpebre un paio di volte, poi si concentrò sull'espressione preoccupata della madre. "Ehm, sì. Scusami, ero persa nei pensieri."

"Issac le fa questo effetto," commentò Tom in aiuto. "È sempre tra le nuvole."

Lizzie sbuffò divertita, intenzionata ad alleggerire la conversazione. "Parli proprio tu, innamorato. Praticamente segue Amelia in ogni passo che fa sull'isola." Accortasi dell'errore, strabuzzò gli occhi. "Ehm, intendevo dire Manhattan… per quelli che non sono del posto."

Un bel salvataggio che però fece preoccupare Tom. "Hai visto il fondoschiena di Amelia?" le chiese. "Non puoi biasimarmi se lo seguo."

"Ti ho sentito," vociò Amelia dalla cucina.

"Bene," le rispose lui genuinamente divertito, poi si ricordò della presenza di Aidan. "Ehm, voglio dire…"

"Come ho detto poco fa, l'amore prende diverse forme," asserì Aidan lentamente, assottigliando lo sguardo.

Tom si schiarì la voce. "Giusto, sì. Io amo molto tua… ehm, *Amelia*." Non avrebbe potuto usare la parola "figlia" in presenza dei genitori di Stas. Poverino.

"So che è così," gli rispose Aiden piatto. "Altrimenti non saresti qui."

"Pensavo che Amelia fosse la sorella di Issac," commentò Susan.

Ezekiel e gli altri fecero il loro ritorno prima che qualcuno potesse rispondere. Avevano tutti in mano un pezzo di legno.

"Avete fatto presto," osservò il padre di Stas con sguardo sorpreso.

"Abbiamo dato tutti una mano," gli rispose tranquillo

Balthazar, poi mise su uno dei suoi famosi sorrisi. "È fantastico ciò che si ottiene a lavorare in squadra, vero Wakefield?"

"Dipende dalla tua definizione di squadra," gli rispose Issac, i cui occhi turbinavano di energia mentre manipolava qualsiasi fosse l'immagine con cui B aveva accompagnato le proprie parole.

Il telepatico sussultò. "Scrooge."

Issac lo ignorò e tornò al fianco di Stas sul divano. "Susan, Henry, lui è l'amico di Jayson, Ezekiel."

"Lavorano insieme," aggiunse Lizzie, poi strizzò gli occhi verso l'assassino.

"Esattamente. È bello che tu te lo sia ricordato, Rossa," le rispose Ezekiel con un sorrisetto malizioso. "In realtà siamo più rivali con una professione simile." Allungò una mano verso i genitori di Stas affinché potessero stringergliela. "Piacere di conoscervi entrambi."

"Cos'è che fate tu e Jayson?" chiese Henry, invece di rispondere in modo formale.

Stas si morse la lingua mentre Ezekiel le si sedette al fianco e le sfiorò una gamba con la propria. "Siamo entrambi appaltatori nell'ambito della difesa." Gli era uscita davvero bene e tecnicamente non era una bugia. "È molto noioso, a dire il vero. Si lavora fino a tardi, si viaggia parecchio, si ha a che fare con le negoziazioni e, ogni tanto, con faccende spiacevoli. Vero, Jayson?"

Per lo meno lo aveva chiamato con il nome giusto. Ezekiel era solito riferirsi a Jayson con il nome originale: Jedrick.

"Vero," annuì Jayson, poi si sedette insieme a Lizzie sulla poltrona.

Balthazar mise un ceppo nel fuoco, una mossa che fece sussultare Ezekiel. "Stai sbagliando, amico. Prima devi decorarlo, bagnarlo di alcol e spolverarlo di farina… *poi* lo bruci."

I genitori di Stas sembravano sorpresi, Aidan rise. "Mi manca quella tradizione, era sicuramente più divertente."

"Esattamente." Ezekiel gesticolò e l'entusiasmo lo fece sembrare più giovane. "Dodici giorni di fuoco e scintille. Un vero e proprio Ceppo di Natale."

"Non ho mai sentito di questa tradizione," disse la madre di Stas, accigliata. "Da dove proviene?"

"Da Babilonia," mormorò Lizzie.

Ezekiel sorrise apertamente. "A dire il vero è una tradizione europea. Pagana, direi… Ma è molto divertente."

I genitori di Stas si scambiarono un'occhiata.

Issac si schiarì la gola. "Aidan, non hai detto che c'era una partita di calcio in TV?"

"Football," precisò Aidan. "Sì."

Il padre di Stas si ravvivò e cominciò a parlare di qualche squadra.

"Esatto, proprio quella," confermò Aidan. "Credo che inizi tra circa quindici minuti. Pensavo di vederla, al piano di sotto, se qualcun altro è interessato."

"Io ci sto," gli rispose Tom.

"Ovviamente," commentò Amelia. "Almeno è meglio di quel noiosissimo sport con la mazza. Qualcuno ha mai provato a guardare una partita di baseball? Dura letteralmente ore!"

"Gli Yankees sono una religione, dolcezza. Devono essere adorati e venerati."

Amelia sbuffò ridendo. "È l'evento più noioso a cui abbia mai assistito."

Tom si mise una mano al petto come se lei lo avesse colpito. "Insulti il mio primo amore."

"Sopravviverai." Lo baciò sulla guancia e sfuggì alla

sua portata prima che lui potesse acchiapparla. "Aiuterò Balthazar e Luc a preparare la cena."

"Oh, anche io," aggiunse Lizzie saltando in piedi dalle braccia di Jayson.

"Mi sembra più divertente di una partita di football," commentò Susan, che si unì a Lizzie e Amelia. "Divertiti con la squadra che hai appena nominato, caro."

Accarezzò il ginocchio del marito e raggiunse Balthazar dietro al divano. Lui le offrì un braccio, che lei accettò di buon grado, poi la scortò attraverso la zona giorno open space, fino alla cucina, mentre Henry li teneva d'occhio.

"Cos'è che dicevi riguardo all'amore, Aidan?" gli chiese piatto.

L'Ichoriano rise in risposta. "Vieni, ne parliamo davanti alla partita. Credo che il frigo di sotto sia già fornito di birre."

"Lo è," confermò Issac. "Andate pure, io voglio fare quattro chiacchiere con Jayson ed Ezekiel."

Ovviamente faceva parte del piano, distrarre i genitori di Stas mentre l'assassino spiegava il motivo per cui si trovava lì. Il guizzo nello sguardo di Ezekiel indicò che anche lui avesse capito perfettamente cosa avrebbero fatto.

Tristan rimase con loro, prese il posto a sedere di Aidan e in un attimo rimasero solo in cinque.

Fu Jayson a rompere il silenzio, aveva esaurito del tutto la pazienza. "Allora, Ezekiel, che diavolo vuoi?"

STAS

La risatina di Ezekiel congelò la stanza. "Pensate davvero tutti il peggio di me, il che è affascinante considerato quanto vi abbia aiutati, nel corso degli anni."

"Aiutati?" ripeté Jayson. "Devo ricordarti cos'è successo l'ultima volta che ci siamo visti? Dopo che il tuo padrone, Osiris, ha preso me e i miei fratelli in ostaggio?"

"Mi ricordo di averti fornito la posizione di Elizabeth affinché tu la salvassi e di aver lasciato delle prove cosicché i tuoi potessero rintracciarti." Piegò la testa di lato, "Se questo non è aiutare... come lo definiresti?"

"Un giochetto," ringhiò Jayson. "Uno che non capisco."

Ezekiel sorrise. "Perché ancora non stai realmente giocando, vecchio mio. Hai ancora tanto da imparare, da scoprire. Specialmente tu, cara." Spostò lo sguardo inquietante su Stas e la immobilizzò sul posto. "Tuttavia, prima di mettermi a divulgare informazioni, ho una scelta per te."

"Una scelta," ripeté Stas. Dopo aver guardato Ezekiel così intensamente negli occhi, si sentiva la gola secca.

Aveva intravisto davvero tanto dolore e tanta rabbia nelle sue iridi. Letalità. Era sicuramente il più pericoloso nella stanza e non faceva nulla per nasconderlo.

Ezekiel sospirò. "Sì, è un termine che significa…"

"So cosa significa," gli rispose lei, non apprezzava quel tono di rimprovero. "Qual è questa scelta?"

"Come sei diretta." Ezekiel la guardò con interesse. "Sei diventata una giovane donna davvero fantastica, Astasiya. Tuo padre ne sarà molto contento."

Issac tirò indietro Stas ed emise un ringhio tutt'altro che amichevole. "Arriva al punto, Ezekiel."

"Rilassati, Wakefield. Per quanto sia bella, mi ricorda troppo la madre perché mi susciti qualche interesse."

Stas si sorprese. "Conoscevi mia madre?"

"Sai già la risposta a questa domanda," le rispose l'assassino con un luccichio negli occhi. "Dunque, visto che nessuno di voi sembra interessato a voler trascorrere le vacanze con me… il che è abbastanza maleducato, lasciatevelo dire… considerato il nostro passato, ma ahimé eccoci qui… la scelta è semplice. Preferireste avere i dettagli che vi assisteranno nel gestire la gravidanza di Elizabeth, oppure più informazioni sui genitori di Astasiya?"

Stas spalancò la bocca per lo shock e Jayson emise un ringhio.

Ezekiel si rilassò accanto ad Astasiya, alzò una gamba e la incrociò sull'altra. "Un bravo insegnante incoraggia sempre i propri studenti a imparare da soli. Uno *utile* gli fornisce almeno qualche indizio. Io mi considero parte dell'ultima categoria."

"Dovresti considerarti un uomo morto, se non cominci a parlare. Subito." Jayson si passò una lama tra le dita per enfatizzare quelle parole, nei suoi occhi si poteva vedere la rabbia che cresceva.

"Di quale argomento?" chiese Ezekiel con tranquillità.

Il cuore di Stas ebbe un sussulto. *Lizzie o i miei genitori?* Non c'era scelta. Non per davvero. Non quando la sua migliore amica aveva in grembo un figlio di cui nessuno sapeva nulla.

Ma i miei genitori... Erano due decenni che Stas voleva sapere di più su di loro ed era chiaro che Ezekiel avesse delle risposte.

Tuo padre ne sarà molto contento. Un segno che Ezekiel lo conoscesse e che fosse ancora vivo.

Mi ricorda troppo la madre. Voleva dire che conosceva anche lei.

Tuttavia, avrebbe potuto aiutare Elizabeth con la gravidanza. Aveva usato il verbo 'assistere'.

Stas si accigliò. "Come facciamo a sapere che possiamo fidarci dei tuoi consigli riguardo Lizzie?"

"Perché conosco le gravidanze dei Seraphim." Sostenne lo sguardo della bionda. "Molto intimamente."

"Conosci un Seraphim."

Ezekiel sorrise. "Diversi, tesoro." Si sporse verso di lei e abbassò la voce. "E anche tu."

"Chi?" gli chiese Stas.

"È la tua scelta?" controbatté, non era stato per niente influenzato dal potere persuasivo di lei.

Stas per poco non si mise a ringhiargli in faccia. "Sei esasperante."

"È bello vedere che non sei più spaventata da me," le rispose sorridendo. "Anche se devo dire che tutto questo odio non è molto meglio, a essere sincero."

"Abituatici." Quella conversazione non la stava di certo aiutando ad apprezzare di più l'assassino.

Ezekiel sospirò. "Immaginavo che potesse succedere. Va bene, cara Stas, ora scegli. Cosa vuoi sapere?" Jayson iniziò a parlare ma Ezekiel alzò una mano. "Mi dispiace,

Jedrick, ma è una decisione di Stas. Sai, i diritti delle donne e compagnia bella…"

Astasiya guardò l'amico dai capelli scuri, sapeva esattamente cosa avrebbe voluto che lei facesse. Issac allentò la presa su di lei e con un pollice cominciò a disegnarle dei cerchiolini sulla pelle del fianco. Tristan osservava tutti con un'espressione annoiata. Non sarebbe sicuramente stato d'aiuto alla conversazione, dal momento che non gli importava un fico secco né di Stas né di Lizzie.

Issac sarebbe sicuramente stato di parte, lo stesso valeva per Jayson, che avrebbe fatto il tifo per Lizzie.

"Puoi davvero aiutarla?" chiese dolcemente Stas a Ezekiel.

"Non mi sarei offerto se non potessi," le rispose.

"Sì, invece." Il tono di Issac era agguerrito. "Ti piacciono i giochetti mentali, tanto quanto al tuo creatore."

Ezekiel ridacchiò. "Nemmeno la metà, a dire il vero." Nonostante il sorriso sulle labbra, negli occhi luccicava ancora quel bagliore angoscioso.

Ezekiel aveva voluto che Stas lo vedesse? Era un altro giochetto? Un modo per attirarla a provare un falso senso di conforto?

No. Quel tipo di sofferenza non poteva essere finto.

Stas non sapeva molto sul passato dell'assassino, salvo che era solito cacciare e uccidere i Neonati prima che potessero rinascere in Hydraiani. Jayson aveva raccontato che era sparito per un po', molti pensavano che si fosse ritirato per via del fatto che non ci fosse più nessuno da uccidere. Eppure era chiaramente in attività.

E anche molto triste.

"Dimmi di Lizzie," gli rispose prima che il cuore potesse convincerla a dire il contrario. La gravidanza di Elizabeth era un problema imminente, mentre il mistero riguardo i genitori di Stas avrebbe potuto aspettare. La salute della migliore amica era più importante.

"Altruista, leale e diretta," mormorò Ezekiel. "Sì, Sethios sarà davvero sorpreso in positivo. Una volta che si sarà ricordato di te, ovviamente. Ma questa è una conversazione riservata a un altro giorno." Prese un lungo sospiro, come se si stesse preparando a tenere una lezione. "Di quanto tempo è la tua Rossa, Jedrick? Quasi due mesi, vero?"

"Lara ha detto che sembra essere già incinta da quattro, il che è impossibile considerando la linea temporale degli eventi." Jayson si era leggermente calmato, aveva ancora lo sguardo fumante d'ira, ma il tono non era più ringhioso come prima.

"La vostra Lara tratta Elizabeth come se fosse una paziente mortale, ma non lo è." Ezekiel spostò le gambe, sollevò la caviglia fino al ginocchio opposto e rivolse lo sguardo verso Jayson. "La tua Rossa è in parte Seraphim, il che significa che la gravidanza sarà accelerata, perché il loro periodo di gestazione è di circa otto settimane. Se secondo la tecnologia umana è di circa quattro mesi, direi che le manca davvero poco a partorire."

"Non può essere una gravidanza sana," commentò Stas, scioccata dall'escalation subita dalla linea temporale.

"Non è umana," le ricordò Ezekiel. "Il suo corpo è in grado di gestirla, ma posso suggerirti di sposarla il prima possibile? Ho sentito dire che le donne odiano che si veda la pancia sotto il vestito da sposa. Sono gli standard verginali imposti dai puritani." Disse rivolto verso Jayson.

L'Hydraiano si limitò a fissarlo. "Qualche altra pillola di saggezza prima di andartene?"

Ezekiel sospirò. "Non ho nemmeno ancora finito di bruciare il primo Ceppo. Ricordi che questa tradizione dura dodici giorni, vero?"

"Siamo duemila anni nel futuro, Ezekiel," gli rispose Jayson. "Prova a unirti a noi."

L'assassino ridacchiò. "In realtà non ci tengo. Sai che ci sono i caminetti a gas, ora? Consumano legna finta. Una volta comprare la propria legna era considerato simbolo di sfortuna. Riesci a immaginare cosa significhi bruciare del legno finto?" Scosse la testa. "Se vuoi la mia opinione, penso che questa sia una società triste."

"Non la voglio." Jayson incrociò le braccia. "Hai nient'altro di utile da dirci?"

"Tu pensi che io sia qui per causarvi dolore quando in realtà sto cercando di prendermi una pausa da tutto ciò." Rimase in silenzio per un lungo momento, poi alzò lo sguardo su Stas. "Tuo padre è il mio migliore amico. Non vedo l'ora che arrivi il giorno che tu possa incontrarlo di nuovo, perché solo allora potremo cominciare davvero."

Si alzò in piedi e Stas lo guardò a bocca aperta. "Allora perché l'hai ucciso?"

"Sappiamo entrambi che non credi a questa storia, non per davvero, non più." Si sistemò la giacca di pelle. "La verità sta venendo fuori, Astasiya. Uscirà presto e fidati di me quando dico che non vedo l'ora che tutti i nodi vengano al pettine."

Anche Stas si alzò in piedi, bloccando l'uscita a Ezekiel. "Se sai così tante cose a riguardo, perché non me le dici? Perché continuare questa farsa?"

"Perché non sta a me raccontartele," le rispose piano, l'aria letale si mescolò con una certa sincerità. "Dentro di te sai che devi solo accettarlo."

Cercò di aggirarla, ma Stas si mosse con lui.

"Sei venuto fino a qui per passare la vigilia di Natale con noi solo per darci un paio di informazioni su Lizzie e poi andartene?" Stas non poteva accettarlo. "No, vuoi qualcos'altro. Che cosa?"

Ezekiel le invase lo spazio personale, spingendo Issac ad alzarsi in piedi dietro Stas. "Non sei ancora pronta a combattermi, cara. E nemmeno a combattere Osiris, o nessun altro, a dire il vero. Non fare l'errore di pensare che il tuo nuovo potere sia abbastanza, perché non lo è. Stai cominciando appena a renderti conto del tuo potenziale. Non rovinare tutto dando ascolto alle emozioni."

Quel discorso, nel quale l'aveva sminuita, fece infuocare le vene di Stas. "Tu mi sottovaluti."

"Oh, no cara, per niente. So benissimo di cosa tu sia in grado, proprio come so che non sei ancora arrivata a quel punto."

Astasiya chiuse i pugni, irritata dal fatto che Ezekiel proclamasse di sapere tutti quei dettagli su di lei. Si sentiva frustrata perché c'era la possibilità che avesse ragione. Arrabbiata che non le dicesse di più. Provò a soggiogarlo con la mente, costringendolo a darle le informazioni che voleva, ma in cambio ricevette solo un'occhiataccia e uno schiocco della lingua.

"Non deludere i tuoi genitori facendoti uccidere troppo presto, angioletto. Hanno sacrificato tutto per te, così come hanno fatto altri. Facciamo affidamento su di te in modi che capirai presto." Le mise una mano sulla guancia, il suo tocco era freddo e inaspettato, così come lo erano state quelle parole.

"Ezekiel," lo mise in guardia Issac.

L'assassino lo ignorò, gli occhi scuri gli brillavano emozionati. "Buon compleanno in anticipo, angioletto." Le sfiorò la fronte con le labbra nel momento in cui cominciò a sparire. "Cerca le piume rosse. Lui avrà le risposte che cerchi."

A Stas smise di battere il cuore.

Piume rosse.

Era ciò che aveva visto sul tetto, il giorno prima.

"Beh, non si è trattenuto molto," esordì Luc unendosi agli altri in salotto.

"Non si è rivelato nemmeno molto utile," commentò Tristan. "Io vado a vedere la partita."

Stas sbatté le palpebre, ignorò tutti quanti per focalizzarsi sulle parole di Ezekiel.

Angioletto.

Suo padre era solito chiamarla così, quando era piccola. Ezekiel aveva usato quel nomignolo apposta? Per provarle che la *conosceva* davvero? Sosteneva che suo padre fosse il suo migliore amico. Aveva detto di essere a conoscenza del vero potenziale di Stas e del fatto che avesse ancora molta strada da fare.

La bionda sentiva in ogni fibra del corpo che Ezekiel avesse ragione.

Il potere persuasivo era solo l'inizio.

Riusciva a sentire qualcosa risvegliarsi dentro di lei. La verità. Forza. Un nuovo potere.

Issac l'avvolse in un abbraccio da dietro e nascose il viso tra i capelli di lei. "Aya," sospirò cercando di riportarla da lui. Farla tornare alla realtà distogliendola dalle riflessioni interiori.

Se n'erano andati tutti.

La presenza di Issac alle spalle era confortante.

"Io… Io gli credo, Issac," ammise Stas in un sussurro. "Quello che ha detto su mio padre, sui miei poteri…" Si voltò tra le braccia di lui, il cui sguardo color zaffiro prese a bruciarle dentro. "Ieri, prima di svenire, ho visto delle piume rosse sul tetto."

"Perché non mi hai detto nulla?"

"Perché pensavo che la mia mente mi stesse giocando un brutto tiro, invece mi sta succedendo qualcosa." Stas gli posò le mani sulle spalle. "Magari riguarda il mio secondo potere?" Dovevano ancora capire quale fosse, ma ogni Hydraiano ne aveva due.

"Oppure potrebbe avere a che fare con tutt'altro," mormorò Issac, poi le posò una mano dietro al collo. "Quando torneremo a Hydria faremo dei test e ne parleremo di nuovo, va bene?"

Stas deglutì e annuì. "Sì." Si alzò in punta di piedi per baciarlo dolcemente, aveva bisogno di quel tocco familiare. Quella settimana sarebbe dovuta servire a far dimenticare loro i problemi, avrebbero solo dovuto divertirsi. Invece si era trasformata in un inferno immortale, caratterizzato da visioni che non avrebbero dovuto esistere. "Voglio solo dimenticarmi di tutto per un po'." Era chiedere troppo?

Issac le sorrise a fior di labbra. "Con questo posso aiutarla, signorina Davenport."

Quella era la risposta che Stas avrebbe voluto sentire. "Promesso?"

Issac annuì e la prese in braccio. "Sempre."

"Sempre," ripeté lei. "Portami a letto." Pronunciò quelle parole con intenzionale persuasione, sapeva che lui avrebbe approvato.

"Continua pure a darmi ordini, tesoro. Vedrai che succede."

Stas gli mordicchiò leggermente il labbro inferiore. "Accetto la sfida."

Lo sguardo color mezzanotte di lui brillò di un intento malizioso. "Accomodati."

Issac

Astasiya appariva angelica sotto al sole nascente, i capelli biondi distesi intorno a lei, le lenzuola che rivelavano scorci di pelle scoperta. Issac soffriva quasi a lasciarla lì, nuda e sola, ma non sarebbe stato lontano.

Chiuse dolcemente la porta e scese al piano inferiore di soppiatto, dove trovò Jacque, che lo stava aspettando con indosso un paio di pantaloni del pigiama e i capelli scuri scompigliati dal sonno.

"L'unico motivo per cui non ti prenderò a pugni è perché ho già aperto il mio regalo e mi è piaciuto."

Issac sorrise. "Sapevo che l'avresti approvato." Gli aveva comprato un paio di cuffie high-tech, ottime per alimentare l'ossessione per la musica.

"Sì." Jacque indicò la pila di regali incartati accanto a lui. "Ho preso tutto quello che hai richiesto."

"Perfetto, grazie." Issac aveva acquistato diversi regali per la famiglia, prima di partire per le vacanze con Astasiya, ma non ne aveva portato con sé nessuno, poiché non si aspettava l'imboscata nel Montana.

Smistò i vari oggetti sul pavimento, radunò quelli più importanti e li mise da parte. Poi li sistemò con cura sotto l'albero. I regali per Aya erano al piano di sopra, poiché richiedevano delle spiegazioni che era meglio affrontare in privato.

Jacque si era addormentato sul divano, con un braccio penzolante da un'estremità e una gamba piegata in una strana angolazione.

Issac ridacchiò, non era abituato a vedere il teletrasportatore riposare. Tuttavia, era chiaro che ci stesse andando giù pesante. Adagiò una coperta sull'amico allampanato e andò in cucina per preparare il caffè. Ad Aya piaceva nero con qualche cucchiaino di zucchero di canna, mentre lui lo preferiva senza additivi.

Riempì le tazze, afferrò un muffin grande e portò tutto con cura al piano di sopra.

Astasiya era seduta sul letto, lo stava aspettando con le lenzuola attorcigliate intorno alla vita. Le si illuminarono gli occhi alla vista di ciò che Issac aveva tra le mani. "Sapevo di amarti."

Lui ridacchiò e le porse una tazza. "Buon Natale, tesoro."

Il sorriso di risposta di Stas gli scaldò il cuore. "Buon Natale," mormorò lei prima di soffiare sul liquido fumante.

Issac posò il muffin sul comodino e si unì a lei sul letto con il caffè.

Sorseggiarono la bevanda in un silenzio amichevole, un dettaglio della loro relazione che lui adorava. Astasiya non aveva bisogno di fare costantemente conversazione o di continue attenzioni, le piaceva anche solo crogiolarsi nel momento. Come in quell'istante, mentre ammirava la neve che cadeva fuori dalle finestre e le labbra le si curvarono in un sorriso segreto. Cosa non avrebbe dato, Issac, per poter sbirciare dentro la mente di Astasiya solo per un momento, per sapere cosa avesse provocato quello sguardo. Un ricordo? Un sogno? Lui?

Ripensò al giorno precedente, al modo in cui lei aveva giocato con lui e gli altri mentre si lanciavano palle di neve. Il tempo era passato in modo spensierato, era stato un momento che Issac non si sarebbe mai concesso senza di lei.

Stas aveva risvegliato la sua giovinezza, la sua voglia di vivere di nuovo.

Nel corso del secolo precedente, il mondo di Issac era diventato banale. Negli ultimi anni era stato consumato dalla vendetta, che aveva alimentato il suo scopo.

Fino a quando non era arrivata lei.

Astasiya aveva cambiato tutto.

Aveva cambiato Issac.

Le infilò una ciocca di capelli biondi dietro l'orecchio seguendo il movimento con lo sguardo. "Possiamo scambiarci i nostri regali qui, invece che di sotto?" si chiese, aveva desiderato ardentemente quel momento tra loro e avrebbe voluto prolungarlo. Presto la casa sarebbe stata sopraffatta dal rumore e dall'entusiasmo e lui sarebbe voluto rimanere lì ancora un po'. Con lei. Con la sua Aya.

Stas sorrise con gli occhi, oltre il bordo della tazza. "Mi piace quest'idea." Bevve un altro sorso fortificante prima di mettere da parte il caffè e sgusciare fuori dal letto. "Puoi aprire prima i tuoi."

Issac ammirò la forma atletica di Stas mentre vagava per la stanza fino alla cabina armadio, per poi scomparire. L'Ichoriano finì il proprio caffè e, quando lo stava posando accanto al muffin ancora intatto, Stas tornò con un regalo in ciascuna mano. Nessuno dei due doni poteva essere paragonato alla sicurezza di sé che Stas trasudava mentre camminava nuda, o alla bellezza delle gambe lunghe e formose, o alla sottile curva della vita.

Al diavolo lo scambio dei regali.

Issac avrebbe voluto mordicchiare ogni centimetro di lei.

Memorizzare il gusto della sua pelle.

Baciarla finché si sarebbe scordata il proprio nome.

E scoparla così forte da farla pensare a lui tutto il giorno, ogni volta che si sarebbe mossa.

Astasiya posò i regali ai piedi del letto prima di salirci di nuovo sopra per raggiungere Issac, i suoi seni ondeggiarono con il movimento. Lui le avvolse il palmo della mano intorno alla nuca e la tirò contro di sé.

"I regali," gli ricordò Stas contro le labbra mentre lui la faceva rotolare sulla schiena, sotto di sé.

"Sto scartando quello che voglio per primo," le rispose lui, poi le fece scivolare il palmo della mano lungo il fianco, fino alla parte superiore della coscia nuda.

"Sono già nuda," sottolineò lei.

"Ne sono consapevole, fidati." Si sistemò tra i suoi fianchi, suscitandole un basso gemito in gola. "Molto, molto consapevole."

Stas si inarcò contro di lui, gli mise le mani sulle spalle, tirandogli la maglietta. "Penso che sia tu quello da scartare."

Issac le sorrise contro il collo e si sollevò mentre lei gli tirava via la maglietta da sopra la testa. "Questo fa di me il tuo regalo, quindi?"

Lo spinse sulla schiena, lo sguardo acceso ammirava il petto nudo e l'addome del ragazzo. "Sì. Il che significa che posso fare quello che voglio."

Issac inarcò un sopracciglio. "È così che funziona?"

Lei annuì, poi arricciò le labbra.

"Pensavo che avrei aperto prima i miei, di regali…"

"Infatti è così." Gli occhi di Stas brillarono in modo subdolo, poi gli posò un bacio sullo sterno e con le mani gli tirò i pantaloni sulle cosce. "Consideralo aperto e in consegna." Tracciò un sentiero umido lungo l'addome di Issac con la lingua, senza lasciare dubbi su ciò che avesse in mente.

"Aya." Le infilò le dita tra i capelli, la testa gli ricadde sui cuscini. Era dipendente dalla bocca di Stas. Ogni leccata e sfregamento contro la sua pelle era un promemoria di quanto bene lei fosse arrivata a conoscerlo, a conoscere i suoi indizi e le sue preferenze.

Niente tra loro era mai gentile, anche quando ci provavano.

E anche in quel momento, Astasiya non fece eccezione.

Finì di togliergli i pantaloni, poi posò le labbra proprio dove lui la desiderava di più, sfiorandolo ma senza toccarlo. Il sorriso di lei diceva che fosse una mossa intenzionale.

"Vuoi il tuo regalo, Isaac?" La voce di Stas vibrò contro l'asta di lui, facendolo gemere.

Ad Aya piaceva provocarlo, cercare di prendere il controllo, metterlo in ginocchio. Anche se Isaac adorava la bocca di lei e la sua abilità, non era proprio un tipo da rimanere sottomesso a lungo. Nemmeno il desiderio avrebbe potuto sgretolare la forza di volontà di Issac, e lui glielo ricordò rafforzando la presa tra i capelli di lei e tirandola indietro per incontrare il suo sguardo.

"Tutto quello che ho sempre voluto sei tu," le disse piano. "Lo sai."

"Mi stai seducendo con le parole?"

Lui sorrise. Sì, l'obiettivo era sicuramente quello. "Succhiami l'uccello, tesoro."

La tentazione le fece scurire gli occhi che diventarono

di un verde afoso. "Che paroline dolci che mi rivolgi," gli mormorò, sfiorando con le labbra la pelle sensibile di lui.

"Ora, Aya." Fece pressione sulla parte posteriore della testa di lei, gesto che non fece altro che approfondire la sensualità nello sguardo di Stas.

Lei leccò l'eccitazione che gli fuoriusciva dalla punta e mugolò in segno di approvazione. "Buon Natale, Isaac." Il tono peccaminoso gli accese un fuoco nelle vene.

Accidenti, adorava quella donna.

Isaac intensificò la presa mentre lei lo prendeva in profondità, mormorava il nome di Stas come se fosse un'imprecazione. Issac non aveva mai voluto andare a letto con la stessa donna più di una volta, si era sempre annoiato. Tuttavia, Aya gli aveva regalato una prospettiva nuova . Ogni volta con lei sembrava la prima, ma con più esperienza e ciò gli donava il piacere più intenso della sua vita.

"Di più," ringhiò, aveva bisogno di tutto ciò che lei poteva dargli. Sensazione, emozione, passione: tutto quanto.

Il pugno di lei guidava i movimenti mentre la lingua e la bocca gli tracciavano ogni centimetro dell'asta. Issas si spinse verso l'alto, i fianchi lo guidarono in fondo alla gola di lei.

Sì...

Lei lo prese, graffiandogli le cosce con le unghie e fissandolo dritto negli occhi. Per poco Issac non venne semplicemente alla vista di lei in quel modo, con le pupille dilatate dalla lussuria che lo stavano portando sull'orlo della follia.

"Cazzo, Aya," le sussurrò, i muscoli si tendevano mentre le fiamme distruggevano il suo essere.

Issac avrebbe potuto giurare che lei gli stesse sorridendo, sapeva cosa gli avrebbe fatto quello sguardo.

Ciò lo rese ancora più duro.

E lo spinse ad aggrapparsi ai capelli di lei come a un'ancora di salvezza, mentre aumentava il ritmo, costringendola a prenderlo più a fondo… aveva bisogno che lei lo inghiottisse. Per essere dentro di lei. Per stare con lei. Per possederla come Stas aveva fatto con lui. Per marchiarla come sua nel modo più oscuro. Per tenerla sempre con sé. Per rimanere per sempre con lei.

Gli cadde la testa all'indietro in un ringhio, lo stomaco gli si contrasse, insieme ai testicoli. Accidenti, lei lo sapeva, se ne stava lì con la bocca già incavata, la lingua che lo accarezzava esattamente dove lui desiderava.

"Aya," le sussurrò, serrando la mascella. Quel momento prima faceva quasi male… e poi lo trascinò con sé con un altro giochetto di bocca, un mugolare nella parte posteriore della gola che lo incoraggiò a esplodere.

Si tenne stretto a lei, costringendola a deglutire, mentre tremava per via del rilascio. Molto più potente, più intenso della sera prima, eppure non aveva idea del perché o del come fosse possibile. Ogni esperienza approfondiva la loro connessione, distruggendo ogni parvenza della capacità di Issac di lasciarla andare. Sarebbe stato per sempre legato a lei. Non ce ne sarebbero state altre. Nemmeno se lei glielo avesse ordinato.

L'adorazione si mescolò al sollievo e al fermo desiderio di ricambiare il favore. Non appena sarebbe riuscito a respirare di nuovo.

Astasiya si arrampicò su di lui, le labbra gonfie per il modo in cui le aveva scopato la bocca. Gli si mise a cavalcioni sui fianchi, il nucleo umido contro l'erezione. Non era ancora pronto, ma conoscendo il modo in cui lei lo eccitava, presto lo sarebbe stato di nuovo.

"Hai altri due regali da aprire," gli disse, la sua voce era un suono basso e roco che gli andò dritto all'inguine.

Come riusciva ad avere quell'effetto su di lui?

A volte Issac pensava che il secondo potere di Stas potesse essere correlato al sesso, perché ogni mossa della ragazza lo consumava. Dal sorriso al modo sottile in cui strinse le cosce intorno a lui, fino all'eccitazione innocente che le mise in risalto lo sguardo mentre gli porgeva i doni che aveva recuperato dal fondo del letto.

Non poteva negarle nulla.

Mai.

Issac si costrinse a mettersi a sedere; si sentiva come se avesse appena corso una maratona, nonostante fosse stata la bocca di lei a svolgere la maggior parte del lavoro. Prese i regali, li posò sul letto accanto a sé e le circondò la nuca con il palmo della mano. "Grazie, Aya."

Lei sorrise. "Non c'è di che."

La baciò dolcemente, amava il modo in cui le labbra appena sfruttate sfregassero contro le sue. *Mia*, pensò in maniera possessiva, tracciandole la bocca con la lingua.

Stas gli afferrò i bicipiti. "I regali."

"Sì, è stato un bel regalo", concordò lui.

Astasiya aprì la bocca per dire di più e lui ne approfittò, si immerse dentro di lei per assaporarla adeguatamente. Il gemito in risposta gli risuonò contro ogni centimetro del corpo. Stas aveva pensato di dargli un orgasmo senza niente in cambio. Mmmh, non sarebbe successo sotto il controllo di Issac. Forse non avrebbe potuto prenderla a dovere, ma avrebbe potuto certamente ricambiare il favore in altri modi.

La tirò sotto di sé, lontano dai regali, fece scivolare l'uccello ancora duro tra le pieghe scivolose di lei, massaggiando il punto sensibile che la faceva godere e urlare. Stas tremava, era già vicina al limite per via del lavoretto orale che aveva fatto poco prima.

"Adoro averti così," le sussurrò contro le labbra. "Tremante di desiderio. È sexy da morire, Aya."

Lei gli conficcò le unghie nella parte bassa della schiena, poi nel sedere, mentre lo incoraggiava a darle di più. Mormorò il nome di Issac in un gemito, quel suono era uno dei preferiti da lui al mondo.

Issac si dondolò dentro di lei più forte, costringendo la punta a colpire il clitoride a ogni spinta. Lei lo cullò tra le cosce, il petto inarcato contro quello di lui mentre Issac lasciava vagare la bocca sul collo di lei. Desiderava morderla, usare i denti per mandarla oltre il limite.

Se è una Seraphim, forse posso farlo.

Un pensiero pericoloso, che gli indugiò nella mente proprio mentre portava Astasiya oltre l'oblio con un ultimo spostamento dei fianchi. Stas si contorse in uno spasmo che toccò anche Issac fin dentro l'anima, la necessità di reclamarla era forte.

Un morso.

Accidenti se avrebbe voluto farlo.

Ne aveva bisogno.

Issac prese a tremare in preda alla determinazione, gli incisivi gli dolevano tanto era il bisogno di marchiarla. Non si trattava del sangue di Stas, ma di *lei*. Come se non rivendicandola in quell'istante l'avrebbe persa per sempre.

Issac strinse le mani a pugno e il buon senso combatté con l'innato bisogno di possesso.

Lei è mia.

Non del tutto.

Finisci il lavoro.

"Issac," gli sussurrò lei, le dita di una mano gli pettinavano i capelli, l'altra gli scese lungo la schiena tesa. "Ti senti bene?"

No.

Erano stati insieme diverse volte da quando lei si era

trasformata, mai non aveva mai sentito il bisogno di morderla.

Fino a quel momento.

E il desiderio lo consumava.

Andava oltre ogni logica.

Abbatteva tutti i muri di controllo, penetrandolo in profondità.

"Stai iniziando a spaventarmi." Il tocco di Aya si era fermato. "Issac?"

"Io…" L'Ichoriano dovette schiarirsi la gola, aveva l'acquolina in bocca per il desiderio di assaporarla di nuovo. Avrebbe voluto bere il suo sangue come era solito fare.

Perché ora? Perché sto fallendo, dopo due mesi passati a controllarmi?

Tremava sopra di lei, l'autodisciplina lo stava devastando dentro.

Si sentì in dovere di morderla.

Posseduto da qualche entità sconosciuta che lo presiedeva, dettando le sue azioni.

Cosa mi sta succedendo?

Solo un morso.

No, non avrebbe potuto. Non lo avrebbe fatto. Non quando la sua stessa vita era a rischio.

E la vita di Stas?

La spinta lo fece avanzare, il battito di lei cantava poco sotto la bocca di Issac. Solo…

"Togli la bocca dal mio collo," ordinò Aya con voce roca, le parole intrise di potere.

Issac si sollevò, incapace di resistere al richiamo della persuasione.

A Stas si riempirono gli occhi di lacrime, le tremavano le labbra per lo sforzo che ci era voluto per costringerlo ad allontanarsi da lei in quel modo.

"Merda," sussurrò lui, l'incantesimo si spezzò nel momento in cui rotolò via da lei.

L'aveva quasi morsa.

Le aveva passato i denti sulla pelle, pronto a prenderla.

"*Merda*," ripeté, poi si portò le mani agli occhi e premette forte.

Non funzionerà mai.

Issac

Astasiya rimase immobile accanto a Issac, aveva il respiro accelerato e ciò lo fece addolorare. Stava piangendo per colpa sua. Per colpa di quello che c'era tra loro. La loro relazione. Per colpa del fatto che aveva quasi rischiato la vita per morderla.

Il senso di colpa che Stas avrebbe provato se una goccia del suo sangue l'avesse ucciso l'avrebbe distrutta. Issac lo sapeva. Eppure, l'aveva quasi morsa lo stesso.

"Non so cosa sia successo," ammise lui. "Non è mai stato così forte prima d'ora."

Astasiya rimase in silenzio per così tanto tempo che lui si preoccupò che non potesse più parlare.

"Aya," le sussurrò.

"Credo... credo di averti soggiogato io." Tanto delicata che Issac la sentì appena. "Io... io non volevo. Ci ho... ci ho solo pensato, come ho sempre fatto e..." Scoppiò in un pianto soffocante che spezzò il cuore di Issac.

"Oh, Aya." La tirò a sé, con la testa al petto e le braccia che la circondarono. Una parte di lui si rese conto del pericolo di quella mossa, specialmente dopo ciò che era appena successo, ma l'anima lo stava implorando di consolare la sua metà. Il dolore di lei era quello di lui. Era così che funzionava.

"Mi dispiace, Issac." Stas nascose il viso nel petto di lui, tremando. "È semplicemente successo. Ho pensato all'ultima volta in cui mi hai morsa e l'urgenza di concretizzare qualcosa, noi, il nostro sangue, mi ha travolta. So che non ha senso, non so nemmeno cosa dovremmo finalizzare."

Issac le passò le mani nei capelli, rimuginando sulle parole di lei. Anche lui aveva provato lo stesso, ma non aveva *percepito* la persuasione di lei. Non nel solito modo in cui lei gli ordinava di fare qualcosa, anche solo mentalmente.

No, quella volta era stato diverso.

Non era stata la soggiogazione, ma qualcosa di molto più istintivo. Era stato come se il proprio animo lo stesse pregando di marchiarla.

Baciò la testa di Astasiya. "Non è colpa tua, tesoro. Penso che siamo stati entrambi presi dal momento."

"Cosa faremo?" gli sussurrò lei. "Se dovrò scegliere tra tenerti in vita e mantenere la nostra relazione, sceglierò sempre la tua vita. Sempre, Issac."

"Lo so, Aya," mormorò lui, poi l'abbracciò più forte. "Lo so."

Rimasero aggrappati l'uno all'altra come se potesse essere l'ultima volta. I loro cuori battevano all'unisono. Passarono i minuti, poi le ore. Non c'era bisogno di parlare, solo del loro silenzio confortevole.

La famiglia di Issac cominciò a svegliarsi.

Immagini di conversazioni in cucina.

La colazione.

Le chiacchiere vicino all'albero nella zona del salotto.

Molti sorrisi, nessuno che fosse a conoscenza del dolore

al piano di sopra. Nessuno tranne Balthazar, che per fortuna tenne la bocca chiusa.

"Di sotto è ufficialmente iniziato il Natale," le disse dolcemente.

Aya annuì. "Voglio comunque aprire i nostri regali qui."

"Sì, anche io."

Lei inclinò la testa, aveva gli occhi di un verde più morbido, quasi color giada. I pacchetti incartati ad arte erano ancora sul letto, nello stesso punto in cui li aveva messi Astasiya prima di richiedere un regalo di diversa natura.

Stas si allontanò da Issac e si sedette sul letto, lui la seguì. Le loro cosce si sfiorarono. "Ecco." Prese i due pacchetti e glieli porse, rossa sulle guance. "Non avevo mai comprato un regalo a un fidanzato, prima d'ora."

Issac ridacchiò davanti al termine così frivolo. "Fidanzato."

Lei gli lanciò un'occhiataccia. "Sai che intendo dire."

"Sì." Le sorrise. "Ma preferisco 'vampiro' come nomignolo."

"Che ne dici di *stronzo*?" aggiunse lei sfacciata. "Visto che ti stai comportando da tale."

Issac si mise a ridere di gusto e il cuore gli si alleggerì grazie al senso dell'umorismo della bionda. "Risponderò a qualunque nome tu mi voglia chiamare, tesoro." Le baciò la guancia rossa e cominciò ad aprire la prima scatola.

Stas si morse un labbro, lo sguardo inquieto mentre lui alzava il coperchio per rivelare un costume da bagno di una marca che andava molto di moda negli Stati Uniti. Accanto c'erano un paio di occhialini e una cuffia nuova, il tutto sedeva su un morbido asciugamano.

"Ho notato che non nuoti più tanto spesso, da quando siamo a Hydria, così ho pensato che ti servissero." Era talmente nervosa che lui non riuscì a trattenersi dal concederle un veloce abbraccio.

"Li adoro, Aya." Anche la taglia era azzeccata. Era chiaro che avesse fatto qualche ricerca.

Gli occhi le brillarono di orgoglio. "Jacque mi ha aiutata a capire quale marca preferissi, non avevo idea che sul mercato ci fossero così tanti stili diversi di pantaloncini per il nuoto."

"Hai scelto bene." Le diede un bacio sulla guancia. "Grazie, tesoro."

Rimise tutti gli oggetti nella scatola e cominciò a scartare il secondo regalo mentre lei lo osservava nervosamente. Quella donna aveva affrontato Osiris senza batter ciglio, ma vedere Issac che apriva i regali che gli aveva fatto la rendeva ansiosa. Affascinante.

Il desiderio di morderla era ancora lì, ma molto meno forte di prima. Il che confermò i sospetti di Issac: non era stata Aya a tentarlo. Sarebbe stato un altro argomento da discutere con Aidan, era raro che Issac si sentisse in quel modo intorno agli Hydraiani. La logica aveva sempre governato sul desiderio. Perché sarebbe dovuto succedere diversamente?

Perché non mi cibo da quasi due mesi.

Ignorò quel pensiero e finì di scartare una cornice. Al centro, Aya sorrideva nel suo vestito di seta color blu zaffiro, le guance imporporate da un'aria seducente. Issac le stava al fianco, con una mano intorno alla schiena e sorrideva.

"È della serata al The Pierre." Riconobbe le scale sottostanti e anche il vestito. "La sera del gala organizzato dal FAC."

"Tecnicamente è stato il nostro primo appuntamento," commentò lei arrossendo. "Poco dopo la tua battuta super mielosa."

Issac assottigliò lo sguardo. "Credo di averti dimostrato che non ho bisogno di certe frivolezze."

Stas sorrise. "È vero, poi hanno scattato la foto di te che sorridevi. Ho pensato che dovesse essere incorniciata in memoria dell'unica volta che il playboy miliardario Issac Wakefield ha effettivamente sorriso in una foto."

Sì, Stas aveva già commentato la mancanza di sorrisi nelle foto sulle riviste di gossip, così come la biografia da playboy. Quel discorso lo faceva ancora ridere. Astasiya era stata piacevolmente onesta.

"Come l'hai avuta?" le chiese, data l'alta qualità della fotografia.

"Ehm..." Stas spinse le labbra di lato. "Beh, potrei aver concesso un'intervista in cambio dei diritti di stampa della foto."

Issac inarcò le sopracciglia. "Un'intervista? Per i tabloid?"

Stas arricciò il naso in modo adorabile. "Solo un paio di domande."

Oh, a quel punto Issac aveva bisogno dei dettagli. "Dove posso leggere questo brillante pezzo di letteratura?"

Stas sbuffò e prese in mano il telefono, che era sul comodino. Era uno di quelli non rintracciabili che le aveva dato Jayson. Un paio di click e un articolo intitolato "Parla la nuova conquista di Wakefield" apparve sullo schermo.

Issac ridacchiò. "Sarà una lettura illuminante." Passò in rassegna l'articolo, sorridendo al sarcasmo di Astasiya. "Un demone in camera da letto, eh?"

"Prova a negarlo," ribatté lei.

"Assolutamente no." Era abbastanza soddisfatto di quella descrizione e della menzione del suo nome. C'erano diverse domande riguardanti le sue preferenze in fatto di frequentazioni, dove Astasiya aveva puntualizzato l'apprezzamento per il controllo, specialmente per quanto riguardava gli abiti da indossare agli eventi. "Sei l'unica donna al mondo che critica i miei regali stravaganti."

"Un vestito da migliaia di dollari che non indosserò mai più mi sembra uno spreco."

Lui le lanciò uno sguardo birichino. "Quegli abiti valevano molto di più di un paio di migliaia di dollari, tesoro."

Stas strizzò gli occhi. "Avrei dovuto dirle che ti piace buttare via il denaro per nessun motivo."

"Considero il vestirti come un investimento."

Stas rise beffarda. "In cosa?"

"Nel mio piacere personale," le rispose, le labbra all'insù. "Un investimento molto utile, a mio avviso."

Astasiya alzò gli occhi al cielo. "Sei incorreggibile."

"Quando si tratta di te, sì." Le baciò la tempia e le restituì il telefono. "Non posso credere che tu ti sia sottoposta a quella merda."

"Era l'unico modo per ottenere la foto." Lo guardò con aria di scuse. "Ho cercato di non divulgare nulla di realmente interessante. Non sei arrabbiato, vero?"

Issac rise. "Penso che ti abbiano già punita abbastanza facendoti rispondere a quelle domande ridicole." La giornalista le aveva persino chiesto dei consigli su come accaparrarsi un miliardario. *Pretendi un appuntamento*, era stata la risposta piuttosto sfacciata di lei.

Issac la baciò teneramente sulle labbra, sorpreso dalla foto e da ciò che Stas aveva dovuto fare per ottenerla.

"Grazie per il regalo. Lo metterò in camera nostra." Avrebbe incorniciato anche delle frasi dall'articolo. "È ora dei tuoi regali."

"Un vestito?" scherzò lei.

Le mordicchiò il lobo dell'orecchio per rimproverarla e scese dal letto per andare a prendere i pacchetti. Anche lui li aveva nascosti nell'armadio.

Quando tornò, Stas li guardò con interesse.

Una scatola piccola.

Piatta.

Un rettangolo accuratamente incartato, che le allungò per primo.

Lei lo osservò incuriosita. "È pesante."

"Sì e anche fragile."

Stas incurvò le labbra verso il basso, mosse attentamente le dita sulla carta per rimuoverla ed esporre il contenuto. "*Vita mutatur, non tollitur,*" lesse tracciando l'iscrizione sulla copertina di quello che sembrava un libro.

"La vita cambia, non viene portata via," tradusse lui. "Per molti anni, dopo che Aidan mi ha trasformato, ho tenuto un diario… Ho pensato che volessi avere un pezzo del mio passato mentre vivi il tuo presente."

Stas alzò lo sguardo e la meraviglia le colorò gli occhi di un verde acceso. "Hai documentato i tuoi primi anni da immortale?"

"Il primo decennio, sì." Gli uomini erano spesso tenuti a celare le emozioni forti. Issac aveva nascosto le sue in un diario. "Nessuno sa dell'esistenza di questo diario tranne me e… beh, ora te."

Tracciò l'antica costola del libro con le dita, erano circa due secoli che non lo toccava, prima di incartarlo per Astasiya la settimana prima.

"Ci saranno dei passaggi che non ti piaceranno," l'avvertì. "Ma non voglio nasconderti nulla, Aya. Voglio che tu sappia che potrai venire da me per qualsiasi cosa. Non importa ciò che succederà, io ci sono per te."

Le vennero le lacrime agli occhi mentre teneva stretto al petto il diario. "È un regalo bellissimo, Issac."

Lui sorrise. "Fammi un favore e cerca di ricordare che ho scritto quelle parole molti anni prima che tu venissi al mondo."

"Le scandalose avventure di Issac Wakefield." Attraverso le lacrime s'intravide un alone di divertimento negli occhi di Astasiya. "Non vedo l'ora di iniziare a leggerlo."

"Apri gli altri," la incoraggiò lui, voleva vedere la sua reazione. Sarebbe cambiata drasticamente e Issac non vedeva l'ora di affrontare quel discorso. La sua Aya odiava la stravaganza, ma lui le aveva preso quei doni dal risvolto pratico nella speranza che lei apprezzasse.

Astasiya posò con cura il diario e prese in mano la scatola più piccola.

"Sarà meglio che non sia un anello," mormorò, poi rivelò il gioiello di famiglia coperto dalla carta.

Issac rise. "Tua madre ne sarebbe più che contenta, no?"

"Non dopo che ti avrò ucciso," gli rispose lei dolcemente, alzò attentamente il coperchio della scatola e scoprì la collana. Il diamante blu a forma di cuore brillava nella luce, la catenina d'oro bianco controbilanciava perfettamente il colore.

"È stupendo, ma è troppo Issac. Io ti ho comprato un costume da bagno e tu un…" fece un cenno con la mano, "qualsiasi cosa sia questa gemma. Acquamarina?"

Issac ridacchiò, adorava il fatto che Stas non sapesse nulla riguardo alla gioielleria. "La pietra non ha importanza, ma il segreto al suo interno sì. Vieni, lascia che te lo mostri. Vedi questo?" Indicò il pezzo di metallo alla base del cuore. "Si muove, ma solo con l'impronta del tuo pollice. Prova."

Astasiya lo guardò dubbiosa. "Cosa fa quando si muove?"

"Fidati di me e prova." Nel frattempo prese il proprio cellulare, che vibrò nel momento in cui lei attivò la collana.

"Beh," commentò lei, fissò il diamante leggermente

distorto con espressione confusa. "E questo dovrebbe essere entusiasmante?"

Issac le mostrò lo schermo del telefono.

Stas inarcò le sopracciglia. "È un dispositivo di tracciamento? Mi prendi per il culo?"

Issac scoppiò a ridere, adorava la reazione della bionda.

"Non è divertente. È tecnologia da stalker."

Ciò lo fece ridere ancora più di gusto. Quando lei tentò di muoversi, la cinse con un braccio e la strinse a sé. "È un localizzatore che può essere attivato da te quando vorrai essere trovata, Aya. La tecnologia odierna non riesce a percepire il dispositivo perché rimane inattivo fino a che non lo tocchi. Se mai lo farai, io riceverò un avviso, e anche Mateo."

"Quindi è un dispositivo per stalker ma di lusso," disse seria.

"Che potrebbe salvarti la vita." Le mise una ciocca di capelli biondi dietro un orecchio. "Non devi indossarlo se non vuoi, tesoro. È una tua scelta. Volevo solo che avessi qualcosa su cui contare in caso ti trovassi in situazioni dove hai bisogno di aiuto. Avrebbe salvato Elizabeth dalle grinfie di Osiris molto prima."

Issac aggiunse quell'ultima frase per puntualizzare il fatto che il famigerato Ichoriano avesse messo gli occhi su un altro obiettivo, Astasiya. Non sapevano dove si trovasse, al momento, visto che la sua tenuta era stata distrutta durante l'operazione di salvataggio di Lizzie.

"È esattamente il tipo di regalo che un uomo nella mia posizione deve fare alla propria amata," continuò Issac, con voce più delicata. "Nessuno sospetterebbe un uso alternativo."

Aya osservò la collana, poi lui, poi di nuovo la collana. "Un regalo pratico nascosto dalla stravaganza."

"Esatto."

"Che costa una piccola fortuna."

Issac scrollò le spalle. "Se ti avessi comprato qualcosa di più economico si sarebbe capito." Non era esattamente vero. Avrebbe potuto regalarle uno zaffiro, ma non era degno di lei. "Sei il mio cuore, Aya. Ora potrai indossarlo davanti a tutti."

"Pensavo che fossi al di sopra di queste frasi sdolcinate," gli rispose lei con un ritrovato bagliore nello sguardo. Era proprio ciò che voleva lui, ecco il perché di quelle parole.

"Ti sto solo fornendo i dettagli in caso qualcuno ti faccia domande a riguardo. Posso?" le chiese indicando la collana.

"Solo se prima mi fai vedere come si spegne il tracker."

"Devi raddrizzare la pietra," mormorò. "Il che è geniale, perché vuol dire che potrai attivarlo per inviare un segnale di soccorso e disattivarlo prima che qualcuno possa controllarti di nuovo."

Le abilità tecnologiche di Mateo continuavano a sbalordire Issac. Quel prodotto non faceva eccezione ed era uno dei migliori che avesse mai creato.

Aya raddrizzò il cuore e guardò lo schermo di Issac per confermare che il segnale fosse stato interrotto. "E posso attivarlo solo io?"

"Sì. Mateo avrebbe voluto mettere un protocollo di sicurezza, ma gli ho detto di no." Issac sapeva che Stas si sarebbe rifiutata di indossarlo, se qualcun altro avesse avuto il potere di accenderlo. "Questo non vuol dire che Mateo non riuscirebbe a trovare una soluzione in caso di emergenza, ma non esiste al momento. È una normalissima collana fino a quando tu non deciderai il contrario."

Stas ci pensò su e gli riconsegnò la scatola. "Va bene,

ma solo perché è pratica." Si allontanò i capelli dal collo, un chiaro invito ad aiutarla a indossarla.

Issac la tolse dalla scatola e gliela allacciò al collo, poi le tracciò la spina dorsale esposta con un dito. Lei si girò per guardarlo: il cuore le si era annidato tra i seni. Proprio dove sarebbe dovuto stare. "Mmmh, mi piace molto il fatto che tu stia indossando nient'altro che il mio regalo, tesoro. Forse potrai di nuovo fargli da modella più tardi."

Lo sguardo di Aya si accese. "Prenderò in considerazione l'idea."

"Ti prego di farlo." Le avvicinò l'ultimo regalo. "Ma prima apri questo."

"Devo aver paura?" gli chiese mentre scartava il pacchetto finale.

"Tieni la mente aperta…"

"Le ultime parole famose," mormorò lei. "Io ti ho dato una fotografia e dell'attrezzatura da nuoto."

"Due regali che adoro," le rispose baciandole una spalla. "È il pensiero, ciò che conta."

"Sembra un mito alla pari di quello che dice 'la dimensione non è importante'."

Issac ridacchiò. "Smettila di temporeggiare e apri la busta." Stas l'aveva tenuta in mano per un lungo momento, cercando di distrarre entrambi dal compito di aprirla.

Ne rovesciò il contenuto sul letto e Issac fu grato di aver usato delle graffette per tenere tutti i documenti separati.

Stas mise subito gli occhi sul passaporto. "Aya Davenfield," lesse con un movimento scattoso delle labbra. "Intelligente."

"Tutti gli immortali hanno bisogno di una nuova identità," le spiegò. "Mateo mi ha aiutato a costruire la tua."

Stas prese in mano la patente e poi l'assortimento di carte di credito. "Hai reindirizzato i miei vecchi conti?"

"Non esattamente," mormorò lui.

Astasiya diede un'occhiata agli altri documenti bancari e legali e strabuzzò gli occhi. "No, tu non... non è possibile." Continuò a leggere e ripetere quelle parole, scuotendo la testa. "Issac, questo è..."

"Necessario," finì per lei. "Vivrai per sempre, Aya. Significa che devi investire ora in vista del futuro. Dal momento che non hai alcun bene, te ne ho prestati alcuni dei miei per iniziare questo percorso."

"Prestati," ripeté Astasiya. "È un bel... ehm, gruzzolo da *prestare* a qualcuno."

Issac apparve divertito. Stas non aveva davvero idea di quanta ricchezza lui avesse accumulato nei secoli. Quella era solo una piccolissima parte dei suoi investimenti. "È abbastanza per farti prendere la giusta strada e insegnarti come funziona il mercato finanziario."

"E l'atto di proprietà di questa casa?" gli chiese con un sopracciglio alzato.

"Mi serviva un nome per farla intestare e il tuo mi è sembrato il più appropriato." Issac aveva diversi alias, Aya Davenfiel sarebbe stata una nuova giocatrice in campo. Più avanti avrebbe potuto creare anche l'alias Issac Davenfield.

Investire era uno dei passatempi preferiti di Issac, così come l'acquisizione delle società. La Wakefield Pharmaceuticals era solo una delle tante che possedeva.

"Aidan mi hai insegnato molto su come funzionano i mercati, come individuare le tendenze e dove investire. Se vorrai, mi piacerebbe insegnarti. Potremo usare l'alias che ho creato come attore principale."

Stas lo fissò. "Vuoi farmi diventare miliardaria."

"No, voglio farti vedere come si sopravvive in eterno," la corresse. "I soldi non sono tutto, Aya. A un certo punto vorrai avere un hobby, una carriera… voglio farti vedere come riuscirci in veste immortale."

"Io… Non so che dire." Astasiya raccolse tutti i documenti: il passaporto, l'atto della casa e gli estratti conti che mostravano le cifre che aspettavano di essere investite. "È molto da digerire."

"Sì," concordò Issac. "Anche io mi sono sentito così quando ho dovuto prendere il sopravvento sulla tenuta di mio padre e anche quando Aidan cominciò a istruirmi. Tuttavia, ne vale la pena tesoro. Credimi."

"Mi fido," gli sussurrò. "Davvero tanto, ma non so come accettare tutto… *questo*." Accennò alle scartoffie.

"Sono solo numeri, tesoro. E poi si tratta di un prestito. Mi potrai ripagare quando sarai pronta." Non che lui lo volesse a tutti i costi. Era l'istinto indipendente di Aya che lo imponeva e lui lo rispettava. "Il vero regalo qui è che ti sto offrendo di capire come si fa, così da poterci riuscire da sola." Un dettaglio che Issac era convinto lei avrebbe apprezzato e voluto.

Lo sguardo che Astasiya gli riservò sembrò confermarlo. "Mi piacerebbe imparare."

"Lo sapevo." Le prese il viso tra le mani. "Possiamo iniziare quando sarai pronta, ma è già tutto a posto. Questa casa è tua e potrai usarla quando vorrai… Una volta all'anno per Natale, oppure potrai affittarla o addirittura venderla."

"I miei genitori darebbero di matto se gli dicessi che mi hai comprato questa casa."

Issac si mostrò divertito. "Sì, immagino di sì. Non dobbiamo dirglielo per forza."

"Bene."

"Ogni anno potrai dire che ho affittato la stessa proprietà, non c'è bisogno che lo sappiano."

"Va bene," acconsentì lei dolcemente, poi gli mise le

braccia intorno al collo. "Non sono ancora pronta per unirmi agli altri."

"Presto dovremo farlo, però," le mormorò lui contro un orecchio.

"Lo so, possiamo avere qualche altro minuto da soli?"

"Va bene." Issac la tirò a sé in grembo e la circondò con le braccia mentre lei gli posò la testa sul petto. "Buon Natale, Aya."

"Buon Natale, Issac."

STAS

L'ATMOSFERA GIOIOSA DELLA SALA PRINCIPALE ERA QUASI troppo da sopportare. Sorridere era fisicamente doloroso, ma Stas lo fece comunque, per i genitori. Per gli Hydraiani. Per gli amici. Per Issac.

A ogni modo, lui sapeva. Astasiya riusciva a vedere lo stesso dolore dietro quegli occhi azzurri. Quella vacanza aveva dimostrato che la loro relazione era impossibile. Ci avrebbero provato lo stesso, perché dovevano farlo, non avevano altra scelta, ma il loro rapporto sarebbe dovuto arrivare a una conclusione.

Non ancora.

Tristan aveva ragione, lei era una stronza egoista. Eppure non riusciva ad allontanare Issac, anche se sapeva che avrebbe dovuto farlo. Poco prima era quasi arrivato a morderla, solo perché lei aveva desiderato che lo facesse.

Nello stesso modo che era solito fare. Con calore, intensità, passione.

Per via di tutte le misure preventive che avevano deciso di applicare, sembrava che tra loro la chimica si fosse ridotta ai minimi termini. Issac non poteva nemmeno praticarle sesso orale.

Stas non sentiva necessariamente il bisogno di connettersi a lui fisicamente; non era più come una volta. Era come se camminassero con un muro tra loro, troppo spaventati per attraversarlo. Ogni volta che vi si erano avvicinati, qualcosa gli aveva ricordato del perché non potessero farlo.

Issac le strinse una mano, poi la guardò negli occhi per un lungo momento. Sapeva. "Non ancora," le sussurrò.

Stas annuì. "Non ancora."

"Mi hai comprato una Smith e Wesson tutta per me?" squittì Amelia deliziata, gettandosi al collo di Tom e facendo irrigidire Issac al fianco di Stas.

"Sì, anche una fondina, così potrai smettere di nasconderti la mia pistola nelle mutande." Il tono di scherno di Tom gli fece guadagnare uno schiaffetto su un braccio.

"Stronzo."

"Risorsa," ribatté lui con un sorriso che gli arrivò fino agli occhi, mentre gli altri li guardavano sorpresi.

"Hai comprato una pistola per Natale a mia sorella?" Issac sembrava sconvolto, il suo tono combaciava con l'espressione attonita di Luc. Aidan sembrava divertito.

"È quello che voleva." Tom le fece l'occhiolino. "Vero, dolcezza?"

Amelia era raggiante. "È vero. Rubavo la sua per allenarmi, ma ora ne ho una mia." Si stava praticamente sciogliendo al fianco di Tom, era evidentemente entusiasta del regalo.

Issac scosse la testa mentre il padre di Stas annuiva in approvazione. "È una buona serie." Cominciò a raccontare di possedere una pistola simile della stessa marca, mentre

Jayson allungò a Lizzie un sacchetto adornato da un fiocco.

"Buon Natale, Rossa," mormorò con un luccichio malizioso nello sguardo.

Elizabeth strizzò gli occhi. "Posso aprirlo davanti a tutti?"

Jay sorrise. "Sì, bambolina. Apri il sacchetto."

Lizzie lo guardò dubbiosa poi sbirciò oltre la carta velina. Arricciò le labbra. Le ci volle un pochino per disfare tutti i fiocchi, poi tirò fuori un raccoglitore. Jayson non riusciva a togliersi il sorriso dalla bocca. La copertina riportava incisa la data del primo gennaio dell'anno imminente.

Lizzie voltò pagina e rimase sbalordita. Un anello sbrilluccicò alla luce, assicurato alla pagina da un fiocco passatogli attraverso. "Jayson," sospirò lei.

"Non fermarti ora," le rispose lui. "Volta la pagina."

Lizzie obbedì e apparve un invito matrimoniale riportante una data della settimana successiva.

Appena capì cosa significasse, a Stas si riempirono gli occhi di lacrime.

La pagina seguente era il programma per la cerimonia. Quella dopo la mappa dei posti a sedere, poi il menù, la scelta dei fiori, delle bevande e una lista di canzoni adatte a un matrimonio.

"Hai pianificato tutto," sussurrò Lizzie tracciando le pagine con le unghie.

"Tutto tranne il vestito," le rispose. "Ma c'è un team di persone che ci aspetta a Hydria nel weekend, così potrai sceglierlo. Porteranno anche degli abiti da damigella, sempre che tu voglia che Stas partecipi al matrimonio." Alzò lo sguardo su Stas, sembrava felice anche quando Lizzie scoppiò in lacrime. Jayson sorrise e scosse la testa. "Questi ormoni mi stanno uccidendo, Rossa."

"Anche a me," gli rispose lei con un singhiozzo. Si voltò per nascondergli il viso nel collo, attirando l'attenzione di tutti sulla coppia felice al fianco di Stas.

Issac le strizzò una mano e sorrise divertito.

"Cosa mi sono persa?" chiese Amelia, la pistola era stata riposta al sicuro in una scatola.

"Jayson ha appena sorpreso Lizzie con i preparativi per il matrimonio," le rispose Balthazar con sguardo orgoglioso. "Ecco perché mi ha chiesto di cancellare l'addio al celibato di Capodanno."

Luc annuì. "Capisco e lo accetto."

"Anche io," aggiunse Balthazar.

"Lizzie e Jayson si sposano?" chiese la madre di Stas sorpresa. "Non sapevo nemmeno che fossero fidanzati ufficialmente."

"È stato uno sviluppo recente," le rispose Issac, mentre disegnava con il pollice dei cerchiolini sul polso di Stas.

"Oh, devi aprire il tuo regalo!" Lizzie provò a prenderlo ma Balthazar la precedette, poi glielo allungò. Le fece l'occhiolino in risposta a ciò che gli aveva comunicato telepaticamente.

Jayson giocò con il fiocco, procedendo lentamente fino a quando Lizzie non si schiarì la gola. Lui ridacchiò e finì per strappare la carta e rivelare una dozzina di biscotti con le gocce di cioccolato. "Oh, biscotti, Rossa? Sembra quasi che tu mi conosca."

"Mangiane uno," lo incoraggiò lei. Jayson inarcò un sopracciglio. "Dai, provali."

"Va bene." Jay ne prese uno dal mezzo e fece per infilarlo tutto in bocca, ma Lizzie lo fermò.

"Solo un morso."

Jayson si accigliò. "Pensavo volessi che mangiassi il biscotto."

"Sì, ma prima provalo."

Sembrava ancora dubbioso ma fece come richiesto, poi fissò il biscotto nel palmo della mano. "È rosa."

Lizzie sorrise. "Lo so."

Stas fece una smorfia, non stava capendo... *Oh,* spalancò gli occhi. *Oh!*

"Perché dovrebbero..." Jayson rimase scioccato. "È... È..." Gli si riempirono gli occhi di lacrime, erano già a forma di cuoricino. "È una femmina?"

Lizzie annuì. "Sì."

Balthazar aveva un sorriso a trentadue denti, così come Amelia.

"Ecco cosa eravate impegnati a preparare, ieri," commentò Issac proprio nel momento in cui anche Stas lo stava pensando.

Annuirono entrambi, poi riportarono l'attenzione sulla coppia.

"È anche incinta?" sussurrò un po' troppo ad alta voce Susan a Tom.

Lui annuì, le emozioni gli impedivano di parlare. Aveva appena aperto un regalo da parte di Amelia, prima che Lizzie e Jayson si scambiassero i loro. Stas aveva visto un DVD di un film appena uscito, un cappellino degli Yankees, un portachiavi con una pizza newyorkese, una moto giocattolo e qualche altro oggetto random che doveva avere qualche significato segreto per Amelia e Tom.

"Allora che ne dici, Rossa. Vuoi sposarmi la prossima settimana?" le chiese Jayson con in mano l'anello.

Lizzie annuì, aveva il sorriso più grande che Stas le avesse mai visto esibire. "Sì, mille volte sì."

Le infilò l'anello e la baciò appassionatamente, era chiaro che non gli importasse di avere un pubblico.

Issac sfiorò la tempia di Stas con le labbra. "Torno subito."

Si avvicinò all'albero per prendere una busta con il

nome di Amelia sopra, insieme a un regalo per Aidan e uno per Tristan. Glieli consegnò, ne diede uno anche a Lucian e ai genitori di Stas, poi la raggiunse di nuovo.

Aprirono tutti i regali nello stesso momento.

Una bottiglia di brandy per Aidan.

Vino rosso per Tristan, che Stas immaginò essere stato corretto con del sangue, poiché lo aprì e se ne versò subito un bicchiere.

"Il meglio del Canada, eccellente," disse Luc osservando la grande boccia di vetro piena di sciroppo d'acero che aveva appena scartato.

Voli aerei e una prenotazione in hotel per i genitori di Stas, destinazione Grecia. Issac si guadagnò un'occhiata di sbieco. Si limitò a sorridere. "Ci uniremo a loro per una settimana ad Atene, in primavera."

Erano tutti intenti ad apprezzare i regali quando Amelia scoppiò in lacrime. Issac si voltò verso di lei con un sorriso triste. "Ci scambiavamo sempre ornamenti per l'albero ogni anno, anche da bambini," spiegò dolcemente. "Non ho mai smesso di collezionarli."

"Issac." Amelia si alzò in piedi e le si spezzò la voce. Prima che potesse fare un passo lui era già lì, l'avvolse in un abbraccio e le sussurrò qualcosa all'orecchio, che non fece altro che farla piangere più a dirotto.

I genitori di Stas si guardarono intorno, la loro confusione per poco non rovinò il momento.

Tutti, intorno a Stas, erano davvero felici, nonostante le lacrime.

La bionda avrebbe voluto sorridere.

Ci provò.

Ma dentro di lei si sentiva vuota.

Perché tutti gli altri avrebbero potuto avere il loro lieto fine mentre lei non avrebbe mai avuto il suo. Vedere tutti quegli scambi glielo aveva fatto capire ancora di più.

Jayson e Lizzie erano avvolti nel loro piccolo mondo, gioiosi dell'occasione, perdutamente innamorati e per giunta aspettavano anche una bimba.

Issac aveva ritrovato la sorella dopo sette anni di agonia. Aidan aveva di nuovo sua figlia.

Tom era vivo e aveva al fianco l'amore della sua vita, stavano bene.

Invece, quello di Stas se ne stava a distanza, impossibilitato ad abbracciarla per via delle crudeltà della vita.

Cercò di ignorare il dolore che le bruciava sottopelle, annidandosi nel cuore, ma le travolse la mente.

Tristan incontrò lo sguardo di Stas e inarcò un sopracciglio. Tra di loro sembrava aleggiare la frase *'Te l'avevo detto'*.

Stas lo odiava per quello. Odiava il fatto che non potesse vedere quanto quella situazione ferisse entrambi, quanto lei avrebbe voluto far funzionare la loro relazione, quanto amasse il suo migliore amico.

Eppure, Tristan si limitò a un ghigno e a distogliere lo sguardo.

Sapeva che il senso di colpa aveva finalmente vinto e quando Issac la guardò di nuovo, lo capì anche lui. S'incupì e scosse la testa impercettibilmente. *Non ancora.*

Allora quando? Avrebbe voluto chiedere Stas. Il suo animo si stava spaccando in due.

Com'è possibile che qualcosa di così giusto sia così sbagliato? Quante volte aveva avuto quel pensiero negli ultimi due mesi?

Non era giusto.

La *vita* non era giusta.

Issac le si inginocchiò davanti con sguardo determinato. "No, Aya."

"Quando, Issac?" gli sussurrò lei appoggiando la fronte

su quella di lui, incapace di sopportare tutto ciò ancora a lungo.

Accidenti, non era quello il giorno giusto per capire quale sarebbe stato il loro destino. Stas lo sapeva. Le festività avrebbero dovuto riempirla di gioia e felicità, non farle provare quel dolore straziante che la stava uccidendo dentro.

"C'è un altro regalo sotto l'albero," commentò Balthazar, la voce dell'Hydraiano riuscì a malapena a sovrastare il battito del cuore di Stas nelle orecchie della ragazza.

Issac aveva le mani sulle guance di lei. "Non ancora, tesoro."

"Ma quando?" ripeté lei, la voce rotta.

"È per Stas," disse Balthazar.

Cosa? Lei aveva già aperto i propri regali. I genitori le avevano comprato dei calzini e dei vestiti, come facevano sempre. Aidan una bella sciarpa. Amelia le aveva regalato dei cioccolatini argentini, dicendole che erano i migliori al mondo. Lizzie e Stas si erano dette di non farsi regali.

Chi rimaneva?

Qualcuno le mise il pacco in grembo. Issac le stava ancora davanti in ginocchio, l'espressione emozionata. "Non è da parte tua, vero?" gli chiese.

L'Ichoriano scosse la testa. "No, non lo è."

Sul pacco c'era il nome di Stas in una grafia mascolina disordinata.

Astasiya ne tastò i bordi, incerta.

Da parte di chi è, B? chiese guardando l'amico.

Lui scosse la testa, indicando che nemmeno lui lo sapesse.

Nessuno dei presenti? Pensò lei accigliata.

Accarezzò l'oggetto accuratamente incartato, la trama della carta le era familiare. Un ricordo d'infanzia le invase la mente: qualcuno che le consegnava un regalo. *Piume rosse.*

In un batter d'occhio l'immagine sparì.

Strappò la carta e scoprì una cornice, che riconobbe di aver visto in sogno.

Una foto con i genitori biologici.

La madre fissava con adorazione il padre, Stas era accoccolata tra i due e teneva in mano una bambola con le ali da angelo, bianche e soffici.

Era stata scattata poco prima della loro morte. Un mese o giù di lì.

Stas aprì la bocca, travolta dallo shock. Era andato tutto distrutto nell'incendio, compresa quella cornice.

Eppure non era affatto bruciata, era ancora di un bel color bronzo, con incise delle piume.

"Aya?" Issac si portò al fianco della ragazza, le prese un polso e cominciò a studiare la foto insieme a lei.

"Sono i miei genitori," mormorò lei, riusciva a sentire a stento la propria voce.

"Sethios," disse Issac tracciando l'uomo dai capelli scuri che Stas aveva sempre e solo visto in sogno. "Non riconosco la donna."

"Mia madre," sussurrò Stas. "Caroline." Caro, come l'aveva chiamata Osiris.

La stanza intorno a loro si era immobilizzata.

"Che cos'è, Stas?" le chiese la madre adottiva.

"Una nostra foto," le rispose Issac. "Posso?" Accennò al regalo, chiaro nelle intenzioni.

Stas annuì senza fiatare, incapace di parlare e con il cuore in gola.

Il vampiro prese l'oggetto e il potere fece formicolare la runa sulla schiena di lei. Stava manipolando la vista di tutti gli altri, o forse solo dei genitori di Stas.

Un biglietto catturò l'attenzione della bionda, era attaccato sul retro della fotografia.

Accanto c'era una singola piuma rossa che tremolava nella luce, le ricordava un ologramma.

"Issac," sussurrò. "Vedi anche tu?"

"Il biglietto?"

Stas deglutì e scosse la testa. "No, la piuma."

Issac si accigliò. "No, tesoro. Vedo solo un biglietto."

Stas sbatté le palpebre ma era ancora lì.

Issac alzò piano il biglietto e rivelò un messaggio che le fermò il cuore.

Presto, Stas. Lo prometto.
Ti vorrò sempre bene,
Gabriel

Seconda parte:
Alis Volat Propriis

Lei vola con le proprie ali...

STAS

"Il sole è glorioso nell'aldilà, dipinge il cielo in sfumature che non avevo mai notato durante gli anni da mortale. Svegliarsi di fronte a questa vista è un regalo della vita, un miracolo, non un peso."

— *Issac Wakefield*
Vita mutatur, non tollitur

JAYSON SI ERA SUPERATO. IL PERCORSO VERSO LA SPIAGGIA, dove erano posizionate diverse file di sedie vuote sulla sabbia nera, era decorato con dei fiori tropicali. Altre composizioni adornavano i dorsi delle sedie, insieme a nastri rosa scuro, tocchi di bianco e conchiglie per abbellire.

L'altare, incorniciato dal mare in sottofondo, mozzò il fiato a Stas.

Era lì in piedi, a guardarsi intorno con il cuore in gola.

È perfetto.

Tranquillo, appartato e graziato dal suono delle onde che si infrangevano a riva. Stas non aveva mai voluto un matrimonio, ma quello scenario le fece quasi venire voglia. Quasi.

Sentì il palmo di una mano avvolgerle la vita e posarsi sull'addome, poi un torace robusto le premette sulla schiena. Si sciolse contro quel calore familiare, bramandone il tepore. Il mese di gennaio a Hydria forse era stato anche più caldo che a New York, ma la spiaggia riservava un brivido che le fece venire la pelle d'oca sulle gambe e le braccia esposte.

"Lizzie piangerà sicuramente," sussurrò Stas.

"Lo so." Due parole contro l'orecchio. "Thomas ha parecchi fazzoletti da taschino, proprio per l'evenienza."

Stas sorrise. Lizzie non aveva una vera famiglia, così Tom si era offerto di accompagnarla all'altare. Sembrava appropriato, dal momento che ricopriva il ruolo di fratello maggiore nella vita della ragazza.

"Questo vestito è splendido, Aya." Issac le baciò il collo e a lei vennero le farfalle nello stomaco. Dopo l'incidente del quasi morso della settimana prima avevano mantenuto le distanze, ma ciò non aveva fatto altro che aumentare il desiderio di lei e a giudicare dalla reazione che Stas percepiva pulsare sulla schiena, era stato lo stesso per lui.

"È rosa," commentò Stas concentrandosi su un argomento più tranquillo, il vestito. "Ma il materiale mi piace."

"Uhm, a me piace la lunghezza." Le posò la mano libera su una coscia, scivolando fino a sotto il tessuto. "Mette in mostra le tue gambe in modo impeccabile."

"Ovviamente è lì che ti sei soffermato…" Stas si voltò tra le braccia di Issac. Un chiaro errore.

Quando indossava un semplice completo era solito lasciare Astasiya senza parole.

Uno smoking? Beh, in quel momento Stas non riusciva nemmeno a pensare.

Aveva persino un papillon.

Chissà se me lo farà togliere con i denti, più tardi…

"Mi stai fissando," mormorò lui sorridendo.

Non aveva senso rispondere perché era ovvio che non riuscisse a togliergli gli occhi di dosso. Gli tracciò le cuciture della camicia di seta con le dita, crogiolandosi nella texture preziosa, poi scese lungo la vita, fino alla cintura intorno ai fianchi.

Preferirei togliergli questa…

"Ti va di saltare la cerimonia?" le chiese con tono innocente dopo averle fermato il polso, che stava vagando sull'addome. "Ce ne andiamo a casa di Balthazar…?"

Era lì che alloggiavano intanto che venivano riorganizzate le dimore sull'isola. Balthazar e Issac sapevano litigare come due fratelli ma c'era un chiaro legame tra loro, era per quello che B gli aveva offerto la suite degli ospiti. Aidan e il suo harem stavano da Lucian.

"Lizzie mi ucciderebbe," rispose finalmente lei dopo aver rimuginato sull'offerta. Perdersi per qualche ora nel tocco di lui era una tentazione molto forte.

Ma era esattamente per quello che non sarebbe potuto succedere.

Non dopo la settimana precedente.

Lo sapevano entrambi.

Stas sospirò e incontrò lo sguardo di Issac. "Mi manchi, Issac."

"Sono qui, tesoro."

"Sai che intendo."

Le portò le mani al viso triste e fece congiungere le loro fronti. Non parlarono, si limitarono a una gentile comprensione, a una miriade di parole non dette e alle emozioni che scorrevano tra loro.

Non ancora.

Quando?

Non ancora.

Non posso vivere senza di te.

Ti amo.

Abbiamo tutto il tempo del mondo per venirne a capo.

Lo so.

E se non fosse così.

Quella non è un'opzione.

Forse Stas aveva sentito quella conversazione solo nella propria testa, ma avrebbe giurato di aver sentito la voce di Issac infiltrarsi in qualche risposta.

Oppure stava perdendo la ragione.

Dopo aver ricevuto il regalo dal misterioso Gabriel, si era sentita un disastro. Nessuno era stato in grado di vedere la piuma rossa. Eppure era lì, sul cassettone della camera che divideva con Issac. Non era più tremolante come all'inizio. La texture setosa le ricordava di ogni sogno ormai dimenticato, come quello in cui il padre le descriveva le ali della madre.

Tuttavia, quel sogno cominciava a sembrarle sempre più un ricordo, respresso per quasi vent'anni.

La realizzazione le aprì una porta nella memoria che la fece sentire sempre più confusa e sola. Aveva raccontato tutto a Issac, insieme avevano parlato a lungo delle loro teorie ogni sera, fino a fare le ore piccole, ma non erano arrivati a nulla.

Gli Anziani avevano riconosciuto il nome di Gabriel perché collegato alla società fantasma che aveva finanziato il bar di Owen, il che suggeriva che tra i due ci fosse un legame. Ma chi, o cosa, era Gabriel?

Perché sono l'unica che riesce a vedere la piuma?

"Eliza ti sta cercando," le sussurrò Issac. "Sembra che lei e Amelia abbiano finito di truccare e acconciare Elizabeth e ora vogliono fare le foto con la damigella d'onore."

"È tutto molto surreale," commentò Stas meravigliata. "Oggi la mia migliore amica si sposa con un immortale che ha più di tremila anni."

"È anche incinta di quella che potrebbe essere una variante Seraphim," aggiunse Issac pensando di essere d'aiuto.

"Dettaglio di poco conto," rise Stas scuotendo la testa. "Un anno fa non sapevo nulla riguardo questo mondo e ora…" *È il mio tutto. La mia vita. Il mio scopo. Il mio mondo.*

"Lo so." Issac le sfiorò le labbra dolcemente. "Ci vediamo durante la cerimonia." Un altro bacio, più intenso. "Riservami un ballo, più tardi." Non era una domanda ma un ordine, che la fece sorridere.

"Dovresti chiedermelo, non ordinarmelo."

"Amelia sarebbe molto delusa," la prese in giro lui. "Almeno promettimelo."

Davanti a quel tono così giocoso il cuore di Stas ebbe un sussulto, era il modo in cui era solito punzecchiarla in privato, quando erano soli. "Puoi avere tutti miei balli, sempre."

Issac irradiava felicità, le portò una mano dietro il collo e strinse. "Mmmh, potrei chiederti il conto, Aya."

"Spero che tu lo faccia."

Si scambiarono un bacio che sigillò il bisogno di aria di Stas e la riempì con l'energia e lo spirito vitale di lui. L'anima di Astasiya soffriva per Issac, avrebbe voluto di più, voleva costringerla a portare a termine qualcosa che non era riuscita a definire del tutto.

Poi lui la lasciò andare.

"Mi piace davvero tanto, il vestito." Il luccichio birichino nello sguardo di lui le fece abbassare gli occhi verso la scollatura asimmetrica. Quell'angolatura le scopriva fin troppo i seni.

Issac la guardò sistemarsi e lei gli lanciò un'occhiataccia. "Comportati bene."

"Mai." Esibì un sorriso diabolico che le fece stringere le cosce. "Corri, Aya, prima che decida di approfittare di quel vestitino."

Stas deglutì. Issac non scherzava mai e di certo non lo stava facendo in quel momento. L'Ichoriano inarcò un sopracciglio come se la stesse sfidando a restare. Astasiya fece un passo indietro. "Ci vediamo dopo la cerimonia."

"Oh, mi vedrai anche durante." La passò in rassegna con sguardo bollente. "Sarò quello impegnato a fantasticare sulle tue gambe e sulla sensazione meravigliosa di averle intorno alla vita. O forse penserò alla tua bocca…"

Stas arrossì, quelle parole stavano intensificando il dolore provocato dal desiderio dentro di lei. Se non se ne fosse andata subito sarebbero finiti nudi in spiaggia; sicuramente non era quella la cerimonia che tutti avrebbero voluto vedere quel giorno.

"Me ne vado," riuscì a dire nonostante la sensazione di nodo alla gola.

"Io me ne starò a guardare," le vociò dietro mentre lei si allontanava sul sentiero. Lo sguardo di lui sembrò bruciarle un buco nel retro del vestito.

Stas aveva optato per quello corto per via della sabbia. Non le piaceva l'idea di trascinare una gonna lunga per tutta la spiaggia. In quel modo avrebbe anche provocato e tormentato il suo vampiro preferito.

Forse giocherò un po' su questo fatto, durante la cerimonia…

———

"Sei bellissima, Liz," le disse Stas incontrando lo sguardo dell'amica nello specchio sopra la cassettiera. Dal momento che era quello che viveva più vicino alla spiaggia, Alik aveva offerto la propria casa come location per la festa di nozze, così le ragazze si erano sistemate nella suite degli ospiti mentre i ragazzi si erano impadroniti della camera da letto padronale.

"Mi sento così tanto… scoperta," mormorò la migliore amica della bionda, togliendo la mano dalla pancia avvolta in un abito in stile greco. Lizzie era convinta che nessuno si sarebbe bevuto il bianco sporco del vestito e si sarebbero accorti subito del bambino che cresceva al di sotto, soffermandosi solo su quello. Al contrario, lo stile morbido dell'abito nascondeva tutto quanto e le donava un'aria da dea greca.

Amelia aveva acconciato i lunghi capelli di Lizzie in anelli rossi e li aveva raccolti in vari punti del capo. Eliza aveva realizzato un look luminoso e naturale, permettendo all'innata bellezza della sposa di fare capolino.

"Jay rimarrà esterrefatto quando ti vedrà," commentò Stas. "Fidati di me."

Eliza sorrise maliziosa. "E lo farà anche quando rivelerai cosa c'è sotto al vestito."

La stilista francese che aveva aiutato Lizzie con l'abito le aveva regalato anche della lingerie abbinata. Tutte le ragazze l'avevano approvata, specialmente la sposa.

Lizzie arrossì. "Beh, almeno Amelia ed Eliza hanno fatto magie con il trucco e i capelli."

La Neonata diventata make up artist amatoriale ridacchiò. "Sono abbastanza sicura che sia tutto merito della genetica, Lizzie. Abbiamo semplicemente perfezionato un capolavoro."

Prima che la migliore amica di Stas rifiutasse il complimento, cosa che era sul punto di fare, qualcuno bussò alla porta.

Luc fece capolino sorridendo adorabilmente. "Posso interrompere un momento?"

"Il re degli Hydraiani ha appena chiesto il permesso per fare qualcosa?" chiese Eliza, i bellissimi lineamenti le si trasformarono in una smorfia. "Pensavo che si divertisse a impartire ordini senza tener conto dei sentimenti altrui."

Il sorriso di Luc svanì. "Eliza. Non mi ero reso conto che ci fossi anche tu."

"Immagino." Eliza si rivolse a lui con un movimento dei lunghi capelli scuri che le ricaddero su una spalla minuta. "Dopotutto, hai la tendenza a interrompere senza nemmeno pensare, prima."

Luc strinse i muscoli della mascella. "Sono venuto per consegnare un regalo."

"Oh, è un altro editto?" Lo guardò sbattendo le palpebre. "Che generoso da parte sua, *Vostra Maestà*."

"Da parte dello sposo," aggiunse. Le già ampie spalle di lui apparvero ancora più imponenti e dure, mentre approcciò Eliza. "Continua a punzecchiarmi, principessa. Vedi dove ti porta."

La ragazza non sembrò affatto turbata dalla vicinanza di quell'ammasso di muscoli alla sua piccola figura. "A essere sculacciata?"

Il sorriso in risposta di Luc ricordava una pantera che squadrava la propria preda. "Ti piacerebbe fin troppo."

Eliza rise. "Non se sei tu a farlo."

Luc fece un altro passo, le invase lo spazio personale e la strinse contro il tavolino che avevano attrezzato di vari trucchi, poi la intrappolò in mezzo alle braccia potenti.

Lizzie inarcò le sopracciglia ramate, la sua espressione combaciava con i sentimenti provati da Stas.

Luc aveva *sempre* avuto una presenza calma, eppure non c'era niente di rilassato in quella posizione. Emanava rabbia e un senso di intimidazione che però non sembrarono infastidire Eliza. La ragazza ricambiò lo sguardo duro di lui con uno d'acciaio e inarcò un sopracciglio perfettamente curato in attesa che lui le rispondesse.

"No, sembra che tu preferisca che lo faccia un ragazzo in un pub." La guardò con sguardo di disapprovazione. "Peccato, visto il potenziale." Si allontanò da lei e se ne andò senza voltarsi.

Stas aggrottò la fronte. *Che cos'è appena successo?*

Eliza sbuffò, la pelle abbronzata sembrò scurirsi. "Quell'uomo è *impossibile*." Strinse le mani in pugni lungo i fianchi. "Che cosa pensava che facessi, ieri sera? Aspettare che tornassero tutti dai festeggiamenti del Capodanno ad Atene? No. Sono uscita anche io, perché sono un'adulta capace di prendere le proprie decisioni. Quello stronzo," indicò la porta, "ha il coraggio di rimproverarmi per questo? In un pub?" Emise un grugnito. "Che vada a farti fottere."

"Siete usciti tutti insieme, ieri sera?" le chiese Lizzie aggrottando la fronte. "Dopo la festa sulla spiaggia?" A Hydria avevano organizzato un gigantesco falò con musica e balli per festeggiare il Capodanno. Niente di stravagante, solo una serata rilassante da passare in compagnia di chiacchiere e champagne. Stas non aveva avuto voglia di festeggiare, aveva ancora la testa impegnata nelle festività della settimana prima.

Gabriel.

Chi sei?

"Sì, Jacque ha portato fuori un gruppo," mormorò Eliza. "Sono andata con loro solo per essere seguita mezz'ora dopo da..." Si allontanò scuotendo la testa. "Non importa. Questo è il tuo giorno. Non lascerò che parlare del *re* lo rovini."

La risata di Balthazar lo precedette nella stanza. Indossava uno smoking.

Tutte e tre le donne rimasero a bocca aperta alla vista di quell'uomo così bello. Qualsiasi cosa indossasse lo faceva sembrare un dio, ma quel completo era dannatamente perfetto. Avrebbe dovuto essere illegale.

Lui e Issac fianco a fianco sarebbero stati…

"La perfezione," finì lui con un sorriso malvagio. "Ora immagina come saremmo l'uno con l'altro."

"Odio quando fai così," ringhiò Stas in riferimento al fatto che le avesse letto nei pensieri, non all'immagine molto sensuale che le aveva appena provocato nella mente.

"Eri tu quella che pensava il mio nome, dolcezza." Si sbottonò la giacca nera e tirò fuori un pacchetto dalla tasca interna. "Luc intendeva darti questo, Lizzie, prima che fosse distratto da tutta la bellezza in questa stanza." Gli spuntarono le fossette, il che gli fece guadagnare un sospiro di approvazione da parte di Eliza. "Ora che vi ho viste con i miei occhi, capisco il perché." Baciò la quasi sposa su una tempia e le consegnò il regalo. "Sei stupenda, Lizzie."

"Grazie," rispose lei arrossendo. "Per che cos'è questo?"

"Apri e scoprilo," la incoraggiò lui con gli occhi scuri che gli brillavano.

Lizzie si morse un labbro e passò una mano fresca di manicure sulla carta. "Va bene." Lizzie aveva sempre amato i regali e quando alzò il coperchio glielo si lesse in faccia, dato lo splendido sorriso che le spuntò. Dentro giaceva una collana con un rubino a forma di cuore, tempestato di diamanti.

Lizzie sussultò e Balthazar sorrise. "Gli dò un bell'otto punto sette. Mi tocca sottrargli dei punti per non averlo consegnato di persona."

"Cosa?" gli chiese lei alzando lo sguardo pieno di lacrime. "Perché l'ha fatto?"

"Perché sei il suo cuore," le rispose dolcemente Balthazar accarezzandole una guancia. "Benvenuta in famiglia, Lizzie."

La rossa tirò su con il naso e gli gettò le braccia al collo biascicandogli qualcosa di incomprensibile contro il petto.

"Sono contenta di aver scelto il mascara resistente all'acqua," commentò Eliza, provocando uno di quei sorrisi mortali di Balthazar.

"Le emozioni sono più che accettate oggi." B baciò Lizzie sulla testa e la lasciò andare. "Gli dirò che la collana ti è piaciuta."

La ragazza annuì. "Digli che la amo. Amo tutto."

"Significa che devo portare il punteggio a un bel nove. Glielo farò sapere, ma mi aspetto un dieci tondo da lui, stasera." Le fece l'occhiolino e uscì dalla stanza.

Lizzie fissò la porta. "Non intendeva… voglio dire, non avrà mica intenzione di dare un voto alla nostra…?"

"Devi pensare soltanto a Jay," le rispose Eliza. "Non lascerà che niente e nessuno ti metta a disagio."

La sposa arrossì di nuovo e posò lo sguardo sulla scatola che aveva tra le mani. "Hai ragione. Ha reso tutto il resto perfetto." Guardò Stas. "Io non ho organizzato nulla."

"Lo so."

"Nemmeno il cibo, il vino o i fiori."

"Lo so," ripeté Stas.

"Com'è possibile che questa sia la mia vita?" Si toccò la pancia. Le maniche aperte dell'abito le flutturarono al fianco come se fossero le ali di un angelo. "Com'è successo tutto questo?" Il labbro inferiore cominciò a tremarle. "Oh, accidenti sto per piangere. *Di nuovo.*"

"Ehm, allora torno più tardi," esordì Tom dalla porta, Amelia al fianco.

Lo aveva afferrato mentre cercava di scappare e lo aveva tirato oltre la soglia. "Bel tentativo, stronzo."

"Cosa? Le stavo solo dando un po' di privacy."

"Stavi scappando." Amelia inarcò un sopracciglio in segno di sfida. Quando lui non rispose, lei annuì. "Come pensavo."

Lizzie gli sorrise attraverso le lacrime. "Sono molto felice che tu sia qui."

"Non me lo perderei per niente al mondo," le rispose dolcemente. "Sei bellissima, Lizzie."

La ragazza si guardò la pancia. "Non si vede?"

"Anche se si vedesse, ti renderebbe ancora più bella." Allargò le braccia per lei. "Vieni qui, prometto di non scompigliarti i capelli." Era un'abitudine che avevano costruito in anni e anni di rapporto fraterno.

"Sa cos'è meglio per lui," aggiunse Amelia.

Lizzie ridacchiò e accettò l'abbraccio di Tom. "Grazie," sussurrò.

"Per cosa?"

"Per accompagnarmi all'altare."

"Oh, Liz, sono io che devo ringraziarti per l'onore." La tenne stretta, poi le baciò la parte superiore della testa molto attentamente. "Sono tanto felice per te, tesoro. Davvero davvero tanto."

Stas si emozionò davanti a quello scambio, si stava finalmente rendendo conto della giornata. Non erano state le decorazioni o il vestito ma l'abbraccio tra Tom e Lizzie, che suggeriva l'amore di un uomo che finalmente la lasciava andare. La loro relazione era sempre stata platonica, anche quando Lizzie gli faceva il filo, ma quel momento sembrò suggellare il loro rapporto. Un momento privato pieno di gioia e accettazione, con un pizzico di adorazione.

"Ti voglio bene," mormorò lui chiudendo gli occhi.

"Anche io," gli rispose altrettanto dolcemente lei.

La stanza fu inghiottita da un silenzio confortante, Tom tenne gli occhi chiusi mentre prestava la propria forza a Lizzie un'ultima volta. Non era un addio tra i due, ma una rinascita in una nuova vita, in cui lui avrebbe dovuto fidarsi di un altro uomo affinché la proteggesse e si prendesse cura di lei come meritava.

Tom incontrò lo sguardo di Amelia, al di là di Lizzie, e lei gli fece un cenno. Un messaggio segreto che Stas non riuscì a decifrare, ma era chiaro che Amelia approvasse.

"È ora," disse Tom sottovoce, poi lasciò andare piano Lizzie. "Sei pronta?"

Lei annuì senza alcuna esitazione nei lineamenti del viso. "Sì."

STAS

"Amelia è piuttosto infatuata dell'Anziano Eli. Ha menzionato lo scambio dei voti parecchie volte, desiderosa di promettergli amore eterno. È un passo che io non ho mai voluto fare, ma se è quello che mia sorella vuole, mi sforzerò di accettarlo."

—Issac Wakefield
Vita mutatur, non tollitur

"Vuoi tu, Elizabeth, prendere Jayson affinché sia tuo per sempre, per amarlo e tenerlo a te caro, da questo giorno in avanti per il resto dell'eternità e oltre?" La voce di Luc attraversò la spiaggia dalla postazione all'altare.

"Lo voglio," rispose Lizzie con le mani in quelle di Jayson, i cui occhi sorridevano a quelli della ragazza. L'Hydraiano non aveva smesso di sorridere da quando l'aveva vista alla fine della navata, si era anche leggermente commosso a guardarla camminare verso di lui.

"E vuoi tu, Jayson, prendere Elizabeth affinché sia tua per sempre, per amarla e tenerla a te cara, da questo giorno in avanti per il resto dell'eternità e oltre?"

Jayson guardò Lizzie in adorazione e disse: "Assolutamente sì, lo voglio."

Stas incontrò lo sguardo incendiario di Issac. L'uomo sedeva accanto ad Aidan nella seconda fila della sezione riservata allo sposo. Lei era in piedi alle spalle di Lizzie, con in mano due bouquet di fiori.

Ti senti bene? Sembrava chiederle lui con gli occhi. O forse Astasiya lo stava solo immaginando. Sembrava avere qualcosa incastrato in gola, un'emozione a cui non riusciva a dare un nome, perché ovunque guardasse, vedeva un futuro che non sarebbe mai potuto appartenerle.

A ogni modo, l'euforia scatenata dall'amore tra la migliore amica e Jayson le riempiva il petto.

Allora perché sento di stare per mettermi a piangere?

Forse erano tutte le emozioni della giornata, l'abbraccio di Tom e Lizzie, quella devozione innegabile che si aggirava nell'aria, rendendola densa.

E la realizzazione che Stas non avrebbe mai vissuto un momento simile sulla propria pelle. Non tanto il matrimonio, quanto le promesse... Quella sensazione di avere qualcuno accanto per l'eternità, senza vincoli o preoccupazioni.

Io non ce l'avrò mai. Al solo pensiero sentì una fitta al cuore.

Anche se la ragazza provò in tutti i modi a nasconderla, Issac doveva averle decifrato quell'espressione triste, perché a guardarla gli si piegarono gli angoli della bocca verso il basso. Astasiya deglutì e si concentrò nuovamente sulla cerimonia, non aveva bisogno di pensare a certe questioni. Non in quel momento. Non nel giorno dedicato a Lizzie.

Era davvero felice per la migliore amica. Lizzie aveva meritato quel momento più di chiunque altro e Stas era grata di poterne far parte.

"Jayson?" lo esortò Luc.

Jayson si portò la mano di Lizzie alla bocca e le baciò il polso con sguardo emozionato. "Dal primo momento che ci siamo conosciuti mi hai affascinato come nessun altro nella mia lunghissima vita aveva mai fatto. Dovevo conoscerti, Rossa. Ogni tuo dettaglio, le parole che ti fanno sorridere, perché tieni così tanto agli altri, cosa ti rende unicamente te stessa... dovevo sapere come poter essere l'uomo migliore nella tua vita. Sto cominciando appena ora a raggiungere alcuni di questi traguardi e con ognuno di essi ne arrivano altri mille che mi rendono voglioso di sperimentare e capire."

Le prese il viso tra le mani e con il pollice le spazzò via una lacrima sotto gli occhi.

"Voglio passare il resto delle nostre lunghe vite a creare un passato insieme a te, Rossa," continuò dolcemente. "Ad amarci, crescere insieme la nostra bellissima figlia e passare ogni singolo momento a custodire questo legame unico e speciale tra noi. Non lascerò che niente e nessuno faccia male a te, al tuo cuore o alla tua anima. Non ti abbandonerò mai, sarò sempre fedele a te, alla nostra famiglia, al legame tra le nostre anime. Ti amerò e adorerò per sempre... Sei il mio cuore, il mio amore e la mia vita."

Balthazar (il testimone) gli allungò una scatola contenente l'anello, che Jayson infilò al dito di Lizzie.

"*Vena amoris*," mormorò. "Una tradizione più giovane di me, che afferma che la vena dell'anulare sinistro sia connessa al cuore. È quello lo scopo, proteggere il cuore dell'altro. Tuttavia, Lizzie, sei *tu* il mio cuore, quindi questo è solo un mero simbolo della mia devozione a te e con questo anello prometto di passare l'eternità con te e con te sola. Sempre e per sempre. Per tutti i secoli e i millenni a venire. Sei la mia Elizabeth, la mia Rossa, mia moglie." Le baciò di nuovo il polso, mordicchiandolo leggermente e facendola sorridere tra le lacrime.

"Hai detto che non ci saremmo scambiati le promesse," gli sussurrò lei.

"Non ho mai detto che io non le avrei fatte," ribatté lui, le parole udibili solo a chi era vicino all'altare.

Uomo intelligente, pensò Stas, poi sorrise quando Balthazar le fece l'occhiolino sopra la spalla di Luc. *Spero che tu abbia dei fazzoletti*, pensò Stas rivolta a B.

Lui rispose con un sorriso sicuro di sé e un bagliore nello sguardo, come a dire *Certamente*.

"Accidenti, Jayson," disse Lizzie agitandosi una mano davanti al viso. "Non posso competere."

Lo sposo ridacchiò e le baciò nuovamente la mano, poi la lasciò andare. "Non mi aspetto che tu lo faccia."

"Ma hai appena detto tutte quelle belle cose e io ho preparato delle promesse super noiose a confronto e, accidenti…" Si toccò la guancia arrossata, tipica di Lizzie, con il dorso della mano. "Ti amo così tanto. Sarai il marito e il padre migliore di tutti e ti farò tutti i biscotti che potrai desiderare e… e… cazzo, sto mandando tutto all'aria." Si portò una mano alla bocca. "Oh cielo, ho appena detto la parola *cazzo* nelle promesse nuziali…"

Dal pubblico si levarono diverse risatine mentre Stas cercò di nascondere la sua dietro i mazzi di fiori che teneva in mano.

Balthazar si schiarì la gola e consegnò a Lizzie una scatola uguale a quella che aveva dato a Jay. "Non è ufficiale fino a che non avrai l'anello in mano," mormorò con voce calda e rassicurante. "Parla con il cuore, tesoro."

Lizzie annuì, prese la scatola e fece un respiro profondo mentre tutti gli altri si ricomposero in silenzio.

Stas lanciò un'altra occhiata a Issac, che piegò la testa di lato e la guardò con sguardo incuriosito. Sembrava le stesse chiedendo… *Che cosa diresti tu?* O forse avrebbe solo voluto sapere cosa le passasse per la mente o perché stesse di nuovo piagnucolando per via della scena che avevano davanti.

Perché non avrò mai l'occasione di dirgli queste parole. Loro non avrebbero avuto l'eternità dalla loro parte.

"Jayson," esordì Lizzie, poi si fermò per deglutire e raddrizzare le spalle. "Ho passato la mia vita a non appartenere da nessuna parte, ero un'estranea che giocava a interpretare la parte per la quale mi avevano cresciuta senza nemmeno capire perché. Pensavo di aver compreso molte cose, come l'amore, ma non era così. Fino a quando non ho incontrato te."

Jay le strinse una mano e lei si fermò di nuovo. Il sorriso negli occhi scuri dell'uomo era genuino e incoraggiante. Lei lo ricambiò con un'espressione raggiante, calorosa e convinta.

"Mi hai insegnato a provare sentimenti, Jayson. A provarli *davvero*. E mi hai insegnato a vivere, come se non avessi mai vissuto prima. Non vedo l'ora di esplorare il futuro con te, con la nostra famiglia, nostra figlia… vederti diventare padre, vivere con te ogni giorno per il resto delle nostre vite. Accidenti, ci saranno tantissime pizze e biscotti e io diventerò grassa, ma a te non importerà perché sei il mio Jay e io la tua Rossa e insieme siamo un cuore enorme. Anche tu hai il mio cuore, Jayson. Ce l'avrai sempre… in ricchezza e in povertà, per l'eternità. Sarò sempre tua." Con quelle parole gli infilò l'anello e riconsegnò la scatola a Balthazar. "Ti amo."

"Ti amo anche io." Jayson si emozionò di nuovo, glielo si leggeva negli occhi e nella voce, persino nel sorriso. Nessuno avrebbe messo in dubbio i suoi sentimenti, vista l'adorazione e la devozione che trasudava. Era scritto nel modo in cui guardava Lizzie, proprio come era ovvio nel modo in cui lei guardava lui.

Jayson non aspettò che Luc lo rendesse ufficiale, prese le labbra di Lizzie in un impeto di lussuria che lasciò i partecipanti al matrimonio in adorazione.

"Beh, suppongo sia tutto allora," disse Luc mostrando le fossette. "Dal momento che hai già baciato la sposa, dichiaro voi, Jayson ed Elizabeth, marito e moglie."

Non smisero di baciarsi nemmeno per accennare allo scroscio di applausi che li circondò, erano troppo presi l'uno dall'altra, dal loro amore e dal loro futuro. Uno che avrebbero onorato per sempre. Non ci sarebbero stati ostacoli nella via, la loro sarebbe stata una collaborazione eterna.

Stas sorrise, genuinamente felice per la migliore amica nonostante in fondo si sentisse a pezzi. Perché avrebbe voluto tutto ciò con Issac. Era sempre stato tutto limitato tra loro, come se ci fosse una data di scadenza a incombere sulle loro teste. Anche se avevano lottato per mesi, la loro relazione sarebbe inevitabilmente dovuta finire.

"Vieni con me." La voce di Balthazar le arrivò da un lato, l'uomo le offrì un gomito affinché potesse riaccompagnarla lungo la navata, dietro Jayson e Lizzie. La sposa non si era nemmeno preoccupata di prendere il proprio bouquet, troppo presa dall'euforia per rendersi conto che fosse ancora nelle mani di Stas.

"L'amore ci rende ciechi," commentò Balthazar, in risposta ai pensieri di lei.

Stas incatenò il braccio a quello di lui senza dire una parola. Balthazar sapeva tutto. Sapeva del cuore spezzato di lei, delle sue frustrazioni. Della rabbia verso il destino, le preoccupazioni per il futuro.

Cosa sarebbe successo quando Issac avrebbe trovato un'altra?

Avrebbe avuto un matrimonio come quello?

Non essere ridicola, si rimproverò Stas. Issac non era il tipo da matrimonio, inoltre, quello che c'era tra lui e Stas andava molto più a fondo, fin nelle profondità dei loro esseri. Astasiya sentiva con ogni fibra del corpo che non avrebbe trovato nessuno come Issac. Lui era solo suo, il suo tutto.

Se mai dovessi perderlo... Stas si morse un labbro e si concentrò sui propri passi mentre Balthazar la guidava alla cieca lungo la navata.

"Tanti tanti anni fa, anche io ho voluto bene a qualcuno," disse il suo accompagnatore, piano, in modo che solo lei potesse sentire. "Qualcuno potrebbe anche dire che l'ho amata. Ero giovane, non avevo nemmeno un centinaio d'anni, ma lei era arrivata a toccare una parte di me che pochi altri sono riusciti a raggiungere. Era perfetta, in ogni aspetto. Bellissima, salace, avventurosa. Non pensavo a lei da un po', ma ultimamente mi sono trovato spesso a rivivere i nostri ultimi momenti insieme. Principalmente perché temo che voi finiate in una situazione simile e non augurerei di sentirsi così a nessuno, per niente al mondo."

Arrivarono alla fine ma continuarono a camminare, B teneva il braccio di Stas con facilità e si allontanarono dalla festa per dirigersi verso il bagnasciuga. "Come si chiamava?" chiese Stas, guardò il sole tramontare all'orizzonte e i bellissimi colori che dipingevano il cielo della sera.

"Nythos," mormorò B. "Non pronunciavo questo nome a voce alta da secoli, forse anche millenni." Aveva un tono distante che gli donò un bagliore cupo insolito.

"La vostra non è una storia felice, vero?"

Balthazar scosse la testa, intristito. "No, affatto. È una tragedia."

Continuarono a camminare in silenzio, lo sguardo di Balthazar si estraniò con un luccichio che toccò il cuore di Stas. L'uomo a cui piaceva flirtare e fare commenti suggestivi era sparito dietro una maschera di dolore, le emozioni palpabili anche se non dette.

"Non devi parlarne per forza," gli disse lei. Specialmente non quella sera, non quando avrebbero tutti dovuto festeggiare. Lui era il testimone e lei la damigella d'onore. Sicuramente ci sarebbe stato un momento migliore di quello.

"Al contrario, è il momento perfetto per farlo," le rispose, era chiaro che avesse sentito i pensieri della ragazza. "Il mio migliore amico di parecchi millenni ha appena deciso di passare l'eternità in monogamia. Una parte di me lo invidia, l'altra è diffidente. Ho visto così tante situazioni, sperimentato la vera perdita, non voglio che lui o le persone a cui tengo provino lo stesso. Stas, questo vuol dire anche te e Issac." Balthazar si fermò e si voltò a guardarla. "Quello che ho da dire non ti piacerà."

Stas lesse nel suo sguardo che stava dicendo la verità. "Lo so."

"Nythos è morta a causa di qualcosa che ho fatto io, dopo aver praticato qualche giochetto di sangue con Aidan. È diventata la prima Ichoriana creata appositamente, ci ha insegnato molto riguardo la rinascita immortale. All'inizio pensavamo fosse un'Hydraiana, non avevamo ancora un termine per descriverla. Invece era un'Ichoriana, della stirpe di Aidan. All'epoca nessuno di noi sapeva che impatto potesse avere il sangue Hydraiano."

Oh no… Stas sapeva dove sarebbe andata a parare la storia ancora prima che B finisse di raccontarla.

"Mi ha morso, Stas," concluse lui, confermando i sospetti della ragazza. "È morta tra le mie braccia."

Ad Astasiya si fermò il cuore, il dolore nell'espressione

di lui le mozzò il fiato. La realtà di ciò che le stava confessando le stava scavando un vero e proprio buco nell'anima.

"So che lo ami," continuò B. "Anche noi lo amiamo, ma soprattutto tu. Non vorrei mai che provassi ciò che ho provato io quel giorno. A essere onesto, non sono sicuro che sopravviveresti."

Stas deglutì, aveva lo stomaco contratto in mille nodi. "Non so se riuscirò mai a dirgli addio."

"Lo so, dolcezza, lo so." L'attirò tra le braccia e le posò il mento sulla testa. "Non ti sto dicendo che devi farlo, ma dovete stare attenti. Percepisco l'urgenza tra di voi, è palpabile e mi spaventa. Per entrambi."

"La scorsa settimana mi ha quasi morsa."

"Ne sono al corrente."

"Ma non abbiamo…" *Da allora ci siamo astenuti.*

"Sì." Le passò una mano sulla schiena donandole un po' di quel conforto di cui aveva bisogno.

"Odio tutto questo, B. Lo odio troppo."

"Lo so, dolcezza, vorrei poter fare qualcosa per voi, dico sul serio."

Era ovvio. Balthazar sentiva ogni pensiero di Stas, ecco perché l'aveva fatta allontanare dalla festa, per darle un momento per pensare. Inoltre voleva farle sapere che poteva capirla, a modo suo.

Gli mise le mani chiuse in pugni nelle tasche e cominciò a piangere. La voglia di spaccare qualcosa la sopraffece: avrebbe voluto urlare, imprecare, liberarsi di quell'energia furiosa che aveva dentro. Non era giusto e lei lo odiava, ne disprezzava ogni secondo.

Rimasero lì in piedi per parecchi minuti, abbracciati, le onde che s'infrangevano sulla spiaggia, l'aria che stava rinfrescando con il calare del sole. Presto il bagliore delle candele del ricevimento sarebbe stato la loro unica fonte di luce, al di fuori della luna. Una serata romantica per celebrare l'unione di due anime degne, una delle quali era la migliore amica di Stas.

Stas sarebbe dovuta essere forte, di supporto, avrebbe dovuto regalare a Lizzie la serata che meritava.

"Lascia che se ne occupi Jayson," le sussurrò Balthazar. "Prenditi la serata libera, goditi del tempo con Issac. C'è sempre domani, Stas." Si tirò indietro per accarezzarle una guancia. "Hai tutta l'eternità. Quello che voglio dire è… non fate le cose di fretta e state attenti. Se ti serve qualcuno per parlare, io sono qui, va bene?"

Stas annuì, lo lasciò andare e si passò le dita sotto gli occhi. "Ho un aspetto orribile."

"Sei bellissima," le rispose lui tranquillo con un guizzo negli occhi. "Lo sei sempre, e credo che qualcuno mi darebbe ragione."

"Esatto." La voce di Issac arrivò da svariati metri di distanza: se ne stava con le mani in tasca e lo sguardo in fiamme, pieno di domande.

Balthazar sorrise. "Se fosse stato quello il mio intento, sarebbe già nuda, Wakefield." Sussultò a qualsiasi fosse stata la risposta di Issac, forse un'immagine di qualche tipo. "Beh, tornerò alla festa ora. Altrimenti Jacque metterà della musica gothic metal e dubito che Lizzie approverebbe."

Stas ridacchiò. "Sicuramente no."

B le fece l'occhiolino e le diede un buffetto sul mento. "Sai dove trovarmi."

"Grazie."

"Quando vuoi." Fece un cenno a Issac e si allontanò. "È tutta tua."

Issac non disse nulla, si limitò a fissare Stas con le mani ancora infilate nelle tasche dei pantaloni.

La bionda si lasciò andare a un sospiro. "La cerimonia

mi ha resa un po' emotiva. Mi stava semplicemente offrendo un momento di pausa."

"Non mi devi spiegazioni, Aya. Mi fido di te."

"Ah, sì?" Non gliene avrebbe fatta una colpa se non fosse stato così. Specialmente nelle vicinanze di un uomo come Balthazar, che era conosciuto per essersi portato a letto ogni persona sul suo cammino.

"Sì." Le invase lo spazio personale, si avvicinò abbastanza da toccarla, ma non del tutto. "Quando non ti ho vista mi sono chiesto se stessi bene. Balthazar mi ha fatto vedere dove ti aveva portata."

"Sì?"

Issac annuì. "Stai bene, tesoro?"

Astasiya cominciò a muovere la testa dall'alto verso il basso, poi si fermò e ricominciò a scuoterla da una parte all'altra. "No, nemmeno un po'."

Issac allargò le braccia giusto in tempo per prenderla quando si avvicinò a lui e gli posò la testa sul petto. Balthazar le aveva offerto una parvenza di conforto, ma Issac... con lui si sentiva a casa. La *sua* casa. Il suo posto sicuro, il suo rifugio.

L'Ichoriano non disse nulla, l'abbracciò, consapevole dei pensieri disturbanti di lei. Sembrava che fossero in costante ripetizione e che la uccidessero ogni secondo di più. Stas sapeva che anche lui doveva provare lo stesso.

Quell'agonia.

Quell'insicurezza.

Il dolore al cuore.

Issac le baciò i capelli, la riportò con i piedi per terra ricordandole perché aveva scelto di combattere. Eppure il futuro di Stas si rifiutava di essere d'accordo. Come avrebbe potuto sconfiggere il destino?

"Vuoi andare via prima?" le chiese dolcemente.

"Non penso che aiuterebbe."

"Allora che ne dici di una serata a base di vino e danze?" le offrì. "Sulla spiaggia, sotto le stelle, senza pensare al domani. Mi sembra il modo giusto per festeggiare il tuo compleanno, no?"

Astasiya sussultò, poi alzò la testa. "Il mio compleanno?"

"Pensavi che mi fossi dimenticato?"

"Beh, con tutte le festività... non ci ho nemmeno pensato. Conta ancora qualcosa?" Era un'immortale, avrebbe sempre avuto ventiquattro anni, perché sprecarsi?

Issac scrollò le spalle. "Questo non significa che non possiamo godercela un po', no?"

La bionda si allontanò abbastanza da incontrare lo sguardo di lui. "Non mi hai fatto dei regali, vero?"

"Certo che sì, ma li ho lasciati in camera."

Stas grugnì. "Issac, mi hai già regalato troppo."

"Potrei dire che non ti ho dato abbastanza."

Stas assottigliò le labbra. "Non sono una persona materialista."

"Chi ha detto che il mio è un regalo materialistico?" ribatté lui.

La bionda fece una smorfia, pensierosa. Va bene, quel dettaglio la intrigava. "Ora sì che vorrei andarmene prima."

Issac schioccò la lingua. "Peccato, perché hai già acconsentito a ballare sulla spiaggia e se ricordo bene, mi hai promesso ogni tuo ballo."

Stas lo guardò male. "Perchè sento di essere stata ingannata?"

"Forse perché sono un mago con le parole e i compromessi."

"O solo un enigmatico maligno capace di ottenere sempre quello che vuole, in qualsiasi situazione."

Issac sorrise mostrando le fossette e Stas si sciolse.

Quell'atto sarebbe dovuto essere illegale per lui. Sempre. Era pericoloso per le donne (e anche per gli uomini). "Una descrizione intelligente, approvo."

Astasiya prese un lungo respiro e allontanò il desiderio che le bruciava dentro. Un solo sguardo e si sarebbe sdraiata nuda sulla spiaggia, al diavolo le conseguenze, tutto ciò senza che lui ci avesse nemmeno provato. "I balli mi sembrano una buona idea," decise, aveva bisogno di distrarsi.

Gli occhi di Issac le fecero capire di aver percepito tutto, che fosse consapevole dell'impatto che aveva su di lei. "Mi permetta di accompagnarla, signorina." Le allungò una mano.

"Oh, questa è la parte in cui ti chiamo *Vostra Altezza?*" Stas aveva da poco scoperto le origini nobili della famiglia di Issac. Il padre era un duca, il che, alla sua morte, aveva fatto di Issac il Duca di Wakefield. Stas non era ancora riuscita a prenderlo in giro, ma quello le sembrò un buon momento.

"Tecnicamente si direbbe *Vostra Grazia* e no, non mi chiamerai in questo modo."

"E se lo facessi, Vostra Grazia?" gli chiese lei sventolando le ciglia in maniera civettuola.

Lui la guardò a occhi stretti. "Sarò costretto a punirti."

"Illuminante, per favore elaborate, Vostra Grazia."

Issac la passò in rassegna. "Vuoi giocare, tesoro?"

Stas sorrise. "Sempre."

"Allora giocheremo." Issac allungò una mano. "Chiamami con qualsiasi soprannome tu voglia, ti sfido."

Astasiya gli prese la mano e si sentì infuocare al contatto, le si strinse lo stomaco per un motivo del tutto differente da pochi minuti prima. "Raccontatemi il vostro passato, Vostra Grazia. Ballate con me come facevate secoli orsono."

"Dovremo improvvisare, vista la musica moderna," mormorò lui guidandola verso la festa. "Ma accetto la sfida."

Astasiya sentì il cuore fare una capriola. "Allora portatemi a ballare, Duca di Wakefield."

"Con piacere, Lady Aya."

STAS

"Aidan mi aveva avvertito sul fatto che gli eventi sociali avrebbero perso il loro fascino. Dopo aver partecipato all'annuale Ballo di Wellington, confesso che potrebbe aver ragione sulla faccenda. Non è altro che un insieme di circostanze e sfarzo che strizza l'occhio alla bellezza e alla ricchezza. Io desidero di più da questo universo mondano…"

—Issac Wakefield
Vita mutatur, non tollitur

"Ok, ok, mi serve una pausa," disse Stas mentre Issac la faceva volteggiare tra le braccia per la millesima volta. "I miei piedi hanno bisogno di riposo."

"Oh, ma ai miei tempi ballavamo per ore senza sosta, era considerato l'unico modo di cimentarsi in preliminari." La attirò a sé infilando una coscia tra quelle di lei. "Pensavo che volessi essere corteggiata alla vecchia maniera?"

"È così, ma ho bisogno di un momento."

Lo sguardo color zaffiro di Issac brillò al chiaro di luna.

"Astasiya Davenport, stai cercando di allontanarmi dalla festa per intrattenermi in privato?" Aveva un tono così sconvolto che Stas non poté fare a meno di ridere.

"Accidenti, eri davvero un duca."

"Certo." Le accarezzò una guancia. "Tecnicamente lo sono ancora, dal momento che non sono mai morto."

"Nessuno ha mai contestato il tuo ducato?"

"Ah, i vantaggi di vivere in un'epoca priva di tracciamenti digitali. Era molto più semplice manipolare il sistema finanziario e trasferire le proprietà familiari. La maggior parte dei miei investimenti sono stati finanziati con la vendita di alcuni terreni, ma possiedo ancora molte proprietà nel sud dell'Inghilterra, tramite varie società, aziende e simili."

"Altre, oltre la Wakefield Pharmaceuticals?"

"Quella è semplicemente la copertura del momento, tesoro." La fece voltare di nuovo per poi attirarla a sé con uno strattone, poi le avvicinò la bocca a un orecchio. "Sei sei interessata, un giorno ti farò vedere tutto quanto."

Stas lo era eccome. Non perché avrebbe voluto i soldi di Issac, ma le sue capacità di manipolare il sistema l'affascinavano. "Io…"

"Smettila," esordì una voce grave alla loro sinistra.

Luc stava tenendo Eliza per le spalle. Lei era rossa in viso e lo stava guardando malissimo, il che indicava che stessero in qualche modo discutendo.

Altri avevano notato il diverbio tra i due, al lato della pista da ballo, ma molti avevano continuato a godersi la serata, muovendosi a ritmo delle note che Jacque faceva risuonare nell'aria. Jayson e Lizzie erano al centro, Balthazar al loro fianco insieme ad altri. Di Alik nessuna traccia, il suo disinteresse per gli eventi sociali era lampante.

Amelia se ne stava rilassata con Tom, Aidan, Anya e

Clara a un tavolo lì vicino, tutti intenti a chiacchierare davanti a del buon vino. Stas rivolse loro un sorriso, invidiosa, i piedi le urlavano di sedersi. Tuttavia, era stata una sua idea. O forse era stata di Issac? Non ricordava con precisione.

"Devo davvero sedermi," gli disse. Almeno si era tolta le scarpe, prima di camminare sulla sabbia.

"Va bene, Lady Davenport. Se…"

Un rumore proveniente da sinistra li fece sussultare entrambi, separandoli.

Che diavolo è stato?

Un altoparlante difettoso? No, la musica stava ancora andando e mascherava il rumore a chi si trovasse in pista. Eppure l'aveva sentito anche Issac, che in quel momento iniziò a guardarsi intorno.

A Stas venne la pelle d'oca. *Sta arrivando qualcuno.* Cercò di localizzare la fonte del rumore ma non riuscì a trovarla, l'energia attorno a loro era troppo caotica.

Un altro scoppio squarciò l'aria: Eliza emise un grido rifugiandosi tra le braccia di Luc.

Iniziarono tutti a muoversi, i Guardiani formarono delle barriere protettive davanti ai rispettivi Anziani poco prima che in spiaggia scoppiasse il caos.

Issac strattonò Stas affinché si accovacciasse accanto a lui. L'Ichoriano si guardò intorno mentre gli Hydraiani corsero verso il bagnasciuga.

Una serie di spari attraversarono la notte e la loro prima linea difensiva, lasciandosi dietro braci e fiamme. Gli incubi di Stas minacciavano di diventare realtà e i ricordi fecero capolino in superficie.

Una pallottola colpì papà alle ginocchia. Mamma urlava in agonia contorcendosi a terra. Stas avrebbe voluto aiutare ma non sapeva come.

Delle piume rosse le apparvero al fianco, presero…

Non adesso! Inspirò a lungo dal naso, focalizzandosi sul presente, passando in rassegna ciò che le stava intorno.

Tute mimetiche.

Un esercito.

Sentinelle.

Sparpagliate per la spiaggia, correvano verso la festa aprendo il fuoco con le armi senza preoccuparsi di chi colpissero.

"Ci stanno bloccando, in qualche modo!" Urlò Balthazar.

"Lo so!" Gli rispose Issac dal fianco di Stas.

Un blocco?

Una runa?

Stas si accigliò. Il dottor Fitzgerald aveva perfezionato la tecnologia delle Sentinelle abbastanza da far sì che resistessero ai poteri di Hydraiani e Ichoriani?

"Attenti," annunciò Jacque lasciando loro delle armi e sparando in un battibaleno.

Luc arrivò in un secondo, prese una pistola e cominciò a prendere la mira. Aveva Balthazar al fianco ed entrambi erano circondati da Guardiani.

Lizzie...

Astasiya si voltò per vederla accucciata dietro Jayson, il quale era visibilmente arrabbiato. Davanti a loro c'era un'altra fila di Hydraiani a proteggerli. Jayson sembrava concentrato, lo sguardo acceso dal potere.

Sta cercando di manipolare il metallo.

Sta funzionando?

Stas seguì lo sguardo dell'amico fino alla pistola contorta nella mano di una Sentinella. L'oggetto cadde a terra ma l'uomo ne stava già tenendo stretta un'altra e riprese a sparare con facilità.

Quindi il dono di Jayson funzionava oppure no? Stas non riusciva a capire, al buio vedeva a malapena.

E il mio? si chiese, scavando a fondo dentro di sé, risvegliando il proprio potere e puntando una pistola verso una Sentinella che si stava avvicinando. Un colpo netto alla testa lo mandò al tappeto.

Concentrati. Prova. Vedi che succede.

Stas si appellò alle capacità persuasive, ci avvolse la propria aura, le spinse all'esterno e cercò…

Ecco.

Un pizzico di cattiveria che non apparteneva a nessuno di loro.

Getta l'arma, ordinò cercando l'obiettivo con lo sguardo. *Ora*, rincarò la dose.

La pistola cadde a terra giusto in tempo perché un Hydraiano potesse dargli fuoco.

Se avesse fatto cadere la pistola per sbaglio, o…

Un urlo familiare trafisse le orecchie di Stas. Si girò appena prima di vedere Aidan atterrare Lizzie, coprendola da una serie di proiettili provenienti da dietro di lei.

"Lizzie!" Gridò Stas, era già in piedi e stava correndo con la pistola in mano, la puntò contro una Sentinella apparsa magicamente dietro di loro. Anya ne combatté un'altra a mani nude.

Niente pistola.

Non le serviva, la donna era in grado di uccidere chiunque con il proprio tocco, tuttavia le Sentinelle erano completamente vestite.

Stas prese la mira nel momento in cui arrivò Tom, pistola alla mano, che piantò un proiettile nel cranio del soldato.

Ma non prima che la Sentinella premesse il grilletto.

Anya cadde in ginocchio portandosi le mani al petto con espressione inorridita.

Clara le si buttò al fianco portandole le mani al viso; delle lacrime stavano già rigando il suo.

Proiettili incendiari.

Oh, merda. Aidan!

Stas non pensò.

Reagì correndo verso Lizzie e Aidan, accasciandosi a terra vicino a loro. Arrivò anche Amelia, che l'aiutò a far rotolare l'Anziano Ichoriano sulla schiena.

I suoi occhi vitrei fissarono entrambe, senza vita.

"Papà..." Singhiozzò Amelia.

Lizzie piangeva, il vestito bianco ricoperto di sabbia e fuliggine nera.

Il sangue di Aidan... è bruciato...

È morto.

"Io non... Non... Come?" Pianse la sua migliore amica, spostando la propria attenzione da Aidan ad Amelia. "Oddio..."

Stas resistette un singhiozzo e si guardò intorno alla ricerca di Issac, che stava combattendo dall'altra parte della spiaggia, ormai senza giacca. Puntò l'arma e sparò con tranquillità, facendosi valere.

Era completamente all'oscuro del fatto che il suo Sire, l'uomo che chiamava padre, fosse morto.

Oh, Issac... Il cuore di Stas si spezzò per lui. *E Luc...*

"Amelia," sospirò Tom prendendola tra le braccia nonostante l'inferno che avevano intorno. "Ci penso io. Sono qui."

"È... È..." Amelia tremava violentemente e lo shock si stava trasformando in isteria.

"Jacque!" Chiamò Jayson. "Prendili!"

Apparve il teletrasportatore, che prese Lizzie e in un attimo si volatilizzò. Anche Amelia e Tom sparirono dopo poco, seguiti da Aidan... Jacque si muoveva troppo veloce perché Stas riuscisse a dire qualcosa, o anche solo a pensare.

Fissò quello spazio vuoto con il cuore in gola. *Lizzie sta bene?* Non aveva avuto modo di chiederglielo.

Dalla spiaggia si levarono altre urla, che fecero venire la pelle d'oca a Stas. *La gente sta morendo.* Gli Hydraiani non erano preparati a ciò, non avevano abbastanza armi e dal momento che i loro poteri psichici non funzionavano, la loro difesa principale era inutile.

Jonathan lo sapeva... Aveva pianificato il tutto alla perfezione, scegliendo un momento in cui tutti sarebbero stati presi dai festeggiamenti. *Stronzo figlio di puttana.*

Stas si fermò, la rabbia dentro di lei aumentava ogni secondo di più. Quelle Sentinelle erano lì per distruggere. Lei stessa si era allenata con alcuni di loro, sapeva che non gli interessava che gli Hydraiani fossero brave persone. A loro piaceva solo uccidere.

Jonathan li aveva reclutati per quel motivo.

Tuttavia, non aveva preso in considerazione *lei*.

Gli istinti di Stas si risvegliarono, le sue doti persuasive le iniettarono energia nelle vene, fino all'anima. Si sentì viva, un faro di potere che incanalava una belva antica dentro di lei, desiderosa di essere liberata.

Ora, le sussurrò il dono in modo malvagio, allungandosi e andando alla ricerca di tutte le menti malevoli che potesse trovare. Non gli Hydraiani, no: le Sentinelle.

Loro erano lì con un solo scopo... uccidere.

Ecco.

Si aggrappò a loro, spingendosi nei loro pensieri, tessendo legami fatti di persuasione all'interno del loro essere. Era così facile, troppo facile... e ancora più potente.

Fermi! Urlò tramite i canali psichici, il sudore le scorreva lungo le sopracciglia.

Molti lo fecero, si bloccarono in azione e nel momento in cui le loro vite giunsero al termine, la connessione si interruppe. Astasiya non sapeva come fosse riuscita a superare le rune, perché il suo talento funzionasse mentre quello degli altri immortali no.

Non importa.

Persuadi e basta.

Di più...

Trovò altre menti, le assicurò a sé preparandole alla soggiogazione...

Un lampo viola la fece fermare.

Delle ali.

Rimase a bocca aperta nel vedere una Seraphim posarsi al fianco di Balthazar, le labbra curve in un ghigno. Aveva incisa sul volto una rabbia omicida, ma lui non l'aveva ancora vista.

No! Stas si lanciò verso di loro, doveva avvisarlo, fermare qualsiasi cosa avesse intenzione di fare l'angelo.

La donna volteggiò in una nuvola di nebbia viola, le piume si estesero verso l'esterno e assorbirono un proiettile che aveva sorpassato la linea di difesa dei Guardiani. Un altro la colpì sul fianco, avrebbe colpito Balthazar in pieno petto, se lei non fosse apparsa. La donna fece una smorfia di dolore, sfiorò la mascella di Balthazar e fluttuò all'indietro mentre un altro colpo le afflisse la schiena, invece di centrare quella di lui.

Stas si bloccò.

Balthazar non aveva visto nulla, era completamente inconsapevole dello scudo luminescente che aveva di fronte, era troppo concentrato sulla Sentinella che stava avanzando verso di lui.

L'angelo cadde a terra, il suo dolore era palpabile nella notte, il luccichio delle ali si affievolì, anche mentre le muoveva verso l'alto per salvare B dall'ennesimo proiettile.

Stas si focalizzò sulla Sentinella che si stava dirigendo verso di loro, gli si attaccò e gli ordinò di fermarsi. L'uomo si immobilizzò, i piedi piantati nella sabbia, le braccia bloccate abbastanza a lungo perché Balthazar potesse lanciargli un coltello nel petto.

Poi la Sentinella venne attaccata da un altro Hydraiano, che la distrusse.

Stas emise un sospiro, quello sforzo mentale le fece sentire la testa leggera e debole.

L'angelo…

Astasiya andò alla ricerca del bagliore viola ma non trovò altro che sabbia.

Dov'è andata?

La bionda si voltò, la cercò, aveva bisogno di risposte. Attorno a lei, sulla spiaggia, c'era solo morte. Nessun segno di energie eteree, solo violenza, dolore e sangue.

Cosa…

"Aya!" Urlò Issac, facendola girare verso di lui con passo maldestro e disorientato.

Qualcosa di affilato le perforò il petto, facendola sussultare e inciampare di nuovo. Un altro colpo le trafisse lo stomaco.

Proiettili.

Cadde in ginocchio, l'impatto la fece cadere in uno stato d'immobilità.

Che caldo.

Era come se il corpo stesse venendo ingerito dall'interno.

Calore.

Premette le dita sulla ferita, il sangue era di un colorito nero bruciato che Stas non capiva.

Come la fuliggine sul vestito di Lizzie.

Che… cosa… interessante e decisamente bollente!

Issac le apparve di fronte, le mise le mani sul petto, sui fianchi, sul viso. Sparì in una macchia sfuocata. Stas non riusciva a concentrarsi.

Le disse qualcosa, ma il rumore nelle orecchie annegava il suono.

Concentrati, intimò a se stessa.

Lo sguardo zaffiro di lui continuò a lampeggiare, poi sparì dietro una nebbia fumosa.

Issac?

Lui urlò il nome di Stas con una forza che le ricordò gli spari.

Fuoco.

Morte.

Io non posso… Non ancora.

Una parte estranea di lei, ancorata al cuore, prese a tremare e bruciare, ricordandole le menti alle quali fino a poco prima era stata connessa. Le mozzò il fiato, le turbò ogni pensiero e consumò tutto il suo essere, eppure le sembrò *giusto*. Quello era ciò che lei sarebbe dovuta diventare, se solo…

Non c'è tempo.

Si appellò a ogni briciolo di energia che le era rimasta, al potere, alla forza vitale e li incanalò in un'ultima onda persuasiva, aveva bisogno che il nemico cedesse, doveva salvare i rimasti, compreso il suo Issac.

Gettate le armi, intimò mandando l'ordine persuasivo fatto per distruggere. Le Sentinelle, l'esercito di animaletti di Jonathan.

Loro. Non avrebbero. Vinto.

Non muovetevi, aggiunse quando percepì la loro risposta combattiva. *Morirete. Tutti quanti.*

Non sentì nemmeno una lacrima di rimorso.

Non un singolo goccio.

Solo un'intensa soddisfazione.

Perché in qualche modo sentiva che aveva funzionato. *Percepì* la loro resa, seguita dalla perdita non appena le loro vite arrivarono al capolinea tutt'intorno a lei.

O forse era tutto un sogno.

Stas non lo sapeva. Non riusciva a capirlo per via del fuoco che le impazzava in corpo, distruggendolo. L'essenza le si arrampicò verso l'alto, minacciò la sua mente, il dolore era soffocante.

No.

Non così.

Per favore, non in questo modo.

Quella voce le ricordò Issac, la presenza di lui accanto a lei... o quasi. Stas si sforzò di vederlo, di toccarlo, ma i sensi brancolavano nel buio e la trascinavano in un abisso.

Sto morendo, realizzò. *Sto davvero morendo.*

Era stata così presa dalla vendetta, dal bisogno di far fuori tutti quanti, che aveva ignorato l'ovvio.

E aveva perso l'occasione di dire addio.

Issac!

Un momento di panico le attanagliò il petto, il bruciore le si insinuò nei polmoni. Non per suo proprio volere, ma per quello di qualcun altro...

Sta cercando di salvarmi.

Santo cielo, Issac. Issac!

Tutta quell'energia sprecata per il bisogno egoista di far fuori le Sentinelle, invece che passare del tempo con lui.

No!

Il petto di Stas si stava spaccando sotto la pressione, l'anima della ragazza stava sfuggendo... sparendo...

Combatté l'oscuro incantesimo del sonno, si rifiutò di farsi prendere dalla morsa mortale.

Balthazar! Sperava che l'uomo potesse sentirla. *Dì ad Issac...* si fermò, i pensieri svanirono.

Cos'è che voleva? Cosa stava succedendo?

La sua anima pianse, andò in frantumi, perse contatto... *Issac!*

Digli che lo amo, B. Diglielo... Aiutalo... Accidenti, le

perdite che avrebbe dovuto affrontare quel giorno… Aidan… *Aiutalo a guarire*, pregò Stas. *Accidenti, B, per favore stagli vicino e digli… digli addio da parte mia.*

Il mondo di Stas andò in pezzi.

Venne circondata dalle ombre che la guidarono, la forzarono a voltarsi verso la luce brillante. Una bellissima sfumatura di blu. *Delle piume.* Un alone dorato. *Mamma?*

Un viso angelico si voltò verso di lei, un paio d'occhi blu familiari pieni di lacrime agonizzanti. "Oh, Astasiya… mi dispiace tanto," sussurrò. "Mi dispiace averti delusa."

ISSAC

"Di recente sono stato afflitto dalle preferenze di mia madre riguardo la mortalità. La dura consapevolezza che i suoi anni siano contati e il tempo non si fermi per nessuno. Aidan le definisce le conseguenze del destino che scegliamo per noi stessi, vivere per sempre con i ricordi congelati nel cuore."

— *Issac Wakefield*
Vita mutatur, non tollitur

No.

Astasiya doveva respirare.

Doveva muoversi.

Doveva vivere!

Issac si rifiutava di accettare la situazione, aumentò il numero di compressioni sul cuore e ignorò la sostanza nera che le fuoriusciva dalle ferite.

No!

Merda!

Le diede ancora un po' di ossigeno e continuò il movimento.

Ma niente.

Se ne stava lì con gli occhi chiusi, come se dormisse.

Si sveglierà… Deve svegliarsi…

Si asciugò le lacrime dagli occhi, scacciando quel destino. Non era ancora finita. Stas era ancora troppo giovane. Quello… Quello non era il modo giusto per andarsene.

Non si erano nemmeno detti addio.

Gli faceva male il petto e provava una sensazione di nausea, collassò sopra di lei. "Aya," sussurrò. Il nome della ragazza era come una preghiera, un ultimo vento di speranza. "Non farmi questo. Non posso…" Gli si ruppe la voce, le infilò le dita tra i capelli e l'attirò a sé. "Aya!" urlò, il cuore a pezzi dal dolore, i polmoni non più funzionanti. Issac non riusciva a muoversi, a pensare, a vivere.

Non senza di lei.

Non senza Aya.

Non senza…

L'anima gli andò in frantumi, la sua metà era *morta*.

Scosse la testa, il cuore agonizzante, il suo mondo sempre più nero.

Non era così che sarebbe andata.

Non avrebbe dovuto…

No.

"Aya…" Accidenti, avrebbe respirato. Perché il cuore non le batteva più? Ricominciò a farle le compressioni, aveva bisogno di fare qualcosa, *qualsiasi* cosa. Non poteva essere… No. Issac scacciò l'idea. Non era… Non *poteva* essere così. Doveva solo…

Una mano sulla spalla lo fece sobbalzare. Si voltò pronto a colpire ma venne frenato dal braccio di Balthazar, incapace di combattere, il petto pesante per via dello sforzo.

"È morta, Issac."

"Vaffanculo," ringhiò, lottando contro l'amico. Issac aveva bisogno di tornare da lei, di salvarla, di…

"Non puoi fare più niente. È morta."

Issac rifiutò quelle parole, alzò i pugni e cominciò a colpire Balthazar, che li prese tenendolo stretto.

"Mi dispiace," sussurrò. "Mi dispiace tanto, Issac." Balthazar continuava a ripetere quelle parole, ma Issac si rifiutava di ascoltarle.

Sembrava *sbagliato*. Troppo presto.

"Non può essere morta," pianse Issac ricadendo sulle ginocchia. "Balthazar, dimmi che non è morta."

"Non posso farlo," sussurrò B, che si era accasciato accanto all'amico. "Vorrei poterlo fare, ma non è così. È morta."

Issac scosse la testa contro la spalla dell'altro. "Non ce la faccio…"

"Lo so."

"Non… Non è così che…"

"Lo so." B strinse la presa su Issac. "Lo so."

Il cuore di Issac stava soffrendo, un pezzo importante della sua esistenza gli era stato rimosso dall'anima. "Non abbiamo…" Accidenti, non riusciva a dirlo. Non riusciva a pronunciare quelle parole, dannazione.

"Lei ti amava," disse B delicatamente. "Mi ha pregato di dirti addio, Issac. I suoi ultimi pensieri erano per te."

Issac scoppiò in lacrime, si lasciò andare, ogni parte di lui era ormai distrutta. *I suoi ultimi pensieri erano per te.* Accidenti, tutti i pensieri futuri di Issac sarebbero stati per *lei*, in eterno. Li avrebbe dedicati al tempo del quale erano stati derubati, alla fine che non sarebbe mai dovuta avvenire.

Batté i denti, il rumore martellante nelle orecchie annientò chiunque e qualsiasi cosa avesse intorno. Avrebbe voluto non provare più nulla. Non voleva sopportare un minuto in più di quell'agonia. Il dolore di vedere la sua metà venirgli strappata via.

Aya...

Come hai potuto lasciarmi in questo modo?

Eppure sapeva che non fosse colpa di lei. Qualcuno gliel'aveva portata via. *Le Sentinelle.*

"Sono tutte morte," gli disse Balthazar.

Non era abbastanza. Issac scosse la testa. *Non è abbastanza, cazzo!* "Le bruceremo tutte." Non sarebbe bastato lo stesso. "Jonathan..."

"Brucerà anche lui," concordò Balthazar. "Ma dobbiamo pensare a..."

"A che cazzo dobbiamo pensare?" abbaiò Issac, si staccò dall'amico solo per vederne lo sguardo torturato nell'espressione.

Ce ne sono altri.

Oh, accidenti, Aya non era la sola.

"Chi altro?" chiese Issac, doveva sapere. "Chi altro si è preso il bastardo?" *Se ha ucciso Amelia...*

"Lei sta bene," gli promise B, il cui tono e parole riuscirono ben poco a calmare la tempesta che imperava dentro Issac.

"Allora chi?" chiese di nuovo, vide nell'espressione dell'altro che Astasiya... Non riuscì a finire la frase, il cuore non avrebbe retto un secondo in più. *Jonathan la pagherà.* Con il sangue. Issac non gli avrebbe semplicemente sparato. No. Sarebbe stato troppo facile. Prima avrebbe mutilato quel bastardo, gli avrebbe fatto bere il suo stesso sangue e poi, mentre avrebbe pregato di morire, avrebbe portato a termine il compito.

Issac lasciò che quell'immagine grottesca gli attraversasse la mente: aveva bisogno di qualcosa, qualcuno, su cui concentrarsi per allontanare...

Pensa a Jonathan.

Al suo assassinio.

Vendetta.

Astasiya...

No. La piangerai dopo la missione, quando tutto questo sarà finito.

"Non è così che funziona," gli rispose Balthazar piano. "E non è quello che vorrebbe lei."

Accidenti, B aveva ragione. Astasiya non avrebbe voluto che Issac venisse consumato dalla vendetta. Ma non avrebbe voluto nemmeno vederlo triste.

"Vorrebbe che tu fossi intelligente a riguardo," finì Balthazar per Issac. "Mi ha pregato di guidarti, Issac. Quelli sono stati i suoi ultimi desideri... Dirti addio, dirti che ti amava e aiutarti."

Issac si lasciò a un singhiozzo, la rabbia si stava trasformando in disperazione. Come avrebbe potuto farcela? A vivere con quel dolore? Agonizzante per averla persa?

Nemmeno Amelia lo aveva ridotto in quel modo.

E Issac amava la sorella più della vita stessa.

Tuttavia, Aya... Era una parte di lui, del suo cuore, dell'anima, della mente.

Ed è morta.

Le parole gli fecero eco nei pensieri. Balthazar lo abbracciò di nuovo mentre Issac piangeva, non c'era alcun giudizio tra i due. Ad Issac non importava chi l'avrebbe visto, chi avrebbe percepito il suo tormento, perché non sarebbe riuscito a sopportarlo da solo.

La sua Aya... *La mia Aya...*

"Ci vendicheremo insieme," gli promise Balthazar. "Jonathan deve pagare e io non mi fermerò finché non gli avremo dato ciò che merita. Insieme."

Issac lo aveva sentito, aveva capito ciò che aveva detto

ma la bocca rifiutò di aprirsi. Aveva la mente a pezzi. Era… distrutto.

Aiutami, lo pregò. *Aiutami.*

"Non posso," gli sussurrò Balthazar. "Non posso toglierti questo dolore, anche se vorrei…"

Invece puoi. Balthazar era in grado di controllare le emozioni. *Perché non mi vuoi aiutare?*

"Perché vorrebbe dire portarti via anche l'amore che hai per lei."

Issac crollò, la devastazione lo portò sotto una coltre oscura. Non avrebbe più voluto amare, provare sentimenti, vivere un secondo in più di vita.

Eppure, non l'avrebbe sostituita per niente al mondo.

Astasiya era stata un dono, uno che non si sarebbe mai aspettato di ricevere. Intorpidire ciò, intorpidire lei, avrebbe voluto dire infangare la memoria della ragazza. Sarebbe stato egoista. Sbagliato, gli avrebbe solo recato ancora più sofferenza.

Lei avrebbe voluto vederlo forte. Vederlo superare il dolore, portarla nel cuore e vendicarla nel modo giusto.

E se non potessi?

Puoi, invece, la sentì dire, quella voce sarebbe stata per sempre con lui, anche se non l'avrebbe sentita mai più.

"Non so come affrontare tutto questo," ammise Issac, si sentiva vulnerabile e debole.

"Ti aiuterò io." Balthazar rafforzò l'abbraccio. "Sono qui e ti aiuterò."

Issac rabbrividì, il corpo gli era completamente inutile, la mente distratta, il cuore demolito.

Rimasero nella stessa posizione per quelli che avrebbero potuto essere minuti o ore, la presenza di Balthazar era l'unica ragione che impediva a Issac di crollare del tutto. La forza dell'amico era tutto ciò che lo facesse respirare.

"Chi altro?" chiese di nuovo Issac dopo una lunga pausa, sapeva che la risposta avrebbe fatto male. Al contrario, Balthazar glielo avrebbe già detto. Invece lo aveva protetto nel suo stato di fragilità e Issac gliene era grato, ma aveva bisogno di sapere. "Dimmi di chi altro ci ha derubati."

"Eliza, ma il proiettile incendiario l'ha trapassata e non ha dato fuoco al sangue, quindi Luc pensa che si sveglierà da Hydraiana." Balthazar fece una pausa, poi deglutì. "Anya è morta... Jeremy, Grace, Sebastian e anche Flora."

Tutti Guardiani. Avevano svolto il loro compito, ma le loro morti non sarebbero passate inosservate.

"E..." continuò Balthazar con voce più grave. "...Aidan."

Issac sussultò. "Aidan?"

"Ha salvato la vita di Lizzie."

Non è...

Aidan?

Issac sbatté le palpebre, aveva il cuore in gola.

Il mio Sire, mio padre... quell'Aidan?!

Issac sentì la propria anima prendere fuoco e quello che inizialmente era shock si trasformò in furia. *Jonathan mi ha privato anche di Aidan?*

"Tristan? Mateo? Dove diavolo erano?" chiese Issac.

"Erano andati ad Atene con Alik e Nadia, per un boccone."

Per cibarsi.

Le creature di Issac avevano abbandonato tutti quanti per *cibarsi.*

"Issac, non avrebbero potuto saperlo. Non puoi..."

"Invece posso," sibilò Issac. "Avrebbero dovuto esserci."

"Alik non sopportava più i festeggiamenti, Tristan e Mateo si sono offerti di accompagnarlo in città e Nadia si è unita a loro, per questioni di sicurezza. Non puoi fargliene una colpa."

A livello di logica, Issac sapeva che Balthazar aveva ragione. Emotivamente parlando... "Aidan è morto per colpa..."

"Di Jonathan," concluse Balthazar. "Perché ha mandato un esercito a sterminarci quando eravamo deboli e distratti. Non osare incolpare qualcun altro. È colpa di Jonathan e di nessun altro."

Issac chiuse gli occhi, il dolore si mischiò a un intenso bisogno di uccidere, di incolpare, di mutilare.

Aidan.

Il suo creatore.

Suo padre.

Morto.

Uno dei più antichi Ichoriani esistenti, massacrato.

Perché non fa più male di così?

"Perché sei già in agonia," sussurrò Balthazar, le braccia ancora drappeggiate intorno all'amico.

Da quanto tempo erano seduti lì in quel modo, abbracciati?

Importa qualcosa? No.

Issac pensò all'uomo che considerava suo padre, contemplando un ricordo di molti anni prima, risalente alla notte in cui avevano seppellito la madre di Issac.

"Avrebbe potuto scegliere la vita," aveva detto Issac. "Perché non ha scelto noi?"

"Perché l'immortalità non è per tutti, figliolo. Non voleva provare quel senso di perdita... che stai provando tu adesso. Darle la possibilità di scegliere è stato il dono più bello della sua vita, e lei ne ha vissuta una favolosa e piena. Un giorno ti unirai a lei, nell'aldilà."

"Tu ci credi?"

"Sì. Le nostre anime sono sempre state fatte per ritrovarsi. Non

amerò mai più nessuna come ho amato lei e quando arriverà il momento la troverò di nuovo."

Aidan aveva avuto ragione. Non aveva mai amato nessuno come la madre di Issac. Anya, Nadia e Clara erano solo diversivi con le quali gli piaceva intrattenersi.

Tutta quella sapienza e saggezza antica che aveva condiviso con Lucian, tutto ciò che aveva insegnato ad Issac e l'amore che aveva donato ad Amelia: quelli erano i modi in cui Aidan si era guadagnato un posto nei ricordi di tutti loro.

Proprio come aveva promesso di fare.

Issac guardò finalmente lo scenario di distruzione che li circondava, i corpi sparpagliati per la spiaggia, la luna pallida che li illuminava in maniera morbosa, mortale, inquietante. Nessun segno di vita al di là di Balthazar e Issac.

Astasiya rimase immobile accanto a loro, con gli occhi chiusi e il corpo incapace di guarire.

Non tornerà indietro.

Aidan era con lei, nell'aldilà?

Quel posto esisteva davvero?

Issac avrebbe voluto crederci, immaginarla in un luogo più felice, circondata da luce e amore. L'avrebbe trovata di nuovo?

Un ronzio proveniente dalla tasca lo distrasse da quei pensieri. Le vibrazioni lo scomodarono. "Tristan e Mateo lo sanno?" chiese prendendo il telefono e lanciando un'occhiata al numero sconosciuto.

"Sono con Amelia."

Issac annuì. Erano esattamente dove avrebbero dovuto essere.

Guardò l'orario locale e calcolò che ore fossero a New York. Non era un orario tipico di lavoro, specialmente durante le vacanze. Inoltre, si era preso tre mesi sabbatici dal ruolo di amministratore delegato della Wakefield Pharmaceuticals, il che significava che non avrebbero dovuto disturbarlo affatto.

Il telefono si zittì e ricominciò immediatamente.

Issac sentì un tuffo al cuore, improvvisamente capì.

Avrebbe potuto essere una sola persona.

Si alzò e si scrollò la sabbia dai pantaloni, il telefono smise di vibrare di nuovo. Il bastardo avrebbe richiamato. Non sarebbe riuscito a trattenersi.

Anche Balthazar si alzò, unendosi all'amico. Incrociò le braccia al petto e inarcò un sopracciglio. Era chiaro che anche lui sapesse chi stava tentando di mettersi in contatto con Issac.

Solo Jonathan avrebbe potuto essere così coraggioso e stupido.

Il dispositivo vibrò.

"Jonathan." Quel nome bruciò sulla lingua di Issac, mandandogli impulsi rabbiosi a ogni terminazione nervosa.

"Buonasera, Issac," rispose il bastardo in un tono più formale che mai. "O forse *mattina presto* si addice di più al tuo fuso orario? La mezzanotte è passata da un po', non è così?"

Che impertinenza.

Che spensieratezza.

Come se il mondo di Issac non gli fosse appena crollato addosso. Come se Astasiya non giacesse morta ai suoi piedi.

Quello stronzo insolente aveva deciso di chiamarlo iniziando la conversazione con delle mere chiacchiere di circostanza.

"Spero tu ti sia nascosto, Jonathan, perché hai appena dato vita a una guerra da cui il tuo piccolo esercito non può proteggerti."

Jonathan ridacchiò, il suono irritò parecchio Issac. "Quindi il mio regalo di nozze è arrivato?"

Issac sentiva il sangue ribollire e poi raggelare. Quel bastardo pensava che fosse tutto un gioco, lo considerava un gran bello scherzo. "Aidan è morto," ringhiò Issac. *Per colpa tua. Perché hai mandato delle Sentinelle qui per distruggerci e io te la farò pagare, sia l'ultima cosa che faccio.*

"Che peccato," gli rispose Jonathan, non sembrava affatto deluso. "È sopravvissuto per un sacco di tempo."

"Nessun riguardo verso il fatto che una volta ha salvato la tua patetica vita?" gli chiese Issac disgustato. "Senza di lui saresti morto."

Jonathan rise. "Sono un sopravvissuto, Issac. Lo sono sempre stato e lo sarò per sempre. È questa la differenza tra noi due... Tu ti affidi agli altri, io solo a me stesso."

"Quella non è l'unica differenza." Issac aveva una famiglia, aveva persone a cui teneva e *una vita.* Jonathan voleva solo il potere, un qualcosa che Issac non aveva mai preteso, dal momento che ne aveva già a volontà.

Jonathan aveva ferito il potere a cui Issac teneva di più: quello dell'amore.

Astasiya.

Aidan.

"Goditela finché puoi," gli disse Issac gentilmente. "Perché non sarà a lungo." Uccidere Aya era stata la mossa peggiore che Jonathan avesse potuto compiere. Non ci sarebbe stata alcuna distrazione, nessun dubbio sul futuro, Issac si sarebbe concentrato sul singolo compito di annientare Jonathan. "Hai scelto il nemico sbagliato, *vecchio mio.*"

Il nemico rise. "Al contrario. Non vedo l'ora di giocare a una delle nostre partite a scacchi, Issac. Sarà divertente avere un avversario degno dall'altro lato della scacchiera."

"Sai cosa sarà divertente? Io che ti stano, Jonathan.

Perché la tua morte sarà lenta, meticolosa e così atroce che dovrai pregarmi di smettere, ma io non lo farò. Proverai un dolore mai sperimentato prima e io me ne godrò ogni dannato minuto. Quindi ti consiglio di nasconderti, Jonathan. E bene."

"Uhm, quanta emozione," rispose Jonathan. "Sarà la tua rovina."

Sbagliato. "È la mia forza e sarà ciò che rovinerà te."

"Vedremo, allora, che ne dici?" ribatté il dottore. "Oh, prima che vada, potresti farmi un favore e porgere i miei saluti a mio figlio? Ho sentito dire che sta benone e che si sta godendo la vita con tua sorella, se non sbaglio. Uno stratagemma piuttosto astuto, quello. Informalo del fatto che sono orgoglioso che mi abbia finalmente battuto almeno una volta, se non ti dispiace."

Issac incontrò lo sguardo di Balthazar.

Osiris sapeva che Tom fosse vivo, ma non aveva idea riguardo Amelia. Significava che avrebbe potuto fornire a Jonathan alcuni dettagli, ma non tutti. Come la data del matrimonio e il fatto che Amelia fosse viva.

C'è un traditore tra noi, pensò Issac.

Il telepatico rispose con un cenno del capo, l'espressione gli si fece cupa.

"Farò in modo che Thomas lo sappia," rispose Issac a Jonathan in riferimento alla richiesta.

"Eccellente. Beh, credo sia il momento di andare. Godetevi la serata, Issac. Vedo un falò nel vostro futuro."

La comunicazione s'interruppe, mandando una scossa lungo il braccio di Issac. L'Ichoriano gettò il telefono tra le onde che si infrangevano sul bagnasciuga in un attacco di rabbia, un ringhio gli fece vibrare le interiora. "La pagherà per questo."

"Sì," concordò Balthazar. "Ma prima dobbiamo onorare i defunti."

Ad Issac sprofondò il cuore, guardò Astasiya stesa ai suoi piedi. Anche da morta era bellissima. "Sì," sussurrò, l'anima ancora una volta in frantumi. Non avrebbe potuto affrontare Jonathan in quel modo, con la mente incapace di formare un piano che andasse oltre al compianto.

E Aidan.

Jonathan si era portato via così tanto. Non sapeva nemmeno di Astasiya, non sapeva quanto il suo piano fosse andato storto. In quel momento Issac non aveva niente e nessuno a trattenerlo. Amelia avrebbe capito e anche Balthazar e Lucian.

Non c'era niente che potesse fermare Issac dal massacrare Jonathan. Farlo bruciare dall'interno. Distruggere tutto ciò che aveva costruito e costringere il bastardo a vedere il tutto ridursi in cenere.

La vendetta era uno strumento potente, quella di Issac era alimentata dall'amore.

Jonathan non avrebbe avuto scampo.

Sarebbe morto.

Presto.

AMELIA

"Il Duca di Sandford è venuto a mancare, quest'oggi. Sarà il primo di tanti e anche se ho pianto la sua perdita, non varrà nulla in confronto a quelli a me più cari. Aidan dice che non esiste preparazione, viviamo per sopportare. C'è una tale morbosità nella vita immortale. A volte mi chiedo se abbia fatto la scelta giusta."

—Issac Wakefield
Vita mutatur, non tollitur

TENUTA WAKEFIELD.

Sempre vasta, appartata e bellissima come al solito.

Il nord ovest dell'Inghilterra sarebbe sempre stato casa di Amelia, il suo rifugio ideale e sicuro. Quel posto era pieno di ricordi. Balli, eventi sociali, baci rubati con Eli. Amelia sorrise ai giardini familiari, ricoperti di un sottile strato di neve di gennaio, alla fontana ancora in funzione grazie all'acqua riscaldata al di sotto.

Mi era mancato tutto questo, pensò stringendo la mano di Tom mentre le camminava al fianco con la solita espressione permanente di allerta.

"È qui che sei cresciuta?" le chiese. Era più una domanda retorica, dal momento che conosceva già la risposta, ma lei glielo confermò con un cenno del capo.

"Non tornavo da parecchio tempo. È Issac a occuparsi della tenuta, una decina di anni fa l'ha anche fatta ristrutturare. Vista l'età, serve una manutenzione costante."

"Perché non vieni in visita più spesso? Voglio dire, escludendo la tua permanenza al FAC."

Amelia ridacchiò. *Permanenza* era una parola così umana. Jonathan l'aveva tenuta prigioniera e aveva lasciato che la ricercatrice di punta del laboratorio la torturasse per anni. *Imprigionamento* sarebbe stata una parola molto più adatta, ma non si preoccupò di correggerlo. Tom non voleva turbarla e lei lo adorava per quel motivo.

"Eli preferiva Hydria," mormorò rispondendo alla domanda di lui.

Tom l'attirò a sé, le circondò la vita con un braccio e si avviarono verso il maniero a quattro piani davanti a loro. Wakefield Hall, una proprietà bellissima dalle sale da ballo enorme, tre cucine, parecchie zone relax e più camere da letto di quante lei o Issac avrebbero potuto riempire. Apparteneva alla loro famiglia dal quindicesimo secolo e significava troppo per loro per venderla.

"Che mi dici di te? Cosa preferisci?"

"Mi manca stare qui," ammise Amelia, si guardò intorno, gli alberi che la circondavano e il paesaggio vasto. "Non mi dispiacerebbe fare visita più spesso. Specialmente ora…" Al ricordo del motivo per cui si trovavano tutti lì, contrasse le labbra e il cuore le seguì.

Per seppellire mio padre.

Amelia inciampò e andò a finire contro il petto solido di Tom, che l'avvolse immediatamente tra le braccia.

Quando sarebbe finito?

Quando se ne sarebbe andato il dolore?

Negli ultimi tre giorni Amelia non aveva fatto altro che piangere.

E Tom, forte come sempre, le aveva prestato il proprio amore e conforto, le aveva abbracciato le spalle tremanti mentre per l'ennesima volta il cuore le andava in frantumi.

Si era appena ricongiunta con il padre dopo aver passato divisi quello che era sembrato un secolo. In realtà non era trascorso nemmeno un decennio. La tortura faceva sembrare anche il più breve dei secondi lungo ore, a volte giorni.

"Parlarne aiuta," le aveva mormorato il padre settimane prima. *"E io sono sempre stato un ottimo ascoltatore."*

"Sì." Amelia aveva sorriso tristemente. *"Ma discutere di ciò che è successo, di ciò che lui mi ha fatto, mi fa anche sentire debole."*

"Per via delle emozioni che evocano quei ricordi."

Amelia aveva annuito mordendosi un labbro.

"Beh, secondo la mia esperienza, le emozioni sono anche ciò che ci rende più forti. All'inizio potrebbero ferirti, ma potrai usare il sapere e l'esperienza legate a esse. Farle tue, affilare gli arnesi e costruire mattoni più robusti su cui salire. Sei una delle donne più forti che conosca, Amelia. Anche se non augurerei a nessuno di trovarsi nelle stesse circostanze, esse ti hanno resa la donna che mi sta ora di fronte. Non sono gli altri a formarci, ma noi stessi."

Amelia scacciò le lacrime sbattendo le palpebre, la voce di Aidan era forte e viva nella mente della ragazza. Non l'aveva mai forzata a rivelargli i dettagli di ciò che era successo al FAC, non aveva mai nemmeno cercato di psicanalizzarla. Si era comportato semplicemente da padre. Era il suo mentore. Il suo insegnante per l'eternità.

Tuttavia non si parlava più di eternità.

"Non è vero, tesoro. Io e tua madre saremo sempre con te. Lei è qui in questo momento, nei tuoi pensieri, nel tuo cuore, anche nelle tue azioni. I nostri cari non se ne vanno mai davvero. Sono parte di noi

per sempre, proprio come io sarò parte di te e dei tuoi ricordi, quando arriverà il mio momento."

Amelia aveva aggrottato la fronte. "Il tuo momento? Sei immortale."

"Sì, ma questo significa solo che mi sono goduto una vita molto lunga. Anche gli immortali possono morire, cara."

Le parole che Aidan aveva pronunciato il giorno del funerale della madre di Amelia attraversarono la mente della ragazza, avevano in qualche modo predetto quel giorno e il suo stesso funerale.

"Ha sempre voluto che lo seppellissimo vicino alla mamma," sussurrò lei. Tom lo sapeva già, Amelia l'aveva già ripetuto una decina di volte.

"Sarà così," le rispose lui massaggiandole la schiena con una mano.

La ragazza annuì. Stavano preparando la cerimonia, sarebbe stata raccolta, personale... devastante.

Anche Stas sarebbe stata seppellita lo stesso giorno, nel cimitero privato insieme al resto della famiglia di Amelia. Issac non aveva chiesto il permesso, non che avesse dovuto farlo. La sorella sarebbe stata d'accordo. Stas faceva parte della famiglia, punto. Amelia avrebbe solo voluto che Issac si prendesse un momento per piangerla come si deve, invece di buttarsi a capofitto nei preparativi del funerale. Sembrava che volesse chiudere quel capitolo in modo da voltare pagina e passare ad altro, e Amelia sospettò si trattasse di vendetta.

Amelia capiva la situazione.

Jonathan morirà.

Serrò i pugni al pensiero dell'uomo, il bisogno di uccidere quel bastardo le oppresse la tristezza, annegandola in una rabbia omicida.

Prima le aveva portato via Eli, poi l'aveva privata di anni di vita che non avrebbe mai avuto indietro, torturandola per fini di ricerca e piacere personale. Poi Aidan. Stas. Gli amici Hydraiani. Anya.

Si era più che meritato una punizione.

Avrebbe voluto fargliela pagare lei stessa in persona, strappargli gli occhi, prelevargli campioni di costole, incidergli il proprio nome sul petto e fissarlo senza alcun rimorso mentre si contorceva dal dolore. Magari mettersi anche a ridere, come era solito fare lui quando andava a trovarla in cella.

Lo metterei in una gabbia di cemento.

Lo cospargerei di candeggina.

Lo farei vivere con uno straccio sporco addosso.

Lo riempirei di droghe solo per vedere la reazione del suo cuore su un monitor.

Gli taglierei una mano per vedere quanto ci mette a rigenerarsi.

Lo picchierei a sangue solo perché mi annoio.

Dopotutto, chi la fa l'aspetti.

"John?" le chiese Tom, reclinandosi all'indietro e inarcando un sopracciglio. Non si era più riferito all'Ichoriano come padre, sempre *John*.

"Sì," gli rispose lei con voce bassa e ringhiosa. "Non riesco a respirare quando penso a lui. L'unica cosa che voglio, no, di cui *ho bisogno*, è che muoia. In modo orribile, lento. *Devo* farlo soffrire. Trovare un modo per strappargli il cuore e bruciarlo senza ucciderlo, perché sarebbe troppo facile. Dolore, Tom. Voglio che provi tanto *dolore*." Tantissimo dolore, tantissimo orrore. Tantissimo *sangue*. Ne era assetata, il cuore le impazziva al pensiero di Jonathan in preda all'agonia.

"Ti aiuterò," mormorò Tom. "Ti aiuterò a trovarlo e ucciderlo."

Amelia studiò i lineamenti taglienti di lui, la mascella cesellata, gli occhi marroni e le ciglia lunghe e bionde. "Sarà difficile per te? Fare del male a tuo padre?"

L'espressione di Tom si fece triste, non riuscì a nasconderla ad Amelia, nemmeno ci provò. L'onestà costituiva le fondamenta della loro relazione, era come una promessa sacra che nessuno dei due avrebbe mai infranto. "Non lo so. Ha compiuto molti gesti orribili, ma mi ha anche messo al mondo."

Per quello, Amelia era grata. Una parte di lei avrebbe sempre amato Eli, il suo primo partner, ma il cuore apparteneva a Tom. Lui la completava in un modo che nessun altro aveva mai saputo fare, la capiva a dei livelli che pochi altri avevano raggiunto e la rendeva più forte oltre ogni comprensione.

"Merita di morire," aggiunse Tom. "Voglio che muoia."

"Ma torturarlo?" continuò lei.

"Potrebbe essere al di sopra delle mie abilità," ammise delicatamente. "A ogni modo, capisco perché tu voglia vederlo soffrire e ti aiuterò ad avere la tua vendetta." Le sfiorò le labbra, come a sigillare quella promessa.

Lei ricambiò il bacio portandogli le braccia al collo. "Grazie."

Tom rispose approfondendo l'abbraccio, fece scivolare la lingua nella bocca di Amelia in un modo che le tolse il respiro. Le fece girare la testa e venire le vertigini, facendola vacillare contro di lui. Tom ridacchiò, il suono era sottolineato da una sottile arroganza. Tom sapeva che effetto aveva su di lei.

Era un gioco che avrebbero potuto fare in due. In più, ad Amelia avrebbe fatto comodo avere una distrazione per il pomeriggio e ne avrebbe tratto giovamento anche successivamente.

"C'è un campo oltre quegli alberi," gli disse facendo un cenno verso destra. "Immagino che non ti vada una sessione di addestramento nella neve?"

"Un invito a rotolarmi per terra e bagnare quel bel maglioncino bianco che indossi?" Tom fece finta di pensarci sù. "Sembra quasi che tu stia cercando di flirtare con me."

"Flirtare?" Amelia rise beffarda. "Una donna non flirta mai, seduce."

Tom accennò un sorriso. "In quel caso, mi consideri sedotto, signorina Wakefield."

"C'è solo una cosa," disse lei, allontanandosi da lui e camminando con le scarpe basse sul suolo pavimentato.

Tom inarcò un sopracciglio. "Una sfida, risorsa?"

Amelia sorrise. "Prima dovrai prendermi, stronzo." Partì correndo verso il limitare degli alberi, incanalando il dolore e la rabbia nell'affondare dei talloni, determinata. Proprio come le aveva insegnato il padre, a usare le emozioni come punti di forza.

Sono fiero di te, lo immaginò dire. *Sarò sempre con te, tesoro.*

Lo so, gli sussurrò a propria volta Amelia. *Per sempre nel mio cuore.*

———

Il falò ardeva nell'aria fresca, facendo volare pezzi di brace danzante nel cielo della mezzanotte. Ogni scintilla somigliava a un ricordo, tutti incentrati su un unico uomo: Aidan. Aveva toccato i cuori di molti, le sue parole e la sua saggezza sarebbero vissuti in chiunque avesse sfiorato.

Amelia aggiunse un altro pezzo di carta al fuoco, sorridendo tra le lacrime mentre lo vedeva bruciare.

Quella di scrivere i ricordi più cari su Aidan per celebrare la sua vita in modo positivo era stata un'idea di Luc. Il funerale e la sepoltura di quel pomeriggio avevano mantenuto la tradizione dei Wakefield, un dettaglio che

Aidan avrebbe apprezzato per via del legame con la madre di Amelia. La serata, invece, era per tutti gli altri, per piangerlo insieme e ricordare un uomo che aveva dato tanto a molti.

"Che ricordo hai condiviso?" chiese Tom dolcemente ad Amelia, le braccia drappeggiate intorno alla vita della ragazza e il mento su una spalla.

"Uno di Aidan che ballava con mia madre," sussurrò lei. "Quando avevo dodici anni hanno fatto molto parlare di loro durante il Ballo di Summerlins. La società condannava mia madre per essere rimasta vedova e aver trovato un altro consorte."

"Non si sono mai sposati?"

Amelia scosse la testa. "Non era nello stile di Aidan e mia madre non aveva il desiderio di sposarsi di nuovo. In più penso gli piacesse quello spirito di proibizione." Sorrise. "Si amavano davvero. Spero..." Deglutì, poi alzò lo sguardo al cielo. "Spero davvero che si siano ritrovati."

Tom le sfiorò la mascella con le labbra e l'abbracciò stretta. "Io non smetterei mai di cercarti," le sussurrò. "Lo sai questo, vero?"

Amelia si rilassò contro di lui e sospirò. "Lo so."

L'atmosfera cupa che li circondava era in netto contrasto con i ricordi della tenuta. Avevano dedicato gli ultimi giorni al lutto per piangere coloro che avevano perso. Il giorno prima gli Anziani avevano tenuto un memoriale a Hydria, mentre Issac si era occupato delle cerimonie di Astasiya e Aidan alla Wakefield Estate.

La memoria di Anya era stata celebrata insieme a quelle degli Hydraiani che avevano perso la vita a causa delle Sentinelle di Jonathan. Anche se era stata una specie di consorte per Aidan per oltre un decennio, l'uomo non l'aveva mai amata davvero. Quei sentimenti erano riservati alla madre di Amelia. Luc aveva confermato che il desiderio in punto di morte di Aidan era stato quello di venir seppellito nella tenuta dei Wakefield.

Un passato molto complesso.

Che suscitava molti pensieri infelici.

Amelia avrebbe scelto di essere sepolta lì, insieme a Eli e la sua famiglia, oppure da qualche altra parte, insieme a Tom? Che ne sarebbe stato di Luc? Balthazar? Alik? Issac e le sue creature? Amelia rabbrividì, la sola idea l'aveva fatta raggelare.

Sarebbe arrivata presto una guerra e non tutti sarebbero sopravvissuti.

Abbiamo appena cominciato e ho già perso così tanto.

"Scrivi un altro ricordo," la incoraggiò Tom sussurrandole all'orecchio. "Voglio sapere di più."

"Ti interessa qualcosa in particolare?" gli chiese lei, voltandosi tra le braccia di lui, grata per la distrazione.

Tom le posò le mani sui fianchi. "Uno dei tuoi momenti preferiti."

"Quando vi siete conosciuti," rispose immediatamente Amelia sorridendo. "Tu eri terrorizzato."

Tom sembrava decisamente offeso. "Non ero affatto terrorizzato."

Amelia inarcò un sopracciglio. "L'hai chiamato 'signore'."

"Per essere educato."

"E ti sei inchinato a lui."

"Perché era vecchio e ho pensato che gli piacesse."

La ragazza scosse la testa ridacchiando. "Stavi praticamente tremando."

"E questo sarebbe un ricordo a te caro?" ribatté Tom con tono divertito. "Sto mettendo in dubbio la nostra relazione, risorsa."

Amelia strizzò gli occhi. "Tu mi ami, stronzo."

"Solo quando sei carina con me."

Lei rise di nuovo. "Intendi dire quando mi metto a cavalcioni su di te."

"Sì, anche allora." Le premette la bocca all'orecchio. "Specialmente quando sei nuda."

Amelia emise un risolino, un suono che solo Tom sapeva tirarle fuori.

Le baciò il collo prima di tirarsi indietro con un sorriso e far strofinare i loro nasi. "Meglio, dolcezza?"

Amelia annuì. Le ricomparsero delle lacrime negli occhi, ma quella volta erano di felicità. "Sai sempre come tirarmi fuori dall'oscurità." Erano parole dolci, solo per Tom.

Lui le prese il viso tra le mani e si piegò per baciarla. "Ti amo, Amelia."

"Ti amo anche io," gli sussurrò lei ricambiando l'effusione.

Quando sentì qualcuno schiarirsi la gola, Amelia guardò alla propria sinistra e vide Tristan starsene in piedi imbarazzato, al lato del fuoco, il viso nascosto. "Scusate l'interruzione, mi chiedevo se aveste visto Issac…"

Il braccio di Tom scivolò sulla vita di Amelia e lei si voltò. "Non vedo mio fratello dalla sepoltura," ammise. "Penso che volesse stare da solo."

Tristan annuì, poi si portò una mano dietro il collo. "Vedo cosa posso fare." Se ne andò senza dire un'altra parola, le spalle ricurve in un modo che ferì Amelia.

"Odio tutto questo," spostò l'attenzione su Luc mentre Tristan gli passò accanto. L'espressione stoica sul volto del fratello maggiore la fece stare ancora peggio. Luc stava facendo il possibile per darsi un contegno, a scapito del proprio dolore. Si trattava del padre, un uomo con cui aveva passato più di tremila anni… e Luc non poteva nemmeno piangerlo. Perché era colui su cui tutti facevano affidamento, il re che veneravano e alla quale si rivolgevano per farsi guidare.

Balthazar gli stava in piedi al fianco, sorseggiando quello che sembrava essere un bicchiere dello scotch preferito da Aidan. Alzò gli occhi su Amelia, mostrandole un bagliore di comprensione nelle oscure profondità. La ragazza avrebbe solo potuto immaginare i pensieri che B poteva percepire dal migliore amico, senza contare il dolore che doveva provare nel profondo.

Luc annuì a qualsiasi cosa gli avesse detto Balthazar, le mani nelle tasche dei pantaloni. Entrambi non avevano più la cravatta, ma erano rimasti in camicia e giacca. Un simbolo di rispetto, o forse non avevano avuto voglia di cambiarsi.

"Mi odia," disse una voce sottile alla sinistra di Amelia. Eliza era lì in piedi, aveva un vestito nero addosso e i capelli lunghi legati in una coda di cavallo. Puntò lo sguardo scuro su Luc e il labbro inferiore cominciò a tremarle. "Io… Io non volevo che succedesse. N-non volevo distrarlo."

"Oh, tesoro, no." Amelia attirò la donna in un abbraccio. "Non è colpa tua, lui questo lo sa."

Eliza scosse la testa, poi abbassò la voce fino a ridurla a un sussurro. "Non mi guarda nemmeno. Mi odia."

"No, non è colpa tua." Amelia guardò Balthazar, che però era concentrato su Luc, impegnato a sua volta a dire qualcosa che sembrava importante. "Stanno succedendo tante cose in questo momento. Sta solo cercando di far sì che tutti siano in riga."

Eliza si tirò indietro e scosse di nuovo la testa, poi guardò a terra. "Tu non hai visto come mi ha guardata dopo che… dopo che mi sono svegliata." Intendeva dire quando si era risvegliata da immortale, dettaglio che fece accigliare Amelia.

Luc era stato perso tra i preparativi per i funerali per tre giorni, eppure aveva avuto tempo per fare visita a Eliza? Anche solo quel gesto la diceva lunga.

"Non incolpa te dell'accaduto," le promise Amelia. "Ha solo molto a cui pensare, al momento."

Eliza non sembrò ascoltarla, le parole le uscirono dalla bocca in un'ondata di vergogna. "Se non avessi litigato con Luc, Aidan sarebbe ancora vivo. Non mi avrebbero sparato, non sarei morta e Luc avrebbe potuto salvare il padre. Lui…"

"Sarebbe morto nonostante la tua interferenza," finì Luc per lei. Si era avvicinato quando lei non stava prestando attenzione. "Non tutto il mondo gira intorno a te, Eliza. Aidan è morto proteggendo Lizzie e il figlio che ha in grembo. Non apprezzerebbe che incolpassi te stessa per delle sue scelte."

L'ammonimento nella voce dell'uomo fece rabbrividire Amelia e immobilizzò Eliza.

"Luc," esordì Balthazar, ma uno sguardo del fratello di Amelia silenziò qualsiasi cosa avesse voluto dire.

"Mi dispiace per la tua perdita," sussurrò Eliza, poi si voltò e corse verso casa.

Amelia sospirò e lanciò uno sguardo severo al fratello. "Non sei stato molto gentile con lei."

Luc inarcò un sopracciglio. "È una mocciosa egoista che pensa solo per sé, Amelia. Soddisfare i suoi bisogni non fa parte del mio lavoro e non è una mia responsabilità. Deve crescere, cazzo. Ho troppe altre faccende da gestire per stare a pensare a lei e ai suoi sentimenti."

Quella sintesi così dura la sciocò. Quello non era suo fratello, ma un uomo che si stava rivolgendo alla freddezza della praticità per sopravvivere. Aveva spento le emozioni per poter andare avanti. "Evitare il dolore non è la soluzione giusta," gli consigliò dolcemente. "Forse dovresti ascoltare il tuo stesso consiglio e renderti conto che ad Aidan non sarebbe piaciuto nemmeno *questo*."

Luc la guardò con espressione stoica, poi sbatté le palpebre apatico e ad Amelia si spezzò il cuore. "Quello di cui le altre persone hanno bisogno è un leader strategico in grado di concentrarsi e affinare il dolore in un piano di vendetta, non un figlio in preda alle emozioni che ha appena perso il padre. Ci sarà un momento per piangere, ma non è questo." Se ne andò lasciandola a bocca aperta, i pugni chiusi lungo i fianchi.

"Gli parlerò io," mormorò Balthazar.

"Non dovresti essere tu a…"

"Amelia," s'intromise gentilmente posandole una mano sulla guancia. "Abbiamo tutti il nostro scopo, qui. Tu capisci il mio più di chiunque altro. Ciò di cui ha bisogno tuo fratello in questo momento è un amico. Starà bene, te lo prometto."

Amelia lo fissò per un lungo momento, intenta a leggere tra le righe. Se qualcuno avrebbe potuto dare un po' di conforto a Luc, quello era Balthazar. Non per via delle sue capacità, ma grazie al suo saperci fare con le parole. Al suo cuore, la sua presenza.

"Prenditi cura di lui," gli disse dolcemente, lasciando che vedesse la preoccupazione nello sguardo. "Non può tenere tutto dentro per sempre." Altrimenti il modo in cui aveva trattato Eliza sarebbe stato solo l'inizio.

Il sorriso di Balthazar era triste. "A essere onesto, tesoro, sono più preoccupato per l'altro tuo fratello."

Issac.

Amelia sentì una fitta al cuore. La faccia di lui durante il funerale… La ragazza deglutì. Accidenti, le era sembrato uno straccio. "Non so come aiutarlo," ammise lei.

"Non penso che qualcuno di noi possa farlo," le rispose

B. "Ma io non smetterò di provarci." Con ciò, si allontanò dietro Luc, che era sparito al di là degli alberi.

Tom prese Amelia tra le braccia e le posò una guancia sui capelli. "Un giorno alla volta, dolcezza," le sussurrò. "Prenderemo ciò che viene un giorno alla volta."

Lei lo abbracciò di rimando, grata per la forza del soldato. Per la sua vita, per il suo amore.

Da qualche parte, Aidan stava sorridendo. Amelia lo sentiva fino nell'anima, la sua approvazione si irradiava dentro di lei, o forse era tutto nella sua testa; eppure poteva giurare di aver sentito delle parole positive che lodavano la sua scelta.

"Gli piacevi, sai," mormorò Amelia.

"A chi? A Balthazar?"

Lei ridacchiò scuotendo la testa. "No, beh sì, anche a lui, ma intendevo dire a mio padre… Gli piacevi."

Tom la guardò con un pizzico di incredulità negli occhi. "Ne sei sicura?"

Amelia annuì. "Me l'ha detto durante le vacanze in Montana. Niente di profondo, solo che gli piacevi." Sorrise con le lacrime agli occhi. "Penso che dovrei scriverlo… aggiungerlo agli altri messaggi nel fuoco." Era un ricordo che avrebbe custodito per sempre.

Solo tre parole.

Lui mi piace.

Amelia alzò di nuovo lo sguardo al cielo. *Sarai sempre nel mio cuore, papà. E Tom lo proteggerà sempre.*

La travolse un'altra ondata di accettazione, che le scaldò il cuore. Suo padre era sicuramente lì, vegliava su di lei e la stava abbracciando con la propria anima.

Lui mi piace, scrisse sul pezzo di carta che le passò Tom. Con un sorriso bagnato aggiunse le parole *Sì, lui piace anche a me.*

————

Tom guardò Amelia aggiungere quel ricordo al fuoco, soffriva per lei. Per le perdite dovute al suo, di padre. Era molto difficile per Tom non reagire, non mostrare la propria rabbia verso tutto ciò che aveva fatto Jonathan Fitzgerald.

Ad Amelia.

A Stas.

A Lizzie.

A Aidan.

Agli Hydraiani.

Devo ucciderlo. Un verdetto connotato di sangue. *Non ci sono altre alternative.*

Jonathan Fitzgerald aveva creato Tom affinché fosse il soldato perfetto, un maestro sulla tavola da scacchi. Quei tratti avrebbero fatto pentire il vecchio, perché Tom li avrebbe usati al massimo per avere giustizia.

Suo padre avrebbe dovuto pagare per ciò che aveva fatto.

Tom sarebbe stato colui che l'avrebbe punito. Era un suo dovere, in quanto figlio.

Prese un foglio dalla pila e buttò giù un proprio ricordo, ma non riguardava Aidan. No, lo scrisse riguardo suo padre, sull'uomo che aveva perfezionato l'arma che Tom era diventato.

Tre parole, dette più volte nel corso della sua vita. Una provocazione con un sottotono minaccioso.

Dove andresti, figliolo?

Tom aveva finalmente una risposta.

All'inferno.

E avrebbe portato il padre con sé. Sanguinante, urlante e implorante pietà.

Piegò il pezzo di carta con cura, lo lasciò cadere nel

fuoco e lo guardò bruciare, immaginandosi il volto agonizzante di Jonathan Fitzgerald tra le fiamme.

Presto.

"Che ricordo hai scelto?" gli chiese Amelia portandogli le braccia intorno alla vita.

"Ne ho creato uno nuovo," mormorò lui. "Uno con un finale molto soddisfacente."

ISSAC

"Ci sono diversi aspetti della mia vecchia vita che mi mancano. Uno di questi è la capacità di perdermi nell'oblio. L'immortalità guarisce il corpo troppo rapidamente per sperimentare lo stato di ebbrezza e, dopo la giornata che ho avuto, mi piacerebbe poter approfittare del vecchio rimedio."

— Issac Wakefield
Vita mutatur, non tollitur

"Ti sarebbe piaciuto qui, Aya," mormorò Issac, lo sguardo fisso sulle stelle sopra la tomba di lei. "È passato un po' di tempo da quando sono venuto qui l'ultima volta, forse una decina d'anni. Cerchiamo di tenere un basso profilo da queste parti, per non attirare troppo l'attenzione per ovvi motivi. È assurdo quanto una donazione annuale agli istituti di beneficenza sia in grado di soddisfare i cittadini."

Prese un sorso ristoratore di quello che era… guardò l'etichetta, whiskey. Accidenti, se quello era tutto ciò che era rimasto tra le scorte, chiaramente aveva toccato il fondo. Eppure non sembrava riuscire a buttar giù il liquore abbastanza in fretta.

"Vedi, vorrei sentirmi apatico." Sorseggiò di nuovo. "Ma questa merda non funziona, tesoro. Ormai mi fa solo bruciare la gola e le interiora." Issac non riusciva a ricordarsi l'ultima volta che aveva ingerito una tale quantità d'alcol. Forse dopo aver trasformato Tristan? I due si erano dati a una serie di ubriacature, così per divertirsi. Il tutto era finito in un intreccio di bionde.

Issac ridacchiò. "Non succederà di nuovo. Mai più." Un altro sorso, seguito da un sospiro. Il terreno sotto la giacca era freddo. Morto, perché conteneva tutti i suoi cari: Aidan, la mamma, Aya.

"Mi manchi, cazzo," sussurrò, il petto dolorante. "Mi mancate tutti." Si era aspettato la morte della madre. Non l'aveva resa più facile, ma era stata più sopportabile di quelle di Aya e Aidan.

"Lo ucciderò," disse loro Issac. "Jonathan, intendo." Piegò le labbra all'ingiù. "Dovrei essere là fuori a cercarlo, in questo momento." Ma Lucian aveva indetto una veglia in onore di Aidan, diceva che era ciò che avrebbe voluto il padre. Era tradizione. Dannata tradizione.

Issac finì la bottiglia e la aggiunse alla pila esistente. "Ho finito l'alcol, Aya." Quattro bottiglie. Avrebbe potuto prenderne altre, ma preferiva la solitudine del cimitero attorno a lui. Aidan avrebbe voluto una veglia, come aveva detto Lucian. Issac non sapeva cosa avrebbe preferito Astasiya. Non avevano mai parlato di morte. "Non saresti dovuta morire."

Si lasciò a un'espressione triste, lo sguardo posato sulla lapide che aveva fatto incidere per lei il giorno prima.

Aya Davenfield.

"Non potevo mettere il tuo vero nome," sussurrò. "Avrei dovuto. Merda, come farò a dirlo ai tuoi genitori?" Elizabeth si era offerta volontaria, ma Issac sapeva che avrebbe dovuto farlo lui stesso. "Voglio dire loro la verità, Aya. Dovrei farlo? Saranno in grado di sopportarla?" Emise un sospiro, lungo e addolorato. "Queste sono domande che farei a Aidan, ma…" Deglutì, la concentrazione di nuovo sulle stelle sopra di lui.

Issac non credeva nell'aldilà, fatta eccezione per gli aspetti dell'immortalità che riguardavano la resurrezione. Sapeva troppo sulla storia e sul mondo per credere alle religioni e agli dei. Molte di quelle teorie derivavano dall'operato di un Hydraiano o un Ichoriano.

"Ma io voglio sperare," ammise piano. "Io… capisco il perché le persone credano, Aya. Le aiuta ad aggrapparsi al passato, a sapere che l'anima è ancora in fiore." Si portò una mano al petto. "Ti sento, qui dentro." Sapeva di sembrare pazzo, ma non riusciva a negare la sensazione reale che lei fosse una parte di lui. "Non puoi essertene *andata*." Gli si spezzò la voce sull'ultima parola e il cuore la seguì, andando in pezzi per la millesima volta.

Non lo accetto, pensò. *Non accetto che tu sia morta.*

Gli si offuscò la vista, vide la luna trascinarsi per tutto il cielo.

"Merda." Si portò le mani agli occhi. "Mi sento…" *Perso.* Come se una parte di lui si fosse rotta e non potesse essere aggiustata.

Un approccio familiare lo fece irrigidire, allertandogli i sensi.

"No," esordì Tristan scontroso. "Ti ho solo portato del whiskey decente, non quella merda che hai trovato prima."

Issac abbassò le mani per vedere la bottiglia che gli penzolava sopra la testa. Non era una marca che era solito avere alla tenuta, il che significava che Tristan fosse andato in Irlanda, probabilmente con Jacque, per sceglierne una buona.

"Grazie," riuscì a dire Issac nonostante il nodo che gli si era formato in gola. Accettò il regalo e buttò giù diversi sorsi mentre Tristan gli si sedette di fianco.

"Ce n'è ancora in casa, se ti serve."

Issac annuì, il liquido era un bruciore ben voluto. Chiuse di nuovo gli occhi, immaginò una vita in cui avrebbe potuto effettivamente ubriacarsi dopo qualche shottino e desiderò di poter non provare più alcun sentimento. "Odio questa cazzo di immortalità."

Tristan grugnì. "Ti piacerà quando troverai Jonathan e lo costringerai a soffrire."

"Brindiamo a quello," concordò Issac con un cenno alla progenie.

Rimasero seduti in silenzio sotto le stelle, ignorando l'aria fredda dell'inverno.

Sei lassù, Aya? Si chiese Issac, non per la prima volta. *È per questo che ti sento ancora? Vuoi essere il mio sempre?*

Un altro sorso.

L'oblio continuava a scansarlo.

"Lei mi manca," confessò Issac dolcemente. "Non sono nemmeno… Non abbiamo nemmeno…" Un rumore forte gli colpì la gola, costringendolo a deglutire più volte mentre le stelle sopra di lui si offuscavano. Lasciò cadere la bottiglia, non gli importava se si fosse rotta. "Non voglio sentire più niente, Tristan." Ammetterlo gli fece bruciare le interiora e spezzare il cuore in mille pezzi. Si sentiva debole, frantumato, irrimediabilmente danneggiato. Aveva le guance umide, le lacrime presero a scendergli di loro spontanea volontà. Non sarebbe riuscito a fermarle nemmeno se ci avesse provato.

"Mi dispiace," gli sussurrò Tristan. "Avrei dovuto esserci. Avrei dovuto… Avrei potuto…" Frenò un'imprecazione che si trasformò in una scia di parole che Issac non riuscì a capire, ma riconobbe il tono dispiaciuto. "Non avrei mai voluto che succedesse, Issac. Non in questo modo."

"Tu la odiavi," lo accusò Issac, quelle parole provenivano da un punto molto vulnerabile di una vendetta tanto desiderata. "Questo era esattamente ciò che volevi, la nostra fine. Beh, indovina un po', Jonathan ha portato a termine la missione per te." Le parole avevano un sapore amaro, furioso. Issac sapeva che non era colpa di Tristan, ma la creatura costituiva un bersaglio facile per la rabbia. "Tu *volevi* tutto questo."

"Cazzo, Issac. Magari la tua relazione con lei non mi piaceva, ma non odiavo Stas." Si passò una mano sul viso. "Non ho mai voluto niente del genere. *Mai.*"

Issac scosse la testa, incapace di rispondere, la gola piena di emozione.

Tristan sospirò. "Se sono stato uno stronzo? Certo, volevo proteggere il mio migliore amico da un eventuale cuore spezzato, da..."

"Questo," concluse Issac per lui.

Scivolarono di nuovo in un silenzio confortevole, il vento increspava i cespugli vicini. Tra loro c'erano centinaia di anni di amicizia, tutti avvolti nella comprensione. Il senso di colpa di Tristan per essersi sempre comportato male con Astasiya era palpabile, il profondo rammarico per come si era evoluta la situazione altrettanto tangibile.

"Farò qualsiasi cosa tu mi chieda, Issac. Basta dirlo." La promessa in quelle parole era sottolineata da un tono di rimorso e sottomissione. "Se potessi riportarla indietro, lo farei."

"È morta," sussurrò Issac. "Se n'è andata, Tristan."

"Lo so."

"Non tornerà mai più."

"Lo so."

"Io non…" Issac deglutì. "Non so che fare."

Tristan ridacchiò. "Ucciderai il figlio di puttana che le ha fatto ciò, ecco cosa farai." Un'immagine violenta si presentò nella mente di Issac, cortesia del migliore amico.

Jonathan incatenato a una sedia.

Urla.

Sangue.

Fuoco.

Forme arcane di tortura.

Ancora sangue.

Un cadavere che tornava in vita solo per vedere ripetersi un susseguirsi di atti ignobili.

"Hai molta fantasia," gli disse Issac con voce roca.

"È solo l'inizio. Quando avrò finito con lui rimarrà solo il guscio di un uomo. Un cazzo di fantasma." Gli occhi verdi-nocciola di Tristan brillarono al chiaro di luna, pieni di malizia. "Pagherà per quello che ha fatto."

"Sì," concordò Issac, si mise lentamente a sedere, imitando la posizione di Tristan. "Pensi che si stia nascondendo dietro le Sentinelle?"

La creatura sorrise. "C'è solo un modo per scoprirlo."

"Cos'hai in mente?"

"Una distrazione." Sul viso gli si lesse un'espressione maligna. "Luc ha trovato due Sentinelle che sono arrivate in ritardo al massacro. Le ha tenute in vita per interrogarle. Non sono convinto che abbiano spifferato tutto, ancora. Forse un po' di deprivazione sensoriale li aiuterà a sciogliere la lingua."

Issac era stato così impegnato nelle preparazioni dei funerali che non aveva ancora fatto visita ai prigionieri di guerra. Aveva a malapena rivolto loro un pensiero. "Dubito che sappiano qualcosa."

"A ogni modo è una distrazione divertente." Alzò le spalle, poi le scrollò in modo elegante. "Perché non provarci? Forse ti fornirà un nuovo metodo per annullare i tuoi sentimenti…" Fece un cenno alle bottiglie vuote per puntualizzare quanto detto.

Ad Aya non piacerebbe, lo avvertì la coscienza.

Aya non è qui, ringhiò una parte più oscura di lui in risposta.

Issac guardò la tomba di lei per la milionesima volta, osservando la lapide e lo sporco appena sedimentato. Ci poggiò un palmo e chiuse gli occhi.

Ti hanno portata via da me.

La vendetta è necessaria.

Lo capisci, vero?

Al silenzio che seguì, il cuore rispose con un tonfo. Accidenti, gli mancava la voce di Stas. Il suo sorriso, il suo tocco. "Mi hai lasciato troppo presto," le sussurrò. "Mi avevi promesso… *Sempre*."

Quei bastardi si erano intromessi nella loro promessa e gliel'avevano portata via.

L'avevano uccisa.

E dal momento che il funerale era compiuto, Issac si sarebbe potuto concentrare sul futuro. Sulla vendetta, a partire dalle due Sentinelle che Luc aveva tenuto in vita.

"Verrò a farti visita, Aya," le promise piano.

Aprì gli occhi e vide Tristan a diversi metri di distanza, gli aveva concesso un momento di privacy.

Quello era il loro ultimo addio.

Issac che accettava il destino di lei.

Non tornerà mai più.

Ma ci rivedremo.

"Ti amo, Astasiya. Sempre." Si alzò e raccolse le bottiglie. Tristan si unì a lui dopo svariati passi, il suo completo era in una forma migliore di quello di Issac. "Trova Jacque… Voglio andare a Hydria."

Un bagliore di approvazione brillò nello sguardo di Tristan. "Certo, Sire."

———

Perché è così buio qui dentro?

Perché ho gli occhi chiusi.

Stas sbatté le palpebre.

No, non è per quello.

Che è successo?

Perché mi sento così debole?

Arricciò le dita intorpidite dal freddo.

Cos'è questo odore? Storse il naso. *Terriccio. Ma che cavolo?*

"Aiu…" Accidenti, aveva la gola di carta vetrata. Secca. Inutilizzata. Le faceva male tutto. I muscoli erano tesi, le membra immobili. I polmoni non funzionavano, ogni respiro sapeva di terra.

Cercò di schiarirsi la gola e le bruciarono gli occhi, il corpo era come un guscio estraneo. Quasi come quella volta che si era risvegliata dopo che Lizzie…

Stas spalancò gli occhi e venne travolta da uno sciame di ricordi.

Il matrimonio.

Il ricevimento.

L'attacco delle Sentinelle sulla spiaggia.

Il fuoco nelle vene.

L'agonia di Issac.

Mamma.

L'aveva incontrata nell'aldilà, o in un sogno. Un incubo. La madre non aveva fatto altro che parlare di annegare, di Osiris, Sethios, poi era sparita e riapparsa dopo poco per consegnarle lo stesso messaggio, ogni volta corredato di scuse.

Ti abbiamo delusa.

Tuttavia non spiegava mai cosa significasse. Ogni volta che iniziava a farlo, spariva. Al suo ritorno ricominciava a farfugliare. Un'agonia infinita.

L'inferno.

A ogni modo, svegliarsi in una stanza buia era una novità.

Allungò le dita sul cuscino sotto di lei, arrivando a fermarsi solo pochi centimetri più in là, su entrambi i lati… quando raggiunse una parete.

Oh.

Cominciò a formicolarle tutto il corpo e Stas mosse le dita dei piedi.

Molto lentamente, la sensazione prese il sopravvento su tutto il corpo, mettendole in subbuglio lo stomaco. Le sembrava di non mangiare da giorni. La lingua, spessa nella bocca, rendeva impossibile deglutire. Senza contare i sassi che sembravano aver trovato casa in gola.

Cosa mi sta succedendo?

Continuava a non vedere nulla, nonostante gli occhi aperti. Sentiva il cuore batterle forte nelle orecchie, l'unico suono all'interno di quello strano spazio.

Dopo diversi minuti, o forse ore, riuscì a flettere le braccia, muovendo i polsi per testare le pareti ai lati.

Solide.

Strane.

Lentamente, molto lentamente, fece correre il dito lungo l'alto, fino a imbattersi in una parete simile sopra la faccia.

Stas si acciglò. *Sono in una scatola?*

Che strano, perché avrebbe dovuto…

"Oh," emise un rantolo. "Oh, no."

Terriccio.

Cuscino.

Scatola.

Buio.

Le si fermò il cuore.

Il fiato le si spezzò in gola.

No.

No.

No.

Non può star succedendo davvero.

Premette contro le pareti, la superficie sopra la testa. Non si mosse niente.

No!

Non avrebbero mai, non potevano aver… *Santo cielo.*

Stas cominciò a contorcersi, il panico si stava impossessando dei muscoli. Eppure non riusciva a muoversi, la scatola la teneva ferma. Il terreno sopra di lei era inamovibile.

Un urlo gracchiante le graffiò la gola, l'isteria strangolò il suono.

"Issac!" Quel nome le faceva male, le corde vocali lo avevano ridotto a un sussurro rauco. "Issac!" Riprovò.

Oh, merda.

Mi hanno seppellita viva.

Mi hanno seppellita viva, cazzo.

Ma non sono morta!

Balthazar!

Ehi!

Aiuto!

Gridò con tutta la forza che aveva in corpo, ma rimase presto senza fiato. Conficcò le unghie nel materiale circostante mentre cominciarono a scorrerle delle lacrime lungo le guance.

Devo uscire da qui.

Non posso…
Non può star succedendo sul serio.
"Issac!"

———

Santo cielo, non di nuovo.
Buio pesto.
Inferno.

A Stas bruciavano i polmoni e la bocca si aprì in un urlo muto. Alla voce serviva l'aria e in quella scatola non ce n'era affatto. L'aveva usata tutta nei giorni, mesi, anni precedenti. Accidenti, non aveva idea di quanto tempo avesse passato intrappolata in quel circolo.

Oscurità.
Soffocamento.

Un paio di minuti passati in un ambiente bianco, a volte in compagnia della madre.

Ripetere.

Aiutatemi! Urlò quelle parole nella mente, sperando che qualcuno, chiunque, le sentisse. *Issac…*

Le aveva regalato una collana, dicendole di usarla se avesse avuto bisogno di aiuto. A un certo punto l'aveva attivata, non era così? Ma non aveva funzionato. O forse aveva fatto qualcosa di sbagliato.

La trovò al proprio posto e la prese tra le dita.

Per favore… Venite a prendermi.

Faceva male.
Senz'aria.

Eppure i polmoni continuavano a cercare di respirare.

Poi una sensazione di beatitudine. Quei brevi momenti di morte, o qualsiasi cosa fossero per l'anima, stavano diventando i preferiti di Stas.

"Astasiya," mormorò la madre con voce agonizzante.

"Mi dispiace tanto, tesoro. Mi dispiace se ti abbiamo delusa."

Di nuovo.

"Continuo a non capire cosa tu voglia dire, mamma."

"Lo so, lo so. Avremmo dovuto spiegartelo, assicurarci che lo sapessi... Oh, sto finendo di nuovo il tempo. L'amore vale il sacrificio. Io e tuo padre non rimpiangeremo mai la nostra decisione, qualsiasi cosa accada. Ti amo, angioletto. L'amore..." La sua immagine tremò per un attimo, poi sparì, lasciando Stas senza nuove risposte. Il discorso era sempre lo stesso, riguardava il sacrificarsi.

Una lacrima le rigò la guancia, seguita da un gemito dolorante prima che venisse risucchiata nuovamente nel suo inferno personale.

L'oscurità.

Di nuovo.

Issac, gemette. *Qualcuno, per favore.*

Non c'era più ossigeno.

Solo dolore.

Solo... morte.

———

Stas cominciò a contare.

Ogni visita all'inferno durava all'incirca tre minuti. I primi novanta secondi le concedevano la mobilità maggiore. Dopodiché, non riusciva più a comandare le membra e poteva solo attendere la morte.

Cinquanta.

Cinquantuno.

Grattò la superficie sopra la testa, le si stavano rompendo tutte le unghie e le braccia le facevano male, ma sapeva di avere i minuti contati.

Sessantadue.

Accidenti, era dolorosissimo.

Tuttavia, non sarebbe arrivato nessuno a prenderla. Avrebbe dovuto salvarsi da sola e quello era l'unico modo… scavarsi una via d'uscita.

Cosa succederà quando il terriccio entrerà nella bara? Si chiese per l'ennesima volta.

Comincio a scavare.

Almeno, quello era il piano fino a quel momento.

Che altra scelta aveva? Starsene lì ad aspettare? Continuare a morire una volta dopo l'altra? No.

Settantotto.

Aveva i muscoli stanchi e gli occhi le bruciavano per il sudore.

Era molto buio.

E freddo.

Eppure i polmoni le bruciavano, reclamavano dell'ossigeno che non esisteva in quel piccolo spazio. Si sentiva come se stesse collassando su se stessa, il corpo le si contorceva con un bisogno che non poteva essere soddisfatto.

Ottantatré.

No, novantatré.

Un momento…

Cadde in una spirale di pensieri, le braccia e le gambe in preda a un tremore. Continuava a provare a respirare, a incamerare quell'aria che desiderava disperatamente.

Issac, le sussurrò il cuore. *Oh, Issac.*

Perché l'aveva lasciata lì?

Perché il dispositivo di tracciamento non stava funzionando?

Perché non mi senti?

Per favore, Issac, implorò l'anima della ragazza. *Per favore, trovami.*

La parte logica di lei sapeva che fosse tutto inutile. L'aveva seppellita perché pensava che fosse morta.

Nessuno verrà a cercarmi.

Devo uscire io da qui.

Durante il turno successivo, avrebbe ripreso a scavare.

È la mia unica speranza.

Issac

"Mi manca sognare. Un'ammissione sicuramente strana, ma veritiera. Aidan crede che sia correlata alla mia abilità di controllare la vista. Non sono sicuro di essere d'accordo. È quasi come se non esistesse altro in cui sperare, in questo mondo. Un peccato, considerando che vivrò per sempre. Forse l'immortalità non è così entusiasmante come pensavo una volta."

— Issac Wakefield
Vita mutatur, non tollitur

Issac non riusciva a respirare.

Tutto stava bruciando.

Continuava a succedere. Buio pesto, niente ossigeno, solo un tornado di follia che lo portava verso lo stato di coscienza per poi annegarlo di nuovo.

Tre minuti di agonia.

Novanta secondi di opportunità.

Era doloroso, cazzo.

Immensamente.

Stava combattendo ai confini che lo tenevano sotto la superficie con le unghie imbrattate di sangue.

Gli tremavano le braccia.

Gli faceva male il petto.

La sensazione di soffocamento lo spinse a cercare aria. Era impossibile. Un destino letale.

Ogni centimetro di lui prese a formicolare, ad appassire, a morire.

Solo per essere messo faccia a faccia con un paio di occhi verdi imploranti, che gli chiesero aiuto nell'ora della mezzanotte, di salvarla...

Issac si svegliò di soprassalto, la mano sopra il cuore che batteva forte. Accidenti, gli era sembrato reale. *Troppo* reale.

Un altro incubo. Prima di quella settimana non riusciva a ricordarsi l'ultima volta che aveva sognato qualcosa, eppure dalla notte del funerale di Stas aveva cominciato a sognarla. Le immagini erano sempre le stesse: lei che gli chiedeva di essere aiutata.

Senso di colpa. Issac non l'aveva salvata, se ne sarebbe pentito per il resto della vita e sembrava che anche il suo inconscio non fosse pronto a concedergli un po' di pace. Nessuna sorpresa, aveva seppellito Astasiya solo quattro giorni prima.

Le urla della ragazza gli rimbalzarono nei pensieri, inducendolo ad alzarsi. Non sarebbe più riuscito a dormire quella notte.

Balthazar bussò alla porta. "Wakefield, Luc e Alik sono in salotto a guardare una partita di football americano, se ti vuoi unire a loro."

A quanto pareva, Issac non era l'unico ad avere problemi a dormire. Un'occhiata all'orologio gli disse che erano appena le tre del mattino.

Se il sonno non era più un'opzione, tanto valeva distrarsi.

"Sarò lì tra un momento," gli rispose, poi si passò le dita tra i capelli.

"Ti preparo un caffè," si offrì Balthazar, chiaramente consapevole dell'incubo che aveva svegliato Issac.

"Grazie," gli rispose l'Ichoriano.

Non appena cominciò a muoversi nella suite degli ospiti di Balthazar, la presenza di Astasiya lo circondò. Il profumo di lei permeava i cuscini, i vestiti nei cassetti, in bagno c'era ancora il suo spazzolino.

Tristan aveva provato a convincerlo a stare con loro, dall'altra parte dell'isola, ma Issac si era rifiutato. Aveva bisogno del ricordo di Astasiya per poter rimanere con i piedi per terra, per concentrarsi sulla missione. Tenere vicina la presenza della ragazza lo confortava. Poteva quasi fare finta che lei fosse ancora lì.

Sicuramente non era stata la migliore delle scelte. Indossò un paio di jeans e una maglietta e sì unì agli altri nella zona del soggiorno, non gli importava di avere un aspetto pessimo. Non si radeva da una settimana, ma perché disturbarsi? L'unica cosa importante era uccidere Jonathan. Al bastardo non sarebbe interessato se Issac avesse usato il rasoio o no.

"Wakefield." Lucian gli fece un cenno da una poltrona, aveva in mano una birra.

"Lucian," gli rispose Issac. Invece di sedersi si appoggiò a una parete. "Notizie sulla posizione di Jonathan?" Mateo aveva passato la maggior parte dei quattro giorni precedenti a cercare di localizzarlo, senza successo.

Il re degli Hydraiani scosse la testa. "No, è un fantasma."

"Lo troveremo." Balthazar gli allungò una tazza di caffè appena fatto. "Nero, niente latte né zucchero."

"Grazie," mormorò Issac soffiando sul liquido bollente.

"Io voto ancora per uccidere tutti, al FAC," disse Alik,

concentrato sullo schermo del telefono e non sulla televisione. "È l'unico luogo in cui potrebbe nascondersi."

"Troppe vite innocenti," gli rispose Luc. "E non sarebbe da lui rifugiarsi nel posto in cui ci aspetteremmo di trovarlo."

Vero. Se c'era una lezione che Issac aveva imparato nei confronti di quel bastardo, nel corso degli anni, era la propensione a fare ciò che meno ci si aspettava da lui.

Come uccidere Eli.

E mandare un esercito ad attaccare il ricevimento di un matrimonio.

"I piani migliori richiedono tempo," continuò Lucian. "Lo annienteremo, Alik."

Issac era d'accordo. Per quanto anche lui avrebbe voluto accelerare il processo, conosceva il valore della strategia. Sarebbe stato quello che avrebbe consigliato di fare Aidan. Il modo migliore per onorare la memoria del loro Sire era dare ascolto alla ragione.

Dobbiamo attirarlo fuori città, avrebbe detto Aidan. *Per evitare conflitti con il Conclave.*

Ovviamente Lucian l'aveva già proposto, insieme a parecchie idee su come convincere Jonathan a uscire allo scoperto. La maggior parte delle idee includevano Thomas.

Tutti pensavano che l'ego di Jonathan non sarebbe stato in grado di perdere l'occasione di mettere i bastoni tra le ruote del figlio.

Issac sorseggiò il caffè. Nonostante i difetti, Balthazar sapeva come rifornire la cucina. Quella miscela aromatica aveva un sapore paradisiaco. O forse era l'orario che ne migliorava la qualità.

"Paradisiaco," mormorò Balthazar mostrando le fossette. "A proposito, ho fatto i pancake."

Lucian ridacchiò. "Cibo da colazione inferiore."

"Se voi due cominciate a litigare me ne vado," disse loro Alik alzandosi in piedi. "Potrete anche non…"

Una carica di energia fece venire la pelle d'oca a Issac. *Che cos'è?*

Lucian si alzò, Alik gli si avvicinò con fare protettivo ed entrambi si guardarono in giro.

L'avevano percepita tutti, ma la fonte rimaneva sconosciuta.

Jonathan aveva per caso mandato altre truppe a…

Stark si materializzò al centro della stanza, affiancato da Ezekiel e una donna bellissima.

Issac posò la tazza che aveva in mano e Alik estrasse un coltello.

Ezekiel guardò Alik con sguardo supplichevole. "Non siamo qui per causare problemi."

"Sì, ci credo eccome," biascicò Alik. "E tu, B?"

"Non riesco a leggerli," Balthazar si accigliò davanti al trio. "Non riesco nemmeno a percepirli."

"Ma ci avete sentiti annunciare il nostro arrivo," disse loro Ezekiel. "Qualcosa che Leela e Stark non avevano bisogno di fare."

Il famigerato assassino era notoriamente arrogante, ma anche uno stratega. Se avesse voluto uccidere qualcuno in quella stanza, non avrebbe annunciato la propria presenza prima.

Balthazar e Lucian dovevano essere arrivati alla stessa conclusione, poiché si rilassarono, mentre Alik rimase in allerta.

Apparvero anche Jayson e Jacque, entrambi avevano un'arma puntata a terra e lo sguardo fisso sul trio.

"Avanti, parla," suggerì Issac. "Siamo tutti un po' nervosi dopo la settimana scorsa." Di lì a poco sarebbero arrivati anche dei Guardiani. Il fatto che Alik fosse un telepatico lo rendeva molto utile per lanciare allarmi, era chiaro che Jayson ne avesse ricevuto uno, ecco perché era arrivato con Jacque.

"Abbiamo bisogno…"

"Lei dov'è?" chiese Stark, intromettendosi.

L'assassino sospirò. "Scusate la sua maleducazione. Nonostante ci stia lavorando da anni, sta ancora imparando."

"Lei dov'è?" ripeté Stark, il suo sguardo era concentrato su Issac e su nessun altro.

L'Ichoriano inarcò un sopracciglio. "Chi?"

"Stas." Il nome sulla bocca di Stark fece irrigidire Issac, che strinse i pugni lungo i fianchi.

"Lo dirò solo una volta, agente Stark. Vaffanculo."

Ezekiel si strofinò una mano sul volto. "Vedete, questo è il motivo per cui vi ho suggerito di parlarci sei mesi fa."

"Ha ragione," rispose la donna, aveva una voce seducente, proprio come il suo aspetto.

Balthazar piegò la testa di lato e aggrottò la fronte. "Ci conosciamo?"

"Non ho tempo per tutto ciò." Stark fece un passo avanti, invadendo lo spazio personale di Issac. "Dove l'hai seppellita?"

Issac lo guardò sbalordito. "Perché cazzo dovrei dirtelo?" Come sapeva della morte di Astasiya? Nessuna delle Sentinelle era abbastanza viva da poter aver riferito informazioni a Jonathan riguardo le vittime e Issac di certo non gliene aveva parlato.

"Perché mi sta facendo scoppiare il cervello. Avevo già una donna che mi urlava in testa ventiquattr'ore su ventiquattro. Ora ne ho due. Non posso fare nulla per la prima, ancora. La seconda dipende da te."

"Col cazzo, non ti devo un bel niente."

Ezekiel ridacchiò. "Non ne sarei così sicuro."

"Dov'è Stas?" ripeté Stark, gli inquietanti occhi verdi sbrilluccicavano di un potere ultraterreno.

Quell'uomo lavorava per Jonathan. Issac avrebbe fatto prima a ucciderlo che dargli informazioni su Astasiya, così si limitò a fissarlo in risposta.

La donna scosse la testa e posò una mano sulla spalla di Stark. "Diglielo e basta, Gabe."

Gabe?

Issac si scambiò un'occhiata con Lucian.

Intende dire Gabriel?

Guardò anche Balthazar, ma l'attenzione del lettore di menti era sulla donna, mentre la guardava incredulo. Era per via del nome che aveva usato?

"Non devo alcuna spiegazione né a lui né a nessun altro," ringhiò Stark, mostrando un insolito numero di emozioni. "Fatta eccezione per Stas, forse."

Stark è Gabe...

"Forse?" ripeté Ezekiel ridacchiando. "*Decisamente*, direi. Anche un paio di scuse, credo."

Thomas entrò in casa, pistola alla mano, Amelia al seguito. Lo sguardo della ragazza andò immediatamente a Gabriel. "Che cosa ci fai qui?" gli chiese.

"Sto cercando di scoprire dove tuo fratello abbia sepolto Stas," le rispose guardandola. "Ma lui si sta comportando da testone."

"Cosa intendi fare con quell'informazione?" gli chiese Lucian.

"Disseppellirla e liberarla. Altrimenti continuerà a piangere nella mia testa." Gabriel immobilizzò Issac con uno sguardo. "Considerato che voi due siete quasi legati, non capisco come tu non possa percepirla."

Issac aggrottò la fronte. "Cosa?"

"Non capisce come funzionano i legami," gli spiegò brevemente Ezekiel. "Come ti ho già detto molte volte, sono tutti ignoranti in materia Seraphim. Se impiegassi anche solo cinque minuti a spiegare, forse potrebbero essere più disposti ad aiutare."

"Stas è una Seraphim," disse Lucian. "State ipotizzando che sia viva."

"Io non mi occupo di ipotesi, solo di fatti," chiarì Stark. "Ora, lei dov'è?"

Il cuore di Issac ebbe un sussulto.

Doveva trattarsi di un trucco.

Un giochetto crudele orchestrato da Jonathan.

Come fa a sapere di Aya? Allo stesso modo in cui sapeva del matrimonio?

"Riesci a sentirla?" insistette Gabriel abbassando la voce. "Sta soffocando perché l'avete seppellita viva. Ogni tre minuti, lei muore. Poi torna in vita. Sta cercando di scavarsi una via d'uscita."

Una visione colpì Issac dritto nel petto, togliendogli il fiato.

Gli occhi di Astasiya che lo pregavano di salvarla.

La sua incapacità di respirare.

La conta dei secondi…

"Come fai a sapere tutto questo?" gli chiese Issac, la voce roca dall'emozione. "Come fai anche solo a sapere che l'abbiamo seppellita?"

"Perché è mia sorella," gli rispose Gabriel.

Nella stanza calò il silenzio, tutti si immobilizzarono.

Issac si dimenticò come sbattere le palpebre.

Astasiya ha un fratello?

"Tu sei Gabriel," si meravigliò Lucian, alzandosi in piedi.

"Sì," gli rispose lui senza togliere lo sguardo da Isaac. "E ho bisogno che mi porti da mia sorella. Subito."

"È viva, Issac," aggiunse Ezekiel delicatamente. "Lo giuro."

Il giuramento di un assassino. Issac sarebbe stato un pazzo a crederci.

Ma non riusciva a ignorare la descrizione che Gabriel aveva fatto degli incubi.

"I proiettili incendiari non possono uccidere i Seraphim. Ci mettono KO per qualche giorno intanto che il sangue si rigenera." La donna al fianco di Stark guardò Balthazar, poi il pavimento. "Fa molto male, ma ci riprendiamo."

"Giuro di averti già incontrata," le disse Balthazar, aveva occhi solo per la bionda. "Com'è che ti chiami?"

"Leela," rispose Gabriel per lei. "Stiamo perdendo tempo. Ogni momento passato a discutere la veridicità delle mie affermazioni è un momento in più di agonia per Stas. Quello che ti ha mostrato nelle visioni non è niente in confronto all'esperienza di continuo soffocamento. È come se fosse all'inferno, Issac. Aiutami ad aiutarla."

Deve essere un tranello.

E se non lo fosse?

Accidenti, e se avesse davvero seppellito Astasiya quando era ancora viva?

Non avevano scelta. È vero, avrebbe potuto trattarsi di uno stratagemma piuttosto astuto di Jonathan per catturare Issac, ma all'Ichoriano non importava. *Se Astasiya è viva...* "Alla tenuta dei Wakefield, appena fuori Chester," sussurrò Issac. "Nel cimitero di famiglia."

Gabriel gli tese una mano. "Andiamo."

Issac accettò il gesto istintivamente, il pensiero razionale rifuggiva alla speranza che non avrebbe dovuto tollerare.

Potrebbe essere viva.

La sua Aya.

Tristan aprì la porta proprio mentre il mondo intorno a Issac prese a vorticare, dipingendosi di tonalità rossastre.

Uno sfarfallio leggero gli riempì le orecchie, appena più di un crepitio. O "nebulizzazione", come l'aveva definita Astasiya una volta. Era simile al teletrasporto di Jacque, ma senza la sensazione di essere in un tunnel. Quello sembrava essere più leggero, era come volare e aveva un tocco più morbido.

Gabriel Stark è davvero un Seraphim.

Issac toccò l'erba fresca con i piedi. Familiare. *Casa.*

"Dove?" chiese Stark lasciando la mano di Issac.

Non riusciva a rispondere, le corde vocali erano troppo intrecciate per produrre alcun suono.

Nessuno l'aveva aggredito, al loro arrivo.

Solo la tenuta.

La speranza si trasformò in devastazione non appena la realtà gli schiacciò l'anima.

L'ho sepolta viva.

Lei aveva provato a contattarlo, in qualche modo… e lui l'aveva ignorata.

"Oh, Aya…" sussurrò mentre i piedi lo stavano già portando lungo il sentiero verso il cimitero.

Jacque apparve di fronte alla lapide insieme a Luc e Balthazar, poi sparì.

Anche Leela ed Ezekiel erano già lì.

Tristan.

Amelia.

Thomas.

Issac li ignorò tutti quanti, cercando una pala con lo sguardo. *Qualsiasi cosa* fosse servita per dissotterrarla.

Qualcuno gliene allungò una.

Altri cominciarono a scavare.

Il tempo passava troppo lentamente.

Il cuore gli batteva forte nelle orecchie.

Aya.

Avrebbero dovuto fare più velocemente. Oh cielo, era

sotto così tanta terra. Stava soffocando. Morendo più e più volte perché lui l'aveva seppellita. Che diavolo aveva pensato?

Era morta.

Ma non lo è!

Issac avrebbe dovuto saperlo. Una parte di lui avrebbe dovuto *saperlo*.

L'ho delusa.

Quelle parole gli martellarono la mente, solidificandosi nel cuore. Aveva i palmi delle mani sudati contro l'impugnatura della pala. Lei non l'avrebbe mai perdonato. Non avrebbe *dovuto*.

Ho sepolto l'amore della mia vita.

Viva.

Non è mai morta davvero.

Ma come avrei potuto saperlo?

Non importava. La sua anima lo sapeva. Una parte di lui, quella che gli permetteva di sognare, lo *sapeva*. E lui aveva ignorato i propri istinti. Aveva ignorato *lei*.

Colpì la bara con la pala, i secondi diventarono ore. Non sarebbe riuscito ad arrivare in tempo, per salvarla…

Quando lo tirò via, il coperchio scricchiolò, le prove del tentativo di fuga di lei visibili sul legno. Una visione terribile di sangue e unghie che Issac non avrebbe mai dimenticato, sarebbe stata per sempre incisa nel suo cuore.

"Aya." Gli uscì come un suono strozzato, appena udibile sopra il rumore martellante nelle orecchie.

Gli occhi senza vita di lei lo stavano fissando, chiaramente in stato di shock. Morta, ma non chiaramente come l'aveva seppellita lui.

Poi Stas sbatté le palpebre.

Aprì la bocca e ne fuoriuscì un rantolo doloroso che fu come un pugnale nel petto di Issac.

Sono stato io a farle questo.

Astasiya cominciò a piangere, il respiro accelerato, come se fosse inebriata da quella sensazione. Poi iniziò a urlare, in modo così angoscioso da provocare un dolore nell'animo di Issac.

Gabriel gli apparve accanto, la mano tesa verso Astasiya.

In un secondo sparirono.

Niente più suono.

Niente più sensazione.

Semplicemente… spariti.

Stas

"Aidan afferma che il mondo continuerà sempre a procurare nuove opportunità e spunti di conoscenza, nonostante la nostra esistenza perpetua. Dice che nella nostra ricerca di informazioni, anche il più piccolo dei dettagli conta. Mi chiedo se sarà per sempre così o se un giorno raggiungeremo il limite massimo della nostra intelligenza. Sarà sicuramente un giorno triste."

Issac Wakefield
Vita mutatur, non tollitur

ARIA.

Santo cielo, aria.

Stas ne inghiottì in quantità copiose, il petto si espandeva e sgonfiava rapidamente. Non riusciva a pensare o a focalizzare nient'altro al di là di quella sensazione o dei suoni che le uscivano dalla bocca.

Il suo mondo subì un cambiamento.

Non le importava.

Percepì folate fresche d'acqua di mare.

Le ignorò.

Importava solo l'ossigeno che le fluiva tra le labbra aperte, giù per la gola, nei polmoni. Buonissimo, intossicante, necessario. Strinse i pugni lungo i fianchi, il corpo fremeva all'assalto di tutta quella linfa.

Sono viva.

Penso.

Non importa, perché finalmente posso respirare.

Riconobbe due voci parlare al suo fianco, forse provenivano da un sogno. Poi una terza, che aveva pensato di non sentire mai più.

Non pensare. Respira e basta.

Sì.

Aria.

La deliziosa e necessaria essenza della vita.

Chiuse gli occhi nel momento in cui una luce ardente le colpì le iridi. Troppa luce. Davvero troppa. La fece impazzire, andandole addosso come un'onda di realtà che Stas non riusciva a comprendere.

"...ricordi, Vera."

"Ti rendi conto che non è così facile, vero?"

"È necessario. Deve ricordarsi di me."

Qualcuno ridacchiò. Una donna? "Cancellale la memoria, Vera. Ma solo alcune parti. Oh, ho bisogno che tu disfaccia tutto il tuo operato. Tanto è solo magia, vero?"

"Hai finito di prendermi in giro?"

"Mai." Una mano si posò sulla fronte di Stas, facendola sobbalzare, tuttavia delle bande di metallo la tennero in posizione.

Cosa sta succedendo?

"Mi devi un favore, Gabe."

"Lo so."

"Bene."

Stas provò ad aprire gli occhi ma le luci accecanti lo resero impossibile, erano troppo abituati al buio per vedere qualcosa. Poi cadde a capofitto in una realtà alternativa. Una vita precedente. Un ricordo.

"Voglio vedere," disse Astasiya storcendo le labbra.

"Un giorno, tesoro," le rispose la madre.

"Tra circa vent'anni," aggiunse una voce profonda. *Apparteneva all'angelo che Stas non riusciva a vedere, perché si stava nebulizzando.*

"Sei cattivo," mormorò Astasiya. *"Ti nascondi sempre."* Incrociò le braccia al petto e sbuffò sgomenta.

"L'influenza di Sethios è sorprendente." L'angelo le apparve davanti, le ali erano invisibili. Non avrebbe dovuto ancora vederle. Suo padre diceva che Stas avrebbe dovuto veder spuntare prima le proprie.

"Quanto ancora prima che possa vederle?" chiese lei guardando il papà, seduto sorridente al fianco.

"Non vedi l'ora di crescere," mormorò lui, poi le portò un dito al naso. *"Come ha detto tuo fratello, circa vent'anni. Ne hai solo cinque."*

Stas strizzò le labbra su un lato. *"Fratello?"*

"Il tuo amico angelo," le rispose lui, alzando gli occhi al cielo. *"È tuo fratello."*

"Fratello?" sussurrò di nuovo la piccola, alzò le sopracciglia insieme allo sguardo, seguendo quello di Sethios. *"Ma non è gentile con me."*

Sethios ridacchiò. *"È perché è un Seraphim, angioletto. Ha paura delle emozioni."*

L'angelo rise. *"Io non ho paura di niente."*

"Vedi, persino ora fa finta di essere grosso e pauroso," mormorò il padre. *"Ma è un tenerone."*

"Tenerone?" chiese Stas con gli occhi spalancati.

"Tenerone," ripeté Sethios annuendo deciso.

"Tenerone," continuò Stas. *"Angelo tenerone."* Le piaceva! Sorrise e guardò il Seraphim. *"Amico angelo tenerone!"*

"Preferisco Gabriel," le rispose lui.

Stas scosse la testa. *"No, Amico tenerone."* La parola 'fratello' le risultava troppo strana.

Quel tizio non era abbastanza gentile per essere suo fratello. "Sii più carino e magari ti chiamerò 'fratello'. "

Gabriel fece una smorfia. "Non puoi scegliere i fratelli. Non è così che funziona. "

"Sì che posso!" ribatté Stas. "Tu non sei mio fratello, non ancora, non finché non sarai più gentile. "

Gabriel si accovacciò davanti a lei con le braccia sulle ginocchia. "Sarò sempre e comunque tuo fratello, angioletto. Fattene una ragione. "

"No!"

Gabriel emise un suono soffocato e scosse la testa. "Si tratta decisamente dell'influenza di Sethios. "

"Hai appena riso, per caso?" gli chiese il padre di Stas con tono scioccato.

"No," rispose l'amico tenerone. "Io non rido. "

"Hai sicuramente riso. Per giunta, stavi quasi per sorridere." Sethios guardò Caro. "Dammi una mano. "

"Non c'è niente di male ad ammettere che le vuoi bene, Gabriel," gli disse dolcemente la donna. "Non è una debolezza. "

"L'affetto implica l'uso di emozioni, che io non percepisco." L'amico tenerone si alzò in piedi. "Sono solo venuto a dirvi che non è cambiato niente. L'ultima profezia di Skye suggerisce che siamo sulla strada giusta. Se avete bisogno di me, sapete dove trovarmi. "

Sparì.

Astasiya strinse le labbra. "Non è sicuramente mio fratello. Non è un uomo gentile. "

Stas sbatté le palpebre e uscì dal ricordo. Aveva una mano sul cuore e la schiena appoggiata a un muro. Ogni cosa intorno a lei era troppo luminosa, calda, estranea.

L'aria salata le ostruiva le narici, le confondeva i pensieri.

Dove sono?

Inciampò su un lato, scontrandosi con un altro muro.

"Stas," la chiamò una voce familiare.

La sua voce.

Stark.

No, Gabriel.

La piuma rossa.

Astasiya aprì di nuovo gli occhi, i vetri delle finestre davanti a lei mostravano una spiaggia che portava a tonnellate d'acqua. La stanza aveva i soffitti alti. Un ventilatore da soffitto, dei lucernari. Al centro erano posizionati un divano di grandi dimensioni e un tavolo.

Ma che cavolo?

Prese un altro respiro, il petto le faceva male per tantissimi motivi.

"Ecco un bicchiere d'acqua," mormorò qualcuno.

L'uomo che le si stava avvicinando aveva le sembianze di qualcuno che Stas non avrebbe mai pensato di rivedere. Il volto di lui le apparve al di là di una valle di lacrime, i toni scuri della pelle erano in netto contrasto con quelli bianchi che li circondavano.

"Owen?" sussurrò Stas, il muro dietro le spalle era caldo contro la pelle sudata.

Poi si rese conto delle luci, del nuovo ambiente.

Oh, merda.

Sono morta.

Morta e sepolta per davvero.

L'amico era stato tragicamente assassinato mesi prima. Bruciato vivo e decapitato. Eppure era in piedi davanti a lei, fresco come una rosa in un nuovo paio di jeans e una camicia a fiori.

Abbigliamento da isola.

Per poco non si mise a ridere. Owen Angelton non era solito avere un look simile. All'uomo piacevano i completi griffati, i jeans di marca, le camicie su misura. Non certo i fiori e i pantaloni larghi.

Forse Stas si trovava all'inferno.

Avrebbe avuto più senso, considerata la sua stirpe, no?
Eppure non aveva mai fatto nulla per meritarsi di finire lì.

"Stas," la chiamò di nuovo Stark, quella volta con un
tono più deciso e le braccia incrociate. "Sai chi sono io?"

Astasiya lo fissò. Era ovvio che lo sapesse. "Stark."

"Quello è un soprannome che mi ha dato Ezekiel.
Qual è il mio vero nome?"

Gabriel.

Ma quello non era il nome del misterioso benefattore
che aveva finanziato il bar di Owen?

Stark lavorava per il FAC. Eppure era suo fratello?

"Non capisco," ammise lei, le parole le urtarono la
gola. Aveva urlato troppo. Non avrebbe dovuto sentire
meno dolore, nell'aldilà?

"Bevi," la incoraggiò Owen allungandole il bicchiere
d'acqua. O almeno acqua era ciò che sembrava.

*Non c'è una sorta di regola riguardo a cosa si beve in Paradiso?
Qualcosa a che fare con l'ambrosia? Storie di persone che cedono alle
tentazioni e muoiono?*

Stas scosse la testa, ignorando tutte quelle sciocchezze.
Che importanza aveva? Era già stata tra le grinfie
dell'Inferno, dentro quella bara.

Il volto di Issac le sfiorò i pensieri, la sua espressione
angosciata la fissava dall'alto. L'aveva riesumata?

Un momento...

Qualcosa la tormentava, era importante.

Ci pensò sorseggiando l'acqua, cercando di rincorrere
quel ricordo. Le sfuggiva, si nascondeva nei meandri della
mente, rifiutandole l'accesso.

"Chi sono io?" ripeté Stark, facendola concentrare
nuovamente su di lui. A differenza di Owen, indossava un
paio di pantaloni neri e una camicia aderente. *Quello sì* che
sarebbe stato un look da Owen. Perché si erano scambiati
di posto?

"Sono all'inferno?" si chiese Stas a voce alta, curiosa di sapere se uno dei due avrebbe potuto dirglielo.

Owen ridacchiò. "Dipende dalla tua definizione d'Inferno, Sassy." Il vecchio soprannome le scaldò il cuore. Era troppo tempo che non lo sentiva.

"Non sei d'aiuto," mormorò Stark.

Owen inarcò un sopracciglio scuro. "Che c'è? Sono intrappolato qui ad aspettare questo momento da quanto, ormai? Non posso chiamare nessuno, né ricevere visite. Tutti pensano che sia morto. Sì, penso che si avvicini molto all'inferno."

Stark apparve genuinamente a disagio mentre si passava le dita tra i capelli biondi e si portava una mano dietro il collo. "Era l'unico modo."

"Certo, certo." Owen si cacciò le mani nelle tasche e si concentrò su Stas. "Sai, mi aspettavo una qualche reazione da parte tua, Sassy. Un abbraccio o un ceffone in pieno viso. Forse anche un pugno. Non questo comportamento noioso. Che diavolo ti ha fatto Wakefield in mia assenza? Una volta eri molto più esuberante!"

Stas finì di bere l'acqua e posò il bicchiere su una mensola accanto a sé. Quell'intera casa, appartamento, qualsiasi cosa fosse, era arredata in maniera elegante. Inoltre, a quanto pareva, era circondata dalla spiaggia. Anche l'aria sembrava più costosa e raffinata.

"Dico sul serio, dove sono?"

"A casa mia," le rispose Stark. "La mia vera casa."

"Da qualche parte nel Sud del Pacifico," aggiunse Owen. "Non chiedermi dove, non esiste sulle mappe. I Seraphim sono molto simpatici."

A quel punto Stark ridacchiò sul serio. "*Simpatici* non è esattamente l'aggettivo che userei."

"Hai ragione, *noiosi come la merda* sarebbe più preciso."

"Non ha senso."

"Perché sei un tipo troppo letterale per capire le metafore, tesoro."

"Anche questo non ha senso," mormorò Stark. "E ti chiedi perché non ti faccia mai visita."

Owen sbuffò. "Vieni fin troppo spesso, fidati."

"Stai divagando la…"

"Gabriel!" La voce femminile proveniva da un'altra parte della casa. Era forte, esigente, arrabbiata. "Dove sei?" Una bellissima donna bionda entrò nella stanza, i capelli lunghi le ondeggiavano fino al fondoschiena.

Stas aprì la bocca. *L'ho già vista.* La Seraphim al ricevimento sulla spiaggia, ricoperta di piume viola. "Hai salvato Balthazar."

Un paio di occhi chiari si voltarono in direzione di Stas. "Cosa? Oh, sì, è vero. Ne parleremo meglio dopo che avrò finito di rimproverare tuo fratello." Strizzò gli occhi verso Stark. "Ora, Gabriel."

"Amico, ha usato il tuo nome per intero," gli disse Owen facendo schioccare la lingua. "Non la ignorerei se fossi in te."

Stark gli lanciò un'occhiata. "Grazie per il prezioso consiglio, idiota."

Owen sorrise. "Andiamo, Starky, era ora che mostrassi un po' di frustrazione."

"Appellarti come ti meriti non è un sintomo del provare emozioni," gli rispose Stark. "E, Leela, sono occupato."

"A fare cosa? Bisticciare con Owen davanti a Stas, che è chiaramente disorientata?" Leela incrociò le braccia al petto. "Tutto questo avrebbe potuto essere evitato se fossi rimasto alla tenuta invece di andartene senza dire una parola. Issac è fuori di testa perché pensa che lei lo odi e…"

"Issac?" S'intromise Stas, sentì una fitta al cuore. "Che hai detto di Issac?"

Leela sospirò. "Pensa che tu lo odi perché ti ha sepolta viva. O forse è se stesso che odia. Indipendentemente da ciò, tutto potrebbe…"

"Mi ha sepolta viva?" ripeté Stas, le parole le fecero male. I ricordi l'assalirono, ore su ore, giorni su giorni passati a non poter respirare. La collana non aveva funzionato, si era rotta tutte le unghie a tentare disperatamente di liberarsi. "Mi ha sepolta viva."

L'espressione distrutta di Issac le si palesò di nuovo davanti agli occhi. Un breve lampo di dolore nel chiaro di luna al di sopra della sua tomba. Proprio mentre lei era tornata in vita e aveva respirato di nuovo.

Ho urlato.

Si guardò di nuovo intorno e il cuore prese a batterle forte in petto.

La conversazione che aveva sentito a malapena, qualcosa riguardante i suoi ricordi.

Sul fatto che Stark fosse Gabriel, suo fratello.

Quella Seraphim, Leela, che aveva salvato Balthazar.

Owen… "Sei vivo?" sussurrò incontrando lo sguardo scuro di lui. "Sei rimasto qui tutto questo tempo?"

"Eccola qui," mormorò lui con voce leggermente triste. "Mi dispiace, Sassy. Quando mi hai invitato alla cena dopo la laurea, non ho potuto dire no. Stark ha fatto l'unica cosa che avrebbe potuto fare: fingere la mia morte così da soddisfare Jonathan, poi mi ha nascosto qui. Portarmi a Hydria avrebbe sollevato troppe domande e tu non eri ancora pronta."

"Tu sei *vivo*?" ripeté Stas, la voce le uscì come uno squittio. Venne sopraffatta da una raffica di sensazioni… caldo, freddo, strinse i pugni lungo i fianchi, il cuore le batteva all'impazzata nel petto.

Owen non è morto.

Aveva passato tutti quei mesi a cercare di capire cosa

gli fosse successo, incolpando se stessa per il suo omicidio, piangendo la sua *scomparsa*.

"Io ti ho *pianto*," sussurrò, la gola piena di parole che avrebbero voluto uscire tutte insieme. Le mancò il fiato, tremava da capo a piedi. Aveva così tanto da dire, molte accuse da tirare fuori. Parole ferite, tutte ricoperte di una felicità inconfondibile. *Non è morto.*

"Proprio come Lizzie ha pianto Tom," le rispose Owen. "Sì, lo so."

Stas spalancò la bocca. Quello era ciò che aveva provato Lizzie quando pensava che Tom fosse morto. Anche se forse per lei era stato peggio, visti i sentimenti coinvolti. Non c'era da meravigliarsi che si fosse arrabbiata così. Stas pensò subito a un tradimento, il cuore continuava a spezzarsi e rimettersi insieme.

Owen mi ha mentito.

È vivo.

Mi ha presa in giro.

Ma è qui e sta bene.

Il suo amico (ex amico?) sorrise tristemente. "Mi sei mancata, Sassy. Più di quanto tu possa immaginare."

"Ho pensato che fossi morto," sputò fuori. "Pensavo che il FAC ti avesse ucciso per colpa mia!" E va bene, quindi stava vincendo la rabbia.

Owen si accigliò. "Perché diavolo dovresti averlo pensato?"

"Per via dei file del FAC. Dicevano che dovevi essere rimosso a causa dei tuoi legami con me, qualcosa riguardo al fatto che ti fossi avvicinato troppo alla risorsa." Stas non ricordava le parole esatte. Erano passati mesi da quando Mateo aveva violato il database del FAC, ma una cosa era certa. "Sei stato condannato a morte per la nostra amicizia. Quindi certo, ho incolpato me stessa." E accidenti, lui non era mai morto.

Astasiya fece un passo in avanti, poi tornò indietro, incerta su dove andare. Tuttavia, aveva bisogno di un minuto, di qualcosa per potersi calmare, per non dare un pugno in faccia al suo ex amico morto.

"E tu," ringhiò voltandosi verso Stark. "Tu saresti il mio cazzo di fratello? Non pensi che sarebbe stato utile dirmelo, non lo so, a un certo punto negli ultimi due decenni della mia vita?" Oh, certo che no. Le aveva fatto cancellare la memoria. Ricordi che in quel momento erano di nuovo intatti, incluso il giorno in cui Stark aveva chiesto a un angelo, Vera, di ripulirle la mente. Poi l'aveva lasciata davanti al pianerottolo dei Davenport.

Emise una risata che le sembrò quasi rotta. Sbagliata. Come se Stas avesse dimenticato come si respirava. Il che, beh, forse era successo davvero. Era stata rinchiusa in una dannata bara per chi lo sa quanto.

Dal suo fidanzato.

Il quale pensava che fosse morta perché aveva preso diversi proiettili sparati dalle Sentinelle.

"Perché io non sono morta?" chiese, ricordandosi delle pallottole che le avevano trafitto la pelle, accendendole un percorso di fuoco nelle interiora. "Perché *tu* non sei morta?" domandò a Leela. "Ti ho vista. Ti hanno sparato almeno una mezza dozzina di volte."

"I Seraphim non possono morire." La voce della donna era delicata, l'espressione gentile. "Le nostre vite risiedono nell'anima. I corpi sono solo dei contenitori, sono la pelle che assumiamo in forma corporea. Ovviamente i nostri corpi possono morire, come hai visto. Più una morte è brutale più tempo ci vorrà per rigenerarsi."

"La decapitazione richiede fino a un mese, a seconda dell'età," aggiunse Stark. "Solo per fare un esempio."

"La rigenerazione del sangue richiede qualche giorno."

Leela scrollò le spalle. "Il soffocamento… beh, anche meno."

"Non mi dire," commentò Stas piatta. "Per quanto tempo sono rimasta sotto terra?"

"Qualche giorno," le rispose Stark, nell'espressione era visibile un po' di vergogna. "Ho saputo che ti avevano sepolta solo poche ore fa. Mi hai telegrafato in sogno."

"Ho fatto *cosa*?"

"Fa parte del legame familiare. Puoi mandare dei messaggi, quando ti trovi in stati di coscienza particolari."

"Oppure sempre, se si tratta di un legame di sangue." Leela lanciò uno sguardo a Gabriel. "Loro non lo sono, a proposito… Lui pensa di non poterla mordere."

"Una discussione riservata a un altro giorno."

"Vedi, è qui che ti sbagli. Sono tornata qui per dirti che in questo momento Ezekiel sta spiegando tutto agli Anziani."

"Merda." Stark si passò di nuovo le mani tra i capelli e si lasciò andare a un sospiro. "Sapevo che non avrebbe retto."

"Sono i suoi amici, Gabe. E meritano di sapere la verità." Leela spostò l'attenzione su Stas. "Lo meritano tutti."

"La verità su che cosa?" chiese Stas. "Cos'altro c'è da sapere?" A dire il vero, pensando a tutto ciò che si erano detti in quei minuti, Stas si rese conto che non sapeva ancora nulla.

I Seraphim non possono morire.

Io non sono morta.

Voleva dire che…? "Sono una Seraphim." Sbatté le palpebre. Era troppo, niente di tutto ciò aveva senso. Il fatto che Gabriel fosse suo fratello, che Owen fosse in piedi davanti a lei, che fosse morta e risorta più e più volte.

Perché non sarei potuta morire.

Astasiya deglutì, il mondo attorno a lei prese a danzare a un ritmo che la mente si rifiutò di comprendere.

"Ho bisogno di Issac," sospirò. "Ho bisogno… ho bisogno di lui."

Le vacillarono le ginocchia, il muro dietro di lei cominciò a tremare. La realtà nella quale si era imbattuta non aveva alcun senso. Doveva essere una qualche dimensione legata all'inferno. Un universo alternativo. *Qualcos'altro.* Quella non poteva essere la sua vita.

"Dov'è Issac?" sussurrò, l'oscurità la stava travolgendo. "Io… ho bisogno…" Le cedettero le gambe, delle braccia forti la presero al volo mentre cadeva, seguirono una serie di imprecazioni. Tuttavia quel tocco sembrava sbagliato. Estraneo, non era quello che avrebbe desiderato.

Dove mi trovo?

Che cosa ci faccio qui?

Chi sono io?

Le si annebbiò del tutto la mente.

L'oscurità la inghiottì.

La rimandò all'inferno dal quale era appena scappata. Eppure quella volta sua madre non era lì ad aspettarla. Solo una grande vasca di niente. Una voragine vuota creata apposta per Stas, dove si rannicchiò in posizione fetale e pianse.

ISSAC

"Vivere per sempre ti mostra tutto sotto una luce diversa. Ciò che percepisco maggiormente sono le ombre (i ricordi del passato). Molti altri dettagli sono superflui, spariscono in un battito di ciglia e non vengono pensati mai più."

—*Issac Wakefield*
Vita mutatur, non tollitur

"DILLO DI NUOVO," ORDINÒ JAYSON RISOLUTO.

Ezekiel sospirò, aveva le gambe rivestite di jeans stese sulla poltrona reclinabile, la solita giacca di pelle aperta sul torso. Nonostante il gruppo di immortali arrabbiati che lo circondavano, era molto tranquillo. "Sarà una giornata molto lunga se continuerai a farmi ripetere ogni cosa, Jay."

"Allora spiegati meglio, cazzo," suggerì Alik, una spalla appoggiata al muro e una lama tra le dita.

Tutti gli anziani, Thomas e le creature di Issac erano tornati a casa di Balthazar per riunirsi insieme a Ezekiel in quella che sembrava esser diventata improvvisamente una zona soggiorno troppo piccola. Issac se ne stava in un angolo, in silenzio. Le urla di Astasiya gli risuonavano continuamente in testa, rendendogli impossibile la concentrazione.

Lei è viva.

Quelle parole gli scaldavano il cuore, ma la mente lo rimproverava per ciò che aveva fatto. Era sveglia mentre lui si era steso sulla sua tomba a parlarle? Sicuramente l'avrebbe sentita.

Accidenti, soffocare di continuo… Stas doveva odiarlo.

"Niente?" chiese a Mateo, seduto al suo fianco.

La creatura scosse la testa. "Sta ancora girando."

Una volta tornati, Issac aveva chiesto a Mateo di controllare il GPS della collana. Secondo i registri era stata attivata *quattro giorni prima*, ma dal momento che non era più necessario conoscere la posizione della ragazza, dopo il funerale Issac aveva spento il localizzatore e i meccanismi di allarme.

Astasiya aveva chiesto aiuto.

E Issac l'aveva ignorata.

Un altro motivo per cui avrebbe dovuto odiarlo.

"Che intendi dire con 'Owen non è morto'?" Il pizzico di rabbia nel tono di Lucian riverberò in tutta la stanza. "Lavorava per te e Stark facendo cosa, esattamente?"

"Devo davvero ripeterlo?" gli rispose Ezekiel, poi scosse la testa. "Ci aiutava a tenere d'occhio Stas, ecco perché è diventato suo amico, alla Columbia. E sì, è vivo e vegeto."

Le parole attraversarono i pensieri di Issac e un'immagine del giorno in cui aveva incontrato Astasiya per la prima volta gli si parò davanti.

Un corpo carbonizzato su una sedia.

Decapitato.

Irriconoscibile.

Del tutto morto.

Quel giorno Issac aveva notato come la testa deforme

non somigliasse all'immortale che conosceva un tempo. Allora aveva pensato che fosse il risultato di una brutale tortura. Sentire le parole di Ezekiel gli aveva aperto un mondo di nuove possibilità.

Gabriel ha inscenato il tutto in modo grottesco cosicché fosse impossibile identificare Owen.

Era stato lui a scrivere un messaggio ad Astasiya, quella mattina? Per permetterle di trovare il corpo? L'appuntamento di studio era già stato organizzato da Owen, ma il messaggio era stato inviato dopo la supposta morte.

Oppure era stata tutta una montatura?

No, non poteva essere. Gabriel non aveva modo di sapere che Lucian avrebbe mandato Issac a indagare sul luogo del crimine.

Eppure qualcuno aveva scritto ad Astasiya...

"Non ti credo." Jayson incrociò le braccia, le gambe si prepararono a combattere. "Di recente hai espresso dolore per la sua perdita, dicendo che era servita a uno scopo più grande o qualcosa del genere e che ti mancava. Ora stai dicendo che invece è vivo?"

"Non ho mai detto che fosse morto, solo che ero triste per ciò che gli era successo." Ezekiel si passò le dita tra i capelli lunghi e fece un respiro profondo. "Dopo che Jonathan ha dato a Stark l'ordine di uccidere Owen, lui non ha avuto altra scelta se non inscenare l'omicidio del giovane immortale. Questo perché, come continuo a ripetere, Stark non ha mai lavorato davvero per Jonathan. Ha sempre lavorato per se stesso, in primis per tenere al sicuro la sorella."

"È per questo che le ha mandato un messaggio dal telefono di Owen?" chiese Issac, intromettendosi nella conversazione. "Per assicurarsi che si sarebbe presentata, quella mattina. Aveva in mente di incontrarla, una volta all'appartamento?"

Ezekiel sorrise. "Vedete, Wakefield sta pensando fuori dagli schemi, bravo."

"Non c'era quella mattina." Erano presenti solo i due tirapiedi del Conclave. Poi Astasiya.

"Che tu abbia visto," lo corresse Ezekiel. "Stas ha incontrato prima te. Stark ha deciso di non intervenire."

"Un rischio," fece notare Issac. Le Leggi del Sangue dicevano che gli Ichoriani avrebbero dovuto uccidere i Neonati immediatamente e l'immunità di Astasiya al dono di Issac, quel giorno l'aveva messa senza dubbio in risalto. Per fortuna, a lui non importava molto di quelle regole antiche che governavano la sua specie.

"Sì, è stata una situazione che abbiamo monitorato con cura, te lo assicuro."

Issac non gradì quell'affermazione. Il fatto che Gabriel fosse un Seraphim voleva dire che avrebbe potuto nebulizzarsi senza fare alcun rumore o annunciare la propria presenza. A quanto aveva assistito? Quali momenti privati aveva rovinato?

"Facciamo finta per un momento che io creda a tutto ciò," disse Jayson con tono incredulo. "Se non ha ucciso Owen, allora chi ha ucciso?"

"Era un cadavere proveniente da un obitorio." Ezekiel fece un cenno con la mano come a significare che quel dettaglio non fosse importante. "Stark ha problemi a fare del male a chi è innocente."

Thomas ridacchiò. "È chiaro che tu non lo conosca bene quanto me."

"Al contrario, giovane Fitzgerald, lo conosco molto meglio di te." Ezekiel piegò la testa su un lato. "Chi pensi abbia supportato la tua idea di portare Amelia fuori dal FAC, la scorsa estate? Chi pensi sia stato, eh?" Guardò

Jayson. "E credi davvero che non ti abbia visto, in cucina a casa della Rossa, durante la cena? Quella dove ti ha lasciato di proposito una fiala di siero sul bancone?" Schioccò la lingua. "Dico sul serio, anche se è uno stronzo per non avervi detto tutto prima, vi sta aiutando in ogni modo possibile." Ezekiel spostò di nuovo l'attenzione su Issac. "Non hai idea di che cosa abbia passato per proteggere Astasiya. Di quello che tutti noi abbiamo passato."

"Perché ci avete tenuti all'oscuro," ringhiò Jayson. "Avrebbe potuto essere tutto più semplice, se si fossero evitati i giochetti e si fosse stati chiari e diretti fin dall'inizio."

"La profezia diceva il contrario," disse la voce di una donna proprio mentre Leela apparve al centro della stanza. Quella volta nessuna energia nebulizzante aveva preceduto il suo arrivo. Si era semplicemente materializzata. Una Seraphim. A Hydria. Di nuovo.

"Quale profezia?" chiese Lucian, senza distrarsi un attimo.

"Ancora non sei arrivato a quella parte?" chiese Leela con quella sua voce musicale, chiaramente rivolta a Ezekiel.

"No." L'assassino sembrava genuinamente frustrato. Era sicuramente un'impresa per lui. "Continuano a farmi ripetere ogni cosa."

"Quale profezia?" La domanda arrivò da Balthazar, che si era alzato non appena Leela aveva fatto il proprio ingresso. Fino a quel momento era rimasto in silenzio. Il fatto che lei lo avesse spinto a parlare era interessante.

"Un potere sconosciuto sta emergendo. Lei possederà la forza e la volontà per distruggerci tutti, a meno che non vengano messe in atto misure per tenere a bada le sue inclinazioni." Ezekiel alzò le spalle come se quelle parole non significassero nulla. "Per chi se

lo stesse chiedendo, il potere sconosciuto è Stas e le misure menzionate sono la ragione primaria per cui vi abbiamo tenuti tutti all'oscuro, come dice Jayson."

"Astasiya sarebbe dovuta crescere il più possibile come una mortale e avrebbe dovuto fare le proprie scelte." Lo sguardo chiaro di Leela si posò su Issac, il cui volto era addolorato. "Sfortunatamente il piano ha funzionato fin troppo bene, ora non riusciamo a calmarla. Gabe mi ha mandato a prenderti."

"Un momento," li interruppe Lucian. "La profezia… da dove arriva? E cosa vuol dire?"

Ezekiel sorrise. "Qui ci vuole una bella storiella."

"Che sarai il benvenuto a raccontare non appena me ne sarò andata." La Seraphim guardò di nuovo Issac. "Abbiamo bisogno del tuo aiuto, *lei* ha bisogno di te." Leela gli offrì una mano. "Ti prego."

Tristan si interpose tra i due prima che Issac potesse rispondere. "Porterai entrambi."

La risata emessa da Leela mancava di umorismo. "Non mi spaventi, giovane immortale. Non sai nemmeno di cosa sono in grado e anche se ammiro la tua lealtà, non mi piegherò alle tue volontà o a quelle di nessun altro. Sono qui per portare Issac da Astasiya e immagino che anche lui lo voglia." Guardò oltre Tristan per inarcare un sopracciglio biondo in direzione di Issac.

Non era nemmeno una domanda da fare.

Se Astasiya aveva bisogno di lui, Issac sarebbe andato da lei.

Al diavolo la logica. Al diavolo la strategia. Al diavolo i dettagli.

"Portami da lei," le disse, fregandosene delle conseguenze.

"Issac, abbiamo prima bisogno di altre informazioni."

Il tono di Lucian era cauto. "Non sappiamo nemmeno dove ti stia portando."

Non importava. "Io vado," gli rispose Issac.

"Pensa a quello che stai facendo, a ciò che stai rischiando." Tristan si voltò. "Potrebbe essere una trappola, Sire. Solo perché Stas è viva non significa che Jonathan non la stia usando in un piano malvagio. Stark è la Sentinella numero uno, è il suo braccio destro."

"Che lo ha combattuto ogni volta," aggiunse Ezekiel. "Stark ha accettato il lavoro al FAC solo per saperne di più sui legami tra Jonathan e Osiris e per tenere d'occhio gli esperimenti."

"Senza le prove, queste sono solo parole," ribatté Tristan con espressione preoccupata. "Aspetta fino a quando non avremo più informazioni, Issac. Chi può sapere dove ti porterà, Sire." Fece un gesto in direzione di Mateo. "Nemmeno lui riesce a rintracciare Stas."

Dopo tutto quello che avevano imparato, quello che avevano visto… no. Issac scosse la testa. "Non è una trappola." Aidan sospettava che Stas avesse discendenza Seraphim e anche Issac si era fatto delle domande sul diritto di nascita della ragazza. Il sangue di lei era diverso da qualsiasi altro avesse mai provato, per non parlare della proprietà che riusciva a mantenere l'Ichoriano soddisfatto e sfamato. Era sopravvissuta a qualcosa che avrebbe ucciso ogni altro immortale esistente.

È una Seraphim.

E ha bisogno di me.

"Portami da lei," ripeté Issac, ignorando tutti gli altri e concentrandosi solo su Leela.

"Non preoccuparti, giovane immortale." Lei diede una pacca sulla spalla di Tristan, che sussultò. "Ti riporterò il tuo Sire sano e salvo. O forse lo farà Astasiya."

Si volatilizzò prima che Tristan potesse reagire.

Issac aprì la bocca, confuso, poi percepì di nuovo quella sensazione di star volando, la stessa che aveva provato viaggiando verso la tenuta Wakefield.

Gli si drizzarono i peli.

L'odore di acqua salata si fece sempre più forte, lo inghiottì, gli si infilò nei polmoni.

Il calore del sole calante lo avvolse, il senso del tempo e dello spazio vennero completamente sballati, come se stesse venendo trascinato dall'altra parte del mondo. Forse era così. A Hydria stava diventando giorno, lì la notte faceva capolino all'orizzonte.

I piedi nudi colpirono la sabbia (non si era preoccupato di infilarsi delle scarpe) e davanti a lui apparve una casa sulla spiaggia. Caratteristica, dotata di un portico che l'avvolgeva, delle palme e una porta spalancata; Owen era sulla soglia.

Non è decisamente una trappola.

Leela gli fece strada, i riccioli biondi le svolazzavano lungo la schiena.

"Se Gabriel è suo fratello... tu sei sua sorella?" si chiese Issac a voce alta, dal momento che tutti e tre avevano i capelli biondi e gli occhi chiari.

Leela represse una risata. "No. Non sono affatto imparentata con Gabe, in alcun modo o forma. Io provengo dalla stirpe della fertilità, lui da quella guerriera."

Giusto, tutto ciò ha davvero molto senso.

"Wakefield," Owen lo salutò con cautela.

"Io e te ci faremo un bel discorsetto, più tardi," gli rispose Issac. Uno che avrebbe introdotto il pugno di Issac al volto di Owen. "Dov'è Aya?"

"Nella stanza degli ospiti." Apparve Gabriel, l'espressione piatta. "Non la smette di piangere."

"Immagino che sia piuttosto scossa." Issac non riuscì a trattenere il sarcasmo. La settimana precedente era stata un vero inferno. Non aveva dormito. Gli si era spezzato il cuore in un milione di pezzi, la maggior parte dei quali si rifiutavano di guarire senza l'altra metà. Inoltre, aveva seppellito viva l'amore della sua vita. Per sbaglio. "Dov'è la stanza degli ospiti?"

Gabriel si voltò senza dire una parola, attraversò il soggiorno, circondato da finestre e lucernari. Di sicuro apprezzava una bella visuale della spiaggia.

Il corridoio ampio al di là della zona living sfoggiava ancora più finestre e anche un paio di porte scorrevoli che conducevano all'esterno. Sulla sinistra c'era una cucina con elettrodomestici in acciaio inox che si apriva su una sala da pranzo dotata di un'altra uscita.

La casa era più grande di quanto aveva pensato Issac.

Gabriel lo condusse su per le scale, la poca luce rimasta filtrava attraverso i vetri sul soffitto, proiettando ombre sulla ringhiera in legno e sugli arredi.

Un altro corridoio, illuminato dall'alto, era fiancheggiato da una fila di porte. Gabriel si fermò sulla seconda a destra, ma non l'aprì.

"È qui dentro," disse piano.

"C'è altro che devo sapere prima di parlare con lei?" gli chiese Issac, poi posò una mano sulla maniglia.

Gabriel sospirò, mostrando i primi segni dell'emozione sui lineamenti. "Non è un'Hydraiana."

"L'avevo capito. È una Seraphim, come Elizabeth." Durante una delle loro chiacchierate, Aidan aveva implicitamente espresso quella possibilità. Era chiaro che Astasiya fosse stata modificata geneticamente. Forse era stato Sethios?

"No, non è per niente come Elizabeth." Gabriel si appoggiò alla parete e incrociò le braccia al petto. "Caro, nostra madre, è una Seraphim. Sethios è figlio di un Seraphim, il che lo ha reso geneticamente compatibile. Da quello che sono riuscito a capire, Astasiya è essenzialmente una purosangue. Uno di questi giorni dovrebbero spuntarle le ali."

Il cuore di Issac sussultò più volte. "Sethios è figlio di Seraphim?" *Astasiya è considerata una purosangue? Di nascita? Non per via di un laboratorio?* Tra tutte le possibilità che aveva discusso con Aidan, *quella* non era mai venuta fuori.

Proprio quando stava pensando che nient'altro avrebbe potuto stupirlo, Gabriel disse: "Osiris è il Seraphim della Resurrezione."

Il mondo si fermò.

Il tempo anche.

L'ossigeno sparì dall'aria circostante.

Il Seraphim della Resurrezione.

"La sua stirpe è il motivo per cui esistono Ichoriani e Hydraiani." Le parole di Gabriel erano un mormorio che intorpidiva i sensi di Issac. "Ecco perché può soggiogare la vostra specie. Anche Astasiya ne è in grado perché è una discendente diretta della gerarchia familiare. Ha il potere nell'anima. Anche lei potrebbe creare dei servi immortali, se lo volesse. Tuttavia fa anche parte della stirpe dei guaritori e degli angeli custodi messaggeri. La sua combinazione genetica è a dir poco incredibile. Senza alcun legame con l'umanità, sarebbe stata un grande rischio per la comunità mortale. Ecco perché..."

"L'hanno cresciuta i Davenport," concluse Issac con un sospiro.

"Esatto. Sethios e Caro erano a conoscenza del proprio destino fin dall'inizio. Hanno sacrificato tutto per assicurarsi che Astasiya diventasse la donna che sapevano sarebbe potuta essere... e ora è finalmente pronta." Gabriel lo studiò per un lungo momento. "Riusciva a vedere la mia piuma, non è vero? Insieme al regalo che le ho lasciato..."

Issac annuì senza dire nulla, era troppo occupato a processare tutte le informazioni che gli aveva fornito Gabriel. E anche Ezekiel.

"Si tratta della fase finale, la possibilità di vedere il regno etereo." Gabriel si scostò dal muro e cominciò a camminare lungo il corridoio. "A proposito, il suo sangue non è tossico, ma io aspetterei lo stesso a morderla di nuovo, fino a quando non avrete capito il vostro legame."

"Legame?" ripeté Issac, travolto dalle informazioni.

Il suo sangue non è tossico. Perché è una Seraphim, non un'Hydraiana.

Astasiya non era mai stata irraggiungibile.

E quel bastardo di Gabriel l'aveva sempre saputo.

Il Seraphim si guardò dietro le spalle dalla cima delle scale. "Legame di sangue, una promessa per l'eternità. Hai iniziato a formarlo quando l'hai morsa… ecco perché lei era in grado di raggiungerti in sogno. Sei il suo compagno prescelto."

STAS

"Aidan crede che i Seraphim siano in qualche modo legati alla nostra esistenza. Forse erano gli immortali originali, poi morti di vecchiaia. Non sono convinto di nessuna delle due opzioni. Sapendo qual è l'impatto che le culture Ichoriana e Hydraiana hanno avuto sulla storia della civiltà, mi chiedo se i Seraphim non siano un mito inventato da esseri antichi, come Lucian e Balthazar avevano influenzato la mitologia greca e romana."

— Issac Wakefield
Vita mutatur, non tollitur

LA CANNA DELLA PISTOLA BRILLÒ ALLA LUCE DEL GIORNO.

Una sensazione di resa l'avvolse. Lo stava facendo per amore. Per il futuro. Ma accidenti se bruciava, il fuoco le si diffuse nelle vene. La mise in ginocchio e la fece urlare in agonia. Quello non era parte del piano. Incontrò lo sguardo del suo assalitore e si sentì del tutto confusa. Una maschera di sadismo gli occultava i lineamenti.

"Proiettili incendiari," spiegò Ezekiel tranquillamente. "I ricercatori di Jonathan li hanno creati per le Sentinelle del FAC. Non *credo che la formula sia ancora del tutto giusta, dal momento che non dovrebbe essere tanto ovvio e... beh, così lo è eccome."*

Un movimento nel campo visivo di lei le catturò l'attenzione, un giovane angelo dai lunghi riccioli biondi stava fluttuando nel vento. Il faccino della piccola mostrò un'espressione scioccata e preoccupata, poi prese a correre.

Sono io quella? *Si chiese Stas.* Perché sto sognando me stessa in questo modo?

Una scossa attraversò il legame. La fonte era Sethios, seguita da una sensazione agonizzante mentre soggiogava la figlia a correre. A nascondersi.

L'espressione dell'angioletto divenne cupa, i lineamenti si fecero tormentati. Eppure obbedì, perché non aveva altra scelta. L'ordine del padre la costrinse a fare come le aveva detto, incanalando le ultime tracce di energia nell'unico obiettivo: proteggere la figlia.

L'immagine sparì e apparvero un paio di bellissimi e imploranti occhi azzurri.

E labbra simili alle proprie.

"Trovalo, Astasiya," mormorò la voce senza produrre alcun suono. "Trova tuo padre. Salvaci tutti."

Astasiya sussultò, si mise a sedere nel piccolo letto, il cuore le batteva all'impazzata. Le mani sudate erano appiccicate alle lenzuola sotto di lei e non riconobbe la maglietta e i pantaloni che indossava sulla pelle umida. Quella donna, il cui nome Stas non riusciva a ricordare (quella che aveva salvato Balthazar), le aveva dato dei vestiti dopo la doccia.

Una doccia in cui Stas aveva passato la maggior parte del tempo a singhiozzare accasciata a terra.

Dove mi trovo adesso?

Un'altra dimensione dell'Inferno?

Una nota di sandalo le stuzzicò i sensi, cullandola in un falso senso di conforto. La familiarità di quell'odore le fece male al cuore, riportandole a galla un dolore profondo: la sua anima desiderava la propria metà.

"Issac," sospirò chiudendo gli occhi. Quanto le mancava. Sembrava che fossero stati separati per…

"Sono qui," le rispose con voce bassa.

Stas spalancò gli occhi, girò la testa in direzione della voce.

"Stavi dormendo e non volevo disturbarti," aggiunse lui dolcemente.

La luna illuminava la maggior parte della stanza attraverso le ampie finestre, tranne per le ombre nell'angolo vicino alla porta. Issac era appoggiato al muro, il viso nascosto da una nuvola scura. Eppure Stas sapeva che fosse lui, ne riconosceva la figura alta e snella.

"Sei qui," sussurrò lei, le parole le rimasero incastrate in gola. Il fatto che fosse lì significava che stesse ancora sognando, il che spiegava l'ambiente circostante. Il passare da un ricordo che non le apparteneva a un mondo che non riconosceva.

Si lasciò a un singhiozzo e ricadde tra i cuscini dietro di lei, poi si rannicchiò arrotolandosi.

Odiava tutto ciò. Non lo capiva. Era persa nella natura travolgente della vita.

"Perché?" domandò Stas, pregando il destino per una risposta. "Perché mi stai facendo questo?"

"Aya." Issac la prese tra le braccia e lei pianse più forte. Averlo così vicino e sapere che non fosse reale era ancora peggio.

"Mi manchi," ammise tra le lacrime. "Mi manchi tantissimo."

"Chi?" le chiese lui. "Chi è che ti manca?"

"Tu," riuscì a dire lei fra i singhiozzi e i violenti tremiti alle spalle. Era tutto così doloroso. Aveva bisogno di lui, ecco perché lo aveva evocato in quel sogno. "Ma non sei reale... È solo un sogno crudele."

Tutto: essere ferita dagli spari, vedere la madre, soffocare all'infinito. Venire finalmente salvata, venire a sapere di essere una Seraphim. Sognare i genitori immersa in un corpo che non le apparteneva. Quella stanza tanto bizzarra.

"Aya," disse Issac, la fece stendere sulla schiena e le prese il viso tra le mani. "Questo non è un sogno, tesoro. Io sono qui. Tu sei viva."

Stas scosse la testa. "Sono all'Inferno." Non sapeva il perché o cosa avesse fatto per essere finita lì.

"Sei a casa di Gabriel Stark." Issac le asciugò una lacrima dalla guancia, l'alito caldo e mentolato contro il viso di Stas. "È tutto vero, tesoro. Sono qui."

Quelle parole non fecero che farla piangere di più. Forse a stare sotto terra era diventata pazza. "Non riuscivo a respirare," disse, la gola le faceva male al solo ricordo. "Ma preferisco quel dolore a... a... *questo*." Si portò le mani al petto, sentì lo stomaco contorcersi. "Mi manchi troppo e fa *male*." Anche solo ammetterlo ad alta voce fu come un'altra coltellata al cuore, che le distrusse il poco che era rimasto dell'anima.

Che sogno malvagio, diabolico.

"Uccidimi di nuovo," lo pregò. "Rimettimi laggiù, *per favore*. Non farmi svegliare senza di te al mio fianco un'altra volta."

Issac represse un suono che la spezzò a metà, le portò la testa al collo. "Cazzo, Aya." Tremò contro la ragazza, le mise le mani nei capelli e strinse forte, attirandola a sé. "Pensavo che fossi morta. Pensavo..." Gli si ruppe la voce, Issac si scosse al fianco di Stas. La bagnò delle sue lacrime, sfidando quelle della stessa ragazza.

Come poteva sembrare così reale eppure essere tutto solo nella mente di Astasiya?

Pronunciò il nome di Issac, piegandosi al dolore interiore.

Lui la tenne stretta, sentiva l'agonia pesante sulle spalle, gli mandava tremori lungo la schiena, le labbra non smisero per un secondo di scusarsi.

Non lo sapevo.

Non avrei dovuto seppellirti.

Mi dispiace così tanto, cazzo.

Ti chiedo scusa.

Tu eri morta, Aya, io…

Non posso credere che abbia…

Mi perdonerai mai?

Nel tempo tutte quelle parole si mischiarono insieme, le stelle sopra di loro dipingevano il cielo. C'erano tantissime finestre.

Quel posto non somigliava a niente che Astasiya avesse mai visto, il che le rendeva faticoso concretizzarlo. Perché aveva scelto proprio quel luogo, come ambientazione del sogno?

Non lo farei.

Eppure, chiaramente l'aveva fatto.

Tutto divenne offuscato, la vista le si riempì di diverse sfumature di blu. Scuro. Profondo. Freddo.

Una bocca aperta in un urlo.

Delle catene che la tenevano imprigionata sotto la superficie.

Al freddo.

Sola.

Spaventata.

In punto di morte, di nuovo.

"Sethios…" *Le sussurrò all'orecchio una voce inquietante.* "Trova Sethios… È arrivato il momento."

A Stas venne una pelle d'oca che la fece rabbrividire

fino alla spina dorsale, poi la stanza le si materializzò di nuovo intorno. Issac la stava fissando, aveva un'espressione preoccupata e gli occhi bagnati di lacrime.

Wow, sembrava un dio greco anche mentre piangeva. Forse anche di più.

No, non un dio.

Un angelo.

Gli tracciò le labbra perfette con le unghie, in adorazione verso quella pelle morbida. "Sei l'uomo più bello che io abbia mai visto," si meravigliò lei. "L'unico che abbia mai amato. Ti amerò per sempre, anche nella morte. Lo sai, vero?" Si tirò su per far sfiorare le loro bocche.

Perfezione divina.

Il mio angelo.

Gli avvolse le braccia intorno al collo e lo attirò a sé, voleva di più. Se la mente voleva sognare, allora Stas avrebbe fatto sì che fosse un sogno bellissimo. Avrebbe fatto più male in seguito, ma Issac aveva un sapore troppo buono perché potesse resistergli.

Lui le lasciò prendere il controllo, la lingua morbida contro quella di lei non era per niente ciò che Stas desiderava.

Quanti giorni, settimane o mesi erano passati dall'ultima volta che l'aveva presa a dovere? Tutto quel danzare intorno al destino, preoccuparsi che il sangue di Stas avrebbe potuto ucciderlo, arrovellarsi sul fatto che il loro futuro sarebbe stato un ostacolo. In quel momento avrebbero potuto fare qualsiasi cosa, essere chiunque volessero... e lui la baciava in modo così tenero? No.

"Baciami, Issac." Astasiya ringhiò sulla bocca di lui.

"Lo sto facendo," le sussurrò lui mentre faceva sciogliere le labbra su quelle di lei.

"Di più," gli ordinò lei. "Baciami come se fosse l'ultima volta che mi vedrai." Quello sarebbe stato il loro addio, il

momento che Stas avrebbe scelto di ricordare. Sempre.
"Per favore, Issac. Bac…"

Issac la prese in un ringhio che le fece bruciare le interiora.

Sexy.

Dominante.

Issac.

Le portò una mano alla gola, tenendola ferma mentre la faceva volare in paradiso con la lingua. Accidenti se le era mancato tutto ciò. Nessun freno, nessuna preoccupazione. Nessuna bomba a orologeria pronta a esplodere a cui pensare.

Solo pura e beata passione. Un accoppiamento di bocche così feroce da fermare il tempo e annullare lo spazio tra loro. Il rifugio di Stas, il suo amore, il suo *compagno.*

Gli passò le dita tra i capelli, aggrappandosi vigorosamente mentre lui la divorava. Quel bacio era il più straordinario che Astasiya avesse mai avuto, la stava portando su un nuovo livello dell'essere, la stava introducendo a nuove sensazioni che non avrebbero dovuto esistere. Era come se stessero volando, tra le nuvole, i loro corpi un tutt'uno. Se solo avessero potuto essere in un posto da lei adorato, uno in cui avrebbero potuto dare vita a un ricordo duraturo così da poterlo custodire per l'eternità.

Nella mente della ragazza apparve il Montana, il rifugio che le aveva regalato Issac.

Sì.

Era lì che voleva andare. Stare con Issac in un posto che considerava casa: la *loro* casa. Un lembo di solitudine pacifica circondata da alberi, neve e acqua. Riusciva quasi a sentire l'odore dei pini freschi, quel sentore di selvaggio che le stuzzicava le narici.

Issac strinse la presa, le fece capire che voleva che Stas si concentrasse; lei obbedì facendo scivolare la lingua contro quella di lui in una danza esperta che sapeva piacergli. Non si sarebbero tirati indietro, non in quel momento. Lei gli diede tutto e lui la ricambiò, il tocco come un marchio contro l'anima. Stas apparteneva a Issac, e lui a lei, non ci sarebbe mai stato nessun altro tra i due.

"Sei bellissima, cazzo." Issac lo disse quasi in adorazione, le accarezzò le spalle e salì più in alto, su un punto che le fece venire i brividi in ogni fibra dell'essere. Qualsiasi cosa Issac stesse facendo, la faceva sentire benissimo. Stas non avrebbe mai voluto che smettesse.

Per poco non si mise a ridere, grazie a *Issac* il cuore le scoppiava di felicità. Quell'uomo, quell'affascinante e bellissimo uomo la completava. *È mio.* Il destino non avrebbe potuto portarglielo via. Anche se fosse soffocata altre mille volte, ne sarebbe valsa la pena, poiché si sarebbe ricordata per sempre di quella sensazione, di essere piena di luce. Spensierata. Amata.

"Sono così morbide," si meravigliò Issac mentre accarezzava le labbra di Stas con le proprie. "Morbidissime, cazzo, Aya."

"Cosa?" gli chiese sorridendo.

Le iridi di zaffiro dell'Ichoriano brillarono meravigliate incontrando lo sguardo curioso di lei, poi le mostrò uno dei suoi soliti sorrisi. Le mozzò il fiato, facendola rimanere immobile sotto di lui, affascinata da quei bei lineamenti. Quasi come se lo stesse vedendo di nuovo per la prima volta, si concentrò su ogni magnifica caratteristica.

"Le tue ali, Aya." Il tocco di Issac le fece venire nuovamente i brividi lungo la schiena, poi lui portò lo sguardo sulle mani, posate al di sopra delle spalle di Stas. "Sono magnifiche."

"Le mie…" Stas lasciò cadere la frase, spostò lo

sguardo per seguire quello di Issac, puntato sulle piume rosa chiaro distese sul letto.

Il *loro* letto.

In Montana.

Stas strabuzzò gli occhi.

"Come abbiamo fatto a…"

Issac ridacchiò e si mise a pettinare le piume con le dita. "Ci hai fatti nebulizzare, penso." Aggrottò la fronte. "E per qualche ragione riesco a vederti." Le passò le labbra sulla mascella, il naso sulla gola. "Non voglio nemmeno pensare a cosa significhi. Sei viva. Sei qui. M'importa solo di questo."

Stas deglutì. "Io non… Sono… Questo è…" Non riusciva a formulare un pensiero, le parole le si mescolavano tutte in bocca. C'era troppo da dire, troppe domande.

"Sei una Seraphim," le mormorò Issac contro la gola. "Gabriel lo aveva detto, ma questo di certo ne è la prova." Le baciò una clavicola, poi la trachea, fino a tornare alle labbra. "Il tuo essere mozzafiato mi provoca dolore fisico, Aya. E anche io ti amo. Sempre." Le tracciò le labbra con il pollice, osservandola. "C'è così tanto che non ho detto, che non abbiamo fatto prima che…" Gli occhi gli si bagnarono nuovamente di lacrime. "Pensavo che fossi morta per sempre."

Astasiya lo studiò: la barba corta che gli ricopriva la mascella, i capelli scompigliati, le guance scavate. Era ancora innegabilmente bellissimo, ma anche… trasandato. Era molto diverso dall'Issac che conosceva lei. Anche il paio di jeans e la maglietta non rappresentavano l'uomo che conosceva.

Non me lo sarei mai immaginato così, in lacrime e scompigliato.

Se è per quello non si era nemmeno mai immaginata con delle piume rosa. Lizzie, sì. Stas, no.

Le labbra di Issac, calde e familiari si posarono su quelle di Astasiya. In quel bacio c'era tutto il dolore e l'adorazione di lui, una miriade di emozioni che attraversarono le loro bocche.

Tutto questo è reale.

Era l'unica spiegazione possibile. Non poteva essere un sogno.

"Sei qui," gli sussurrò.

Issac annuì lentamente, fece scivolare una gamba tra le cosce di lei, le passò le mani sulle ali, sulle braccia, come se volesse memorizzarla. "E anche tu, mia Aya. Sei viva." La baciò prima che lei potesse rispondere, fece affondare la lingua per rivendicarla un'altra volta.

Astasiya gemette, sentiva il cuore batterle forte.

Sono viva.

Perché sono una Seraphim.

Issac può vedermi perché anche lui è qui.

Gli afferrò le spalle e gli avvolse una gamba intorno ai fianchi, l'altra era intrappolata sotto di lui. Non aveva importanza, perché lui era davvero, fisicamente sopra di lei ed era una sensazione fantastica e giusta.

"Non voglio più pensarci," ammise lei. "Voglio solo stare con te."

"Allora fallo," le rispose lui contro la bocca. "Lascia che ti veneri come desidero fare da mesi. Con il corpo, la bocca, la lingua." Sottolineò la richiesta con un bacio passionale che le tolse il fiato. "Anche tu mi sei mancato, tesoro. Tantissimo, cazzo. Ho bisogno di te, ho bisogno di sapere che sei qui. Ho bisogno di *sentirti*."

"Sì," sibilò lei, poi si inarcò contro Issac. "Tutto quello che desideri, sono tua."

"No, Aya." Le mordicchiò il labbro inferiore, nello sguardo azzurro acceso gli si leggeva tutta la sincerità. "Io sono *tuo*."

253

Issac

*"Bere sangue è molto meno difficile di quanto immaginassi. Il fatto
che le donne siano distratte dagli spasmi di passione sicuramente
aiuta. Ognuna di loro ha un sapore differente che intriga i miei sensi
da Ichoriano. Mi chiedo se un giorno riuscirò ad aver assaggiato tutto
ciò che questo mondo ha da offrire o se continuerò a stupirmi."*

Issac Wakefield
Vita mutatur, non tollitur

Le ali di Astasiya erano lo spettacolo più
meraviglioso a cui Issac avesse mai assistito. Non riusciva a
smettere di toccarle, passare le dita sulla consistenza setosa,
del tutto attonito dalla loro assoluta bellezza.

Astasiya gli conficcò le unghie dietro il collo e lo tirò a
sé per un altro bacio. Issac non riusciva a dirle di fermarsi,
aveva troppo bisogno di lei per poter considerare
l'alternativa.

Accidenti, gli era mancato tutto ciò. La possibilità di
prenderla nel modo che preferiva, di far scivolare la lingua
nella bocca di lei senza preoccuparsi delle conseguenze.

Mmmh, sapeva di buono, come un sogno perfetto, solo più dolce e sensuale. Issac approfondì la presa su di lei e seguendo il proprio istinto, prese il controllo.

Il gemito di approvazione di Stas gli andò dritto all'inguine mentre il corpo cominciava a bruciargli per lei. Mosse i fianchi in unisono con quelli della ragazza per provocare di nuovo quel piacere e sorrise quando lei gemette ancora e chiamò il suo nome.

"Di più." Gli morse il labbro inferiore in segno di rimprovero.

"Persuadimi," la sfidò mordendola a sua volta. "Dimmi cosa devo farti, Aya." Issac voleva sentire il potere di Stas, voleva crogiolarsi nella realtà del poter fare qualsiasi cosa volessero, senza alcuna ripercussione. Perché il sangue di Astasiya non era tossico per lui.

Secondo Gabriel.

Potrebbe essere una bugia.

E anche se lo fosse? Issac non sapeva se gli importasse più. A contare era solo il fatto che Stas fosse viva. Il suo tocco. Le sue bellissime ali. Il sorriso smagliante.

"Spogliami," gli disse infondendo un po' di persuasione nelle parole, soggiogando le mani di Issac a muoversi.

Lui permise a quel comando di guidare i propri movimenti, tuttavia cercò di trarne vantaggio e le tolse i vestiti nel modo che più gli piaceva: afferrando la maglietta tra le mani e strappandola sul davanti.

Astasiya inspirò bruscamente e strinse le gambe attorno alle cosce di Issac. L'eccitazione le scurì lo sguardo, facendole diventare le iridi di un colore verde scuro. Lo guardò in attesa: le era piaciuto. E anche a lui.

"Di più?" le chiese, i palmi le stavano già accarezzando i fianchi mentre lui si spostava su un lato. Lei sorrise e a quella vista per poco Issac non si sentì male. Era così angelica, ma al contempo diabolica. Una combinazione inebriante che gli fece venire voglia di accelerare l'intero processo di seduzione. "Sì."

Non sarebbe riuscito a strapparle i pantaloni, quindi glieli sfilò facendoli calare lentamente lungo le gambe chilometriche, fermandosi ad ammirare la pelle lattea. Accidenti se gli era mancata. Non solo per via del sesso e dei momenti di intimità, ma anche per tutto il resto. La curva provocante delle labbra, quel bagliore affamato nello sguardo, il modo in cui i muscoli le si tendevano mentre lui le passava un dito sulla coscia e quell'adorabile predilezione per il pizzo.

La sua mente.

Il suo talento con le parole.

I suoi doni naturali.

E poi quelle ali splendenti. Santo cielo, come aveva fatto a trovare una donna così squisita? Così *perfetta*?

Le si inginocchiò sopra, la baciò giocando con il pizzo sopra i fianchi. L'elastico scattò con facilità, facendogli guadagnare un sibilo da parte di Astasiya, un sibilo che si allungò nel momento in cui lui le fece scivolare lentamente il tessuto tra le cosce.

"Ne hai bisogno, tesoro?" la provocò.

"Tra circa due secondi ti ordinerò di scoparmi."

Issac fece schioccare la lingua. "Rovineresti l'esperienza, Aya." Le sfiorò i fianchi, l'ordine di spogliarla era ancora in pieno regime. "Non ti possiedo come voglio da troppo tempo. Lo faremo nel modo giusto, tesoro. E tu adorerai ogni singolo minuto."

Il reggiseno di pizzo blu era in perfetto contrasto con la pelle pallida di lei. Issac si chinò per mordicchiare la chiusura sul davanti e lo slacciò con i denti, suscitandole un gemito gutturale di apprezzamento.

Si allontanò per ammirarla, per apprezzare quel

momento, memorizzare ogni centimetro di Stas, solo perché aveva la possibilità di farlo.

L'aveva creduta morta per sette orribili lunghi giorni.

E in quel momento era distesa davanti a lui, viva e vegeta. Con delicate ali rosa che incorniciavano la sua figura nuda e una distesa di capelli dorati che le ricadevano intorno alle spalle.

"Ho sempre pensato che gli angeli fossero attraenti," ammise Issac. "Ma tu porti le aspettative su un altro pianeta, Aya. Sei ammaliante, tesoro. Perfetta. Del tutto seducente e del tutto mia."

Le prese un capezzolo in bocca e lei rispose con un suono incomprensibile, sottolineato dal piacere.

Issac venne sopraffatto dalla voglia di morderla, gli incisivi gli facevano male per il desiderio.

E se…

No.

Smise di pensare e si lasciò guidare dall'istinto; la bocca le passava in rassegna il corpo, assaporandolo, amandolo e godendoselo. La lingua lo condusse giù, alla ricerca del calore di lei; aveva bisogno di ricordarsi quel sapore tanto intimo. Sembravano passati secoli dall'ultima volta che l'avevano fatto, il rischio era stato troppo grande. Ma in quel momento avrebbero potuto fare tutto ciò che volevano.

E Issac ne approfittò.

Le separò le gambe, si stabilì tra le cosce di lei e prese a leccarla a fondo.

"Cazzo," gemette Stas, inarcando i fianchi per andargli incontro. "Santo cielo, Issac. Puoi…? È…? Oddio…"

Si contorse sotto la bocca di lui, il calore bagnato che sapeva di ambrosia sulla lingua. Issac era stato molto vicino a non provare più un'esperienza del genere, a non sentirla più stringersi intorno a lui, a non udire quei gemiti deliziosi provenire dalle sue labbra.

Non l'avrebbe mai più data per scontata. L'avrebbe venerata per sempre, ricoperta d'amore e adorazione ogni secondo del giorno, onorandola anche con la bocca ogni volta che lei glielo avrebbe concesso. Come in quell'istante. Issac memorizzò la carne umida di lei, si ricordò tutte le mosse preferite dalla bionda e cominciò a mugolare contro il clitoride solo per vederla contorcersi ancora di più.

La sua Astasiya, la sua Seraphim, la sua compagna.

Lui le sarebbe appartenuto per sempre.

Gabriel l'aveva messo in guardia nei confronti del legame, aveva detto qualcosa riguardo il fatto che fosse in eterno, ma a Issac non importava. Quella donna possedeva il suo cuore e la sua anima, proprio come lui la rivendicava come sua.

Stas gli conficcò le unghie nel cuoio capelluto, le tremavano le gambe ai lati di Issac. La passione era pesante nell'aria; la bionda aprì la bocca ed emise uno squisito sospiro agonizzante, stava aspettando che lui pronunciasse quelle parole magiche.

Issac sorrise contro il centro sensibile di lei, mordicchiandola delicatamente e ridendo quando rispose con un ringhio: *"Issac."*

Una parte di lui avrebbe voluto prolungare quel tormento, ma non ci riuscì. Aveva bisogno di vederla cedere tanto quanto avrebbe voluto farlo lui stesso. "Vieni per me, Aya. Urla il mio nome."

Le ali di Stas presero a frusciare e un'energia si librò tra i due. Astasiya lasciò andare Issac per prendere le lenzuola tra le mani e stringerle in pugni, inarcandosi sul materasso e liberando il più bel suono di tutti.

Il nome di Issac.

Un'eco che riverberò in tutta la stanza, in tutta quella

maledetta casa e che gli marchiò in modo permanente il cuore. Gabriel aveva torto. Il legame tra loro esisteva già. Issac riusciva a sentire l'attrazione, una connessione che gli si estendeva dentro, il bisogno di finalizzare le loro promesse con un morso. L'aveva evitata per mesi, quella profonda urgenza di rivendicarla, ma in quel momento non avrebbe più voluto ignorarla. Al contrario, voleva assecondarla.

Astasiya tornò lentamente da lui, lo sguardo pesante mentre Isaac le scivolava sopra.

"Di più," gli sussurrò lei.

"Sì," acconsentì Issac, abbassandosi per baciarla.

Stas gli tirò la maglietta sopra la testa. Lui la baciò di nuovo, la lingua ancora impregnata del piacere della ragazza. Le sfiorò le labbra prima di insinuarsi dentro e baciarla più a fondo.

"I jeans. Togliteli." Astasiya borbottò quelle parole tra un bacio e un morso, la persuasione fece venire i brividi sulla schiena di Issac. Anche se preferiva avere il controllo, adorava quel lato di Stas… la capacità di soggiogare.

"Toglimeli tu," le rispose, afferrandole una mano e portandosela sulla parte alta dei pantaloni. "Ora." Quel gioco soddisfaceva la persuasione di Stas ma anche il bisogno di dominio di Issac.

Astasiya lo guardò negli occhi e gli slacciò il bottone, poi abbassò la cerniera, dicendo tutto e niente con un solo sguardo. Calore. Adorazione. Rispetto. Desiderio.

Issac si teneva in equilibrio sulle braccia ai lati della testa di Stas, facendo attenzione alle ali. Poi sorrise. "Fino in fondo, milady." L'aveva detto per provocarla, ma il bagliore nelle pupille di lei suggerì che gli fosse piaciuto.

"Come desidera, Vostra Grazia."

Issac le aveva detto di non chiamarlo mai in quel modo.

Tuttavia, avrebbe dovuto rivedere la richiesta, dal momento che aveva sentito i testicoli stringersi per il modo in cui Astasiya l'aveva appellato.

Stas gli tirò ulteriormente giù i pantaloni mentre lui sollevava i fianchi, lasciandolo completamente nudo sopra di lei.

"Niente mutande?" gli chiese inarcando un sopracciglio.

"Ti stai lamentando?"

"Porti sempre le mutande," ribatté lei prendendogli l'uccello. "Ma no, non mi sto lamentando."

"Ho avuto una brutta settimana." Eufemismo del millennio. Issac le prese il polso, fermando il movimento di lei che stava cominciando a massaggiarlo. "Ho bisogno di essere dentro di te, Astasiya." Se lei avesse continuato in quel modo, non sarebbe riuscito a trattenersi tanto a lungo.

Lei lo strinse e lo lasciò andare, poi lo tirò a sé per un altro bacio struggente. Issac le si sistemò tra le cosce, i gomiti ai lati della testa della bionda mentre la divorava con la bocca.

Issac non si sarebbe mai stancato di quella donna. Il suo sapore, la sua essenza. Il suo stesso essere. Con ogni colpo di lingua diventava sempre più duro contro di lei, il corpo prese a formicolargli per il bisogno di farla sua.

La penetrò con una sola spinta e trovò il corpo di Stas immediatamente accomodante, come se i due non si fosse mai separati. Quello era il posto di Issac, le loro anime connesse per sempre.

Astasiya gli fece correre le unghie sulla schiena, premette il corpo contro quello di lui; aveva bisogno di più attrito, così lo esortò a muoversi maggiormente. Issac non avrebbe potuto negarle nulla, specialmente quello.

"La mia Aya," sospirò, facendo l'amore con lei a un ritmo che adoravano entrambi.

"Ti amo." Quelle parole così sentite erano musica per le orecchie dell'Ichoriano, lo fecero sorridere sulle labbra di lei. Durante il loro tempo insieme non avevano espresso molto spesso a parole quanto si amassero, più che altro perché non ce n'era stato bisogno. Entrambi sapevano cosa sentiva l'altro, senza bisogno di tanti fronzoli. Tuttavia, in quel momento Issac avrebbe voluto ripeterlo all'infinito, custodire ogni sillaba con l'ultimo respiro e non smettere mai di dirle e dimostrarle quanto l'adorasse.

"Ti amo anche io," le sussurrò, rallentando il ritmo e assaporando il momento. "Mi sentivo perso senza di te." A dire quelle parole rabbrividì e si tese.

I seducenti occhi verdi di Astasiya gli mostrarono un bagliore tormentato. "È stato doloroso, Issac. Moltissimo." Fece una smorfia e gli affondò le unghie nelle spalle.

La sollevò dal letto in modo da mettersi entrambi seduti, le gambe lunghe di Stas avvolte intorno alla vita Issac, il cui uccello era ancora incastonato nelle profondità di lei. Stas lo guardò negli occhi e gli mise le braccia intorno al collo. "Mi dispiace." Isaac le prese il volto tra le mani, le accarezzò la mascella con un pollice. "Pensavo… Pensavo che fossi morta, Aya."

"Lo so."

"Non avrei mai…" Deglutì a fatica e premette la fronte contro quella di lei. "Avrei dovuto saperlo. In qualche modo forse era così, percepivo la tua presenza, ma pensavo che si trattasse del dolore che si aggrappava a una speranza perduta."

Astasiya gli sfiorò le labbra, vi si soffermò per un lungo momento, il fiato caldo contro la bocca di lui. "Ora sei qui. Io sono qui. È questo l'importante."

"Non sono sicuro di potermi perdonare," le confessò. "Io…"

Astasiya lo silenziò con la lingua. Una rivendicazione

profonda, ardente e sentita che lo sciocco fin nel profondo. Stas non sembrava demordere, la bocca esigeva quella di lui, come se avesse bisogno di essere ancorata al presente, non al passato, per solidificare il loro accoppiamento, invece di ritardarlo. Issac non poteva rifiutarla. Anche lui la voleva altrettanto fortemente.

Lei era *morta*.

Lui l'aveva seppellita.

Le aveva detto addio.

Aveva pianificato di vendicarla.

E in quel momento gli stava a cavalcioni, i loro fianchi si muovevano all'unisono, le labbra sussurravano promesse eterne.

Lei è qui.

Lei è viva.

Lei è mia.

Le morse un labbro per farla sua e tremò quando l'essenza più dolce del mondo gli invase la lingua.

Astasiya.

Il suo sangue.

Issac ingoiò il sussulto di lei e succhiò con più avidità, gli era mancato ciò, gli era mancata *lei*. Stas cercò di allontanarlo ma lui non la lasciò andare, non ci *riusciva*. La presa sui fianchi divenne inamovibile, con l'altra mano le afferrò il retro del collo. Prese un altro sorso, grugnì al sapore e poi le premette le labbra su una guancia, infine le portò all'orecchio.

"Mi è mancato così tanto, Aya. Tu, questo, noi." Si spinse verso l'alto, suscitando un gemito nella ragazza. "Nessun freno, niente regole, zero requisiti. Sono tuo, tesoro. Non solo per adesso, ma per sempre... se tu lo vorrai."

Astasiya si inarcò contro di lui liberando le ali

tutt'intorno. "Hai appena bevuto il mio sangue." Nel suo tono c'era un pizzico di sorpresa. "E sei ancora qui."

Issac si scostò dal collo della bionda e sorrise. "Sì, è vero."

"Come? Il mio sangue non è...?" Stas lasciò cadere la frase, lo sguardo eccitato divenne leggermente confuso. A quanto pareva, Gabriel non glielo aveva spiegato. Lo aveva detto solo a Issac.

"Non sei un'Hydraiana, ma una Seraphim." Le accarezzò la parte inferiore di un'ala, vicino a un fianco, sottolineando quanto stesse dicendo. "Il tuo sangue non è tossico." Gabriel l'aveva detto e Issac ne aveva avuta conferma. Era stato un rischio, forse, ma era l'unico modo per saperlo con certezza. Issac si fidava del fatto che Astasiya non gli avrebbe mai fatto del male.

Astasiya rabbrividì, le si dilatarono le pupille. "Mordimi di nuovo." Le parole erano avvolte nella persuasione e attirarono il predatore che si celava dentro Issac.

"Mmmh, un ordine." Le riportò le labbra alla gola, provocandole il battito cardiaco con la lingua. "Approvo, tesoro." Le bucò la pelle con gli incisivi e grugnì al bisogno possessivo di rivendicare la propria donna, di marchiarla affinché lo sapessero tutti.

È passato troppo tempo.

Merda.

Ancora.

Le parcti lisce di Stas si contrassero intorno all'uccello di Issac, la bionda fece cadere la testa all'indietro con un gemito che gli colpì in pieno i testicoli. Tutto si amplificò: il calore, il ritmo, l'urgenza. Issac contrasse lo stomaco, l'inebriante essenza di lei fluiva liberamente e andò a soddisfare un dolore profondo rimasto a digiuno senza che Isaac se ne fosse reso conto. Non si trattava dei sensi Ichoriani, ma di uno nuovo.

Un antro di desiderio, amore e scopo. Quella donna era la sua metà, la sua ragione di esistere, l'amore della sua vita.

L'eternità non sarebbe mai stata abbastanza.

Issac la tenne stretta, la venerò con bocca e corpo mentre il suo nome le fuoriuscì dalle labbra come una benedizione che gli arrivò dritta al cuore.

Stas gli mise le dita tra i capelli, lui si tirò indietro per baciarla e le vide gli occhi brillare. Il loro bacio diventò una guerra di lingue, di sangue e ardore. Ogni tocco, ogni spinta, ogni leccata e morso erano tutti intersecati insieme per formare un futuro fatto di *sempre*.

"Non smettere mai," gli sussurrò Astasiya; piegò le ali intorno a loro, avvolgendoli in un alone di piume chiare. "Non voglio smettere mai."

Issac le sorrise sulle labbra. "Allora non smetteremo."

"Ho bisogno…" Stas gli baciò la mascella, gli leccò la colonna della gola. "Voglio…" Gli sfiorò la pelle con i denti, provocandogli un brivido dal profondo dell'anima.

Il destino sussurrò ad Issac delle intenzioni estranee all'orecchio, il cuore ebbe un sussulto. Non erano proprio parole quanto istinti, una conoscenza fondata su un piano dell'esistenza che lui ancora non capiva. Eppure l'attrazione li portò a unirsi, Astasiya gli affondò gli incisivi nel collo, il sangue di lui prese a fluire nella bocca eccitata di lei.

Bruciava nel modo più delizioso possibile, lo catapultò oltre il limite, nell'oblio.

"Aya," gemette, il piacere lo scosse, l'orgasmo gli tolse il fiato. Lasciò cadere le mani tra di loro, aveva bisogno che Stas lo raggiungesse, ma lei era già lì e prese a tremare sopra di lui, le piume si agitarono sulle lenzuola.

Issac si sentì sopraffatto davanti alla bellezza di quel momento.

I colori sbrilluccicanti, le lunghe onde bionde di lei che le ricadevano sulle spalle e quel senso di giustizia che li travolse entrambi.

"Issac," sospirò Stas, sì inarcò all'indietro. Aveva le labbra leggermente rosse.

Le passò una mano dallo sterno ai fianchi, la strinse a sé finché le piume continuarono a fremere e poi sparirono. Si guardarono negli occhi, insonnoliti, saziati e ammalianti. Astasiya gli sorrise e lo baciò, mescolando le loro essenze e solidificando una sorta di promessa.

No. Un *legame*.

Un legame infinito che avrebbe connesso le loro anime per l'eternità.

"Riesco a sentirti," si meravigliò lei, il palmo della mano contro la guancia di lui. "I tuoi pensieri. Sei *dentro* di me."

Lui le mordicchiò il labbro inferiore e sorrise. "Mmmh." Avrebbe potuto abituarcisi, l'aveva desiderato dal primo momento che l'aveva conosciuta. Quando realizzò di essere dentro di lei, capì anche che non sarebbe importato poi molto. Issac non aveva bisogno di avere accesso ai pensieri di Astasiya per sapere come lei si sentisse. Era scritto nel modo in cui il corpo della ragazza accettava quello di lui, nel modo in cui lei lo guardava, lo toccava.

Amore.

Tantissimo amore.

La baciò di nuovo, aprì la propria mente a lei, il suo cuore, il suo stesso essere... permettendole di sentire tutte le sue emozioni, tutto ciò che teneva nascosto, incluso il dolore della settimana precedente e la gioia di averla ritrovata, il rimpianto di non averla salvata prima.

Lei rispose con un'ondata di accettazione e perdono, il

suo amore così intenso gli riparò tutti i pezzi dell'anima spezzata e lenì i dolori del cuore di Issac.

Quella relazione, il loro *legame* andava oltre ogni logica e finzione, raggiungeva una zona dell'universo che nessuno aveva mai toccato prima.

Il futuro non era lì solo perché potessero viverlo, ma anche crearlo.

Tra di loro fluiva talmente tanto potere, emozione, *vita...* la loro connessione non apparteneva a quel mondo. Faceva impazzire Issac, lasciandolo tremante sotto il corpo di Astasiya. Ma la sua Aya, lei lo prese di punta... lo spinse sulla schiena e gli si mise a cavalcioni, le mani sul petto.

Il sorriso accattivante della bionda lo fece sciogliere, Stas aveva uno sguardo birichino che smentiva la natura angelica. "Scoperemo di nuovo," gli disse, poi ricominciò a muoversi.

Issac ridacchiò e la fece rotolare sotto di lui. "No, Aya. Faremo di nuovo l'amore. Tutta la notte." Finalmente sarebbe potuto scivolare dentro di lei liberamente. Non sarebbe mai riuscito a smettere di toccarla, desiderarla, adorarla.

Mia.

Mio, concordò lei, raggiante anche nei pensieri. *Prendimi, Issac.*

Ti porterò fino alle stelle, Aya.

STAS

"Non amo l'odore della morte, ma sto imparando che esistono alcuni esemplari della mia specie che lo bramano. Capisco perché la paura si nasconda nel buio, perché esistano persone che non si fidano mai. Questa sera ho assistito a un tale livello di brutalità… eppure non ho cercato di dissiparla. Al contrario, sono rimasto apparentemente calmo, mentre dentro di me urlavo. Mi ritrovo improvvisamente ad avere paura della mia umanità, di ciò che il passare dei millenni farà alla mia mente, dal momento che ha reso Osiris un pazzo."

—Issac Wakefield
Vita mutatur, non tollitur

"LE MIE ALI SONO ROSA." STAS STRIZZÒ LE LABBRA DI lato, ripensando al modo in cui aveva sentito le piume sfiorarle la schiena. Durante il sesso erano sparite, ma il ricordo era ancora vivido nella sua mente, in particolare il colore.

Scosse la testa, irritata.

Beh, almeno Lizzie le adorerà.

"Lizzie." Sentì un tuffo al cuore. "*Lei* sta bene? Sa che sono viva? La bambina sta bene?"

"Sta bene, tesoro. Jayson si è preso eccellente cura di lei," le mormorò Issac, le lanciò un'occhiata di sbieco dal cuscino. "Era sconvolta, ma sarò onesto nel dirti che non ci ho fatto molto caso... Non quando..." Lasciò cadere la frase, poi deglutì. "Non riuscivo a concentrarmi per niente."

Il loro legame si impregnò di dolore, un dolore che faceva concorrenza all'esperienza di Stas nella bara che minacciava di schiacciarle il cuore e distruggerle l'anima.

Rabbrividì all'idea del tormento di Issac, il pensiero di saperla morta ancora fresco nella mente dell'Ichoriano.

Freddo.

Solo.

Distrutto.

Stas si sentì un po' in colpa. "Agisco sempre prima di pensare," gli sussurrò, ripensando agli eventi che avevano portato alla sua morte. Era corsa dall'altra parte della spiaggia per raggiungere Lizzie, si era distratta per via della Seraphim davanti a Balthazar e poi aveva usato la poca energia rimasta per annientare tutte le Sentinelle.

Non ho pensato.

Ho agito.

E così ho fatto del male a tutti.

"Hai anche salvato parecchie vite," le mormorò Issac. "Le Sentinelle avevano delle rune sulle tute mimetiche, respingevano i nostri poteri. Tu sei stata l'unica a farli funzionare."

Astasiya scosse la testa. "Ma ho causato così tanto dolore... Ti ho ferito, Issac. Proprio come a Bora Bora, con Lizzie. Continuo a prendere la scelta sbagliata."

"Chi stabilisce cosa sia giusto o sbagliato, tesoro? Incolpare te stessa per una cosa del genere è come incolpare me stesso per averti sepolta viva. Come potevamo saperlo? Come avremmo potuto prevedere le conseguenze di quel giorno?" Issac sospirò. "Potremmo continuare a chiederci cosa sarebbe successo *se*, ma non farà altro che rovinare il nostro passato. Dobbiamo pensare al futuro e a come potremo reagire meglio, usare l'esperienza come punto di forza."

A Stas si scaldò il cuore per via di quelle parole. "Sembri Aidan." La ragazza si ricordò che anche lui era morto e raggelò all'istante. "Oh, Issac…"

"Shhh." La mise a tacere con un bacio, le labbra soffici su quelle di lei. "Aidan ha vissuto per migliaia di anni. Dire che si sia goduto un'esistenza piena sarebbe un eufemismo. Piango la sua perdita, ma festeggio anche la sua vita." Issac sorrise. "Lui vorrebbe così. Ha salvato la prossima generazione… Lizzie, Jayson e la loro bimba non ancora nata. Ne sarebbe orgoglioso."

Stas si spostò sulla schiena, poi si portò le mani agli occhi. "Merda, mi sono persa così tante cose." Quanti altri erano morti? Quante vite gli aveva portato via quel bastardo? Trattenne un ringhio. "Dimmi che John è ancora vivo…"

Issac emise un suono di puro disgusto. "Sì. Lo stronzo si sta nascondendo, ma io lo troverò. Lo troveremo tutti e pagherà per ciò che ha fatto."

Bene. "Dovrà essere doloroso."

"Lo sarà."

"E sanguinolento," aggiunse Stas. Si stava immaginando la testa dell'ex mentore infilzata in un palo. La ragazza non era solita crogiolarsi nell'odio, ma per John… provava un senso di disprezzo.

"Assolutamente," concordò Issac, poi rimase in silenzio accanto a lei.

Astasiya abbassò le mano e guardò verso l'alto: gli

eventi degli ultimi giorni, o settimane, le attraversarono la mente. Come il fatto che fosse diventata una Seraphim.

Una Seraphim con le ali.

Come faccio a farle apparire di nuovo?

Si accigliò, andò alla ricerca di un muscolo o di una leva di azionamento fisica, ma non ne trovò. Le piume, le sue belle piume *rosa*, rimasero nascoste.

"Uffa," si lamentò. Forse l'inabilità di farle riapparire era una cosa buona. "Le mie piume sono *rosa*, dannazione."

Issac la guardò con sguardo divertito. "È questa la tua principale preoccupazione, al momento?"

"Che c'è? Sono *rosa*, Issac."

L'Ichoriano si lasciò andare a una risatina, che crebbe e fece tremare il letto sotto di loro mentre Stas gli lanciò un'occhiataccia.

"Non è divertente."

"Hai ragione," le rispose tra una risata e l'altra. "È esilarante."

Astasiya si mise a sedere e gli schiaffeggiò un braccio. "Non sei tu quello con le piume rosa che ti escono dalla schiena." Al momento sembravano essere sparite, ma Stas non aveva ancora capito come funzionassero. "Pensi che cambino colore?"

Issac continuò a ridere, il bel viso era troppo affascinante perché Stas riuscisse a soffocarlo con un cuscino. Essere così belli era davvero un crimine.

"Sono seria," gli disse. "Pensi che saranno per sempre rosa?"

L'Ichoriano aveva le lacrime agli occhi, se le portò via con le dita affusolate. "Scopri di essere una Seraphim e il tuo problema principale è il colore delle ali? Non come tu ti sia nebulizzata in Montana? O come ti sono spuntate? Solo il colore."

"Sono rosa," grugnì lei. "È come se San Valentino stesse dando una festa sulla mia schiena."

Issac ricominciò a ridere, seguirono altre lacrime che fecero emettere un sospiro a Stas.

"Beh, sei davvero d'aiuto." Cercò di scendere dal letto ma lui la prese per la vita e la strattonò sotto di sé, le fece scivolare una coscia tra le sue e si appoggiò sui gomiti ai lati della testa della bionda. Tutto ciò senza smettere di ridacchiare.

"Siamo nel bel mezzo di un gran casino, tesoro, e tu ti concentri su un colore. È divertente, ma hai ragione… dovrei prendere la faccenda più seriamente. Il rosa è di sicuro…" Non riuscì a trattenere una risatina, poi si morse il labbro per evitare di ridere ancora di più. Astasiya percepiva il divertimento di lui attraverso il legame, l'ilarità del momento e lo stress che risiedeva poco sotto la superficie che richiedeva quell'esplosione di umorismo.

Gli mise una mano su una guancia. "Penso che entrambi abbiamo bisogno di un boccone." Erano stati a letto per… ore… o forse giorni. Chi poteva saperlo. Non si erano messi in contatto con nessuno.

"Già, la realtà…" mormorò lui sfiorandole una guancia con il naso. "Anche se al momento mi sento molto sazio."

Stas sorrise. "Immagino sia così, dopo tutto quel mordere."

Issac inarcò le sopracciglia ed emise un mugolio. "Mmmh." Le mordicchiò un orecchio. "Che ne dici della colazione, tesoro?"

"È un pasto che apprezzo," gli rispose, poi guardò verso le finestre scure. "Anche a… mezzanotte?"

"Non ho idea di che ore siano," ammise lui, scivolando indietro sui talloni. Nudo. Statuario. Il corpo di un dio, sia fuori che dentro la camera da letto. Issac arricciò le labbra.

"Oh, mi piace questo sguardo su di te. Ma pensavo volessi una pausa?"

"Non sono indolenzita, se è questo che intendi." Al contrario, si sentiva rinvigorita.

"No, la bellezza dell'immortalità è la capacità di guarire." Le fece l'occhiolino e scese dal letto. "Mangiamo qualcosa in cucina, magari dal corpo dell'altro." Le tese una mano. "Ammesso che ci sia ancora del cibo."

Uhm, già. Avevano lasciato la casa qualche giorno... ehm, forse settimane prima. Stas si accigliò. "Che giorno è?"

"Onestamente non ne ho la minima idea al momento." Le afferrò una caviglia e la tirò sulle lenzuola. "Facciamo un giro e scopriamolo, vuoi?"

Lei ridacchiò mentre lui la sollevava dal letto, poi la mise in piedi davanti a sé. Si abbassò per far sfiorare le loro labbra, poi la guidò all'armadio. Stas alzò le sopracciglia. "Da dove arrivano tutti questi vestiti?" Quando erano arrivati la prima volta, gli armadi erano vuoti e lei se n'era andata con la valigia piena.

"Potrei aver chiesto qualche favore per far sì che la casa fosse pronta agli usi futuri."

"E mi hai ordinato solo dei vestiti?" gli chiese lei, incredula. La sua intera metà dell'armadio era piena di capi che avrebbe voluto indossare Lizzie, non Stas.

Issac sorrise malizioso. "Mi piacciono le tue gambe."

"E a me piacciono i jeans."

"Primo cassetto, tesoro." Fece un cenno con il capo verso la seconda cassettiera sul retro della cabina armadio grande come la camera da letto.

Ed eccoli lì, diversi paia di jeans uno sopra l'altro. Insieme ad alcuni pantaloni da yoga. Scelse quelli e li abbinò a una canottiera e un maglione che trovò in altri cassetti. Issac si infilò dei jeans e una maglietta. Aveva i capelli arruffati a causa delle dita di Stas e ai lati della mascella gli si stava infoltendo la barba.

"Mi piace questa versione di te," decise lei. "Sei... rilassato."

Issac rise. "Sono un disastro arruffato, ma grazie per accettarmi così." La guardò, la teneva stretta con il palmo di una mano sulla parte bassa della schiena. "Dopo aver mangiato avrò bisogno di farmi una doccia e di radermi. Quello da *uomo delle montagne* non è il look che preferisco."

"Però è carino." Stas stava in parte scherzando, in parte dicendo la verità. Issac stava bene con qualsiasi tipo di look, compreso quello.

"È un po' inquietante," ribatté lui dandole un buffetto sul naso. "In più la mascella mi prude tantissimo."

"Vuoi fare prima la doccia, allora?" gli suggerì mentre uscivano dalla cabina armadio. "Dare un'accorciatina alla tua barba da uomo delle montagne?"

Issac sorrise. "Tesoro, se cedessi all'idea non mangeremmo mai. Ti scoperei nella doccia per tutto il giorno."

"Non sono sicura che mi opporrei." Stas strusciò le spalle sul muro della camera da letto e si diresse verso la doccia, non le scale.

Issac la fece roteare fino a farle prendere la direzione giusta, poi le diede una sculacciata. "Prima il cibo."

"Pensavo che fossi già sazio?" lo prese in giro lei, usando le stesse parole di lui.

Issac la tirò a sé, gli mise una mano sulla parte inferiore della pancia, le labbra all'orecchio. "Sei stata tu a suggerire di mangiare. Ora devo cibarti. Sono le regole, tesoro."

"Regole?" ripeté la bionda.

"Chiedi a Balthazar." La spinse verso le scale.

Stas lo guardò dal primo scalino. "Balthazar, eh? Siete amici ora?"

"Lo siamo sempre stati."

Astasiya sbuffò e cominciò a scendere. "Sì, credo che..." Si immobilizzò alla vista del soggiorno al piano inferiore. In particolare, davanti all'ampio divano e alla poltrona. Una delle lucine sul tavolino era accesa e mostrava Stark disteso con un libro in mano e le gambe lunghe incrociate sulle caviglie.

Guardò verso l'alto da quella posizione pigra, aveva un braccio dietro la testa ed era appoggiato su dei cuscini vicino a un'estremità del divano. "C'è del caffè in cucina," li salutò. Tornò a concentrarsi sul libro, del tutto indifferente.

"*Tu.*" Astasiya marciò giù per le scale, pronta a uccidere Gabriel. Lui sapeva che fosse una Seraphim fin dall'inizio e non le aveva mai detto niente. L'aveva *salvata*, tutti quegli anni prima, aveva fatto sì che qualcuno le cancellasse i ricordi per nasconderlo e le aveva permesso di credere che i genitori fossero *morti*.

Oh, ma ormai Stas ricordava tutto.

Ogni maledetto dettaglio.

L'aveva trovata in un campo, portata via e promesso che sarebbe tornato da lei. Che l'avrebbe aiutata a cercare la madre. Le aveva rubato i ricordi senza alcun permesso, sostenendo che fosse per proteggerla. Poi lo stronzo aveva avuto l'audacia di diventare il suo allenatore, al FAC. E aveva continuato a non dirle la verità. No.

"È colpa *tua*," lo assalì Stas. "Tu... mi hai tenuta all'oscuro. Non mi hai mai detto un accidente. Issac mi ha sepolta viva perché tu non hai mai rivelato la verità a nessuno di noi!" Gli si scagliò contro, ma il bastardo si nebulizzò dietro di lei, le braccia conserte e le ali rosse dispiegate.

"Smettila di fare la mocciosa."

"La *mocciosa*?" Oh, Stas finalmente capiva il colore

delle piume di Gabriel. Quell'uomo avrebbe voluto sanguinare. Beh, lei l'avrebbe fatto diventare ancora più rosso.

Gli diede un pugno sulla mascella prima che lui potesse nebulizzarsi di nuovo. Gabriel inciampò all'indietro con espressione scioccata.

Issac emise un fischio dietro Stas. "Mi hai anticipato, tesoro. Colpiscilo di nuovo, ti va?"

"Con piacere." Tuttavia il bastardo sparì di nuovo e atterrò con decisione sulla piattaforma di legno in fondo alle scale.

Si mise le mani sui fianchi. "Prima di tutto, bel colpo. Secondo, uno di voi potrebbe usare il telefono sul tavolino per chiamare Jacque? Si è teletrasportato qui tre volte per controllarvi e mi ha lasciato da solo soltanto perché gli ho promesso che uno dei due l'avrebbe chiamato, una volta finito…" Fece un cenno al piano superiore. "Di sopra."

Stas arrossì. "Sei stato qui tutto il tempo?"

Gabriel rise. "No, me ne sono andato una dozzina di volte. Nessuno vuole sentire la propria sorellina emettere certi versi."

Oh, santo cielo. Stas per poco non svenne tra le braccia di Issac. Lui non sembrava altrettanto imbarazzato, il suo petto era solido contro la schiena della ragazza e la sorreggeva.

"Che cazzo vuoi, Gabriel?" gli chiese, la voce grave e piena di rabbia repressa.

Stark non sembrò minimamente turbato, la sua espressione era stoica come sempre. "Parlare del nostro futuro. Abbiamo diverse questioni da risolvere."

"Abbiamo?" ripeté Issac, Stas capì dal tono dell'Ichoriano che avesse inarcato un sopracciglio, sorpreso. "Cosa ti fa pensare che siamo interessati?"

"Perché si tratta di salvare i genitori di Astasiya, Sethios e Caro. Si tratta di annientare Osiris. So anche come potreste distruggere Jonathan." Gabriel piegò la testa su un lato. "Allora, ho la vostra attenzione? O dovrei anche farvi notare che sono l'unico in grado di aiutare Astasiya a controllare le sue nuove abilità?"

Stas deglutì, stava ancora pensando all'iniziò della frase di Gabriel. "I miei genitori…?"

"Sono entrambi vivi e stanno soffrendo moltissimo," finì lui. "Si sono sacrificati per proteggere la tua eredità. La profezia non ha mai fornito al potere in accrescimento un nome specifico e Osiris ha pensato che si trattasse di nostra madre, ma sei sempre stata tu."

"Quale profezia?" chiese Stas con la gola secca.

Stark si passò una mano tra i capelli biondi e sospirò. "Devo cominciare dall'inizio. Vuoi che ne parliamo davanti a un caffè? O rimaniamo qui in piedi?"

Issac allentò la presa sulla bionda. "Astasiya vuole il caffè."

In condizioni normali Stas avrebbe lamentato il fatto che qualcuno prendesse decisioni per lei, ma in quel caso Issac aveva ragione. Aveva bisogno di caffè. "Nero con…"

"Lo zucchero di canna," continuò lui, lasciandola andare con un occhiolino. "Lo so, tesoro."

Ovviamente. Era nella sua testa, nella sua stessa essenza. Sapeva tutto.

Issac doveva aver sentito anche quei pensieri perché le fece di nuovo l'occhiolino, poi superò Stark.

"Se mi siedo, mi attaccherai di nuovo?" chiese Gabriel a Stas con voce piatta.

"Hai intenzione di chiamarmi di nuovo mocciosa?"

"Hai intenzione di comportarti da tale?" ribatté lui.

Astasiya strizzò gli occhi. "Mi hai tenuta all'oscuro per tutta la vita, mi hai rubato i ricordi, hai finto la morte del mio migliore amico e me l'hai tenuto nascosto, negli ultimi mesi della nostra conoscenza ti sei dimenticato di dirmi che sei mio *fratello*. Oh e sono stata sepolta viva perché non hai detto a nessuno che fossi una Seraphim. Quindi, ho il diritto di comportarmi come cazzo mi pare, grazie."

Gabriel fece una smorfia.

Una smorfia!

"Non è divertente."

"No, non lo è, ma mi ricordi molto la mamma, in questo momento." Gabriel emise un suono soffocato estraneo alle orecchie di Stas.

"Stai… Quella è la tua risata?"

Aumentò di volume e cominciarono a tremargli le spalle.

"Santo cielo stai davvero ridendo." Da quando Stas lo conosceva, Gabriel non aveva mai sorriso, nemmeno una volta, mentre in quel momento si era messo a ridere… "Chi diavolo sei?" gli chiese lei, non riconosceva quella versione dell'uomo. Avrebbe dovuto essere una domanda retorica, ma naturalmente il tono della domanda passò inosservato all'angelo.

"Gabriel Stark, Seraphim della stirpe guerriera e messaggera." Si nebulizzò nuovamente sul divano, tirò su le gambe e si rilassò. "Tu sei una Seraphim della stirpe della resurrezione e messaggera."

"Non so cosa significhi," ammise Astasiya.

"Lo so." Prese in mano il telefono dal tavolino e cominciò a digitare mentre spiegava. "Nostra madre è una messaggera, ovvero consegna gli editti per conto del Consiglio. Possiede anche un gene curativo dormiente, io l'ho ereditato e potresti averlo fatto anche tu. Molti non la consideravano potente, ma dopo aver passato la maggior parte degli ultimi vent'anni tra gli umani, penso che la nostra specie abbia sminuito le sue capacità per via delle qualità da guardiana."

Stas si mise finalmente a sedere su una delle poltrone e strizzò gli occhi. "Dovrai cominciare dal principio, Stark. Che cos'è un editto? Chi è il Consiglio? E cosa sono le qualità da guardiano?"

"Prima il caffè," s'intromise Issac. Fece ingresso dietro di lei con una tazza fumante di liquido paradisiaco e gliela porse. "Qualcuno ha fatto il pieno in frigo. Devo preparare qualcosa? Magari la colazione…"

Uno sguardo alle finestre che circondavano il salotto mostrarono la luna alta sopra il lago. Era decisamente notte fonda. Non che importasse. "La colazione è…"

"Mediocre," li interruppe una voce profonda. "Ho il mio telefono, Rossa. Aspetta un attimo." Jayson e Jacque se ne stavano in piedi in sala da pranzo. Beh, solo Jayson, perché Jacque era già sparito di nuovo.

"Voglio vederla, Jay!" Esclamò una voce femminile in vivavoce. "Ho *bisogno* di vederla."

"Lo so, bambolina. Dammi solo un secondo." Jay passò in rassegna il salotto con gli occhi scuri, poi si fermò su Stas. "Tu, telefono, ora."

Che piacere vederti anche per me, pensò lei. Tuttavia, la disperazione nei lineamenti dell'Hydraiano le fece posare il caffè, alzarsi in piedi e avvicinarsi al telefono. Sullo schermo spuntò la faccia di Lizzie.

"Stas?" sospirò, gli occhi color cioccolato spalancati. "Stai bene?"

"Ciao, Liz." Prese il dispositivo dalle mani di Jayson e sorrise. "Sono qui… Viva. Tu e la bambina…"

Un urlo inquietante proveniente dal telefono squarciò l'aria e Lizzie scoppiò in lacrime.

"Merda," mormorò Jayson. "Pensavo che avrebbe aiutato, non peggiorato la situazione." Alzò gli occhi come a chiedere al cielo un aiuto, mentre Stas guardò la migliore amica piangere a dirotto sullo schermo.

"Lizzie, sto bene," la rassicurò. "Voglio dire, le mie ali sono rosa… il che… beh, a te piaceranno. Ma sto bene, lo giuro."

Ancora singhiozzi seguiti da un fiume di parole incomprensibili che coinvolsero un contorto mix tra il nome di Stas, quello di Issac e qualcosa su Stark.

"Non ce la faccio…"

"Oh, al diavolo. Ha ceduto, non è vero?" Dal sottofondo si levò una voce femminile. "Dai tesoro, devi respirare. Dentro e fuori, ecco, così. Shhh…"

L'immagine di Lizzie si sfocò e la bionda la sentì urlare "Stas!"

"Sono ancora qui," le rispose, si accigliò davanti ai cambiamenti di colore sullo schermo. "Lizzie?"

Apparve una donna bionda e dai lineamenti sorprendenti, la Seraphim che aveva salvato Balthazar. *Leela*, le ricordò la memoria.

"Lizzie ha bisogno di calmarsi o ci saranno delle complicazioni," suggerì con tono dolce. "La sua è una gravidanza già abbastanza anormale senza tutto lo stress aggiuntivo, avevo appena finito di dirlo a Jayson… cinque minuti fa.

Jay sospirò, era visibilmente agitato. "Aveva bisogno di una prova che Stas fosse viva."

Leela fece una smorfia. "E tu hai ceduto."

"Tecnicamente, tu mi hai ordinato di non teletrasportarla. Non hai detto nulla riguardo al venire qui io stesso e farle vedere che Stas fosse viva."

"No, ti ho detto di non stressarla ulteriormente," lo corresse Leela. Non somigliava affatto a Stark, il quale era solito usare un tono stoico, era proprio una donna arrabbiata. *Strano.*

"Ascolta, stava già malissimo per Stas… poi è diventata esigente quindi non ho avuto altra sc…"

"*Esigente*?" ripeté Lizzie con voce tesa.

"Sì, Rossa. Mi hai urlato contro di trovare Stas." Pronunciò quelle parole in modo timido, Stas non lo aveva mai sentito così. "Ho fatto quello che hai chiesto, va bene, bambolina?"

"No, non te l'ho chiesto." Piagnucolò Lizzie. "Voglio dire… non avrei voluto. Io… Io… Mi mancava Stas e tutta questa situazione è così confusionaria." Tirò su con il naso.

"Sbalzi d'umore," mimò Jayson con le labbra, poi scosse la testa.

"Ti ho sentito," gli rispose secca Lizzie, le lacrime erano improvvisamente sparite. "Provaci tu a portare questa… questa *bambina angelo* dentro di te!"

Leela sorrise con espressione indulgente. "D'ora in poi me ne occuperò io. Vieni a trovare presto la tua amica, Stas. Ha bisogno di vederti." Lo schermo si rabbuiò, la Seraphim aveva riattaccato.

"Perché quella donna è con Lizzie?" chiese Stas, era molto confusa.

"È una Seraphim della stirpe della fertilità," le rispose Stark dal divano. "Ha aiutato nostra madre a dare alla luce te e ora si è offerta volontaria in aiuto di Lizzie. Le ho dato anche tutti i documenti del FAC, compresi quelli che Mateo non è riuscito ad hackerare."

Astasiya aprì la bocca e Jayson strizzò gli occhi. "Continuo a non fidarmi di te, stronzo."

"Implicherebbe che mi importasse cosa pensi di me, ma non è così," rispose Stark, poi si concentrò sul proprio telefono. "Torna da tua moglie, Anziano. Ha bisogno di te."

"La sentivo urlare da casa mia," esordì una voce maschile e profonda dalla cucina. Balthazar entrò nella sala da pranzo con una pila di cartoni di pizza in mano. "Jacque mi ha aiutato a procurarmi queste."

"Esatto. Lasciatemene un po'. Vado a prendere Luc e Alik e a riportare Jayson da Lizzie." Il teletrasportatore si posizionò accanto a Jayson, aveva i capelli scompigliati dal vento per il troppo sfrecciare avanti e indietro. "Tutto bene, Jay?"

"No," borbottò. "Lizzie non mi sembrava affatto contenta."

"La gravidanza provoca questo e altro in una donna," mormorò Balthazar con un bagliore subdolo nello sguardo. "Non vedo l'ora che nasca la piccola LJ."

Jayson lanciò un'occhiataccia al telepatico. "*Non* la chiameremo così."

"Voi magari no, ma io sì."

"No, tu non…" La risposta di Jayson si perse nel vento nell'istante in cui Jacque teletrasportò entrambi fuori dalla sala da pranzo, lasciando Balthazar a ridacchiare tra sé e sé.

"Quindi, chi ha fame?" chiese con fare angelico mentre posava i cartoni sul tavolo del soggiorno.

"Io," gli rispose Issac mostrandogli il sorriso di un bimbo. "Sento odore di salamino piccante."

Da quando la pizza ti entusiasma? Chiese Stas.

Dopo la maratona di sesso al piano di sopra sarei entusiasta di mangiare qualsiasi cosa.

Pensavo ti fossi già saziato. Lo prese in giro.

Issac le sorrise da sopra la spalla. *Lo ero, ma ora muoio di fame. Sospetto che sarà una giornata lunghissima, Aya.*

"Beh, questa è nuova," commentò Balthazar, spostando lo sguardo avanti e indietro tra i due. "E la cosa più interessante è che anche se so che state parlando, io non posso *sentirvi*."

Issac inarcò le sopracciglia. "Intendi dire che ho finalmente trovato un modo per tenerti lontano dalla mia testa? Fantastico."

"Si sono legati," gli disse Stark dal divano. "Nonostante io li avessi avvertiti del contrario, se posso aggiungere."

"Perché i tuoi avvertimenti condizionano molte delle mie decisioni, infatti..." gli rispose Issac.

"Legati?" ripeté Balthazar, poi si avvicinò.

"Legame di sangue Seraphim." Stark si alzò con espressione apatica. "Issac si è appena unito alla stirpe Seraphim della resurrezione tramite Astasiya. Congratulazioni. Sono sicuro che Osiris sarà al settimo cielo."

Terza parte:
Legami Seraphim

"Una nuova Seraphim è risorta dalle ceneri della disperazione. Ella porterà con sé un'ira diversa da qualsiasi altra questa Terra abbia mai sperimentato e regnerà anche nella morte. I regni cadranno. Emergeranno nuovi poteri. La fine dei giochi ha inizio ora."

— Profetessa Skye

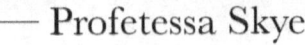

Stas

"Issac si sta trasformando in un Seraphim," ripeté Luc incredulo. Era arrivato insieme a Jacque alla fine della spiegazione di Stark, che nessuno all'interno della stanza aveva capito appieno.

"Benissimo." Alik si accasciò sulla poltrona e distese le gambe. "Spero che ciò gli conferisca dei poteri in più. Oh, dal momento che nessuno l'ha ancora detto… sono contento che tu sia viva, Stas."

"Sì, anche io sono grato che tu sia ancora tra noi," gli fece eco Luc, lo sguardo ancora posato su Stark. "Quindi stai dicendo che il completamento del legame di sangue tra loro ha iniziato un qualche processo di transizione?"

Stas non aveva preso a cuore il fatto che Luc fosse tornato direttamente sull'argomento scottante perché anche lei voleva delle risposte. Avrebbero potuto celebrare il suo essere ancora viva *dopo* aver ricevuto più informazioni sulle affermazioni criptiche di Stark.

"Il processo è iniziato la prima volta che Issac ha morso Stas. È il motivo per cui non si è più dovuto cibare. Il sangue di Stas ha curato la maledizione intrinseca, permettendogli di sopravvivere senza dover contare sull'essenza mortale. Ora che il legame è completato, l'anima di Issac si è unita a quella di Stas. Lui non è più un Ichoriano, sta effettuando il passaggio al regno etereo."

"Non mi sento diverso da prima." Issac era in piedi in salotto, il gomito appoggiato sulla parte superiore del camino. Avevano tutti perso l'appetito, compresa Stas, quindi la pizza giaceva intatta in sala da pranzo. "Posso ancora accedere alla vista di tutti, tranne che alla tua e quella di Astasiya, e di certo non mi sono spuntate le piume."

Stark ridacchiò. "Il processo dura decenni, non ore. Perché pensi che a Stas ci siano voluti venticinque anni per raggiungere la maturità? Lei è persino nata Seraphim, tu no. Ti ci vorranno vent'anni prima di entrare effettivamente nello stato etereo, probabilmente anche di più."

"Stas è nata Seraphim?" ripeté Luc aggrottando la fronte. "Ezekiel ha menzionato che Osiris sia un Seraphim, ma la madre di Sethios era una mortale. Questo non fa di lui un mezzosangue? Geneticamente parlando, intendo dire."

Stark scosse la testa. "Parli in termini di aspettative mortali. I Seraphim potranno anche assomigliare agli esseri umani, quando in stato corporeo, ma non c'è niente di umano nella nostra genetica. Il sangue contiene le nostre proprietà elementali, le quali soprassiedono la mortalità in tutto e per tutto. Sethios era per la maggior parte un Seraphim per via dell'influenza genetica del padre, non un mezzosangue. Pertanto, Stas è nata pura perché la stirpe sanguigna di Caro ha sopraffatto quel poco di mortalità che Sethios aveva in circolo."

"Come si fa a essere prevalentemente Seraphim senza esserlo del tutto?" chiese Luc.

"Facendo accoppiare un Seraphim a un'umana," rispose Gabriel. "Sethios ha mantenuto una mortalità sufficiente da cavalcare i confini tra il regno umano e quello etereo. Significa che era in grado di vedere i Seraphim ma non si era mai trasformato in uno di loro, anche se sospetto che grazie al legame tra lui e Caro la transizione sia stata completata."

"Quindi il processo impiegherà diversi decenni?" gli chiese Issac.

"Sì, è un'evoluzione graduale ma arriverai a essere un Seraphim purosangue, il tuo DNA umano si dissolverà lasciando posto all'essenza superiore. Con il tempo manifesterai nuovi poteri. Potresti sviluppare abilità che daranno del filo da torcere alla stirpe sanguigna di Stas, o forse le tue capacità di visione si tramuteranno in qualcosa di spettacolare. Non abbiamo modo di saperlo con certezza."

"Affascinante," commentò Luc meravigliato.

Stas era d'accordo, ma aveva una domanda più importante. "Puoi tornare sulla parte in cui dici che Osiris è un Seraphim?" Per lei era una novità. Tutti avevano speculato sulle origini di Sethios, ma nessuno aveva mai immaginato che Osiris fosse altro che un Ichoriano.

"Sì, è il Seraphim della Resurrezione." Stark portò una caviglia sul ginocchio e si rilassò come un re sul divano, le braccia distese su entrambi i lati. "Esistono centinaia di stirpi Seraphim, tutte definite dalle loro abilità o dai loro talenti soprannaturali. Ogni figlio riceve una delle stirpi familiari in base all'abilità predominante e ogni stirpe ha un rappresentante, considerato il più potente di quel gruppo. Nel tuo caso, Osiris è il più anziano e influente membro della famiglia della Resurrezione. Dal momento che ha procreato solo una volta, mettendo al mondo Sethios, è lecito pensare che Osiris sia l'essere più forte."

"E il suo sangue è ciò che ha dato vita agli Hydraiani e agli Ichoriani," aggiunse Luc. Stas rimase ancora più interdetta.

"*Cosa?*" Aveva bisogno di sedersi. Prima le notizie riguardanti Issac, poi quello, qualsiasi cosa significasse. E va bene. Si accasciò su una poltrona all'angolo del divano dove era seduto Stark. Issac si unì a lei, le circondò le spalle con un braccio e l'attirò a sé, percepiva il bisogno di conforto della ragazza.

Anche Luc colse l'occasione per sedersi, non sull'ultima poltrona rimasta ma sul gradino del camino che fronteggiava Stark, lo sguardo intenso. "Ezekiel ha detto che è stato Osiris a creare la prima manciata di Ichoriani, compreso lui stesso e Aidan; da lì la maledizione, come l'ha definita lui, prese il sopravvento."

"Sì, la mia specie definisce la vostra una maledizione, dal momento che non dovrebbe esistere. Siete tutti abomini della razza umana, riportati in vita solo grazie alla magia della resurrezione. È il motivo per cui Osiris è in grado di persuadervi tutti. Anche Stas può farlo perché discende dalla medesima stirpe."

Sembrava che volesse dire che Astasiya fosse in grado di soggiogare Ichoriani e Hydraiani perché erano stati resuscitati. "Ma riesco a persuadere anche Osiris e gli umani, loro non sono stati resuscitati," commentò la bionda intanto che Balthazar si univa nuovamente a loro. Le porse una tazza di caffè appena fatto (la vecchia tazza era ancora posata sul tavolo), fece lo stesso con Issac e si mise al fianco di Luc vicino al camino.

Stark si grattò il mento e si accigliò pensieroso. "Ci sono vari gradi di persuasione. Il controllo esercitabile da Osiris è molto ampio, i suoi poteri vanno al di là del tempo e dello spazio, a meno che non sia lui a far cessare il comando."

"Va bene." Stas prese un sorso di caffè, aveva bisogno di quel tepore.

Parlare delle abilità di Osiris le aveva fatto contorcere lo stomaco. L'immortale aveva ridefinito il concetto di *crudeltà*. Il ricordo di essere imparentata con lui la turbava nel profondo. Non avrebbe voluto essere paragonata a lui in alcun modo. Purtroppo però condividevano un potere simile.

"Dunque." Astasiya fece una pausa, poi si schiarì la gola. "Perché sono in grado di soggiogarlo, se lui non fa parte delle mie creazioni?"

"La stirpe di Osiris non riguarda solo la resurrezione, ma anche la creazione," chiarì Stark. "Tu controlli la vita e l'esistenza, Stas. Quelli della tua stirpe possono soggiogare chiunque, è una delle capacità più potenti ed è per questo che Sethios e Caro hanno voluto così tanto che crescessi tra i mortali. Avevi bisogno di apprezzare la vita per rispettarla, altrimenti…" Gabriel allargò le braccia come a dire *Sai com'è*.

"Saresti diventata come Osiris," commentò Issac prendendo un sorso del proprio caffè.

"Esattamente. È stato condannato a passare diecimila anni sulla Terra dopo aver usato il dono della persuasione per compiere atti nefasti. Io non ero ancora nato al tempo, quindi non ho assistito a tali atrocità, ma tutto ciò che ho osservato negli ultimi cinquantacinque anni mi suggerisce che l'esilio sia del tutto giustificato."

"Hai solo cinque decenni?" gli chiese Luc inarcando le sopracciglia.

"Quasi sei, a dire il vero." Gabe scrollò le spalle. "Sono giovane ma mi hanno addestrato bene. Sono già salito nei ranghi della mia stirpe paterna, ho superato esseri di millenni più vecchi di me perché mio padre, Adriel, è il Seraphim della guerra. Tuttavia possiedo ancora delle abilità provenienti dalla stirpe di Caro, la mia vera forza risiede nel combattimento."

"Posso immaginarlo," borbottò Stas, ricordandosi di tutte le estenuanti ore di allenamento in cui l'aveva messa al tappeto. "Non mi stupisce che tu sia un tipo tosto."

Gabriel contrasse le labbra. "No, sei tu a essere inesperta, sorellina. Ma migliori di giorno in giorno."

Quel termine affettuoso le smosse il sangue nelle vene. *Sorellina.*

Gabriel Stark è mio fratello maggiore.

Che diavolo succede al mondo?

Stas l'aveva considerato un nemico per tantissimo tempo, la Sentinella addomesticata di Jonathan, ma non sapeva più cosa pensare. Le aveva nascosto tutto, le aveva fatto credere che i suoi genitori fossero stati uccisi. Tuttavia il lato razionale della bionda capiva perché si fosse comportato in quel modo. La finta storia sulla morte dei genitori aveva portato Stas a nascondere i propri poteri per paura delle conseguenze. Vivere con i Davenport le aveva insegnato a dare valore alla vita umana, donandole una coscienza che Osiris era chiaro non avere.

"Che mi dici di mio padre?" chiese Stas ad alta voce. "Sethios è come Osiris?"

"Sì," risposero Luc e Alik all'unisono.

"No," ribatté Stark. "Sethios ha sacrificato tutto per proteggerti, Stas. Osiris non avrebbe mai fatto una scelta del genere per nessuno al di fuori di se stesso."

Stas ripensò a quel ricordo, la versione realmente accaduta, e vide gli occhi del padre che la soggiogavano a correre. Stava soffrendo così tanto...

Un paio di iridi verdi piene di dolore e paura fissavano Astasiya. La persuasione la fece sussultare, costringendo le gambe a muoversi, a correre...

"Riesco a vederlo," disse Issac meravigliato,

allontanandosi dal pensiero di Stas. "Riesco a vedere Sethios."

Astasiya lo guardò. "Intendi dire il ricordo?"

Issac annuì. "Ogni dettaglio."

"Sì, siete legati," li interruppe Stark. "Per l'eternità."

Issac si limitò a sorridere. "Lo dici come se fosse una cosa negativa, amico." Si concentrò altrove, il braccio sempre più stretto intorno alle spalle di Stas. "Ti preoccupi delle mie intenzioni con tua sorella?"

Durante quella conversazione, Stas si tenne occupata con la tazza di caffè, aveva bisogno di quel liquido fortificatore per affrontare la discussione.

Stark rise. "Dovresti essere più preoccupato per la reazione di Sethios."

"Non ho paura di Sethios." La certezza nella voce di Issac corrispondeva alla sua determinazione interiore.

"A ogni modo, ci sono alcuni dettagli che dovete sapere riguardo al legame. Primo, connette la tua anima a quella di Stas, è per questo che alla fine diventerai un Seraphim. In questo momento riesci a vedere il nostro piano di esistenza…"

"Potevo vedere Aya prima di completare il legame," lo interruppe Issac.

"Sì, perché era già stato inizializzato. Prima non eri in grado di vedere me, ora puoi farlo."

Issac abbassò il mento. "Va bene."

"Prima o poi avrai anche la capacità di diventare etereo, ma non prima che la transizione si sia completata, ma di questo abbiamo già parlato."

"Certo, ma continuo a non capire le tue preoccupazioni, Gabriel," continuò Issac, poi prese un ultimo sorso dalla tazza e la posò da parte. "Tutto ciò di cui hai parlato fino a ora è un vantaggio."

"Giusto." Stark spostò l'attenzione sulla sorella. "Stas,

sogni di essere sott'acqua? Di stare annegando? Di urlare per chiedere aiuto senza che qualcuno ti senta?"

Quelle parole la fecero rabbrividire e le mostrarono immagini vivide senza il suo permesso. La tazza che aveva in mano le sembrò improvvisamente fredda. Amara. La poggiò sul tavolo e si portò le braccia intorno alla vita, come per abbracciarsi.

"Sì," ammise, turbata dalle visioni che le inondarono la mente. Gli incubi erano tanto brutti quanto venir seppelliti vivi, quasi altrettanto reali.

"È mamma che sta telegrafando attraverso il legame," disse Stark con tono piatto. "Anche io li vedo, ma solo mentre dormo. Sethios, al contrario, percepisce l'agonia di Caro attraverso il legame ogni secondo di ogni singolo giorno. La cosa peggiore è che non ha idea del perché."

"Non sa di essere legato a lei?" chiese Luc accigliato. "Com'è possibile?"

"Osiris l'ha soggiogato affinché dimenticasse tutti e tutto, proprio davanti a Caro. L'ha cancellata completamente della sua memoria, poi ha seppellito lei in fondo all'oceano."

"Dove?" chiese Stas, le mani strette in pugni. "E perché non sei andato ad aiutarla?"

"Non pensi che l'avrei fatto, se avessi potuto?" Nel tono di Gabriel si percepì finalmente una nota di emozione, l'incredulità, che combaciò con l'espressione scioccata. "Non ho idea di dove l'abbia lasciata Osiris e questo pianeta è fatto principalmente di acqua. Nemmeno Ezekiel lo sa, per questo abbiamo bisogno di Sethios. Lui è l'unico in grado di trovarla."

"Per via del loro legame," aggiunse dolcemente Issac.

"Sì." Stark sostenne lo sguardo dell'Ichoriano. "Ora capisci le complicazioni del caso. Se dovesse succedere qualcosa ad Astasiya, vivrai in agonia finché il problema non sarà risolto."

"Sarei addolorato a prescindere dal legame." Issac piegò la testa di lato. "Penso che nell'ultima settimana sia stato chiaro a tutti." Le accarezzò il braccio con una mano, come se volesse ricordarsi della presenza della ragazza al proprio fianco.

Stas si sporse ulteriormente verso di lui, gli poggiò la testa sulla spalla e gli accarezzò la gola. *Sono qui.*

Lo so.

Ti amo.

Issac sorrise. *Ti amo anche io, Aya.*

"È davvero strano," s'intromise Balthazar, nello sguardo color cioccolato s'intravide dell'ammirazione. "So che vi state parlando, ma i suoni sono come ovattati."

"Non puoi capire quanto ciò mi renda felice," gli rispose Issac. "Ho finalmente trovato un modo per escluderti."

"Quindi per togliermelo dalla testa devo formare un legame con una Seraphim." Commentò Alik come se stesse organizzando dei piani per il futuro. "Tra i benefici aggiuntivi troviamo un'intensa immortalità, dal momento che sembra che Wakefield non possa morire, e potrebbero spuntarmi delle ali." Annuì. "Affare fatto."

Stark non sembrava per niente divertito. "Non è solo un legame, è un accoppiamento eterno. È sacro e raro, richiede un impegno importante. Issac sarà impossibilitato a reagire romanticamente nei confronti di altri esseri. La sua anima appartiene a Stas e viceversa."

Attraverso il legame si percepì un pizzico di soddisfazione. Issac era contento all'idea che Stas non avrebbe potuto più guardare altrove. Gli fece capire che anche lei provava lo stesso.

Sei tu il playboy miliardario, ricordi?

Issac ridacchiò. *Quella è una vecchia immagine che non ho intenzione di riesumare.*

Bene, perché ucciderò chiunque ti toccherà. Stas non aveva idea da dove venisse quell'istinto possessivo, ma non l'avrebbe messo a tacere. Issac era suo, non l'avrebbe condiviso. Mai.

L'Ichoriano inarcò un sopracciglio. *Potrebbe piacermi, Aya.*

Non tentarmi, o ricambierò il favore e flirterò con Balthazar.

Issac strizzò gli occhi. *Touché, tesoro.*

"Va bene, hai detto che il prossimo step sarà quello di liberare Sethios. Che mi dici di Jonathan? È la persona con la quale hai lavorato più a lungo. Dove si nasconde?" Luc si era in qualche modo rilassato, la schiena poggiata al camino e le gambe distese in avanti.

"Ho una domanda migliore: perché non ci hai avvertiti dell'attacco?" chiese Alik giocando con una lama tra le dita. "Se fossi stato dalla nostra parte avresti detto qualcosa."

Nonostante la chiara minaccia nello sguardo di Alik, Stark non batté ciglio. "John ha assegnato una Sentinella diversa a quella missione. Non ne ho saputo niente fino a quando non era già troppo tardi."

"Ma Leela era presente." Disse Stas con la fronte aggrottata. "L'ho vista."

"Sì," Stark contrasse la mascella. "Ci siamo dati il cambio per sorvegliarti e quella era la settimana di Leela. È grazie a lei che ho scoperto dell'attacco. Si è fiondata a casa mia prima di morire per via delle ferite da arma da fuoco. Owen si è occupato di lei e mi ha chiamato. Sono andato da Jonathan per capire che diavolo fosse successo, poi ho chiesto una vacanza di un paio di settimane per schiarirmi le idee."

"E lui non ha fatto domande a riguardo?" gli chiese Luc.

"Voglio sapere come hanno fatto a sparare a Leela," s'intromise Balthazar. "I Seraphim possono essere colpiti dai proiettili quando sono in forma eterea?"

Lui non lo sa? Stas sbatté le palpebre. *È ovvio che non lo sappia, non poteva vederla.*

Vedere chi, tesoro? Le chiese Issac origliando i pensieri della bionda.

Leela. Ha protetto Balthazar. Ecco perché mi sono distratta così tanto, ho visto le sue ali... poi ti ho sentito chiamare il mio nome e... Deglutì. *Conosci il resto.*

Stark cambiò posizione, distese le gambe e si chinò in avanti per poggiare i gomiti sulle ginocchia. "Sì, i Seraphim possono essere feriti anche in forma eterea e no, Jonathan non ha fatto domande poiché gli ho detto che volevo una pausa visto il poco lavoro. Non avevo mai preso dei giorni di vacanza, così me li ha dati. Tuttavia si aspetta che torni a breve."

"Il che ci offre un'opportunità," mormorò Luc. "Interessante. Ezekiel mi ha detto che sei in grado di alterare le rune al quartier generale del FAC?"

"Sì, le ha create Osiris. So come aggiornarle e l'ho fatto in numerose occasioni."

"Quindi Jonathan sa che tu sei un Seraphim?" gli chiese Luc.

"No, non ne ha idea. Nemmeno Osiris lo sa. Ho aggiornato le rune senza che lo sapessero e ho tenuto segreta la mia identità per quasi un decennio. John pensa che le modifiche genetiche abbiano funzionato su di me." Stark guardò Luc. "Ezekiel ha condiviso i file di ricerca per darvi accesso agli aggiornamenti delle Sentinelle? John è stato molto occupato a spendere i soldi di Osiris e le risorse

Seraphim per creare ancora più abomini, alcuni di essi incredibilmente letali."

"Non capisco, perché Osiris si fida di Jonathan tanto da affidargli questo tipo di progetti? Qual è il suo obiettivo? Ha sostenuto i conflitti tra Ichoriani e Hydraiani per quasi due millenni, ha persino condotto una guerra e ucciso centinaia delle sue stesse creazioni. Che cosa sta cercando di ottenere?"

"Dovrebbe essere ovvio." Stark piegò la testa su un lato. "Siete tutti soldati creati per il suo esercito personale. Ha perfezionato i propri mezzi attraverso migliaia di anni di tragedie, uccidendo i più deboli e tenendo i più forti. Vi tiene sulle spine così continuerete ad allenarvi. Sta mettendo insieme un esercito, Lucian. I progetti a cui lavora Jonathan non sono altro che un'ulteriore linea di difesa… umani con genetica Seraphim."

"Come Lizzie," sussurrò Stas.

"Sì," confermò Stark. "Tuttavia lei è stata creata con uno scopo diverso."

"Per procreare," mormorò la bionda, ricordandosi di ciò che le aveva detto l'amica.

"Più specificatamente per mettere al mondo la progenie di Osiris. Vede la gravidanza di Elizabeth come un test di sopravvivenza. Crede anche che ogni bambino che lei farà nascere gli sarà utile in futuro. Tuttavia, il suo obiettivo a lungo raggio è quello di sostituire Sethios, lo vede come un tenente poco funzionale, viste le avventure con Caro. Ecco perché Lizzie è stata modificata geneticamente per concepire."

"Ma perché?" insistette Stas. "Voglio dire, ha creato mio padre insieme a una mortale, giusto?"

"La procreazione tra i Seraphim è davvero rara. Sospetto che abbia provato a produrre una progenie utilizzando metodi simili ma che abbia fallito. Ecco perché ha incaricato John di creare una donna con abbastanza caratteristiche genetiche Seraphim in modo da poter portare in grembo suo figlio."

"Lizzie è simile a mio padre? Oppure si sta trasformando in una Seraphim?"

"Leela sarebbe più indicata per rispondere a questa domanda. Il modo in cui hanno creato Elizabeth sfida l'ordine soprannaturale. È un misto di stirpi sanguigne, Seraphim ma anche umane. Non so se esista una definizione per descriverla."

Stas rabbrividì. "Significa che non sappiamo cosa le succederà in futuro?"

"In poche parole sì. È unica nel suo genere. Alle Sentinelle del FAC utilizzate per gli esperimenti sono state somministrate piccole quantità di alterazioni Seraphim per rafforzare la loro mortalità. Elizabeth è stata in tutto e per tutto prodotta in un laboratorio."

Sembra tutto molto inquietante, pensò Stas mentre un altro brivido le percorreva la schiena.

Ma non senza speranza, le rispose Issac in tono rassicurante. *Elizabeth è una tipa resiliente, troveremo una soluzione.*

"Hai detto che la procreazione tra i Seraphim è rara," riprese Luc. "C'è una motivazione specifica?"

"Ce ne sono diverse. Prima di tutto, i Seraphim fornicano raramente perché la mia specie non ne capisce lo scopo. Secondo…"

"Ehi, un momento. Non vedete il punto di tutto ciò?" Balthazar alzò le sopracciglia fino all'attaccatura dei capelli. "Intendo dire… No, non riesco nemmeno a finire la frase perché è irragionevole. Come fa il sesso a non avere ragione di esistere?"

"È un atto prevalentemente umano, fatto per ragioni egoistiche che non portano ad alcun ricorso pratico, fatta eccezione per la creazione di un erede, il che è raro... dal momento che ci vuole tempo e una corrispondenza sanguigna appropriata."

Balthazar lo guardò sbattendo le palpebre. "Il piacere è *egoistico*?"

"Non è pratico."

"Non mi meraviglio che voi Seraphim siate così stoici. È chiaro che non sappiate come si vive. Fatemi parlare con i vostri leader e sarò lieto di fornirvi qualche tutorial. Il piacere può certamente essere un dono, quando raggiunto attraverso i metodi corretti." Balthazar guardò Luc. "Riesci a crederci? È come se fossero un intero regno di opportunità non ancora sperimentate, la madre di tutte le sfide."

Alik sbuffò. "Non tutti vivono e respirano sesso, B."

Balthazar fece un segno a Stark. "Questo è chiaro."

"Ripeto, non è pratico. I Seraphim fornicano solo quando i Destinati predicono una coppia ideale, come quando Adriel e Caro sono stati indicati per mettere al mondo me."

"Sei vergine?" gli chiese Balthazar, incredulo.

"Non c'entra niente con questa conversazione."

"Permettimi di dissentire," insistette il telepatico. "La tua verginità spiegherebbe la tua visione ristretta, un qualcosa che mi piacerebbe aggiustare. Dillo e sarà fatto."

"No." Una risposta secca, priva di spiegazioni. Un'enfatica negazione al suggerimento, o forse una risposta alla domanda sulla verginità. Non che a Stas interessasse saperlo. A quel punto tutto ciò che voleva era una pausa. O dell'alcol, oppure un bel pisolino.

"Hai detto Destinati?" s'intomise Luc. "Che cosa sono?"

Stark si schiarì la gola. "I Destinati sono i nostri oracoli. Predicono il futuro, ma alcune persone credono che siano corrotti." Guardò Stas. "Hanno ingannato nostra madre affinché consegnasse un editto a Osiris sapendo che Sethios sarebbe intervenuto. Ecco come sei stata concepita."

"Ora cominciano a essere un po' troppe informazioni," borbottò Stas.

"Ma è importante, perché i Destinati volevano che Caro rimanesse incinta e non l'hanno avvertita delle loro intenzioni. Al contrario, l'hanno incastrata con un falso compito. I Destinati, insieme al Consiglio, avrebbero voluto che tu crescessi tra i Seraphim, ma nostra madre si rifiutò. Avrebbe significato in qualche modo uccidere Sethios. A ogni modo, Skye aveva profetizzato il bisogno di averlo nella tua vita, per insegnarti l'importanza dell'umanità, tenerti con i piedi per terra."

"Skye è la profetessa sotto la custodia di Osiris," aggiunse Luc grattandosi il mento. "Come fai a sapere quale veggente dice la verità?"

"Non lo so," ammise Stark. "Caro e Sethios hanno scelto il loro percorso e da ciò che ho visto finora, sembra che sia quello giusto."

STAS

COMINCIA A GIRARMI LA TESTA, ammise Stas. *Tutto questo è… troppo. Io volevo solo prendere qualcosa da mangiare e tornare di sopra.*

Issac ridacchiò nella mente di lei, attirandola a sé e baciandola sulla testa. *Pensi che anche a me spunteranno delle piume rosa?* Le chiese divertito, riuscendo a distrarla.

Stas lo guardò male. *Non voglio pensare nemmeno a quello.*

Non credi che mi starebbero bene? Astasiya non aveva dimenticato la descrizione di Issac di qualche momento prima riguardante le piume. *Magari le mie saranno fucsia.*

Lo spero proprio. Così ti pentirai di averlo anche solo pensato e magari capirai il mio dolore.

Issac ridacchiò di nuovo. *Povero tesoro. Forse hai ragione, forse cambieranno colore…*

Ti ripagherò per avermi deris…

Stas notò qualcosa con la coda dell'occhio, erano delle piume, che la fecero spostare verso la fine del divano, gli occhi spalancati. "Oh, mio dio…" Issac aveva le ali. Erano *rosa*, di una tonalità neon sgargiante e accidenti, erano peggio delle sue.

E anche molto finte, le sussurrò lui con il pensiero.

Issac si rotolò ridendo su un fianco e le piume sparirono.

Stas si portò una mano al cuore, che batteva forte. "Quelle... Cosa? Come?"

Issac si asciugò le lacrime dagli occhi e incontrò lo sguardo di lei con un sorriso raggiante. "La vista," riuscì a dirle prima di scoppiare nuovamente a ridere.

Astasiya gli lanciò un'occhiataccia. "Mi hai manipolato la vista?"

La risatina di risposta di Issac non rappresentava affatto delle scuse, e nemmeno il guizzo divertito nello sguardo. "La tua faccia..."

"Com'è la mia faccia ora?" ribatté lei immaginando un paletto conficcato nel cuore di Issac.

Lui rispose facendo apparire nuovamente le ali e sbattendole tutt'intorno a loro. Stas non sapeva cosa le dava più fastidio: il colore o il fatto che Issac fosse comunque attraente nonostante i pennacchi fucsia che lo circondavano.

Stas lo immobilizzò sul divano per poi finirgli tra le braccia, incastrata tra lui e un cuscino. "Gabriel, sono molto deluso dalle abilità combattive di Astasiya, penso che tu non sia stato abbastanza severo con lei."

La bionda inarcò un sopracciglio. "Ah sì? Che ne dici di..."

Prima che riuscisse a emanare un ordine, Issac le coprì la bocca con la sua.

Posso sempre pensarlo, gli fece notare lei.

Issac le fece scivolare la lingua in bocca, lentamente e con uno scopo preciso. *Mmmh, non se ti distraggo, tesoro.*

Astasiya si sentì percorsa dal calore. *Non giochi pulito.*

Mai, quando si tratta di te.

Luc si schiarì la gola. "Bene, quindi stai dicendo che Osiris sta creando un esercito per combattere i Seraphim."

"Più specificatamente l'Alto Consiglio di Seraph," gli rispose Stark. "Sono stati loro a esiliarlo e a continuare a emettere editti nei suoi confronti. Osiris non ha alcun interesse ad assecondarli e tutto il desiderio di distruggerli. Il suo obiettivo finale è prendere il potere sui Seraphim e sull'umanità."

"Sta giocando una lunga partita," mormorò Luc.

Sì, davvero lunga, pensò Issac, che aveva ancora le labbra incollate a quelle di Stas. *Torniamo a unirci alla conversazione o continuiamo a ignorarli?*

Potrei nebulizzarci al piano di sopra. Forse.

Il sorriso di lui le scaldò la mente. *Mmmh, mi piace l'idea.*

Issac continuò a baciarla e Stas per poco non ridacchiò. La faceva sentire giovane, viva, *nuova*. Non si comportava così da… beh, da sempre, non si era mai lasciata andare davanti a un pubblico… che includeva anche il fratello.

Va bene, magari no.

"Stas…" Una voce maschile familiare le provocò una scossa lungo la spina dorsale.

Ti rendi conto che questa è la seconda volta nel corso della nostra relazione che Thomas interrompe il nostro baciarci, vero? Issac la lasciò andare con un sorrisetto, spostandosi sul divano e aiutandola a sedersi di nuovo accanto a lui.

L'immagine dell'ingresso di un ristorante dove avevano condiviso il loro primo bacio lampeggiò dietro gli occhi di Issac, in riferimento a quanto aveva detto. *Quello conta a malapena qualcosa.*

L'Ichoriano alzò le sopracciglia. *Come, scusa?*

Quello nella limousine è stato meglio.

Issac sorrise. *Mi piaceva davvero quel vestito.*

Lo so. Stas si concentrò finalmente su Tom, che se ne

stava in piedi all'ingresso della stanza con espressione sbalordita e un'Amelia raggiante al fianco.

"Ciao," li salutò semplicemente Stas. Cosa si dovrebbe dire dopo essere risorti dall'aldilà? Che bello essere tornati? "Sono viva." Avrebbe dovuto alzarsi e abbracciare Tom? Anche Amelia?

Issac le circondò le spalle con un braccio. Non era ancora pronto a smettere di toccarla. Stas lo capiva, anche per lei era lo stesso e lo dimostrò appoggiandogli una mano sulla coscia e rilassandosi contro di lui.

"Sei viva e sei anche una Seraphim," disse Tom in tono sorpreso. "Sono… Sono molto felice di rivederti."

"Siamo tutti entusiasti del fatto che tu sia tornata tra noi," aggiunse Amelia con le lacrime agli occhi. Stas sospettò che quell'emozione fosse in qualche modo legata al fratello.

È sollevata per me, le sussurrò Issac. *Penso di averla fatta preoccupare.*

È colpa del look da montanaro, lo prese in giro Stas. *Spaventa la gente.*

Lui le diede un pizzicotto su un fianco. *Stai attenta, Aya. Altrimenti?*

Altrimenti troverò un modo intelligente per punirti con la mia barba ispida. Magari tra le gambe, eh? Dove c'è tutta quella pelle sensibile… Sarebbe divertente…

Astasiya arrossì. *Non oseresti.*

Oh, Aya, sai bene che lo farei.

"Bene, quindi Stas ha creato un legame con Wakefield, il che non solo gli impedisce di morire ma lo ha anche reso di nuovo un adolescente costantemente arrapato." Alik scrollò le spalle. "Ecco il riassunto di cosa vi siete persi. Oh, e sembra che Osiris pensi che ci comporteremo da bravi soldatini nella sua guerra ai Seraphim, il che, sorpresa sorpresa, non succederà. Mai."

Tom guardò l'Anziano a bocca aperta. "Penso che questo sia il maggior numero di parole che tu mi abbia mai rivolto da quando mi hai minacciato di non fare del male ad Amelia."

Alik lo guardò. "Non avevo bisogno di molte altre affermazioni, dal momento che la prima aveva fatto così bene il suo dovere. Continua così eh, piccolo immortale!" Si alzò. "Faremo qualcosa di utile, questa sera, o continueremo a parlare mentre Stas e Issac si baciano? Perché per come la vedo io… Starky, qui, sa come si manipolano le rune. Io dico che debba fare un salto al quartier generale del FAC per aggiornarne un paio in modo che ci permettano di usare i nostri doni e poi noi faremo irruzione e ci prenderemo la nostra giustizia su Jonathan. Che ne dite?"

"Sappiamo almeno se lui è lì?" chiese Tom. "Ti fidi del fatto che Stark non stia facendo il doppio gioco?" Ridacchiò. "Perché io di sicuro no."

"Ho una domanda migliore." Stark era rilassato sul divano, l'immagine della tranquillità. "Cosa ti fa pensare che io voglia prestarvi aiuto in tutta questa situazione?"

"Perché lo farai," rispose Stas senza batter ciglio. "Lo farai per me."

Gabe alzò le sopracciglia. "Ah, sì?"

"Sì." Astasiya sostenne lo sguardo smeraldo di lui. "Mi hai alterato la memoria senza alcun permesso. Mi hai mentito ripetutamente. Mi hai rovinato la vita in mille modi, perché a questo punto deduco che l'assegnamento dei coinquilini al primo anno di università sia stato manipolato da te, tanto quanto la mia amicizia con Owen è stata programmata fin dall'inizio. Non è stato il destino." Stas si fermò, aspettando che lui smentisse anche solo parte di quelle accuse.

Non lo fece.

"Bene, quindi anche se credo che tu ti sia comportato così per aumentare la mia umanità e realizzare una qualche profezia di cui, a ogni modo, ancora non capisco bene l'obiettivo… Ma comunque, come dicevo, anche se posso arrivare a capire le tue motivazioni, mi hai comunque tradita a ogni occasione. Issac mi ha seppellita viva perché nessuno sapeva della mia vera natura, un dettaglio che avresti potuto rivelarmi lo scorso anno senza che avesse alcun impatto su chi sono oggi, quindi non dirmi che volevi aspettare il momento giusto. Il momento giusto è stato quando mi sono unita al FAC. È stato quando ho passato una serata al Conclave. Il momento giusto è stato prima che morissi e venissi sepolta viva, cazzo."

Gabriel la fissò. "Vorresti ricevere delle scuse?"

"No, Stark. Voglio che ci aiuti a prendere il bastardo che ha provato a *uccidermi*, che ha ammazzato i nostri amici. Che ha annientato il Sire di Issac, il *padre* di Luc e Amelia. Voglio la mia vendetta sullo stronzo che ha sottoposto la mia migliore amica a innumerevoli anni di chissà quale tormento, che ha inscenato la morte di Amelia e che l'ha torturata per anni. Voglio che *tu* ci aiuti a distruggere lui e tutto quello che rappresenta. Lo farai, se vuoi anche solo che cominci a pensare di perdonarti per gli ultimi due decenni della mia vita." Quando concluse il discorso, Stas aveva le mani chiuse in pugni nel grembo e il respiro affannato.

Poteva vedere le proprie ali tremare con la coda dell'occhio.

A quanto pareva era passata alla forma eterea.

Di nuovo.

Le mie ali sono ancora rosa.

Sono bellissime, tesoro, le sussurrò Issac con la mente. *Tu sei bellissima.*

Il resto dei presenti nella stanza erano molto confusi, tranne Stark, che sembrava annoiato. "Dovremo lavorare sui legami emotivi con il regno etereo, sorellina."

Stas lo guardò con occhi stretti. "Dovremo lavorare su molto più di quello, *fratellone*." Sputò quell'ultima parola come se fosse una maledizione, ma lui non reagì. Rimase imperturbabile come sempre. Stoico. Un uomo dietro una maschera fatta di niente. Stas non riusciva nemmeno a capire se avesse sentito lo sfogo di poco prima.

"Va bene." Due parole. Piatte.

"Va bene?" ripeté lei.

"Vi aiuterò." Gabriel alzò le spalle. "Se è ciò che vuoi, consideralo fatto."

Stas sbatté le palpebre, sorpresa che il fratello fosse d'accordo.

In un lampo le ali sparirono.

Stark contrasse le labbra e Astasiya sussultò. Si trattava forse di un movimento facciale che esprimeva divertimento? Accidenti.

"È come camminare, ti ci abituerai."

"Camminare," ripeté lei lentamente, aveva ancora il cervello concentrato sull'inaspettata dimostrazione emotiva. "Ehm, giusto."

Gabriel si rivolse a Luc e l'accenno al sorriso sparì. "A quanto pare vi assisterò in questa missione. Per Stas."

"Bugiardo," lo accusò Amelia allontanandosi da Tom. "Potrai anche aver ingannato tutti loro, Gabriel, ma io so che ti importa. Io e te abbiamo un passato."

Stark la guardò. "Stavo solo facendo il mio lavoro."

Amelia sorrise e si avvicinò a lui. "In qualità di Sentinella o di angelo custode?"

Stark distese le labbra. Un'altra dimostrazione di emozione. "Hai parlato con Leela."

Amelia gli si sedette al fianco, stava ancora sorridendo.

"Sì, mi ha spiegato come la stirpe messaggera dei Seraphim abbia ispirato la figura dell'angelo custode. Tu eri il mio, al FAC."

Lui non disse nulla.

"È vero?" chiese Tom. "So che hai aiutato Amelia a guarire. Mi ha detto che le somministravi delle medicine, che altro hai fatto?"

Stark ignorò entrambi e si rivolse ad Alik. "Quando partiamo?"

"Ora?" suggerì Alik.

Balthazar ridacchiò scuotendo la testa. "Prova a dirglielo ad alta voce."

"Non mi ascolterà," borbottò Luc in risposta. "Per quanti millenni ho cercato di insegnargli l'importanza della strategia?"

"Circa tre di troppo." Alik continuò a giocherellare con una lama tra le dita, pronto a fare uno sprint verso le scale. "Andiamo, *Re*, facciamolo. Sono pronto a fare il culo a qualche Sentinella."

"Lo vedo. E se Osiris venisse a saperlo?" ribatté. "Te lo dico io cosa succederà… il Trattato andrà in frantumi e sarà guerra. Di nuovo. Moriranno delle persone, le *nostre*. Tutto perché non ci abbiamo pensato abbastanza bene."

Alik sbuffò. "Secondo Starky, Osiris ci vuole vivi per combattere contro i Seraphim… Non gli importerà se faremo fuori Jonathan e i suoi tirapiedi."

"Smettila di chiamarmi Starky."

"No, penso che mi piaccia."

"Anche a me," concordò Tom facendo ballare le sopracciglia. "Starky Starky."

"Va bene, Fitzy," gli rispose Gabriel.

Tom smise di sorridere. "Al diavolo."

"Nah, penso che mi piaccia," commentò Stark in tono secco.

Ha appena fatto una battuta? Chiese Stas a Issac.

Credo di sì. Lo stupore di Issac permeò il legame, confrontandosi con quello di lei. *Sembra che tuo fratello sia molto più complicato di quanto appaia.*

Sì, cazzo.

Alik si sfregò le mani. "Va bene, quindi che facciamo? Se non andremo stanotte, io me ne vado."

"Non andremo questa notte," affermò Luc piatto.

"Bene. Jacque?" lo chiamò Alik.

Il teletrasportatore apparve in un attimo. "Yo."

"Andiamo." Alik allungò una mano. "Chiamatemi quando sarete pronti a far saltare in aria un po' di roba."

Il duo sparì, lasciando Luc a emettere un lungo sospiro. "Un giorno capirà l'importanza della strategia."

"Ne dubito," gli rispose Balthazar, poi gli diede una pacca sulla schiena. "Ma possiamo parlare di strategia tutta la notte. Ne verremo a capo insieme."

Luc annuì dopo un lungo momento. "Sì." Stas percepì un guizzo di tristezza nello sguardo dell'Hydraiano, tuttavia se ne andò in un lampo.

Aidan, realizzò nel momento in cui il cuore le diede una fitta. Era con lui che Luc era solito conversare riguardo ai piani e le strategie. Ma non avrebbe potuto, perché il padre era morto.

Luc si alzò e i lineamenti gli si fecero più duri, chiaramente stava allontanando le proprie emozioni. "Tu verrai con noi, Stark. Ho bisogno di sapere quante più informazioni possibili sulle rune. Voglio anche una mappa dettagliata e dei consigli su come entrare."

Stark si spostò in avanti, studiò Stas posando di nuovo i gomiti sulle ginocchia. "Pensa a dove vuoi andare e la dimensione eterea ti si parerà davanti per guidarti. Allo stesso modo, pensa di essere in forma corporea e assumerai nuovamente sostanza fisica." Si alzò. "Ci rivedremo a

Hydria dopo che avrò aggiornato Owen." Una nuvola di piume rosse lo avvolse e Stark si dissolse nell'aria.

"Grazie per la lezione," gli mormorò dietro Stas.

Issac le sfiorò una tempia con un bacio. "Non preoccuparti, tesoro. Ne verremo a capo."

"Sono contenta che tu sia così sicuro di te," borbottò lei. Stas di sicuro non lo era. Le sembrava che le ali si manifestassero solo in momenti di particolare emozione. Quando avrebbe voluto passare alla forma eterea non succedeva nulla.

Luc le sorrise. "È davvero bello riaverti qui, Stas."

"Sì, ci sei mancata," aggiunse Balthazar con un'espressione che nascondeva un segreto che Stas capì al volo.

Ci sei stato per Issac, proprio come ti avevo chiesto. La mente di Stas si aprì al dono dell'Hydraiano.

Era strano, prima di allora Balthazar aveva avuto completo accesso ai pensieri della ragazza. Da quel momento in poi sarebbe stata lei a permettergli di entrare, come se gli avesse aperto una porta e l'avesse invitato a farsi strada. Non era una questione di genetica Seraphim, ma riguardava il legame che c'era tra lei e Issac. Come se formassero la loro nuvola privata a cui nessun altro poteva avere accesso salvo previa ammissione.

Eppure aveva funzionato, Balthazar glielo aveva confermato con un leggero cenno della testa.

Grazie, gli sussurrò con il cuore in gola. *Grazie per essergli stato accanto.*

B annuì di nuovo, questa volta con l'aggiunta di un piccolo sorriso.

Posso ancora sentirti, mormorò Issac, le labbra premute sulla tempia di lei. *Balthazar mi ha detto che il tuo ultimo desiderio è stato che lui rimanesse al mio fianco.*

È vero. Gli ho chiesto di salutarti quando io non avrei più potuto farlo.

Issac indugiò sulla pelle di Stas, tremava accanto a lei. *Non lasciarmi mai più, Aya.*

Mai, promise lei. *Ci siamo dentro per sempre.*

Sempre, ripeté lui dolcemente. *Per l'eternità.*

Stas sorrise. *Sì. A quanto pare Stark pensa che vivrai fino a pentirtene.*

Issac ridacchiò. *Non succederà mai, tesoro.*

Lo so. Ed era vero, perché quella relazione, il loro legame, era molto più profondo di quanto chiunque potesse immaginare. Andava oltre ogni aspettativa, ogni regola e li univa insieme in una connessione d'altro mondo.

"Allora, qualcuno vuole un po' di pizza fredda?" chiese Balthazar. "Ne ho qualche cartone."

"Ne prenderemo un altro paio mentre andiamo a Hydria," disse Luc. "Abbiamo molto a cui pensare e poco tempo per pianificare. Voglio usare Stark per attirare Jonathan fuori dal suo nascondiglio, preferibilmente il prima possibile."

"È una mossa intelligente," concordò Issac. "Pensa ancora che Gabriel sia il suo braccio destro."

"Esattamente, usiamolo a nostro vantaggio." Luc si illuminò soddisfatto e sorrise. "Jonathan ha i giorni contati."

In giro per la stanza si levò un mormorio di consenso.

Luc sembrò gradire. "Andiamo a catturare il bastardo."

ISSAC

TRE SQUADRE.

Squadra A, capitanata da Alik.

Squadra B, capitanata da Gabriel.

Squadra C, capitanata da Thomas.

Ognuna di esse aveva uno scopo diverso e un punto d'entrata differente. Issac e Astasiya facevano parte della squadra di Gabriel, insieme a Tristan. Il loro obiettivo primario era quello di catturare Jonathan vivo.

"Ho organizzato una riunione con lui tra circa mezz'ora," confermò Gabriel appoggiato al muro del salotto di Balthazar. Quella stessa parete conduceva anche nella zona pranzo e alla cucina open space, forniva quindi una bella stanza capace di contenere tutti quanti. "Le rune sono state alterate in modo che i vostri doni possano funzionare."

"Ci penso io." Jacque sparì in un lampo portandosi dietro Ash. La ragazza era stata assegnata alla squadra di Alik per via delle sue inclinazioni a giocare con il fuoco.

"Sei sicuro che Osiris non lo noterà?" chiese Lucian, seduto al tavolo della zona soggiorno. Lui e Balthazar stavano riguardando le mappe per *l'ennesima* volta, cercando di trovare strategie alternative a possibili minacce dell'ultimo minuto.

"Non se n'è accorto quando l'ho fatto, appena arrivato al FAC e nemmeno la scorsa estate, quando le ho modificate per far sì che le capacità di Stas potessero svilupparsi in sottofondo." Gabriel scrollò le spalle. "Non c'è motivo perché dovrebbe controllarle, dal momento che pensa che io sia solo un umano con la genetica modificata."

"Un momento, hai manomesso le rune perché potessi soggiogare?" gli chiese Stas accigliata. "Ma io e Issac le abbiamo testate prima di incontrare Jonathan, a giugno. Prima che diventassi una Sentinella."

Issac ricordava bene quel pomeriggio. Era stato il giorno in cui aveva scoperto che Amelia stesse vivendo imprigionata, tramite la telecamera che Mateo aveva attaccato alla camicetta di Stas. Era stato anche il giorno in cui si era reso conto di quanto si fidasse di Astasiya.

"Avete eseguito il test in superficie?" chiese loro Gabriel.

"Nell'area parcheggi, sì."

"Se ci avessi provato nel seminterrato non saresti riuscita a usare la persuasione. Quella è l'unica debolezza di un Seraphim. Non possiamo avere accesso al mondo etereo, la fonte dei nostri doni, se ci troviamo sotto terra. Non senza l'uso di particolari rune, ecco perché esistono. Osiris ne aveva bisogno per essere in grado di nebulizzarsi lontano dalla sede centrale. Le ho alterate in modo che diano la stessa possibilità anche a noi due."

Stas strabuzzò gli occhi. "Ecco perché la mamma è intrappolata."

"Esatto. Non è possibile creare una runa nell'acqua e

non si può nebulizzare perché è imprigionata sott'acqua, ben al di sotto del livello del mare."

Issac avvolse le braccia intorno a una Stas tremante. Erano entrambi in piedi in soggiorno, accanto a Gabriel, poiché la maggior parte dei posti a sedere era già stata occupata. Molte delle persone coinvolte nell'imminente piano si erano riunite a casa di Balthazar per rivedere la strategia un'ultima volta. La squadra di Thomas si sarebbe occupata di liberare eventuali ostaggi o soggetti sottoposti a esperimenti. Quella di Gabriel avrebbe catturato Jonathan.

Niente deviazioni.

Niente discussioni.

Niente missioni a sorpresa.

Era stato tutto pianificato alla perfezione da Lucian, che si aspettava che tutti tornassero interi. E l'avrebbero fatto, seguiti da Jonathan.

Jacque apparve nuovamente sorridente vicino alla porta d'ingresso, insieme ad Ash. "Ho dato un'occhiata, è tutto pronto per partire, gente."

Nella mano di Ash prese a tremolare una fiammella. "Questo piccolino ha funzionato proprio come previsto."

"Fantastico," mormorò Lucian controllando gli schemi. "Tutto il personale è dove avevano predetto Stark e Tom?"

"Sì," gli rispose Jacque con uno schiocco di lingua. "Molte delle Sentinelle sono vicino all'armeria, a guardia del seminterrato. Non ho visto Jonathan ma a dire il vero non lo stavo cercando."

Gabriel scrollò le spalle. "Probabilmente sarà nel suo ufficio."

"Non mi ci sono avvicinato," confermò Jacque. "Ma tutto il resto è in posizione."

"Per me va più che bene," commentò Alik saltando giù dal balcone della cucina che si affacciava sulla sala da pranzo. "Sono pronto a fare il culo a qualche Sentinella."

"Non ucciderle tutte," gli ricordò Lucian.

Alik piegò la testa su un lato. "Come, scusa? Qualcun altro ha sentito volare stronzate, qui dentro?"

"Io sicuramente sì," Tristan era seduto su una delle poltrone, lo sguardo malizioso. "Sembravano voler dire qualcosa come... Non uccidete il nemico nonostante tutto quello che ha fatto per meritarselo. Si trattava chiaramente di un editto fuorviante."

"L'obiettivo è quello di prelevare Jonathan senza destare sospetti." disse Lucian, sembrava esausto. "Il caos porterà a una guerra che vorrei evitare."

"Secondo Starky, la guerra è inevitabile. Perché non farla iniziare prima?" Alik si sistemò il bavero della giacca di pelle. "Io sono pronto a fare un po' di casino."

Lucian sospirò. "Cerca di ricordare che non tutte le Sentinelle sono colpevoli."

"Ha ragione," intervenne Thomas, seduto sul divano con un braccio intorno ad Amelia. "A molte di loro mio padre ha fatto il lavaggio del cervello. Non si rendono nemmeno conto di essere guidate da uno stronzo di proporzioni epiche."

Gabriel si scostò dal muro, le mani gli ricaddero lungo i fianchi. "Non sono sicuro di essere d'accordo con quello che dici, Fitzy."

Thomas strizzò gli occhi. "Fottiti, *Starky*."

"Spiegati meglio, Gabriel," intervenne Issac, che era genuinamente curioso. "Non pensi che ci siano delle Sentinelle innocenti?"

"Posso nominare quelli che *credo* siano bravi uomini sulle dita di una sola mano, agli altri piace uccidere e non gli interessa andare alla ricerca dei fatti. Si sono limitati a seguire gli ordini perché a loro piace così." Gabriel si concentrò su Thomas. "Dimmi che mi sbaglio."

L'ex Sentinella strinse forte i denti. "Alcuni di loro sono uomini per bene."

"Come faccio a capire la differenza?" s'intromise Alik. "Sono telepatico, non leggo la mente."

"Ecco perché ci sono io nella tua squadra," gli rispose Balthazar. "Ti farò sapere se qualcuno di loro è innocente:"

Lucian lo guardò. "L'idea che vada anche tu continua a non piacermi. Non mi sembra giusto."

Balthazar gli diede una pacca su una spalla. "Sei solo infastidito perché ti toccherà stare qui con Mateo. Ce la faccio."

"Starà bene," aggiunse una voce femminile mentre delle piume viola irruppero al centro della stanza. Erano luminose, svolazzanti e bellissime. Anche se nemmeno paragonabili a quelle di Astasiya.

Bugiardo, sussurrò la bionda nella mente del suo uomo. *Le piume di Leela sono stupende. Le mie sono rosa.*

Issac ridacchiò, divertito dal fatto che dopo tre giorni Stas ci stesse ancora pensando così tanto. *Prova a nebulizzarti di nuovo, tesoro. Magari sono cambiate.*

Se sapessi come nebulizzarmi, lo farei... ma a differenza di ciò che dice Stark, non è facile come camminare.

Ti ricordi i tuoi primi passi? Forse è simile a quell'esperienza, le suggerì Issac dolcemente, sfiorandole una tempia con le labbra. *Datti tempo, Aya. Riuscirai a venirne a capo.*

"Io mi unirò alla squadra A," annunciò Leela prendendo forma corporea.

Balthazar alzò le sopracciglia. "Perché?"

"Ho le mie ragioni." Inarcò un sopracciglio a Gabriel, come se si aspettasse di sentirlo ribattere.

Il Seraphim si limitò a scrollare le spalle. "Se vuoi giocare, allora fallo."

"Ci farebbe comodo un altro essere capace di

teletrasportarsi," mormorò Lucian. "Sì, questo fa sì che il piano sia ben bilanciato." Iniziò a canticchiare, poi si mise a spostare una serie di carte sul tavolo e sorrise soddisfatto. "Le nostre probabilità di successo aumentano. Grazie, Leela."

"Nessun problema." Portò una mano al manico di una spada che aveva issata su un fianco. "Possiamo andare ora?"

Penso che lei mi piacerà, pensò Aya dolcemente.

Anche a me. Leela non era stoica come la controparte. Sembrava avere una personalità e un fuoco sotto quelle ali. Ne esistevano altre come lei? Oppure i legami con la fertilità la rendevano più soggetta alle emozioni?

"Tesoro, non possiamo semplicemente fare come pare a te," mormorò Balthazar che passò in rassegna Leela con sguardo di apprezzamento.

Lei strinse le labbra. "Non ce la farai mai a tenermi testa, bello. Non ci provare nemmeno."

"Secondo Stark alla vostra specie serve essere maneggiati. Qualcosa a che vedere con il fatto che il piacere sia un bisogno egoista..." B inclinò la testa di lato. "Dove ti posizioni nello spettro dell'esperienza? Dal momento che sei la dea della fertilità e quant'altro..."

Leela si avvicinò a Balthazar, i capelli biondi le ondeggiavano a ogni passo e le curve attirarono la maggior parte degli occhi maschili nella stanza. Posò una mano su un fianco di B, mentre con l'altra lo spinse contro la parete.

"La mia esperienza ha un migliaio di anni in più della tua, Balthazar," gli disse. "Fidati di me, tesoro... se qualcuno di noi due avrà la meglio, quella sarò io." Gli fece scivolare le unghie lungo il petto, arrivando fino all'addome e ancora più giù, fermandosi solo alla cintura. "Ma non oggi."

Si allontanò ma Balthazar l'afferrò per la vita e l'attirò

di nuovo a sé. "Ci siamo già conosciuti," le disse cercando lo sguardo della donna. "Dimmi quando."

La spavalderia di Leela sembrò affievolirsi, le spalle tendersi. *Pensi che la riconosca dalla spiaggia?* Si chiese Issac.

Forse. Ma non mi sembra che lei abbia mai preso forma corporea. Astasiya era altrettanto curiosa.

"La vostra conversazione dovrà aspettare," s'intromise Mateo, facendo ingresso nella stanza con in mano uno dei suoi tablet. "Circa venti minuti fa le credenziali di Jonathan hanno avuto accesso al quartier generale del FAC, significa che è lì. Non ci sono telecamere che me lo confermino, quindi questo è il meglio che posso fare."

"Abbiamo anche la conferma verbale che ha intenzione di incontrare Stark," mormorò Lucian "È la nostra occasione migliore, cogliamola."

Issac annuì. "Sono pronto."

"Anche io," dissero altri in coro.

"Finalmente, cazzo." Alik scrollò le braccia e si distese il collo. "Ash, Ragazza angelo guerriera e Balthazar, voi siete con me. Accendete le comunicazioni." Premette un pulsante all'interno dell'orecchio, dando vita alla tecnologia che Mateo aveva creato appositamente per quella missione. Gli auricolari e i microfoni avrebbero permesso a tutti di comunicare anche dal sottosuolo e riferire tutto quanto a Lucian e Mateo, che sarebbero rimasti a Hydria.

"Noi non abbiamo finito," mormorò Balthazar, una mano poggiata sulla schiena di Leela mentre la esortava verso Alik.

Lei gli mise una mano sulla nuca e lo tirò a sé per un bacio che mise a tacere l'intera stanza.

Porca miseria, commentò Aya meravigliata. *È tipo la…*

Versione femminile di Balthazar, finì Issac per lei, altrettanto stupito.

"Considerala la fine della nostra chiacchierata," gli rispose Leela mordicchiandogli il labbro inferiore. "Non sei ancora pronto per me."

La donna fece per allontanarsi, ma Balthazar le mise una mano nei capelli e la baciò con un movimento esperto che perfino Issac trovò stupefacente.

"Ho bisogno di due nuovi volontari per la mia squadra," annunciò Alik guardandosi in giro. "Nessuno?" Tutti gli altri erano già stati assegnati, quindi non c'era davvero nessuno che avrebbe potuto unirsi a lui.

"Sono pronto, piccola," le rispose Balthazar. "E ti ho decisamente già baciata prima d'ora."

Leela rabbrividì visibilmente. "Solo nei tuoi sogni."

"Mmmh, no, mi ricordo vividamente la tua bocca, ma non riesco a collocare il ricordo. Me lo dirai tu, prima o poi." La lasciò andare con un sorriso. "Fino ad allora mi godrò i nostri provocanti preliminari."

"Avete finito voi due?" chiese Alik, fingendosi incredulo. "Perché pensavo che avremmo potuto sprecare altri cinque minuti rimanendo qui a cazzeggiare nel tuo salotto."

Balthazar lanciò un'occhiata di avvertimento all'amico leggermente più basso di lui. "Mi servirebbero più di cinque minuti per fornirvi una dimostrazione come si deve, lo sai Alik."

L'Hydraiano sbuffò. "Ora possiamo andare?"

"Io sono pronto, aspettiamo solo che tu dica di partire." Balthazar sembrava la personificazione dell'innocenza, Alik alzò gli occhi al cielo.

"Jacque, ho davvero bisogno di uccidere qualcuno adesso." Alik allungò un braccio, il palmo della mano rivolto verso l'alto.

"Non…" Lucian si fermò, Alik era sparito dalla vista,

Jacque aveva già teletrasportato lui e Ash fuori dalla stanza. "Li ucciderà tutti, vero?"

"Lo terrò al guinzaglio," promise Balthazar, poi allungò una mano verso Leela. "Andiamo?"

Lei la prese. "Tieniti forte, bello. Stiamo per fare un bel giro."

B sorrise. "Oh, tu mi piaci."

"Lo so," gli rispose lei, dopodiché le piume lilla presero a volteggiare intorno a entrambi, riflettendo il colore in tutta la stanza.

Incredibile, pensò Issac. Si riferiva alle piume, ma anche all'intesa dinamica tra Leela e Balthazar.

"Meglio andare, prima che radano al suolo il FAC," disse Thomas, poi si alzò in piedi, seguito da Amelia. "Immagino che Jacque stia tornando a prenderci, non è così?"

"Sì," rispose il teletrasportatore, i cui capelli scuri erano più ricci e scompigliati del solito. "La squadra di Alik è già in posizione. Tocca a voi."

"Stai attenta," mormorò Issac ad Amelia. Era stata piuttosto decisa nel voler aiutare a liberare le cavie da laboratorio di Jonathan che probabilmente stavano subendo le stesse torture che erano toccate a lei. Issac comprendeva il suo bisogno di concludere quel capitolo e si stava fidando del resto della squadra affinché l'aiutassero e la proteggessero in caso di bisogno.

Amelia sorrise. "Tom non lascerà che qualcuno mi tocchi."

"Puoi dirlo forte," concordò Thomas tenendola per mano. "Andiamo."

"Devo trovare Nadia," borbottò Jacque, poi si guardò intorno. "Un momento, penso sia con Clara." Sparì.

"Non possiamo aspettarli." Gabriel si guardò l'orologio. "Io sono sempre in anticipo e John lo sa."

Issac annuì. "Giusto, portaci al punto di ritrovo." Il piano prevedeva che aspettassero lì Gabriel, che sarebbe entrato come era solito fare.

"La squadra di Alik è in posizione," mormorò Lucian. "Accendete le comunicazioni, Wakefield."

Giusto. Issac si toccò un orecchio e fece partire il dispositivo. Astasiya fece lo stesso e anche Gabriel.

"Stiamo arrivando," annunciò Issac.

"Sbrigatevi," fu la risposta secca di Alik. "Mi sto già annoiando."

Le piume color cremisi di Gabriel li avvolsero. Il Seraphim afferrò prima il silenzioso Tristan, poi Astasiya e infine Issac, facendoli vorticare nello spazio e nel tempo fino alla sede centrale del FAC.

"Signore e signori, è ora di giocare," disse Issac non appena misero piede nel corridoio.

Stas

Volare con Stark le sembrò strano. Sbagliato, come se Stas avesse dovuto essere in grado di farcela da sola ma fosse stata costretta a richiedere la bicicletta con le rotelle. Detestava quella sensazione. Le faceva venire la pelle d'oca, anche dopo che lui era sparito per entrare all'interno del FAC per le vie usuali. Forse a darle i brividi era il seminterrato del FAC.

Tristan era dall'altro lato del corridoio con le mani nelle tasche dei pantaloni neri, le spalle attaccate al muro. Da quando Stas era tornata non le aveva rivolto nemmeno uno sguardo. Era come se la odiasse ancora di più e anche Issae l'aveva notato. Non l'aveva espresso a parole, ma con la mente.

Una volta portata a termine quella missione, Stas aveva in mente di chiedere all'Ichoriano che diamine di problema avesse con lei. Non gli aveva fatto nulla per meritarsi un comportamento del genere e non rappresentava più una minaccia per il migliore amico di lui. Tristan non aveva ragione di atteggiarsi da bastardo eremita.

È come se stesse tenendo il broncio, mormorò lei, più a se stessa che ad Issac.

Non preoccuparti di lui, tesoro. Ci sarà per noi, quando avremo bisogno di lui. Fidati di me.

La fiducia era stato l'unico motivo per cui Stas non aveva chiesto che Tristan fosse spostato in un'altra squadra. La fede che Issac nutriva nella propria progenie era vera e sentita, quindi lei non poteva far altro che seguire il proprio uomo. Anche se Tristan si comportava proprio da stronzo.

"Stark è appena passato attraverso i controlli di sicurezza al piano inferiore," mormorò Leela alle comunicazioni. Qualcuno doveva averle fornito un set, probabilmente Balthazar.

La loro era una dinamica strana, Stas avrebbe voluto indagare meglio. In particolare avrebbe voluto sapere perché Leela lo avesse salvato quel giorno in spiaggia e, ancora più importante... perché non l'avesse rivelato a nessuno.

Issac piegò la testa di lato e sorrise. *Pronta, tesoro?*

Sai che lo sono, gli rispose ricambiando il sorriso. Rimasero in piedi nel corridoio accanto all'ufficio di John. Tristan aveva mascherato qualsiasi suono che potesse rivelare la loro presenza e Issac li nascondeva alla vista. A ogni modo, nessuno si era avventurato verso di loro da quando erano arrivati.

Riesci a percepire John?

Issac ci pensò su, contrasse le labbra. *Non ne sono sicuro. È difficile distinguere tutti nella mia mente, ci sono troppe persone collocate in un ufficio perché possa capire quale sia la sua visuale rispetto agli altri.* Fornì a Stas un assaggio del proprio dono, gli "schermi", come li chiamava lui, mostravano diverse scene e nessuna era identificabile tranne quelle delle persone con le quali era più in sintonia, come Tristan. Dal momento che Issac non era solito giocare con la mente di

Jonathan, non sembrava avere chiara la frequenza del dottore.

Astasiya annuì. *Speriamo che uno di quelli sia John.*

"La mia squadra è sul posto," disse Tom nelle comunicazioni.

"Era ora che ti unissi alla festa," gli rispose Alik. "Ho pensato che avremmo dovuto iniziare a divertirci senza di te."

"Jacque ha avuto dei problemi a rintracciare Nadia." Dal tono di voce di Tom si capì che non fosse entusiasta di quel ritardo. Era strano, considerato che tutti gli altri erano arrivati in orario.

"Clara stava avendo un esaurimento," borbottò Nadia. La voce della donna era lontana, significava che non le avevano dato alcun dispositivo di comunicazione.

Issac fece una smorfia al fianco di Stas. *Non ha preso molto bene la morte di Aidan.*

Pensavo che lei non facesse esattamente parte del loro... ehm, accordo. Issac le aveva detto che anche se Clava viveva con Aidan e il suo harem, non era solita partecipare alle attività sessuali degli altri.

Penso che tenesse a lui come a uno di famiglia, un padre.

Già, tutto ciò non è per niente inquietante, pensò Stas rabbrividendo.

Non è che fossero proprio in rapporti intimi, tesoro. Le prese il viso tra le mani. *Non è una strada che noi percorreremo.*

Astasiya si crogiolò nel tocco di lui. *Bene.*

Il calore dello sguardo di Tristan stava facendo andare Stas in fiamme, così guardò l'Ichoriano vestito di tutto punto. Sia lui che Issac indossavano pantaloni scuri e una camicia. Un abbigliamento molto diverso dagli altri, che avevano scelto dei jeans e delle magliette più casual, proprio come lei.

Stas inarcò un sopracciglio verso Tristan, sfidandolo a dire qualcosa.

Lui, in risposta, abbassò lo sguardo.

Dico sul serio, qual è il suo problema?

Ci parlerò io, una volta tornati, mormorò Issac tra sé e sé. *Ora concentriamoci su Jonathan.*

Come se avesse sentito quelle parole, Stark si palesò alla fine del corridoio. Li superò senza fermarsi, limitandosi a un piccolo cenno del capo che gli suggerì di seguirlo.

Stas deglutì. Era arrivato il momento. Quello che tutti stavano attentendo: la vendetta. Aspettò che una certa leggerezza l'avvolgesse, un qualche entusiasmo, il battito del cuore accelerato.

Niente.

Solo una sensazione di umidiccio sui palmi.

E un nodo allo stomaco.

C'è qualcosa che… non va. Non riusciva a spiegare cosa, o come o da dove venisse quella sensazione. Le sembrò che partisse dal petto e si irradiasse al resto del corpo, facendole venire i crampi alle gambe mentre camminavano. *Non mi sento del tutto bene.*

Issac le passò una mano sulla parte inferiore della schiena come supporto. *Parlami, tesoro.*

È solo che… Io… Non riusciva a trovare le parole. *Sono i nervi, forse?* No. Non c'entravano. Sentì la bile risalirle la gola, aggrottò la fronte. *Issac…*

Stark bussò alla porta.

Stas si portò le mani allo stomaco.

"Entra, Sentinella," vociò Jonathan, anche se la sua voce sembrava lontana anni luce.

Issac prese Stas tra le braccia mentre lei barcollava, la vista continuava a sfocarsi. *Non mi piace,* sussurrò la bionda.

Nemmeno a me, ammise lui. *Perché non percepisco nessuno in quell'ufficio. Soprattutto non Jonathan. Pensavo di sì e invece…*

Astasiya lo guardò a bocca aperta. *Cosa?*

Stark aprì la porta.

Al di là di essa campeggiava un'ampia scrivania con un monitor sopra.

Nessuna traccia del dottor Fitzgerald.

No, non poteva essere. Jonathan era lì, ma non nel modo in cui loro avrebbero voluto.

Sorrise loro tramite lo schermo. "Ah, quindi è vero," mormorò facendo una smorfia. "Sai, quando la mia fonte mi ha detto che eri un Seraphim e che stavi aiutando gli Hydraiani, ho pensato che dovesse essere una bugia. Ma a vedere Issac e Stas dietro di te, in questo momento…" Fece un cenno con la mano, come a dire *Si spiega tutto.*

La telecamera sul monitor emetteva una luce verde intermittente. Issac non sarebbe riuscito a manipolare un'immagine catturata tramite la tecnologia. Il gioco era già finito. Jonathan poteva sicuramente vederli.

Stark si appoggiò alla soglia, una postura che sembrava significare che non gli importasse nulla.

"Oh, per favore, venite pure dentro… tutti quanti. Sedetevi, parliamo un po'." Jonathan mostrò loro uno di quei sorrisi carismatici che Stas un tempo adorava e rispettava e che aveva cominciato a odiare.

"È una trappola," disse Stas. "È tutta una trappola."

"Cosa?" chiese Tom tramite le comunicazioni. "Cos…" Un crepitio. "…io?"

Stas lanciò un'occhiata a Issac. *C'è qualcosa che interferisce con le comunicazioni.* Stas si sentiva ancora strana, quasi debole.

Il mio dono funziona ancora. Le premette sulla schiena, facendola avanzare. *Stiamo al gioco, per il momento.*

"Jonathan," lo salutò Issac, poi guidò Stas all'interno dell'ufficio e la fece accomodare su una sedia. Stark rimase sulla porta così come Tristan, che aveva un'espressione impassibile. "È bello rivedere la tua faccia."

"Anche per me, Issac." John sorrise. "Sono stupito, non sospettavo che tu sapessi la verità da tutti questi anni. Come hai fatto a trattenere la rabbia?"

"Semplice," gli rispose Issac sorridendo. "Immagino il modo in cui un giorno finalmente morirai, per mano mia, e ciò mi migliora costantemente l'umore."

"Sei così sicuro di te."

"Certo," concordò Issac. "Quindi, qual è lo scopo di questo diversivo? Oppure dovremmo continuare ad aspettare?"

John ridacchiò. "Mi sei sempre piaciuto, Issac. Sai giocare a questo gioco bene quasi quanto me. Ma ahimé…" Scrollò le spalle. "Spero davvero che abbiate in mente un piano di fuga… Gli ascensori dovrebbero bloccarsi proprio…"

Boom!

L'esplosione fece tremare il sottosuolo, scuotendo l'attrezzatura sulla scrivania e facendo sfarfallare le luci sopra le loro teste. Il volto di Jonathan diventò rumore statico, la stanza si mosse per via delle scosse di assestamento.

"Merda." Issac era in piedi, Stark e Tristan già fuori dalla porta.

Tuttavia, Stas non riusciva a reggersi. Aveva le gambe di gomma, si rifiutavano di funzionare e accidenti, la testa le faceva *male* da morire.

Non mi sento affatto bene, sussurrò ad Issac.

Lui le prese la mano ma lei non lo sentì. "Aya? Oh, merda." Le tastò la fronte, poi il collo. "Gabriel!"

"Alcuni… qual…" Le parole avevano un sapore strano. Anzi, *un suono* strano. Sapore? Mmmh, forse.

Stas si guardò intorno, era diventato tutto buio.

La faccenda non le piacque per niente.

L'ultima volta che aveva avuto a che fare con l'assenza di luce era quasi morta soffocata.

Più e più volte.

No, grazie.

L'attraversò un fremito seguito da una potente scossa che le fece aprire gli occhi, davanti a lei c'erano un paio di sfere color zaffiro. *Bellissime.* Stas si avvicinò per toccarle ma erano troppo lontane. Oh, ma lui aveva una bella bocca. La ragazza pensò che stesse pronunciando il suo nome.

Cos'ho che non va?

Che sogno strano.

No, era realtà.

Un momento… *Dove sono?*

La circondava una stanza estranea. Pareti ricoperte di sporcizia, simili a quella di una vecchia prigione, fatta eccezione per il bellissimo spicchio di cielo che la sovrastava. Aveva i polsi legati in catene, le gambe ricoperte di cemento e oh! Bruciava! Eppure Stas continuava a versare il liquido incandescente in quello spazio ristretto perché così le aveva detto *lui.*

Astasiya si accigliò. *Perché dovrei fare una cosa del genere? Come ci sono finita qui?*

Astasiya! L'esplosione le interruppe la visione e la fece ricadere in una stanza circondata da finestre. Il soffitto. Le pareti. Era tutto molto aperto, bellissimo. Oh e l'odore dell'oceano… Stas lo adorava.

Era la *casa di Stark*, la riconosceva. Oppure il posto dove era stata poco dopo che l'avevano disseppellita. Un momento… si trattava forse di una specie di loop temporale? Si era appena svegliata di nuovo? *Mi trovo in un incubo?*

"Ecco qua," disse una voce familiare. *Owen.*

"Grazie," gli rispose Issac. L'odore del caffè attirò l'attenzione della ragazza verso la tazza che teneva in mano l'Ichoriano. Gliela stava porgendo. "Bevi, Aya."

"Perché?" Stas tossì, la voce rauca. Accidenti, le faceva male la gola. *Come?* Prese la tazza, sorseggiò il liquido e lo buttò giù. *Paradisiaco.* Che diavolo era successo? *Dov'è Jonathan? Il FAC?*

"Stanno tutti bene," la rassicurò Issac. "La missione non è stata un completo fallimento, ma Jonathan ha raso al suolo il suo stesso edificio."

Astasiya strabuzzò gli occhi. "Cosa?" La voce le uscì un po' più normale.

"Ha fatto saltare in aria l'entrata, così l'edificio è crollato. È davvero un miracolo che siamo riusciti a scappare tutti in tempo, ma tu eri svenuta." Le toccò una tempia. "Ti è caduto in testa uno dei pannelli del soffitto."

Astasiya sbatté le palpebre, non ricordava nulla oltre l'esplosione e l'oscurità.

E quello strano incubo riguardante il cemento.

Rabbrividì. "E stanno tutti…"

"Stanno tutti bene. Amelia e Thomas erano impegnati a liberare un'ex Sentinella da una gabbia quando il palazzo è crollato. Jacque ha teletrasportato tutta la squadra a Hydria. Gabriel ci ha portato qui e Leela…"

"Ha deciso di mandarci in vacanza," Alik terminò la frase per lui. "La mia squadra è tutta sulla spiaggia. Beh, tranne Balthazar, lui è con Luc." Scrollò le spalle. "Io ho scelto di stare qui, mi dà l'opportunità di fare il culo a Owen un paio di volte, prima che Luc gli conceda l'immunità."

"Sempre che me la conceda," mormorò Owen. "Potrebbe non farlo."

"Non dovrebbe," commentò Ash dalla porta. "Hai infranto la promessa."

Stas li guardò entrambi, le scoppiava ancora la testa. "Che promessa?"

"Un tacito accordo di onorare gli Anziani e i loro amici Hydraiaini. Sempre." Owen ebbe la grazia di farsi vedere imbarazzato. "Quando ho accettato di aiutare Ezekiel e Gabriel, l'ho fatto alle spalle di Luc. Il mio comportamento è stato visto come un tradimento, nonostante l'abbia fatto per delle buone ragioni."

Ash sbuffò e attraversò le porte di vetro aperte.

"Già, mi odiano tutti," mormorò Owen. "A dirla tutta non sono poi così entusiasta di tornare, ora come ora."

"Cambieranno idea," gli rispose Alik. "Dopo che ti lascerai prendere a calci in culo un paio di volte." Gli diede una pacca sulla spalla e si diresse in cucina, dove Tristan se ne stava in piedi con in mano una birra.

"Dov'è Stark?" chiese Stas, incapace di rendersi conto di dove si trovasse. Era distesa su un divano e stava usando una coscia di Issac come cuscino. Se avesse continuato a perdere la cognizione del tempo e dello spazio in quel modo, avrebbe perso la testa.

"È di sopra a tenere il broncio." Owen si lasciò cadere su una sedia accanto a lei. "Non gli piacciono molto gli ospiti e al momento casa sua ne è piena."

"Non staremo qui ancora molto," mormorò Issac, poi allontanò i capelli dal viso di Stas. "Quando Astasiya si sentirà meglio torneremo a..."

Alik imprecò.

Issac si tese.

Al centro della stanza apparve Ezekiel, aveva il fiatone. "Stark!" urlò, lo sguardo allucinato. "Stark!"

"Sono qui." Le piume rosse di Gabriel svolazzarono davanti alla luce. "Che succede?"

"Si tratta di Sethios," ansimò Ezekiel. "Osiris... Merda. Osiris sta.. sta... Sta ammazzando Sethios."

Tom

Quindici Minuti Prima

"Jonathan ha un informatore che lavora dall'interno." Luc era seduto a capotavola, le mani strette sopra gli schemi ormai inutili della missione al FAC. L'intero edificio era crollato. Tutte quelle persone... morte.

Secondo i media si era trattato di un *attentato terroristico*.

Tom rabbrividì. Il padre era un malvagio figlio di puttana, un bastardo egoista al quale non importava niente delle vite innocenti. Tom serrò la mascella così forte che ebbe paura di rompersela. *Quando gli metterò le mani addosso...*

"Lo sospettavamo fin dal matrimonio, ma pensavamo si trattasse di un Hydraiano di livello inferiore," continuò Luc. "Ora sappiamo che non è così. Solo una manciata di persone erano a conoscenza della nostra operazione al FAC, oggi; un qualcosa che abbiamo tenuto nascosto di proposito. Eppure Jonathan lo sapeva. È l'unica spiegazione plausibile alla trappola e al fatto che sapesse che Stark fosse un Seraphim."

Tom era d'accordo, frustrato che i loro piani fossero stati mandati all'aria. Almeno lui e Amelia erano riusciti a portare in salvo una delle cavie di ricerca. Tutti gli altri erano sicuramente morti nel crollo dell'edificio.

Strinse le mani sul tavolo, furioso per le azioni del padre e ancora più arrabbiato verso chiunque li avesse traditi. Avevano perso troppe vite. Amici e dipendenti che Tom probabilmente conosceva o ai quali aveva anche solo sorriso di sfuggita… erano tutti *morti*.

Alik aveva riferito loro che a proteggere l'ingresso erano rimaste solo una manciata di Sentinelle. Il che significava che quei bastardi conoscevano le intenzioni di John e avevano lasciato morire tutte quelle persone. Oppure aveva commissionato a tutti dei compiti fuori porta, anche se Tom sospettava che si trattasse della prima ipotesi. Quelli erano uomini senz'anima.

Dovrebbero essere soldati dediti all'aiuto umanitario.

"Chi sospetti?" chiese Jay, gli occhi scuri facevano intravedere che fosse esausto. La gravidanza di Lizzie stava progredendo velocemente e l'Anziano si preoccupava per la salute della ragazza. Anche gli altri lo erano, ma se qualcuno era in grado di sopravvivere a ciò, quella era Lizzie Watkins. Era una donna resiliente fin nel midollo.

Balthazar scosse la testa. "Sembrano entrambe opzioni improbabili." Era chiaro che avesse sentito i pensieri di Luc. C'erano solo loro quattro seduti al tavolo del salotto di B. Tutti gli altri erano stati congedati, fatta eccezione per Amelia, ma lei aveva deciso di badare a Lizzie invece di partecipare alla riunione.

"Chi?" chiese Jay.

Luc si sporse in avanti. "Nadia e Tristan."

Balthazar scosse la testa. "Non ce li vedo, Luc."

"Pensaci, B. Erano entrambi ad Atene durante l'attacco…"

"Così come Alik," l'interruppe l'Hydraiano.

"Sì, perché lo hanno invitato loro, e poi sappiamo che non è stato lui."

"Lo so, io dico solo che non penso sia Nadia, o Tristan. Non mi sembra giusto."

"Spiegherebbe il comportamento di Tristan negli ultimi tempi e Nadia… che diavolo è stata quella scenata, prima?" chiese Luc, il cui tono mancava della solita pazienza. "Non si è presentata in orario, secondo i racconti di Tom non ha eseguito bene il proprio lavoro sul campo ed è stata incredibilmente distratta. Una volta era anche amica di Jonathan."

Erano tutte spiegazioni plausibili, ma Tom era d'accordo con B nel dire che non gli sembrasse giusto. Tristan sarebbe stata una scelta troppo ovvia. Poteva anche essere uno stronzo ma era chiaro che tenesse a Wakefield. Tutto ciò che faceva, anche i comportamenti più oscuri, servivano a supportare il suo Sire. Che motivo avrebbe avuto di aiutare John, tranne che per la gelosia che provava nei confronti di Wakefield per via di Stas? Tuttavia non sarebbe stata ragione di vendetta, almeno non a livello logico.

E Nadia, beh, le emozioni sembravano giocare brutti scherzi alla sua capacità di concentrazione. Tom non la conosceva bene, ma dalla performance poco brillante aveva dedotto che avesse molto a cui pensare. Forse sapeva dell'imminente attacco ed era preoccupata per la propria vita, eppure Tom non aveva avuto quella sensazione nei suoi confronti. Gli era sembrata solo triste.

"Stando a ciò dovremmo essere tutti suspettati, Luc," gli fece notare Balthazar. "Anche noi eravamo amici di Jonathan, una volta."

"Ma lei gli era molto più vicina e anche Tristan."

"E Clara," aggiunse Balthazar. "Se hai intenzione di

accusare Nadia, allora devi mettere in mezzo anche Clara."

Luc sospirò. "Quella donna è distrutta per la morte di mio padre. L'hai detto tu stesso."

"Sì, lo è anche Nadia, mi pareva di averlo menzionato in quella conversazione."

"Bene." Luc si passò una mano tra i capelli. "Allora chi pensi sia responsabile? Perché qualcuno… qualcuno vicino a noi, ai nostri piani, sta fornendo informazioni a Jonathan. Poche persone erano a conoscenza della missione di oggi e Clara non era tra queste."

"A meno che Nadia non gliel'abbia detto," mormorò Tom. "È lì che Jacque l'ha trovata."

Luc emise un altro lungo sospiro. "Ho ristretto la cerchia delle persone che non possono essere… Né noi quattro, né Amelia, Stas o Wakefield siamo coinvolti."

"Rimangono Stark, Ezekiel, Leela, Mateo, Jacque e Ash," ipotizzò Balthazar. "Sono tutti quelli che erano al corrente di oggi. Oltre a Tristan e Nadia."

"Non si tratta di Jacque, né di Ash," commentò Luc fiducioso. "Ezekiel?"

Tom si sedette dritto, le spalle tese. "Sì, dov'era lui quando l'edificio è esploso? Lui sapeva dei piani ma non si è offerto di aiutare."

"Doveva fare rapporto a Osiris," disse Luc.

"Piuttosto conveniente." Tom si grattò il mento, pensò a tutto ciò che sapeva sul famigerato assassino. "Ha dimostrato di remare contro Osiris eppure torna sempre da quel bastardo come un cagnolino. Sappiamo il motivo?"

"Quando gliel'ho chiesto, mi ha detto che Osiris possiede il suo cuore." Balthazar incrociò le braccia al petto, i bicipiti gonfi sotto la maglietta. "Non sono sicuro di cosa significhi, ma sospetto che si riferisca a Skye."

"La profetessa?" chiese Tom, riconoscendo il nome. Lo aveva sentito solo un paio di volte, di passaggio e sempre in relazione al futuro di Stas. "È una specie di veggente?"

"Credo che sia un'Ichoriana con l'abilità di vedere conseguenze future," gli rispose Luc. "Stark ha menzionato che fosse una discendente dei Destinati. A quanto pare, tutte le nostre abilità, sia Ichoriane che Hydraiane, possono essere ricondotte a una stirpe sanguigna Seraphim. Ce ne sono a centinaia."

"E dove sono?" insistette Tom. "Ne abbiamo conosciuti solo due, tre se includiamo Stas."

"Hanno un'intera società collocata nel sud del Pacifico, nascosta alla vista grazie a delle rune." La voce di Luc si era fatta grave per l'intrigo. "Davvero affascinante."

"E davvero fuori tema," grugnì Jay passandosi una mano sul volto stanco. "Sentite, per quanto mi piacerebbe avere più informazioni sui Seraphim, non è il momento giusto. Riguardo a Ezekiel... tutto ciò che fa deve in qualche modo tornargli utile e onestamente non vedo il vantaggio di fare la spia per Jonathan. Inoltre, non dimentichiamo che chiunque sia il colpevole ha informato Jonathan che Stark è un Seraphim, un dettaglio che John non conosceva fino a questa settimana. Perché Ezekiel avrebbe dovuto smascherare Stark proprio adesso, dopo aver passato più di venticinque anni a mantenere il segreto?"

Jay aveva ragione. "La sua potrebbe essere una strategia a lungo termine," disse Tom. "Ma sono d'accordo, non sembrerebbe trarre vantaggio dalla situazione.

"A meno che Osiris non lo stia soggiogando a dirgli la verità," suggerì Luc. "A ogni modo, in termini di tradimento, né Ezekiel né Stark sembrano essere la persona giusta e mi sentirei di escludere anche Leela, per associazione."

"Non è stata Leela," disse Balthazar convinto. "Ci scommetterei la vita."

"Sei leggermente condizionato, considerato il tuo particolare interesse per la donna, ma sono abbastanza d'accordo," mormorò Luc. "Il che ci riporta a Mateo, Nadia e Tristan. Mateo è stato con me tutto il tempo, quindi dubito sia stato lui."

"A meno che non abbia mandato una comunicazione elettronica che non potevamo né vedere né sentire." La tecnologia permetteva molte innovazioni e Tom lo sapeva bene, visto il tempo passato al FAC. "Anche le comunicazioni sono state interrotte," aggiunse.

Luc scosse la testa. "Mi ha spiegato tutto. È stata colpa dell'esplosione, ha interferito con i segnali radio. Davvero, non penso che stia collaborando con Jonathan."

"Non ha mai fatto nulla di sospettoso, ha sempre aiutato noi e Wakefield qualsiasi cosa gli chiedessimo… e poi è troppo giovane per avere dei legami positivi con Jonathan." Balthazar si rilassò a sedere. "Non è stato lui."

"D'accordo," disse Jayson. "Rimangono Nadia e Tristan, come ha detto Luc. Forse Clara."

Sul tavolo piombò un certo silenzio, tutti stavano pensando a come procedere. Alik era rimasto appositamente con la propria squadra a casa di Stark, così da poter controllare Tristan, conscio del fatto che Luc avesse messo in dubbio la lealtà dell'Ichoriano. Nadia era di nuovo insieme a Clara.

"Qualcuno deve tenere d'occhio Nadia," disse Tom.

Tutti al tavolo annuirono.

"Posso farlo io," mormorò Balthazar. "Le ragazze si fidano di me, inoltre posso monitorare le loro emozioni e i loro pensieri, ascoltare se ci sono delle anomalie."

Luc piegò la testa di lato in cenno di accordo. "Nel frattempo dobbiamo restringere il campo su dove possa trovarsi Jonathan."

"Ehm." Mateo arrivò in soggiorno schiarendosi la gola, era entrato nel bel mezzo di un chiaro momento di discussione. "Sì, a proposito di questo... ho la sua posizione."

Si voltarono tutti e quattro scioccati verso la voce, tranne Balthazar, che annuì in direzione di Mateo: aveva chiaramente percepito i pensieri del giovane prima che facesse il proprio ingresso.

Magari avvertici la prossima volta, eh? Pensò Tom in direzione di B.

L'Hydraiano si limitò a scrollare le spalle, per nulla pentito.

"So che avevate detto di non disturbarvi e, ehm, ora capisco il motivo ma... io... ehm, ho pensato che avreste voluto sapere che l'ho trovato." Mateo deglutì. "Quindi... ve lo mostro o sono ancora parte della lista di potenziali spie?"

Luc sospirò. "Sappiamo che non sei tu la spia, Mateo."

"Bene, giusto... certo." Si schiarì la gola. "Perché posso provarvi che non lo sono, in caso ne aveste bisogno... In più Jonathan non mi è mai piaciuto molto. Se vi servono delle prove che lo testimoniano o qualcosa del genere, basta che..."

"Mateo, sappiamo che non sei tu la spia," ripeté Luc con tono autoritario. "Ora dicci cosa hai scoperto."

"Bene, ok." Entrò timidamente nella stanza e posò il portatile sul tavolo. "È a nord di New York, in un posto..."

Tom imprecò, riconobbe immediatamente la location sullo schermo. "Era ovvio, avrei dovuto saperlo... Quello stronzo." Si allontanò dal tavolo e cominciò a camminare avanti e indietro con le mani nei capelli. "Lo ammazzo. Quella è casa di Rosalie."

"Rosalie?" ripeté Balthazar. "Intendi tua zia?"

"Proprio lei." Jonathan l'aveva usata per attirare Tom fuori da un nascondiglio, una volta, solo per poi rivelargli che lei aveva lavorato con lui per tutto il tempo. Quella povera donna aveva creduto alle bugie del padre di Tom e ne aveva pagato il prezzo nel modo peggiore: con la vita. A quanto pareva Jonathan stava usando casa sua come rifugio. "Sei sicuro che sia lì? Che non sia un'altra trappola?" Sembrava fin troppo ovvio.

"Ho tracciato le comunicazioni dal suo ufficio a questo indirizzo. Prima ha attraversato altre location, abbastanza da mascherare la posizione alla maggior parte degli hacker più mediocri. Ma io sono bravo." Mateo sorrise. "A dire il vero sono il migliore."

"Quali erano queste altre location?" chiese Luc lentamente. "Puoi elencarle?"

"Ehm, sì, certo… ma lui non è lì."

"Lo capisco, ma potrei avere un'idea."

"Va bene." Mateo fece una ricerca sul computer e cominciò a snocciolare una dozzina di luoghi fisici ai quali il messaggio si era attaccato prima di connettersi alla sede centrale del FAC.

"Riconosci qualcuno di questi posti, Tom?" chiese Luc.

Tom annuì. "Parecchi. Quello ai Caraibi è l'indirizzo di una delle sue proprietà, sono abbastanza sicuro che valga lo stesso per quello in Arizona. Quello di Calgary e dell'appartamento a Monaco sono conosciuti come alloggi sicuri del FAC."

"Secondo te dov'è più probabile che si trovi? Ipoteticamente, intendo."

"Ovunque," gli rispose Tom. "Anche se forse direi gli alloggi sicuri, è molto più facile trovare gli indirizzi delle sue case. In più, in quelle location avrebbe accesso ad armi e personale." Sempre che non avesse ucciso chiunque avesse a che fare con il FAC.

Amelia e Tom erano riusciti a far scappare una sola persona: Blake. Luc l'aveva relegato nella stessa cella in cui era stato rinchiuso Tom pochi mesi prima, dopo che aveva aiutato Amelia a ricongiungersi con la famiglia.

Non avevano ancora idea in che condizioni mentali si trovasse Blake. A ogni modo, l'inclinazione di Fitzgerald per le torture psicologiche faceva credere che l'ex Sentinella non fosse in gran forma.

"Mi piace," mormorò Balthazar, rispondendo a un pensiero di Luc. "È una bella dimostrazione di fede."

Luc si grattò il mento. "Diremo a Tristan che stiamo andando a Calgary a catturare Jonathan, a Nadia daremo l'indirizzo in Arizona, ma lo cambieremo all'ultimo con quello di Monaco."

"Dandole il tempo di avvisare Jonathan," annuì Balthazar.

"Esatto," convenne Luc. "Possiamo supporre che abbia piazzato delle trappole come ha fatto al quartier generale, potremmo basarci sul luogo dell'esplosione."

"E se non avesse programmato nulla?" gli chiese Mateo, facendo scuotere la testa a Tom.

"Non sarebbe da mio padre, lui ama giocare al gatto e al topo. Posso garantirti che avrà piazzato trappole in ogni luogo, ma ne terrà sotto controllo uno soltanto, quello che sospetterà sia prossimo alla distruzione... perché vorrà ammirare il proprio operato."

Luc sorrise. "Nel frattempo noi ci avvicineremo di soppiatto al gatto, mentre lui sarà a caccia." Si sfregò le mani. "Va bene, Alik guiderà la squadra con Tristan, probabilmente è l'unico che sarebbe in grado di tenergli testa, in caso fosse lui il colpevole. Jay e B, voglio che collaboriate con Ash per sistemare Nadia. Fitzgerald, Wakefield e io andremo da Jonathan."

"Verrà anche Amelia," aggiunse Tom, irremovibile. "Si è guadagnata un posto nella squadra e io non andrò da nessuna parte senza di lei." Se c'era qualcuno con il diritto di vendicarsi, quella era Amelia. Tom non le avrebbe mai portato via una tale opportunità. "Lei verrà e immagino che anche Stas vorrà partecipare."

"Va bene," gli rispose Luc. "Ma conto su di te per tenere al sicuro mia sorella."

"Lei non ne ha bisogno," gli rispose Tom sorridendo. "Quella donna è una forza della natura." Gli si scaldò il cuore al solo pensiero. La sua piccola risorsa si era trasformata in una vera guerriera... il che rappresentava anche motivo di eccitazione in camera da letto.

Balthazar si schiarì la gola. "Ti fermo subito, Fitzgerald. Abbiamo capito, sa cavarsela da sola. Basta, passiamo oltre."

Tom sorrise malizioso. "Non avrei mai pensato che potessi essere così puritano, B."

"Vuoi che Luc ti prenda a pugni, Tom?" gli rispose l'altro. "Perché lo farà... Una sola menzione di cosa tu voglia fare alla sua sorellina e..."

"Ho capito," lo interruppe Tom. "Non stavamo parlando di una strategia?"

Balthazar sorrise, il suo sguardo sembrò dire *Come pensavo*.

"Stavo per suggerire di chiamare Wakefield," disse Luc, completamente indifferente alla conversazione.

"Tristan sentirà la discussione," li avvertì Mateo.

"Sì, ho già una soluzione," disse Luc smanettando con il telefono. "Ok, Tom, trova Amelia e informala del piano. Jayson, va' da tua moglie per un po', ha bisogno del tuo amore. Balthazar aggiornerà Ash. Mateo, abbiamo bisogno di dispositivi di comunicazione e frequenze separate per ogni squadra. Ah, tieni d'occhio Jonathan. Se quello stronzo si muove voglio saperlo immediatamente. Nel frattempo io mi occuperò di Wakefield."

"Buona fortuna," gli disse Balthazar in tono dolce. "Non prenderà bene le tue accuse."

Luc gli rivolse un'occhiata triste. "Lo so, ma in questo momento i comportamenti di Tristan lo fanno sembrare il più colpevole."

"Per quello che vale, io non penso che sia lui la spia," disse Mateo a bassa voce. "Ma controllerò i tabulati telefonici di tutti per vedere se trovo qualcosa di interessante."

"Bene." Luc si guardò intorno con espressione seria. "Mi sembra piuttosto ovvio, ma la posizione di Jonathan deve rimanere tra noi."

Tutti al tavolo concordarono.

Luc si alzò in piedi. "Va bene, il bastardo ci ha già fregati una volta, ora tocca a noi... Mi rifiuto di perdere due volte."

L'energia all'interno della stanza divenne più oscura, tutti gli Anziani avrebbero voluto il sangue di Jonathan. Aveva ferito troppe persone, inclusi i cari di molti in quella stanza. Il padre di Tom meritava ciò che stava per succedergli.

È un mostro.

Un terrorista.

Un manipolatore crudele.

Ma è anche mio padre.

Tom guardò fuori dalla finestra, le dita chiuse in pugni in grembo. Odiava John Fitzgerald per tutto ciò che aveva fatto, ma una vocina continuava a ricordargli che lui stesso non sarebbe stato al mondo, se Jonathan non l'avesse creato.

Mi ha mandato all'accademia militare.

Testava continuamente le mie abilità, quasi al punto di uccidermi.

Mi ha reso l'arma perfetta… per il suo uso personale.

Ha fatto del male ad Amelia. L'ha torturata per anni, senza pietà.

La lista era pressoché infinita, ogni punto scavava una fossa sempre più profonda per l'uomo che aveva messo al mondo Tom. Non aveva qualità redentrici, non c'era motivo di tenerlo vivo.

Eppure, rapire e torturare un mostro li avrebbe fatti sentire meglio? Non avrebbe cambiato il passato. Certo, un modo per sfogare la rabbia di tutti quanti avrebbe sicuramente aiutato.

Tuttavia, torturare qualcuno non avrebbe cambiato una persona a livello psicologico? Era così che John aveva iniziato? Se Tom avesse partecipato alle torture del padre, ciò l'avrebbe condotto sulla medesima strada? Era chiaro che i geni malvagi si annidassero da qualche parte dentro di lui. E se quelle azioni avessero fatto uscire quel lato di lui allo scoperto?

Tom rabbrividì. *Non voglio diventare mio padre.*

Si sentì posare una mano su una spalla, lo sguardo intenso di Balthazar lo strappò ai pensieri. "Non succederà."

Tom sbatté le palpebre. Gli altri erano già partiti per le loro missioni e li avevano lasciati soli in sala da pranzo. "Oh, scusami. Mi sono…"

"Ti ricordi la prima volta che hai ucciso qualcuno?" lo interruppe Balthazar, che aveva ancora la mano su Tom, impedendogli di alzarsi.

Un ricordo d'infanzia fece rabbrividire Tom. "Sì." Ricordava bene l'episodio, il modo in cui il padre gli aveva intimato di premere il grilletto, la sensazione di trambusto nello stomaco una volta che il corpo si era accasciato a terra. "Non sapevo nemmeno come si chiamasse quell'uomo. O perché l'avessi ucciso."

"Eppure hai pianto la vita che ti eri preso, giusto?"

"Lo faccio sempre," gli rispose Tom, la gola gli si stringeva a ogni parola.

Aveva sempre cercato di evitare la morte, per quanto fosse possibile, rendendo le vittime inermi abbastanza a lungo da riuscire a scappare. Tuttavia in qualche occasione non aveva avuto altra scelta. Anche quando si erano meritate il loro destino, Tom aveva pianto le loro morti.

"È ciò che mi fa rimanere umano," aggiunse, ricordandosi di una conversazione simile che aveva avuto con Amelia, dopo che la ragazza aveva ucciso la dottoressa Patel, qualche mese prima. *"È quando comincia a piacerti che devi iniziare a preoccuparti,"* le aveva detto.

"È lì che tu e Jonathan differite," gli disse Balthazar piano. "A lui piace fare del male agli altri, a te no."

"Ma sono suo figlio. E se quel lato di lui fosse da qualche parte dentro di me?"

"Ho sentito abbastanza dei tuoi ricordi da sapere cosa ti ha fatto passare tuo padre, da piccolo. Eppure hai superato tutto quanto con un cuore integro. Sai cosa mi dice questo, Tom?"

L'ex soldato deglutì, poi scosse lentamente la testa. Pensare al passato gli faceva rivoltare lo stomaco come un calzino, specialmente l'infanzia di cui parlava Balthazar. Preferiva evitare l'argomento, menzionandolo solo se fosse rilevante o quando Amelia gli aveva chiesto dettagli specifici.

"Mi dice che tua madre è parte di te tanto quanto lo è Jonathan. Mi dice che sei una brava persona, Tom." Gli strinse la spalla, poi lo liberò dalla presa. "A differenza di tuo padre, dai valore all'amore e alla famiglia. Usa questo per farti forza. So che sei stato cresciuto pensando di non appartenere da nessuna parte, ma il tuo posto è questo. Sei uno di noi. Permetti alla nostra conoscenza e alla nostra guida di dare forma al tuo futuro, non alla relazione con un uomo che molto presto sarà morto."

Tom rimase seduto, era scioccato. Non aveva realizzato quanto avesse bisogno di sentire quelle parole fino a che Balthazar non le aveva dette.

Il mio posto è questo.

Il padre lo aveva sempre tormentato, dicendogli che nessuno l'avrebbe mai accolto da nessuna parte, non gli Hydraiani e sicuramente non gli Ichoriani. Eppure, non solo gli Anziani avevano dimostrato che suo padre si sbagliava ma avevano anche permesso a Tom di entrare nella loro cerchia ristretta. Si fidavano di lui. La riunione di quel giorno aveva dimostrato che... lo avevano incluso perché apprezzavano la sua opinione e la sua esperienza. Certo, la ragione principale era che conosceva John meglio di chiunque altro, ma gli davano anche ascolto. Lo trattavano da pari, non come un informatore o un'arma, ma come una persona importante.

"Grazie," disse Tom sciogliendo finalmente la tensione dagli arti.

Balthazar annuì. "Quando vuoi." Cominciò ad andarsene, poi si fermò sulla soglia della porta e si voltò a incontrare lo sguardo di Tom. "Se non vuoi che venga torturato, Tom, allora uccidilo. Gli altri se ne faranno una ragione... se c'è qualcuno che si è guadagnato il diritto di consegnare Jonathan al proprio destino, quello sei tu."

Issac

Ezekiel camminava avanti e indietro giocherellando pericolosamente con dei coltelli. "Skye aveva una profezia," spiegò. "Aveva predetto che Sethios sarebbe morto per mano di Osiris."

"È impossibile," gli rispose calmo Gabriel. "I Seraphim non muoiono e Sethios dovrebbe aver effettuato del tutto la transizione."

"Beh, la sua predizione dice altro," continuò Ezekiel mentre un'energia selvaggia si riversava fuori dal suo corpo a ondate. "Non riesco a trovarlo da nessuna parte, alla tenuta."

"Dev'essere un malinteso." Gabriel lo studiò. "Cos'ha detto precisamente Skye?"

"Cito testualmente, 'i regni cadranno, emergeranno nuovi poteri'. Poi ha sbattuto le palpebre e mi ha detto che Osiris avrebbe ucciso Sethios. Ho provato a trovarlo per avvertirlo, ma è sparito e l'unico modo che aveva per lasciare la tenuta era farlo persuadere da Osiris."

Astasiya si irrigidì al fianco di Issac, l'immagine di

quella fossa le balenò in testa. *Che cos'è?* Le chiese lui, studiando l'immagine.

L'incubo che ho fatto mentre ero svenuta, gli rispose lei con la mente. *Non pensi che sia mio padre, vero? Allo stesso modo in cui mia madre mi ha contattata da sott'acqua…*

Mostramelo di nuovo.

L'immagine si arricchì di dettagli, le pareti sporche e il cielo color azzurro pallido. Attraverso il legame vennero trasmesse anche alcune delle emozioni di Stas, incluso l'estremo bisogno di farsi colare cemento sugli arti. Issac sussultò alla sensazione, facendo sì che la bionda si tirasse indietro.

Quello faceva parte del sogno? Le chiese. *Quel comando?*

Stas annuì con un fremito. *Sembrava… reale.*

Issac aprì la bocca per dire qualcosa, ma una vibrazione nella tasca lo distrasse. "È Lucian," disse. "Devo rispondere."

Tristan fece capolino dalla cucina, la sua capacità di manipolazione del suono gli permetteva di ascoltare la telefonata. Issac annuì, sapeva che il migliore amico avrebbe voluto essere aggiornato sulla questione Jonathan.

"Digli che mi annoio e ho bisogno di spaccare qualcosa," gli disse Alik dalla zona del soggiorno.

Issac lo ignorò e rispose alla chiamata. "Lucian. È appena arrivato Ezekiel con novità riguardo un'altra profezia. Sembra che la vita di Sethios sia in pericolo."

"I Seraphim non possono morire," gli rispose Luc, riportando alla mente i pensieri di Gabriel.

"Pare che Osiris abbia trovato un modo per far sì che accada," continuò Issac guardando l'assassino che seguitava a camminare. Pensò che le lame in mano a Ezekiel fossero un po' troppo vicine ad Astasiya.

"Ne dubito," disse Gabriel scuotendo la testa. "Non ha senso, puoi scomporre un Seraphim e metterlo sottoterra per togliergli l'accesso al reame etereo, ma non morirà mai. L'anima trova sempre il modo di tornare al corpo."

Astasiya afferrò il ginocchio di Issac e lo strinse. "Penso che sia questo ciò che ha fatto Osiris," ansimò ripensando al proprio incubo.

Ezekiel si fermò. "Che intendi dire?"

"Io… ho fatto un incubo, oppure ho avuto una visione, mentre ero svenuta… c'era una fossa e io continuavo a versarci del cemento perché qualcuno mi aveva detto farlo." Rabbrividì. "La sensazione era simile a quella di quando mia madre prova a parlarmi." Le parole le uscirono in un sussurro, lo sguardo su Gabriel. "Ma forse… forse era mio padre?" *Pensi che sia per questo che mi sia sentita così male alla sede del FAC, Issac? Quel senso di terrore proveniva da lì?*

Non hai mai provato niente del genere con tua madre, vero?

Stas scosse la testa. *No, ma forse lui…*

"Dov'eri, nel sogno?" le chiese Ezekiel interrompendole i pensieri. "Descrivimelo."

"Io… non lo so. Ero già dentro questa fossa, sopra di me c'era solo il cielo."

"Era giorno? Notte?" insistette Ezekiel, sempre più nel panico.

Issac prese il controllo dei recettori visivi dell'assassino per mostrargli l'immagine che stava condividendo Astasiya. L'uomo inciampò e si aggrappò al dorso di una sedia per riprendere l'equilibrio accanto a una delle finestre aperte. Scosse la testa come se volesse schiarirsela.

"Che cazzo è questa roba? Che succede?"

"Stai vedendo il luogo dell'incubo di Astasiya," gli rispose Issac, mostrandogli ogni dettaglio che ricordava della visione: la sporcizia, il cielo, il sole. Anche la pozza di cemento sottostante.

"Com'è possibile?" gli chiese Ezekiel, stava ansimando sempre di più. "Ho visto abbastanza, spegni tutto."

"Va bene," Issac rilasciò la vista di Ezekiel per permettergli di tornare al presente.

"È il legame," spiegò Gabriel. "La runa che ti ha donato Osiris ti protegge solo dalle sue creature, Issac non è più tra queste. Ora appartiene al mondo Seraphim."

"Fantastico," gli disse Lucian in un orecchio. "Il tuo potere sta già aumentando."

"Sì," mormorò Issac, poi si passò il telefono nell'altra mano in modo da poter circondare Astasiya con un braccio. Lei fremette al suo fianco, nella mente della ragazza il nome del padre continuava a ripetersi insieme a una serie di domande e possibili scenari. "Riesci a darmi un piccolo aggiornamento su Jonathan?" chiese Issac a Luc, aveva bisogno di riportare l'attenzione sulla donna al suo fianco.

"Al diavolo Jonathan," li interruppe Ezekiel prima che Lucian potesse rispondere. "Dobbiamo trovare Sethios, subito."

Gabriel scosse la testa. "Abbiamo bisogno di Stas e lei non è pronta, non riesce nemmeno a nebulizzarsi ancora."

"Allora insegnaglielo, cazzo," sbottò Ezekiel, il comportamento solitamente calmo scomparve per lasciare spazio a un'ondata di emozioni violente. "Ho guardato il mio migliore amico soffrire per quasi vent'anni e ho giurato che l'avrei protetto. Ora Skye ha profetizzato la sua morte. Non posso stare qui seduto ad aspettare. Non voglio più rispettare i tuoi tempi, Gabriel. Ho fatto tutto ciò che mi hai chiesto e ora ti chiedo di restituirmi i favori. Sethios ha bisogno di noi. *Adesso.*"

"Ha ragione," aggiunse Leela, che era apparsa sulla porta. "Abbiamo fatto tutto a modo tuo e anche se sono d'accordo sul fatto che Stas sia stata cresciuta in maniera adeguata, è tempo di salvare Sethios."

"Sembra che ci sia molto da fare, laggiù," disse piano Lucian.

Issac guardò l'assassino lanciare occhiate di fuoco al sempre stoico Gabriel. "Che eufemismo."

"Allora sarò breve. Mateo e io ti abbiamo mandato un messaggio che potrebbe essere utile, fammi il favore di leggerlo." Il modo tranquillo di parlare di Luc fece incuriosire Issac. Il re degli Hydraiani non era solito parlare a vanvera. Aveva sempre in mente un motivo o una strategia.

"Un secondo," gli rispose Issac, poi guardò lo schermo. I messaggi non erano di Mateo, ma di Lucian.

Non reagire in modo visibile, diceva il primo.

Abbiamo parlato della spia e abbiamo ristretto il campo a due principali sospettati, forse tre. Le nostre scoperte non ti piaceranno.

Issac digitò sui tasti, *Dimmi.*

In base ai tempi e alle conoscenze, Tristan è il nostro primo sospettato, Nadia e Clara lo seguono.

Issac lesse il messaggio quattro volte prima di afferrarne il senso. Stavano accusando la maggior parte degli Ichoriani che al momento vivevano a Hydria. Ichoriani che erano stati loro amici per decenni, se non secoli.

Tristan?

Non era possibile.

Issac conosceva le sue creature meglio di chiunque altro. Era il suo migliore amico. Lo guardò, un accenno di preoccupazione gli segnava il volto. Aveva chiaramente sentito la richiesta di Luc e si stava interrogando sul contenuto dei messaggi. Tristan era uno stronzo ma non era uno stupido. Sapeva che Luc doveva aver inviato a

Issac un messaggio che non voleva lui sentisse. L'espressione leggermente triste lo confermò.

Tutti sapevano che tra loro c'era un informatore. Tristan era stato al fianco di Issac per tantissimo tempo e tra tutti era quello che avrebbe dovuto sapere meglio che un messaggio segreto significava essere tagliato fuori dalla cerchia ristretta. Implicava la mancanza di fiducia, anche se Tristan non aveva fatto nulla di male per meritarselo... Fatta eccezione per il comportamento un po' scortese dell'ultimo periodo.

Non è Tristan, rispose Issac, tornando a concentrarsi sul telefono. *Lui è fedele.*

"Ti aspetto fuori," lo informò la progenie, le spalle tese mentre usciva dalla porta. Alik lo seguì senza dire una parola ma Issac sapeva che non lo stava facendo per parlare. No, Lucian aveva chiesto all'Anziano di monitorare il sospettato e Tristan se ne sarebbe accorto immediatamente.

Merda, come se Issac avesse avuto bisogno di un ulteriore problema da risolvere.

Gli vibrò il telefono con la risposta.

Abbiamo un'idea per testare le lealtà. Alik è già stato aggiornato. Lui e Tristan andranno a Calgary. A Nadia verrà comunicato un indirizzo ma verrà condotta in un altro posto. Inoltre abbiamo la posizione esatta di Jonathan, che poi è il motivo per cui ho chiamato.

Il cuore di Issac prese a battere forte. "Ne siete certi?" chiese ad alta voce, il telefono nuovamente all'orecchio.

"Sì," gli rispose Lucian. "Partiamo tra mezz'ora."

Astasiya gli conficcò le unghie in una coscia, attirando l'attenzione. *Hanno trovato Jonathan*, le disse col pensiero.

Ho seguito la conversazione, gli sussurrò lei. *Non so se hai sentito, ma Stark sta cercando di aiutare Ezekiel a trovare mio padre, voglio partire ora, subito.*

Issac alzò lo sguardo e si rese conto di aver ignorato completamente la conversazione che aveva intorno.

"...tenuta?" chiese Gabriel, Issac si era perso la parte iniziale della domanda a causa del martellare nelle orecchie. Avevano un'altra occasione di catturare Jonathan, di farla pagare a quel bastardo. Se ne sarebbe dovuto andare subito, se avesse voluto unirsi a loro nella missione e vedere finalmente portata a termine la vendetta.

"È l'ultimo posto in cui è stato," gli rispose Ezekiel.

"Allora è da lì che inizieremo." Gabriel si concentrò su Astasiya. "Non sei pronta per affrontare Osiris, ma non possiamo farcela senza di te. Sei l'unica con il potere di spezzare la persuasione di Sethios."

Astasiya aprì la bocca, scioccata da quelle informazioni. "M-ma non so nemmeno come nebulizzarmi o come soggiogare correttamente. L'ultima volta che ho combattuto Osiris abbiamo vinto solo perché lui se n'è andato."

Il che aveva molto senso, considerato che Osiris avrebbe voluto che Hydraiani e Ichoriani combattessero al suo fianco nella guerra contro i Seraphim. Distruggere gli Anziani avrebbe voluto dire togliere alcune delle pedine più potenti dalla tabella di gioco. A Osiris servivano vivi. Anche Astasiya.

"Il potere è lì dentro, devi solo lasciarlo uscire," le disse Leela dolcemente.

"Vi aspettate che lo faccia confrontandomi con Osiris?" squittì Stas, poi si tese sotto il braccio di Issac. *Sono impazziti? Non posso farlo, Isaac. Io... io vorrei tanto, ma è da pazzi.*

Se c'è qualcuno che può farlo, sei tu, la rassicurò lui credendo a ogni parola. *Sei nata per questo, Aya. Sei l'essere più potente che io abbia mai conosciuto.*

Tranne Osiris, lo corresse lei. *Oppure tutti, in questa casa, si sono dimenticati di lui?*

Non tutta la forza si misura in capacità soprannaturali. Tu hai l'amore, tesoro. Osiris ha solamente l'ego. Issac le passò un pollice sul polso e le sentì il battito cardiaco. *Puoi farcela, tesoro. So che puoi.*

Astasiya gli tremò al fianco mentre il dubbio e l'incredulità le infestavano i pensieri.

"Issac?" La voce di Lucian gli ricordò del telefono ancora in mano. Quando Stas si era voltata verso di lui, aveva completamente dimenticato cosa stesse facendo perché il bisogno di lei aveva superato quello di chiunque altro, senza un motivo preciso.

"Scusami," disse Issac riportandosi il telefono all'orecchio. "La conversazione qui mi ha distratto. Le tue informazioni sono intriganti, ma ne contesto la veridicità." Si riferiva ai sospetti su Tristan.

Issac si fidava ciecamente di lui.

Inoltre, Nadia e Clara erano di famiglia. Issac non riusciva a immaginarsi nessuna di loro voltare le spalle a Aidan. Ovviamente non le conosceva più bene come prima, dal momento che aveva passato la maggior parte dell'ultimo decennio a costruire una propria presenza a New York. Presenza che si era quasi estinta nell'ultimo mese. Fortunatamente aveva un protocollo per le assenze prolungate che manteneva le regolari attività dell'azienda.

"Presto sapremo di più sulla veridicità delle informazioni," gli rispose Luc. "Detto questo, dobbiamo sbrigarci. Ci stai o no?"

Issac guardò prima Gabriel e Leela, poi Astasiya. Nonostante fosse terrorizzata, Issac sapeva che decisione avrebbe preso. Sethios era suo padre. Anche se Stas si sentiva impreparata, la sua lealtà non le avrebbe mai permesso di deluderlo. L'unico motivo per cui stava esitando era perché decisioni simili in passato non l'avevano portata a nulla di buono. Issac percepiva le preoccupazioni della ragazza: se avesse agito ancora una volta d'impulso, il tutto sarebbe potuto risultare in un esito atroce e lei si rifiutava di perdere o fare del male al padre.

Issac sospirò.

Stas non era l'unica a non avere altra scelta, poiché lui non avrebbe mai lasciato che la sua Aya si mettesse in una situazione pericolosa senza starle al fianco.

"Qui hanno bisogno di me, Lucian," disse Issac piano, la decisione era già stata presa. Quando si trattava di supportare Astasiya o di alimentare il proprio bisogno di vendetta, avrebbe sempre scelto la prima opzione. Erano una squadra, sempre. Per l'eternità. "Mi dispiace."

"Date le circostanze, capisco e ammiro la tua determinazione ma Issac…"

"Sì?"

"Cerca di non farti uccidere. Abbiamo bisogno di te vivo."

Issac sorrise. "Non hai sentito, Lucian? Ora sono invincibile."

Luc ridacchiò. "Non lasciare che quelle merdate ti diano alla testa." Si fermò. "Dico sul serio, fai attenzione. Ho bisogno di te, fratello."

"Lo stesso vale per me, Lucian. Buona fortuna."

"Non serve, sai che non perdo mai senza uno scopo." Lucian chiuse la chiamata e poco dopo Issac ricevette un messaggio: *Ti manderò gli aggiornamenti sull'esito appena saprò qualcosa.*

Non è Tristan, rispose Issac sicuro.

Spero tu abbia ragione.

Issac non aveva bisogno della speranza. Non aveva dubbi sul fatto che Tristan non l'avrebbe mai tradito.

"Hanno trovato Jonathan," disse Issac, poi si infilò

nuovamente il telefono in tasca. "Hanno bisogno di Alik e Tristan a Hydria."

"Posso accompagnarli," rispose Leela. "Anche io devo passare a prendere una cosa." Lanciò uno sguardo a Gabriel.

Lui annuì. "Sì, è ora."

"Bene." Leela guardò Ezekiel. "Torna alla tenuta, vedi se riesci a trovarlo. Prova a parlare di nuovo con Skye, se possibile. Ci vediamo al perimetro tra un'ora."

"Vuoi che vada a girarmi i pollici," commentò l'assassino.

"Non possiamo nebulizzarci finché le rune saranno alterate." Gabriel guardò Leela. "Porterò Stas con me, almeno vedrà come si deve fare, poi ti aspetteremo per entrare."

"Porterai anche me," lo informò Issac. "Io vado ovunque vada lei."

Astasiya rabbrividì. "Non mi ricordo di aver acconsentito."

"Sei l'unica che può annullare la persuasione di Osiris su Sethios per via del vostro legame familiare, Stas," le spiegò Gabriel. "Senza di te non abbiamo alcuna garanzia che Sethios possa venire via con noi."

Owen fece il suo ingresso con un bicchiere di quello che sembrava scotch e si sedette sulla poltrona reclinabile vicino ad Astasiya. "Ti ricordi di quel professore del terzo anno che ogni giorno iniziava la lezione senza il programma e si aspettava che noi sapessimo che cazzo stesse succedendo?"

Astasiya lo fissò. "Cosa?"

"Ci vediamo sul perimetro vicino al limitare degli alberi, Gabe," disse Leela piano, poi sparì.

Ecco che se ne va anche Tristan. Issac sospirò. Si sarebbe aggiornato con la propria progenie una volta che gli altri avrebbero gestito la faccenda Jonathan. Perché si sarebbe dimostrato innocente, Issac ne era certo.

Ezekiel annuì verso Gabriel e sparì senza dire una parola, avevano già un piano definito in mente.

Owen sembrò non badare al fatto che se ne stessero andando tutti, sempre che l'avesse notato. "Quello stronzo che ti ha chiesto le letture di cui non sapevamo nemmeno l'esistenza e poi ti ha definita pigra per averti trovata impreparata."

Astasiya si accigliò. "Ma certo, sì che lo ricordo. Avrei voluto prenderlo a pugni."

Owen annuì. "Quell'idiota rappresenta Stark, qui. Non ha tempo di fare un'introduzione o un programma del corso, principalmente perché ha perso tempo a consegnarti gli appunti, giusto? Tuttavia vuole che tu faccia un esame proprio oggi e il tuo voto finale dipenderà dai risultati di questo test."

"Questo non mi fa sentire meglio."

"Allora te lo dirò in un altro modo." Posò il drink, ancora intonso. "Se c'è una cosa che ho imparato è che le profezie di Skye sono solite realizzarsi. Quindi, se non supererai questa mancanza di fiducia in te stessa e anche in fretta, tuo padre morirà. Puoi aiutarlo oppure no, sei tu a decidere il suo destino."

Astasiya lo guardò malissimo. "Questo *davvero* non aiuta."

"Sto solo dicendo la mia, Sassy." Si rilassò appoggiando una caviglia sul ginocchio opposto.

"Mi stai facendo venire voglia di picchiarti in questo momento," gli rispose lei, "e lo meriteresti, dopo aver inscenato la tua morte, cazzo."

Owen scrollò le spalle. "A dire il vero non sono preoccupato, visto lo stato d'animo patetico in cui sembri crogiolarti, dubito che riusciresti a farmi del male."

Astasiya sussultò. "Come, scusa?"

Issac rafforzò la presa sulla bionda, più per dare alle proprie mani qualcosa da fare che per trattenere lei. Non era l'unica che all'improvviso avrebbe gradito un po' di violenza. *Stato d'animo patetico?* Un po' troppo cattivo da dire e del tutto non necessario.

"Che c'è? Stai qui a deprimerti invece di reagire. Cosa è successo alla donna impertinente che ho conosciuto l'anno scorso? Quella che ha persuaso il professore bastardo a inciampare tre volte durante la nostra prima lezione?"

E va bene, quella frase aveva quasi fatto sorridere Issac. Il fatto che Stas avesse riportato alla mente il ricordo e anche lui potesse vederlo sicuramente non aiutò.

"Non è vero!" esclamò lei, ma i pensieri dimostrarono che si trattasse di una bugia. Sembrava come se l'avesse scambiata per una coincidenza, ma in quel momento stava realizzando la verità.

Che studentessa birbante, la provocò Issac.

Ughhhh, fu la risposta di lei.

L'Ichoriano ridacchiò. "Invece sì, ti ho sentita mormorare sottovoce."

Stas arrossì. "È inciampato da solo."

"Stronzate, sei stata *tu.* Sei molto più potente di quanto credi, il che è piuttosto chiaro, visto che hai troppa paura di aiutare tuo padre anche quando non dovresti."

Ah, quindi era quello lo scopo di Owen nello sviare la conversazione. Stava cercando di motivare Astasiya. Issac si rilassò, approvava la mossa.

"Non mi pare che tu ti stia offrendo volontario per venire con noi," mormorò lei.

"Se pensassi di poter essere d'aiuto, lo farei. E Sethios non mi piace nemmeno. Eppure, lo farei perché è tuo padre. Lo farei per *te.*" Piegò la testa di lato. "La domanda è, puoi mettere da parte le tue paure e fare ciò che ti sembra più giusto? Perché la Stas che conosco non avrebbe mai esitato ad aiutare chi ha bisogno di lei. Hai rischiato la vita a diventare amica di Wakefield e sì, il tuo scopo era conoscere di più circa le tue abilità, ma so anche che l'hai fatto per sapere cosa fosse successo a me. Trova quella donna e portala fuori a combattere. Suo padre ha bisogno di lei."

Astasiya s'immobilizzò al fianco di Issac, le spalle tese, la bocca ridotta a una linea sottile. "Non sono più quella ragazza, Owen. Sono morta... *due volte*. Entrambe perché ho preso una decisione affrettata per aiutare il prossimo. Perdonami se mi serve qualche minuto in più prima di cogliere l'opportunità di morire di nuovo."

"Beh, se questa è la tua mentalità, capisco perché tu non voglia andare. Hai già fallito."

"Sto cercando di essere furba."

"No, stai facendo la codarda," ribatté Owen. "Capisco che sia tanto da gestire tutto insieme, che non hai ancora sviluppato del tutto le ali, ma tuo padre ha bisogno di te. Per quale altro motivo dovrebbe mostrarti certe immagini?"

Astasiya deglutì, il senso di colpa attraversò il legame con Issac. Lui le accarezzò il braccio, offrendo il poco conforto che poteva darle. Anche se Owen non era un interlocutore molto gentile, la sua tattica sembrava funzionare. Stas aveva bisogno di coraggio, di qualcosa che le ricordasse quanto fosse forte.

Non è una decisione impulsiva, tesoro, le sussurrò Issac con la mente.

Io voglio aiutarlo, Issac, ammise lei. *Ma sono terrorizzata dal fallimento.* Ciò che la turbava maggiormente, Issac riusciva a vederlo attraverso la mente della ragazza, era che non avesse mai dubitato di se stessa. Eppure, in quel momento le mancava la sicurezza di sé. Prima di tutto per via delle settimane precedenti, a causa di ciò che aveva dovuto sopportare; Stas non riusciva a pensare che non sarebbe potuta essere in grado di aiutarlo. Poi si rimproverò per pensarla in quel modo, considerandola una debolezza dei propri pensieri.

Pensare a tutti gli esiti possibili è una mossa intelligente. Non ti rende debole, le disse Issac. *Ma devi ricordare il tuo potere. Hai già affrontato Osiris una volta, puoi farlo di nuovo. Ricordati, hai l'amore dalla tua parte. Quella è una delle motivazioni più forti di tutte.*

Stas deglutì, poi annuì. "Va bene," disse dolcemente. "Va bene." Guardò Owen. "Voglio ancora picchiarti."

Lui ridacchiò. "Bene, potrai farlo una volta tornata."

"Ripetutamente," aggiunse Stas.

"Va bene, non in faccia però." Le fece un occhiolino. "È il mio miglior attributo e compagnia bella…"

"Non lo sarà più quando avrò finito," gli rispose.

Owen si portò una mano al petto come se le parole di Astasiya lo avessero ferito. "Così sei cattiva, Sassy. Tu ami la mia faccia. Non minacciarmi in quel modo."

"Se avete finito… dobbiamo andare," li interruppe Gabriel. "Disfare le rune richiede tempo e abbiamo già sprecato dieci minuti."

"E perché dobbiamo disfarle?" chiese Stas con cautela.

"Ve lo spiegherò quando saremo lì." Allungò una mano. "Forza, tutti e due."

Issac guardò Astasiya. "Io vado ovunque vai tu," le disse. "Se questa è la tua scelta, allora andiamo a fare qualche danno."

Grazie, sussurrò lei. Quelle parole si allacciarono al cuore di Issac, scaldandolo fin nel profondo.

Non mi ringraziare mai per aver preso la scelta giusta, tesoro. Siamo io e te, sempre.

Sempre, concordò lei, le labbra leggermente arricciate all'insù.

"Quindi?" Li esortò Gabriel, del tutto all'oscuro del loro momento privato. O forse non gli importava molto. "Ora ne sono passati undici, di minuti."

Astasiya si alzò e prese un bel respiro. "Giusto, va bene. C'è qualcosa che devo sapere?" chiese fissando lo sguardo su Gabriel.

"Certo, te lo dirò una volta sul posto." Le prese la mano e afferrò il polso di Issac. "Ci vediamo presto, Angelton."

"Sarò qui a non fare nie…" La risposta di Owen venne interrotta dal vento che sferzò i loro visi.

Issac chiuse gli occhi, regolarizzò il respiro e aspettò che sotto i piedi comparisse il terreno. Accadde dopo pochi secondi e lui rimase meravigliato dal tempo e lo spazio. Era come se ai Seraphim bastasse immaginare un posto per farlo apparire.

Spero che imparerai presto anche tu, Aya, ammise. *Potremmo divertirci parecchio.*

Lei non rispose, il loro legame venne pervaso dallo shock. Issac aprì gli occhi e la vide accanto a lui.

Aya?

Era fredda, la loro connessione instabile. Aveva gli occhi puntati sull'uomo in piedi a pochi passi di distanza.

No, non era un uomo.

Era un Seraphim con enormi ali nere infuocate.

Osiris.

"Benvenuta, Stas," l'accolse. "Lascia che ti faccia fare un bel giro."

L'urlo di Aya rieccheggiò nella testa di Issac e improvvisamente vennero inghiottiti dall'oscurità.

Oh, mer…

TOM

TOM ALLUNGÒ UNA PISTOLA AD AMELIA. "QUESTA NON ha la sicura."

"Regola numero uno: devi sapere come maneggiare un'arma prima di usarla," lo scimmiottò lei.

Tom ridacchiò. "Sei proprio una brava studentessa."

Amelia sbuffò. "Intendi dire sexy, sono una studentessa sexy."

Tom se la immaginò con indosso una divisa scolastica, una bella distrazione dalle scene di morte che gli attraversavano la mente. "Stiamo facendo un gioco di ruolo?" le chiese inarcando un sopracciglio. "Perché potrebbe piacermi… 'Professor Tom' suona bene."

"Anche 'Defunto Tom'," esordì Luc entrando nella stanza. "Che è quello che sarai, se mai ti vedrò mettere in scena una farsa del genere con la mia sorellina."

Tom sospirò. *Maledetto guastafeste.*

Amelia alzò gli occhi al cielo e inserì la sicura alla pistola, proprio come le aveva insegnato Tom. "Sembra che tutti mi vogliano frigida e puritana," mormorò lei.

"Una suora, a dire il vero." Luc prese in mano una pistola e la caricò di proiettili. "Tom ti ha aggiornata sul piano, oppure era troppo impegnato a scriversi il necrologio?"

Tom sbuffò ma non disse nulla. La discussione era tra Amelia e quello stronzo del fratello maggiore.

"Sei peggio di Issac," lo accusò lei. "E sì, mi ha dato tutti gli schemi della casa di Rosalie e di quello che sarà il nostro punto d'ingresso."

"Bene." Luc si issò l'arma alla cintura, poi prese un coltello e se lo rigirò tra le dita. Tutti gli Anziani sembravano avere un'affinità con le lame.

Tom preferiva i proiettili.

"Bene, allora siamo pronti a partire. Andiamo," disse Luc. Aveva le grosse spalle tese e si mosse velocemente fuori dall'armeria.

Amelia strinse le labbra. "Sono preoccupata per lui," ammise dolcemente. "Solitamente non è così duro."

Davvero? Perché da quando Tom lo conosceva era sempre stato conciso e diretto. Forse perché non apprezzava che lui si portasse a letto la sorellina e ovviamente, il tutto in aggiunta al fatto che avesse preso il posto del migliore amico, Eli.

"Non penso che abbia processato il lutto," aggiunse Amelia. "Ha tenuto tutto dentro... non è salutare."

"Ognuno gestisce il dolore a modo proprio," le rispose Tom posandole il palmo di una mano sulla parte bassa della schiena per guidarla fuori dalla stanza. "Noi possiamo solo stargli accanto quando sarà pronto." *Se* mai sarebbe arrivato quel momento. Qualcosa diceva a Tom che se Luc fosse mai crollato, sarebbe stato in privato e lontano da chiunque sull'isola.

Amelia si fermò fuori dalla porta, gli occhi azzurri luccicanti mentre si voltò a guardare Tom. "Luc non processerà nulla fino a quando non avremo trovato Jonathan."

"Allora sarà meglio trovarlo." Le accarezzò la spina dorsale con un pollice, fino ad arrivare al retro del collo. Le avvolse la nuca e l'attirò a sé per un bacio. "Sei sicura di volerlo fare, dolcezza? Affrontare Jonathan nel suo territorio?" Ne avevano già parlato a lungo, ma Tom voleva essere sicuro che fosse ciò che Amelia voleva. Forse era lui ad aver bisogno di rassicurazioni.

"Tu lo sei?" ribatté lei inarcando un sopracciglio con espressione consapevole. Amelia era l'unica persona in grado di capirlo al volo.

Tom sospirò e fece toccare le loro fronti. "Ha fatto del male a molte persone, Amelia. Se non lo fermiamo continuerà a farlo a molte altre." Erano parole che aveva già detto, in cui credeva, eppure dentro di lui qualcosa faceva ancora male.

"Questo non mi dice se sei pronto ad affrontarlo," mormorò lei prendendogli il viso tra le mani.

"Non so se sarò mai pronto," ammise lui dolcemente. Una parte oscura di lui avrebbe voluto infliggere dolore all'uomo che l'aveva tormentato per la maggior parte della sua vita. Un'altra parte avrebbe voluto semplicemente che tutto finisse, non doversi più preoccupare di quale tortura il padre avrebbe dispensato la volta successiva. Toma era certo di una sola cosa: "Dobbiamo chiudere la questione, la resa dei conti comincia adesso."

Amelia annuì. "La mossa finale."

"Esatto." Tom le sfiorò le labbra in cerca di calore e conforto. "Ed è la mossa che ci renderà vincenti."

Alla fine del corridoio apparve Luc, un'espressione di attesa. "Venite?"

Giusto. Il re Hydraiano non vedeva l'ora di sbrigarsi e

dal momento che gli altri se n'erano andati una ventina di minuti prima, Tom capiva la fretta.

"Sì." Si allontanò da Amelia e si sistemò il bavero della giacca di pelle, che nascondeva le armi ben cariche. Aveva un coltello nello stivale sinistro, nascosto dai jeans. Prese la mano della ragazza e la strizzò una volta prima di far intrecciare le loro dita.

"Bene," disse Luc facendo strada.

Camminarono lungo il corridoio di pietra e salirono le scale per incontrare Mateo e Jacque. Luc chiuse la porta di ferro alle loro spalle e si mise in tasca la chiave. A quanto pareva ne esistevano solo tre copie. Jay e Alik ne avevano una a testa, Balthazar non l'aveva voluta. Se qualcuno avesse voluto avere accesso alle armi sarebbero dovuti passare per un Anziano.

"Sono tutti alle proprie postazioni," disse Mateo allungando a Tom e Amelia degli auricolari. La ragazza sistemò il proprio, testò il microfono e annuì quando la frequenza sembrò stabilizzarsi sul canale corretto. Tom la seguì a ruota, poi mostrò il pollice in su in segno che fosse tutto a posto. Jacque e Luc erano già pronti a partire.

"Digli che aspettino," disse Luc.

Mateo digitò qualcosa sul proprio tablet. "Già fatto."

"Fantastico." Luc guardò ognuno di loro, catalogando ogni dettaglio: la pistola di Amelia, la giacca larga di Tom e l'elsa di metallo posizionata sulla schiena di Jacque che gli spuntava da sopra una spalla. "Va bene, posizionaci a circa un isolato di distanza."

"Già controllato e pronto." Il teletrasportatore allungò una mano. "Aggrappatevi e non lasciate andare."

Tom mantenne il contatto con Amelia e con l'altra mano prese il polso di Jacque. Amelia si tenne stretta al braccio e Luc alla spalla.

Il mondo prese letteralmente a vorticargli intorno

mentre Jacque li trasportava a nord di New York, in una strada che Tom non vedeva da anni, ma che conosceva bene.

Le stelle brillavano in alto nel cielo, il quartiere scarsamente illuminato era silenzioso nella notte.

Niente macchine.

Niente testimoni.

E circa trenta centimetri di neve.

Fantastico.

Tom fece un cenno con il capo indicando che avrebbe preso il comando. Anche se la squadra avrebbe dovuto essere capitanata da Luc, il territorio apparteneva a Tom. Conosceva quel quartiere come il palmo della mano, sapeva già dove John avrebbe potuto posizionare le Sentinelle, nascondendole.

I quattro si acquattarono dietro una casa dalle grandi siepi, Tom si accovacciò. "Amelia verrà con me. Jacque, tu e Luc dovrete arrivare da dietro, come abbiamo detto."

Entrambi gli uomini annuirono.

"Ci vediamo nel mezzo," disse loro Tom sorridendo.

Quello era il suo parco divertimenti, il gioco per cui era stato creato... Era arrivato il momento che l'alunno diventasse il maestro.

Sentì l'adrenalina pompare nelle vene mentre strisciava silenziosamente attraverso il cortile con Amelia al seguito. Stavano decisamente lasciando delle tracce (per colpa di quella maledetta neve), ma le Sentinelle non si sarebbero fatte vedere lì dietro. Sarebbero state vicine a casa di Rosalie e Tom sperò che stessero oziando, all'oscuro di un possibile attacco.

Proseguì, il suo obiettivo era la casa alla fine della via. Forniva il punto di osservazione perfetto per posizionare un cecchino con accesso libero alla strada, compreso il vialetto di Rosalie.

Si fermò tra gli alberi sul retro della proprietà, poi guardò il tetto. *Eccoti lì*, pensò con un sorriso. Fece cenno ad Amelia di rimanere ferma e vigile. Lei annuì, trattenendosi al limitare del cortile mentre lui si avvicinò per occuparsi della Sentinella in cima alla casa.

Era fondamentale essere silenziosi, sia per non avvertire il bersaglio fuori che per non allertare gli ospiti della casa.

Fortunatamente avevano un patio a due piani.

Tom scavalcò la ringhiera innevata del primo piano e afferrò il ripiano ghiacciato sopra di lui. Era un bene che gli piacessero le trazioni, perché quella mossa sarebbe stata un po' complicata. Si sollevò appena per controllare i propri dintorni: la porta del balcone chiusa e ancora neve. *Perfetto*. Afferrò un paletto scivoloso per guidarsi fino a mettersi in piedi, poi mise le mani sulla grondaia di alluminio che delineava il tetto.

La neve non mi era mancata, decise mentre si mosse verso l'alto tramite le tegole di metallo congelate. Fortunatamente il tetto non era troppo inclinato, altrimenti Tom sarebbe finito con il sedere sull'erba.

Si accovacciò, guardò la Sentinella appollaiata sul bordo, rivolta nella direzione opposta... quella sbagliata.

Justin.

Sul serio? Suo padre aveva affidato il ruolo del cecchino proprio a *lui*? *Accidenti, vecchio mio, Justin è appena uscito dall'addestramento.*

Sospirò silenziosamente e si avvicinò allo sventurato ragazzino. Ucciderlo non era un'opzione, magari sapeva la verità sull'attentato al FAC. O forse no. Il padre aveva probabilmente dato la colpa agli immortali definendolo un attacco terroristico. Oppure aveva rivelato a tutti la verità. A ogni modo, Tom non era lì per giocare a fare il giudice, la giuria o il boia con i suoi ex compagni di squadra.

Si avvicinò alle spalle del ragazzo del tutto ignaro, che era ancora girato dalla parte sbagliata e per niente vigile nei confronti del mondo circostante. Tom scosse la testa e si trattenne dal schioccare la lingua. Avrebbe voluto che il tutto si mantenesse il più silenzioso possibile.

Il momento venne rovinato quando Justin finalmente si voltò guardandosi alle spalle.

Il giovane spalancò gli occhi. "Mer..."

Tom gli saltò addosso, usò la pistola che aveva in mano per colpire l'altro sulla testa. Justin ricadde senza forze sul tetto sottostante.

Tom gli staccò l'auricolare e si mise ad ascoltare, in attesa di qualche chiacchiera.

Niente.

Gli controllò la giacca, trovò il microfono e vide che era spento.

Per fortuna, cazzo.

"Jacque, ho bisogno che tu venga a prendere qualcuno alla tre," disse dolcemente riferendosi al numero che avevano assegnato alla zona sulla cartina.

Il teletrasportatore gli apparve al fianco, afferrò la Sentinella incosciente e scomparve senza dire una parola. Avevano deciso che ogni prigioniero sarebbe stato depositato nelle celle di Hydria. A quanto pareva ce n'erano parecchi.

"Un passaggio a terra sarebbe stato gradito, comunque," mormorò Tom cominciando a scendere.

Quando tornò da Amelia la vide trattenersi dalle risate, sicuramente l'aveva sentito imprecare attraverso le linee di comunicazione.

Lui le rivolse un'occhiataccia, il che la fece solo divertire di più.

"Uno e quattro libere." La voce di Luc arrivò loro molto morbida. "Anche le strade sembrano essere vuote."

"Che mi dici della due?" chiese Tom.

"È più vicina a te," gli rispose Luc.

"Ora la controllo," mormorò Tom, fece cenno ad Amelia di seguirlo. Più tardi l'avrebbe punita per aver riso di lui.

La neve gli rimaneva attaccata ai jeans e ringraziò il cielo di aver messo gli stivali. Anche Amelia aveva indossato un paio di scarpe simili, insieme a un maglione che le avvolgeva le curve e il collo, tenendola bella calda. Tom approvava quel look, e non solo perché la rendeva sexy da morire, anche se quello era decisamente un punto a favore.

Amelia inarcò un sopracciglio di fronte allo sguardo inquisitorio di lui, facendolo sorridere e continuare a muoversi sul terreno innevato. Erano quasi sulla strada, la location successiva sarebbe stata…

Crack!

Tom barcollò, sentì un dolore lancinante su un fianco.

"Merda," mormorò mentre gli cedettero le ginocchia. Cadde a terra e il suolo ghiacciato gli sfregò il viso, il cuore gli martellava in petto. "Ahia."

L'urlo di Amelia venne coperto dal rumore di tuono nella testa di Tom, con la caduta gli si era annebbiata la vista. Accidenti, non riusciva a respirare. Gli bruciavano i polmoni e la bocca era aperta in un gemito di dolore silenzioso.

Sollevò una mano e la portò al fianco, raggiungendo la fonte del dolore. Gli aveva attraversato la giacca, cazzo. Era anche una delle sue preferite!

Sentì un altro colpo, fin troppo vicino. Gli risuonò nelle orecchie facendolo risvegliare.

Devo muovermi, disse a se stesso cercando di mettersi a sedere.

Venne travolto da una serie di imprecazioni proprio

mentre Amelia gli ricadde al fianco, cominciando a tastarlo su tutto il corpo. Gli controllò le braccia, il collo, il petto, scese verso gli addominali, sotto il maglione nero che indossava sotto la giacca.

"Più in basso," la incoraggiò tossendo. Ahia, faceva male. Niente movimenti, non ancora.

"Santo cielo!" Amelia gli toccò la fronte con la propria. "Mi hai spaventata a morte, stronzo!"

Tom provò a ridere ma non ci riuscì, il fianco gli faceva male per via del proiettile che aveva colpito il gilet che Mateo aveva creato per tutti quanti. "L'armatura funziona," riuscì a dire con la voce un tono più alta del solito.

"Bene. Anche se apprezzo che tu la stia testando, prova a non farti sparare di nuovo, va bene?" gli disse Mateo attraverso l'auricolare.

"Certo," gli rispose Tom. "Lo metto in lista." Provò a sedersi ma il mondo intorno a lui prese a girare. Amelia gli cinse le spalle, prestandogli un po' della propria forza. Aveva un bagliore negli occhi che gli fece venire voglia di baciarla.

"Gli ho sparato," sussurrò. "Io… ho solo reagito."

Ed ecco che l'impulso inappropriato sparì. Seguì lo sguardo di lei verso il corpo che giaceva a faccia in giù qualche metro più avanti. La corporatura tozza e i capelli scuri suggerivano che si trattasse di Greg. Quella dannata Sentinella voleva sempre saltare a conclusioni e giocare a fare l'eroe. Sembrava finalmente aver pagato il prezzo per quelle azioni così impulsive.

Tom si sforzò di muoversi, il corpo continuava a lamentarsi ma stava anche guarendo. Il gilet creato da Mateo bloccava ogni proiettile, inclusi quelli incendiari che aveva sparato Greg. Menomale, altrimenti Tom sarebbe morto a quell'ora.

Amelia si alzò insieme a lui, le mani giunte sul davanti e le labbra strette.

"Hai fatto la cosa giusta, dolcezza," la rassicurò lui mentre si avvicinava lentamente al corpo.

Era decisamente Greg.

E stava ancora respirando.

"Non è morto." Tom si inginocchiò al fianco della Sentinella svenuta. Era caduto davanti a una casa verso la fine dell'isolato, suggerendo che stesse monitorando il marciapiede quando Tom e Amelia erano entrati nel suo campo visivo.

Tom scosse la testa. *Errore da principiante.* Avrebbe dovuto controllare l'ambiente circostante prima di venir fuori.

"È vivo?" chiese Amelia, sembrava sorpresa.

"Sì, solo svenuto dall'impatto contro il giubbotto." Il che sarebbe dovuto succedere anche a Tom, ma ci avrebbe pensato più tardi. "Jacque, vieni a prendere un corpo a circa trenta metri a sud est della location due."

"Arrivo." Il teletrasportatore arrivò e sparì con il corpo di Greg rivolgendo a Tom e Amelia a malapena un cenno.

Amelia era in piedi con le braccia attorcigliate intorno a se stessa, stava tremando. Tom l'avvolse in un abbraccio veloce e le baciò una guancia. "Dobbiamo anda…"

"Amico, accendi la tua cazzo di radio," disse una voce profonda da dietro di loro. "John ha detto di tenere i microfoni spenti a meno che non stia succedendo qualcosa, ma non l'intero set…"

Charlie.

Tom indicò il portico di una casa vicina, dicendo ad Amelia di andare a nascondersi mentre lui si accovacciò dietro un cespuglio. Dopo pochi secondi apparve una Sentinella che si guardò intorno. Era chiaro che avesse seguito le impronte di Greg, il che significava che fosse arrivato proprio nel punto in cui Greg era caduto. Era ovvio, considerata l'impronta a forma di uomo nella neve.

Charlie tirò fuori la pistola, la teneva bassa con entrambe le mani, aveva una bella postura. Seguì le orme sul terreno mentre Tom si spostava silenziosamente di lato, lontano dai cespugli e verso il riparo del tettuccio del portico.

Vieni più vicino, gli intimò. Avrebbe voluto avere i poteri persuasivi di Stas. *Solo qualche altro passo, Charlie. Puoi farcela.*

La Sentinella continuò a camminare, puntò la pistola verso i cespugli dove era stato nascosto Tom fino a poco prima, tuttavia non sparò. No. Charlie era più intelligente di così. Si avventurò in avanti, vigile, usò la canna della pistola per allargare i rami del cespuglio e controllare lo spazio vuoto al di là di essi.

Tom usò quella breve distrazione a proprio vantaggio, si gettò sulla Sentinella e allontanò la pistola dalle mani di Charlie. Sparì nella coltre di neve e i due cominciarono a lottare uno contro l'altro.

"Fitzgerald," grugnì Charlie cercando di guadagnare vantaggio.

"Ti sono mancato? gli chiese Tom, poi gli sferrò un pugno sulla mascella squadrata. Charlie rispose con un colpo di ginocchio che per poco non colpì i gioielli di Tom, poi gli fece lo sgambetto e Tom ricadde all'indietro sulla schiena. "Merda, hai imparato a combattere."

"Ho sempre saputo come farlo, stronzo." Charlie diede una gomitata sul petto di Tom che gli levò l'aria dai polmoni. Quella mossa, unita al fatto che stesse ancora cercando di riprendersi dal dolore al fianco, gli fece avere dei ripensamenti sul combattimento corpo a corpo.

Un flash sopra le loro teste portò Tom a strizzare gli occhi, proprio nel momento in cui qualcosa colpì la testa di Charlie, due volte.

È una mazza?

Amelia l'agitò una terza volta, mettendo la Sentinella sufficientemente KO. Charlie atterrò accanto a Tom con un tonfo mentre degli schizzi rossi ricoprirono la neve circostante.

"Merda," sospirò Tom guardando la sua donna vendicatrice. "Bella postura, risorsa."

"L'ho trovata sul portico." Amelia respirava velocemente, la mazza di metallo le cadde dalle mani. "Odio ancora il baseball, ma ti concedo il fatto che fornisca delle armi piuttosto utili."

Tom si mise a ridere, divertito nonostante il dolore che lo attraversava. "Ti ho detto che non le servivo," mormorò nel microfono. "Mi ha salvato il culo due volte."

Luc rise. "Non te la meriti."

"Non hai tutti i torti," gli rispose Tom rimettendosi in piedi. "Jacque, prelievo finale."

"Aspetta," disse Amelia non appena apparve il teletrasportatore.

Jacque inarcò un sopracciglio scuro. "Sì?"

"Ho un'idea." Si tolse il maglione, rivelando il gilet e nient'altro. Poi cominciò a slacciarsi i pantaloni.

Tom le si avvicinò, bloccando la visuale a Jacque. "Cosa stai facendo?"

"Mi cambio," rispose lei. "Mi servono i vestiti di Charlie."

Tom aggrottò la fronte. "Perché?"

Amelia incontrò il suo sguardo. "Perché mi trasformerò in lui ed entrerò in casa di Rosalie."

AMELIA

"COME STO?" CHIESE AMELIA. LA VOCE LE ERA DIVENTATA profonda e mascolina, esattamente come quella della Sentinella che Jacque aveva teletrasportato a Hydria.

"Sei orribile," rispose Tom in maniera enfatica. "Sembri Charlie, il che non è per niente attraente."

Amelia strizzò le labbra. "Intendi dire che non vorresti baciarmi, in questo momento?"

Tom la fissò. "Ti amo, ma no. Non è un ricordo che voglio tenere con me."

"Allora farò sì che sia veloce," gli rispose lei dandogli un bacio sulla guancia. Tom si ritrasse con una smorfia, facendola ridere. "Sono pronta, Luc."

"Devi andare dentro, vedere se ci sono altre Sentinelle in casa e uscire," le rispose attraverso le comunicazioni. "Mi hai capito?"

Sul serio? "So badare a me stessa, Lucian." L'aveva appena dimostrato aiutando Tom. Certo, stava ancora imparando, ma aveva un grande insegnante e l'aveva appena assistito per ben *due volte*.

"Mi hai capito?" le chiese di nuovo il fratello. "Ho già

provato l'ebbrezza di perderti una volta, non ho intenzione di ripetere l'esperienza." Nonostante avesse pronunciato quelle parole con voce ferma, Amelia percepì una punta di emozione.

Sospirò, lo capiva. Non riguardava la mancanza di fiducia nelle capacità di lei, ma la paura di perderla. Ancora non aveva nemmeno processato la perdita di Aidan. Non avrebbe potuto sopportare un'altra sofferenza e lei si rifiutava di dargli un'ulteriore ragione per allontanarsi da tutti.

"Va bene, Luc," mormorò. "Non farò nulla di avventato."

"Bene. Tom, ci vediamo sul retro."

"Ricevuto," gli rispose Tom. Poi prese la mano di Amelia e la strizzò. "Se sospetti anche solo per un secondo che abbiano capito chi sei, spara."

Amelia annuì. "Spara per uccidere, non per ferire." Quella era stata una delle prime lezioni del loro addestramento: mai cercare di incapacitare un aggressore, quello funziona solo nei film.

"Sei proprio una brava studentessa." Tom le fece l'occhiolino. "Cerca di fare in fretta, non mi piace per niente questa faccia."

Amelia gli mostrò la lingua e lui rise.

"Mi rimangio tutto, questo *sì* che è divertente."

Amelia ridacchiò. "Vai a incontrare mio fratello, stronzo."

"Come vuoi, risorsa." Fece un passo indietro, poi si voltò e l'afferrò per la vita, attirandola al suo corpo statuario, le labbra all'orecchio. "Stai attenta."

Amelia non riusciva a sopportare che anche lui fosse preoccupato per lei. Aveva bisogno della sicurezza di Tom, della sua forza, della sua rassicurazione che tutto sarebbe andato per il meglio. Deglutì alla ricerca di un modo per alleggerire il momento. Se avesse lasciato che i nervi avessero la meglio in quel momento, non sarebbe mai stata in grado di farcela. "Cerca di non prenderti un altro proiettile," gli suggerì lei.

Lui sbuffò e le schiaffeggiò il sedere. "Mi salverai tu."

Sì, molto meglio. "Certo che sì."

Tom sorrise e si allontanò. "La prossima volta che ti vedrò, spero che tu abbia la tua faccia."

"Rimarrò così tutto il giorno, giusto per divertirmi." Ovviamente non era vero, Amelia preferiva di gran lunga le proprie vesti.

Tom rise beffardo. "Ti do tempo un'ora." Alzò le sopracciglia. "Sappiamo entrambi che non riesci a stare lontana dalle mie labbra, dolcezza." Le lanciò un bacio e si allontanò, lasciandola senza di lui. Aveva ragione.

Stronzo.

Amelia si asciugò i palmi delle mani sui jeans, poi fece un respiro profondo per calmarsi. *Puoi farcela,* si disse. Era un buon piano: entrare in casa di Rosalie, cercare le altre Sentinelle e riferire tutto a Tom e Luc.

Amelia poteva farcela.

Sarebbe stato facile.

Deglutì e cominciò a camminare nella neve alta. Fortunatamente la strada era cementata, così come i marciapiedi che portavano alla casa.

Magari Jonathan non c'è nemmeno, disse a se stessa. *Mateo potrebbe sbagliarsi.*

Tuttavia, Amelia sospettava che non fosse così, specialmente per via del fatto che avessero trovato già diverse Sentinelle sul loro cammino. Perché avrebbero dovuto essere lì senza Jonathan?

Va bene, quindi lui è qui, pensò. *Va bene. Posso affrontarlo.*

Si avvicinò al portico e sentì il sudore imperlarle la fronte mentre quasi un decennio di ricordi l'avvolsero.

Tutti quei tentativi di rubarle il dono di poter prendere le sembianze degli altri.

Il test di laboratorio.

Le torture infinite di Jonathan.

Amelia rabbrividì e le si contorse lo stomaco.

"Puoi farcela, dolcezza," le mormorò Tom nelle orecchie. "Io sono qui."

Come faceva a saperlo?

La ragazza scosse la testa cercando di non sorridere. Tom sapeva sempre. Era il suo cuore, la metà migliore, quello che ogni volta la riportava alla luce dopo l'oscurità.

"Fai un respiro profondo," continuò lui dolcemente. "Sali quelle scale come se fossi me. Atteggiati un po'."

Amelia per poco non rise. Lui e Luc si erano sicuramente riposizionati in modo da poter osservare la casa dalla parte anteriore. La tentazione di guardarsi alle spalle la colpì in pieno, ma si obbligò a guardare in avanti.

Sono sopravvissuta all'inferno, pensò approcciandosi alla porta. *Ora è tempo di vendicarsi del diavolo. Di Jonathan.*

"Non bussare, entra e basta," le disse Tom. "Quello dovrebbe essere il tuo posto, prenditelo."

Amelia annuì concorde.

Girò la manopola, che si torse facilmente sotto il peso della sua mano più grande del solito. Oltre la porta c'era un ingresso con un tappeto sbiadito, un piccolo tavolino addossato a un muro e una scala su un lato. Dall'altro c'era il salotto, dove delle coperte e degli arazzi davano un maggiore senso di casa. Era il tipo di abitazione che avrebbe dovuto odorare di torta di mele o biscotti appena sfornati, non di fumo di sigaro e dopo barba. Eppure era tutto ciò che Amelia riuscì a sentire una volta entrata.

Sulle foto del corridoio si era accumulata della polvere. Amelia ne vide una di Tom da piccolo. Non sorrideva come un bambino della sua età. No, guardava fisso nell'obiettivo come un soldato privo di emozioni, l'uniforme scolastica militare non faceva che intensificare il tutto.

Amelia pensò all'infanzia infelice di Tom e sentì una fitta al petto. Almeno lei aveva avuto una madre e un padre che l'adoravano. Anche se le mancava Aidan, conservava i loro ricordi insieme, tutti felici, pieni d'amore e premura. Se avesse dovuto scegliere tra le due opzioni avrebbe scelto la sua vita in un batter d'occhio.

Continuò ad avanzare nella casa, arrivò in una stanza con un grande divano che comprendeva anche un piccolo angolo colazione e cucinotto. Un paio di porte scorrevoli conducevano al cortile. Alla sua sinistra un'altra scala portava a un piano inferiore.

Delle Sentinelle nemmeno l'ombra.

La casa era silenziosa.

Dov'è J...

"Cosa stai facendo?" le chiese una voce profonda alle spalle.

Parli del diavolo...

"Ripeti dopo di me," le disse Tom nell'orecchio. "Sto solo dando un'occhiata."

Amelia si schiarì la voce e affrontò il diavolo familiare dietro di lei. "Stavo solo dando un'occhiata," ripeté con il vocione da baritono che le risuonava nelle orecchie.

"Avevo bisogno di un po' d'acqua," aggiunse Tom.

Amelia ripeté.

Jonathan le lanciò un'occhiata annoiata. "Allora vattela a prendere." Indicò la cucina. "Hai trovato Justin?"

"Sì," rispose lei, poi si girò in modo meccanico verso la cucina. Dare le spalle a Jonathan le sembrava sbagliato... Pericoloso. Deglutì un paio di volte mentre si muoveva all'interno della stanza e apriva il frigo in cerca di una bottiglietta. Per fortuna ne trovò una sul ripiano in alto. L'aprì e prese due sorsi. "Vado fuori."

Jonathan aggrottò la fronte. "Perché?"

"Digli che vuoi prendere aria," le rispose Tom, la voce calda e confortante all'orecchio di Amelia.

Lei rispose dirigendosi fuori e Jonathan alzò le spalle. "Va bene, ma ho bisogno di te… aspetta." Si infilò una mano nei pantaloni neri e ne tirò fuori un telefono. Dopo aver letto qualcosa sullo schermo rispose. "Sì?" alzò un dito in direzione di Amelia, intimandole di aspettare. Dall'altra parte della linea le sembrò di sentire una voce femminile intenta in chiacchiere.

Sarebbe stato così facile prendere la pistola dalla cintura e spargargli. Era vicino, solo a qualche metro di distanza con un fianco rilassato contro il bancone accanto ai fornelli.

Un solo colpo.

In mezzo agli occhi.

E sarebbe morto.

Le prudevano le mani dalla voglia di reagire, di mettere sottoterra quell'uomo, di fargli pagare tutto ciò che lui aveva commesso. Tuttavia non avrebbe potuto fare ciò a Tom, a Luc, a Issac. Tutti avevano il diritto di vendicarsi. Rubarlo a loro sarebbe stato da egoisti.

"Interessante," mormorò Jonathan. "Grazie per avermi informato. Sì, mia cara, ci vedremo presto." Rimise il telefono in tasca con un sorriso. "Scusami. Di cosa stavamo parlando?"

"Io stavo uscendo," rispose Amelia facendo un passo in direzione della porta.

"Giusto. Sai, è divertente… Mi è appena venuta in mente quella volta in Bulgaria. Un déjà vu. Ti ricordi di quella missione? Quella con Alan?"

"*Merda*." L'imprecazione di Tom le fece venire i brividi lungo la schiena. "Lo sa, esci. Esci di lì subito!"

Amelia deglutì. "Io… ehm, io non…" rispose in modo onesto mentre fece un ulteriore passo verso l'uscita. "Ricordami cos'è successo…"

Jonathan ridacchiò. "Te lo farò vedere." Le si lanciò addosso prendendola per le spalle e spingendola contro un muro. Le cadde la bottiglia di mano nel tentativo di recuperare la pistola ma Jonathan ci arrivò prima: gliela staccò dal fianco e gliela puntò alla testa.

"Torna in te, Amelia." Un comando letale accentuato dal metallo freddo che le scavava nella pelle. "Ho sempre adorato il tuo bel faccino. Fammelo vedere."

Amelia non riusciva a muoversi, il cuore le batteva all'impazzata nel petto, le braccia giacevano inermi lungo i fianchi. Un solo movimento e Jonathan le avrebbe sparato un proiettile incendiario dritto in testa.

"Ora, Amelia," sbottò.

Riprese le sembianze naturali tremando da capo a piedi, si fece piccola nei vestiti di qualche taglia più grandi. La pistola la seguì, Jonathan sorrise in modo trionfale.

"È per caso mio figlio, colui che ti sussurra all'orecchio?" le chiese, guardando il piccolo dispositivo. "Portagli i miei saluti, ti prego."

Nessuna risposta da Tom.

O da Luc.

"Ho sentito che tutte le mie Sentinelle sono state trasferite a Hydria. È un peccato." Jonathan le passò un dito sullo sterno; l'altra mano, stabile, le reggeva la pistola contro il cranio.

Quando le raggiunse la gola gliela circondò con il palmo e strinse leggermente. In risposta Amelia prese a tremare, il tocco di Jonathan le riportò alla mente una miriade di ricordi avvolti nel dolore.

Conoscenza, le sussurrò una parte di se stessa. *Usa quella conoscenza.*

Eppure rimase lì immobile, con il cuore in gola, incapace di muoversi o di parlare.

Jonathan l'aveva catturata di nuovo. L'aveva intrappolata contro un muro, una mano alla gola e l'altra con un dispositivo capace di ucciderla.

Mi ucciderà.

"Mi hai causato non pochi problemi, Amelia cara. Hai sedotto Tom, l'hai trasformato in un mollaccione e l'hai convinto a voltare le spalle a un futuro scintillante. Per non parlare di tutti i problemi che si sono creati tra me e Issac, ora… e suppongo anche Lucian e Aidan. Beh, lui è morto quindi non sarà più un problema. Che peccato, non lo consideravo nemmeno un bersaglio." Scrollò le spalle. "È difficile controllare degli uomini arrabbiati, Amelia. Se non ricordo male abbiamo già fatto questo discorso, non è così?"

Innumerevoli volte, pensò lei. L'ultima era stata dopo che Issac aveva fatto arrabbiare Jonathan. Le aveva rotto una caviglia e colpita ripetutamente, ma non le aveva mai lasciato un segno. Le punizioni di Jonathan erano sempre interne, agonizzanti. Il sangue di Amelia era troppo tossico per lui per farglielo versare.

Fino a che Stark non l'aveva guarita.

Ma lui non c'era in quel momento.

Non ci sarebbe stato rimedio quella sera.

Solo la morte.

"Ci stai pensando." Jonathan piegò la testa di lato. "A tutte le volte che ti ho dominata."

Amelia ribolliva d'odio. Furia cieca. La gola le rimase chiusa, la presa di lui stringeva al punto da farla a malapena respirare. Voleva prolungare il tormento, allungare la sofferenza.

Ecco il nostro vantaggio, realizzò Amelia. *La sua arroganza.*

Non le avrebbe sparato fino a che non sarebbe arrivato il momento perfetto, fino a che non avrebbe distrutto la determinazione di lei. Un qualsiasi altro esito l'avrebbe lasciato insoddisfatto. Se si fosse opposta avrebbe dovuto sforzarsi per rimetterla al proprio posto.

Amelia sorrise. Probabilmente fu il risultato di tutte le allucinazioni, gli anni di tormenti, la finalità di quel momento, eppure le labbra le si arricciarono davvero. Jonathan alzò le sopracciglia, sorpreso.

"Vaffanculo." Gli sputò quelle parole in faccia, non le importava che le scorticassero la gola. Fino a quando Amelia avrebbe mantenuto il proprio spirito, lui avrebbe perso. Ecco cosa si era dimenticata quando Jonathan l'aveva catturata, la situazione l'aveva resa momentaneamente stupefatta, ma in quell'istante si ricordò il più grande tallone d'Achille del dottore: odiava perdere.

Non importava cosa le avrebbe fatto, lei non avrebbe ceduto.

Ecco perché l'aveva tenuta viva tutti quegli anni. Quella degli esperimenti era tutta una farsa. Jonathan aveva tutto ciò che gli serviva, fatta eccezione per l'anima di lei, ma il mostro che c'era dentro di lui non sarebbe stato soddisfatto senza.

Amelia cominciò a ridere, il suono prima simile a un gracchiare, scomparve del tutto quando Jonathan rafforzò la presa sul collo, mozzandole il fiato.

"Giochi con la morte?" la provocò. "Te la concedo... e quando ti sveglierai, te la concederò di nuovo."

Il petto di Amelia continuava a vibrare di una risata silenziosa, perfino quando le vie aeree le imploravano di inspirare. Ciò sembrò solo fare arrabbiare di più Jonathan, al punto che non notò l'uomo che gli si parò alle spalle.

Tom prese la pistola puntata contro la testa di Amelia, la tirò verso l'alto prima che Jonathan potesse reagire. Non appena il dottore la liberò dalla presa, Amelia cominciò ad ansimare, le gambe molli.

Sentì delle imprecazioni e dei rumori forti mentre Tom lottava contro il padre a terra, sferrandogli pugno dopo pugno e mandando schizzi di sangue ovunque. "Maledetto bastardo!" Ghignò Tom, l'espressione allucinata. Un altro pugno, che Jonathan bloccò, ma ciò non fece rallentare Tom; onde di rabbia si riversavano fuori dal suo corpo mentre teneva stretta la gola del padre e urlava "Ti ucciderò, cazzo!"

Jonathan sputacchiò, gli occhi spalancati mentre afferrava le braccia di Tom.

Amelia trattenne il respiro, le facevano male i polmoni. Non riusciva a parlare, la gola stava ancora guarendo dal danno provocato da Jonathan.

Tom non sembrava mollare, ansimava dallo sforzo, i muscoli gonfi dal quasi tentativo di strappare la testa a Jonathan.

"Hai ucciso la mamma. Hai ucciso Rosalie. Hai ucciso tutte quelle persone innocenti. Sei un mostro, te lo meriti. Non puoi... Non puoi *rimanere* qui. Tutto ciò che hai fatto, ciò che continui a fare." Il viso di Tom era rigato di lacrime e il corpo venne scosso da un tremore violento che lo prese alle braccia. "Devo farlo, cazzo. Oppure continuerai a fare del male ad ancora più persone. A Lizzie, a Stas, ad Amelia." Tremò. "Merda!" Allentò la presa, la mente stava cedendo. "Perché non potevi essere normale e premuroso? Un vero padre... Tutto ciò che ho mai voluto da te era la tua approvazione, ma non me l'hai mai data, cazzo."

Tom liberò Jonathan, scosso dalle lacrime mentre il padre ansimava. Rimase intrappolato a terra sotto la presa più forte di Tom. "Figliolo," sospirò, la voce rotta come quella di Amelia.

"Meriti di morire," continuò Tom in un sussurro, ignorando quella singola parola. "Ma io non posso essere come te. Rinnego quel destino. Io non sarò mai te." Sferrò un altro pugno sul viso di Jonathan, che svenne. "Non posso ucciderlo." Guardò Amelia. "Io… Io non posso…"

La ragazza si accovacciò accanto a lui e gli prese il viso tra le mani, poi lo attirò a sé in un abbraccio nel momento in cui Luc entrò in cucina. Lanciò un'occhiata a Jonathan e annuì. "La casa è libera." Parole leggere. "Dobbiamo metterlo al sicuro." Si inginocchiò e gli prese il telefono dalla tasca. "Devo dare questo a Mateo, chiunque l'abbia chiamato è la nostra spia."

Jacque apparve con espressione triste. "Alla cella?" chiese.

Luc annuì mentre Amelia disse: "No."

Entrambi la guardarono. "Cosa?" Luc inarcò un sopracciglio. "Che intendi dire?"

"No," ripeté lei mentre con una mano afferrava la pistola dalla vita di Tom. Aveva preso la sua decisione. Se lui non fosse riuscito a uccidere il padre, come avrebbe fatto a resistere a vederlo sotto tortura? Si sarebbe sentito in colpa. Si sarebbe preoccupato di trasformarsi nel mostro che l'aveva creato e quella parte di lui, del suo passato, lo avrebbe tormentato per sempre.

Se Jonathan fosse morto, tutti quei ricordi se ne sarebbero andati con lui.

"No," disse di nuovo, la voce roca ma chiara. "Noi non siamo così, Luc. Aidan non vorrebbe che fossimo così. Dobbiamo andare oltre, andare avanti. Non possiamo vivere nel passato. Torturare un uomo non ci farà sentire meglio. Non lo supereremo mai se continuiamo a tenerlo qui. La peggiore punizione che possiamo infliggere a Jonathan è dimenticarlo."

Rimosse la pistola dalla cintura di Tom.

"Amelia," disse Luc con tono ammonitorio.

"No, Luc." Lo guardò con le lacrime agli occhi. "Ti voglio bene, fratellone, ma è la cosa giusta da fare. Deve morire. Deve essere dimenticato. Deve bruciare nei peccati del passato. Da solo. Non capisci? Se rimarrà qui, continuerà a perseguitarci. Torturarlo non farà altro che portarci altro dolore. Questa è la strada giusta da percorrere."

Più tempo avrebbero passato a discutere, più l'avrebbero soddisfatto. Non avrebbe nemmeno dovuto essere cosciente per godere di quel risultato. Avrebbe saputo di avere potere su di loro per tutto il tempo che la sua anima sarebbe rimasta viva. Ciò gli dava una certa importanza, una che Amelia si rifiutava di continuare a concedergli.

Voleva indietro la sua vita.

L'aveva tenuta prigioniera abbastanza a lungo.

Amelia non aspettò.

Alzò la pistola.

Premette il grilletto.

Tom sobbalzò al suo fianco. Luc imprecò e Jacque... sorrise.

Era fatta.

"È morto," sussurrò lei, meravigliandosi davanti alla pozza di sangue bruciato che si stava allargando tra i suoi occhi. Il proiettile incendiario aveva funzionato all'istante, trasformando le sue interiora in cenere.

Jonathan Fitzgerald non avrebbe esalato un altro respiro.

Non avrebbe fatto del male a nessun altro.

Non sarebbe mai più stato fonte di incubi.

Amelia era libera. Lo erano tutti. "È morto," ripeté, poi consegnò la pistola a Tom. Lui la guardò con adorazione, rispetto e tristezza negli occhi.

"Se n'è andato," disse, come se avesse bisogno di dirlo lui stesso. "Finalmente non c'è più."

Amelia gli prese il volto tra le mani. "Doveva essere fatto."

"Lo so." Lui si cullò nella presa di lei. "Ma io non ci sono riuscito."

"Questo ti rende forte," gli sussurrò lei. "Anche dopo tutto quello che ti ha fatto, tu ci tieni ancora. Si chiama amore, Tom. Non perderlo mai, è ciò che ti rende chi sei." Lo attirò a sé in un abbraccio, gli avvolse le spalle muscolose e lo strinse forte mentre lui piangeva in silenzio.

Luc e Jacque gli lasciarono un momento di privacy, Amelia li adorava per quel motivo.

Jonathan sarà anche stato un mostro, ma aveva creato Tom.

Tutti i figli e le figlie avevano il diritto di piangere i propri genitori. Luc lo sapeva, anche se non si era ancora preso un momento per sé.

"Lo odiavo," sussurrò Tom. "Cazzo, lo odiavo così tanto."

Ciò che non disse furono le parole: *Ma l'ho anche amato.*

Amelia aprì la bocca per rispondere ma fu interrotta dalla voce di Mateo, proveniente dalle comunicazioni. "Ehm, ragazzi? Ho appena ricevuto una chiamata da Owen. Non ha notizie di Stark da due ore e Stas ha appena attivato il dispositivo di tracciamento, ma la sua posizione è ignota. C'è qualcosa che non va."

STAS

Aya.

Accidenti se faceva freddo. Era tutto bagnato e quell'odore… di ruggine mista a zolfo. Bleah. A Stas non piaceva per niente. Arricciò il naso, e mentre cercò di posizionarsi su un fianco sentì i muscoli in preda ai crampi.

Aya.

Sotto di lei percepiva una pietra liscia che le raschiava la pelle attraverso la maglietta sottile e i jeans, mandandole un brivido lungo tutta la schiena. Sentì lo stomaco torcersi e si tirò su di scatto. *Che schifo.*

Aya.

Quella voce maschile sembrava impaziente. Stas non riusciva a capire da dove venisse, intorno a lei c'era troppo buio. E freddo. *Dove sono?*

Nelle segrete di Osiris, devi concentrarti.

Stas sbatté le palpebre. *Cosa?* Chi è che le stava parlando e come? *Un momento…* sbatté di nuovo le palpebre lentamente, la vista le si tinse di un colore giallastro. Qualcosa le schizzò sugli occhi. L'olezzo le si insinuò ulteriormente nei polmoni. *Che schifezza.*

Quel posto puzzava e accidenti, su cosa era sdraiata? Una sorta di liquido ghiacciato che le penetrava attraverso i vestiti. Si spostò sulla schiena, cercò di mettersi a sedere ma le faceva male la testa. Cos'era stato a metterla fuori uso? Una palla da demolizione? Merda. Deglutì, aveva la gola secca e le serviva dell'acqua. No, le serviva sapere cosa diavolo era successo.

Stas cercò di racimolare ogni briciolo di forze e si alzò da terra aprendo gli occhi. Si trovò davanti una serie di sbarre di metallo. Al di là di esse, vide delle mura in pietra piuttosto antiche e un'illuminazione improvvisata.

Come l'aveva chiamata la voce? Una segreta? Sì, ecco cos'era. Una piuttosto vecchia, con del metallo arrugginito, acqua stagnante e... macchie di sangue.

Si allontanò dai resti alla sua sinistra e si portò il dorso di una mano alla bocca. *Santo cielo.* Ecco cos'era quella puzza: carne marcia. *Merda. Merda. Merda.* Sentì lo stomaco agitarsi, la mente prese a vorticare. *Dove...*

Aya, la richiamò la voce. Maschile, familiare, ferma. *Respira e concentrati su di me. Sono a una cella di distanza.*

Stas guardò la parete alla sua sinistra. *Issac?*

Dall'altro lato, tesoro.

Stas girò la testa nella direzione opposta e venne accolta dalla stessa visione. *Come fai a saperlo?*

In base alla tua visuale della stanza al di fuori delle celle, rispose lui. *Hai ancora la collana?*

Stas aggrottò la fronte. *Collana?* Si toccò il pendente a forma di cuore che le penzolava sulla gola. *Non l'ho mai tolta.*

Bene. Puoi attivare il tracker?

La bionda scosse la testa. *Non funziona. L'ho provato quando... ehm, sai...*

Funziona, le rispose lui con tono triste. *Mateo l'aveva spento dopo... la funzione.*

Oh, giusto. Stas premette il pollice sulla levetta di metallo alla base e la fece scorrere su un lato. *È acceso.*

Quando torna Osiris assicurati di disattivarlo, in caso ti perquisisse e controllasse. Anche se ho il sospetto che l'abbia già fatto.

Al pensiero di essere toccata da quell'uomo Stas rabbrividì. *Cos'è successo?* L'ultima cosa che ricordava era stata nebulizzarsi alla proprietà e trovarsi faccia a faccia con Osiris. *Ci ha teso un'imboscata.*

Esatto. Issac rimase in silenzio per un lungo momento. *Qualcuno ci ha incastrati, solo una manciata di persone sapevano dove eravamo diretti.*

Sei preoccupato che Tristan ci abbia traditi.

Ancora silenzio, poi un debole *Sì.*

Dov'è Stark? chiese lei. *Ed Ezekiel?*

Gabriel è nella cella opposta alla tua dall'altro lato. Continua a mandarmi immagini di potenziali piani di fuga.

Astasiya si accigliò. *Perché non ci nebulizza fuori?*

Siamo sottoterra, ma sta lavorando a una runa. Anche se, beh, deve usare il proprio sangue per disegnarla.

Stas spalancò la bocca. *Cosa?*

Non c'è nient'altro per scrivere, Aya.

La bionda si guardò in giro. *Che mi dici dell'acqua, o...?* Lo sguardo si posò sul corpo in decomposizione in un angolo. Non era proprio uno scheletro, ma più uno zombie.

Ecco cosa succede quando un Ichoriano viene lasciato a morire di fame per troppo tempo, mormorò Issac.

Mi stai dicendo che quella cosa potrebbe essere... viva?

Sì, gli starei lontano.

A Stas non sarebbe servito quel consiglio, si allontanò strisciando fino a quando non colpì la parete accanto a Stark.

Non possiamo starcene seduti qui, commentò Astasiya. *Deve esserci qualcosa che possiamo fare, che possiamo usare.*

Afferrò una delle pietre più sporgenti sopra la propria testa e ci si aggrappò per tirarsi su. Mettersi in piedi non fece molta differenza in quella cella di tre metri per tre metri. Non vide niente di nuovo oltre le sbarre, ma rimanere seduta le sembrava inutile.

Cercò di mettersi in contatto con il proprio potere, scavò nel profondo e ne venne fuori a mani vuote. *Un momento. Come fai a usare il tuo dono della vista?* gli chiese.

Bella domanda, rispose lui. *Non lo so, a dire il vero, ma ho il sospetto che sia perché ancora non ho effettuato del tutto il passaggio a Seraphim. I miei poteri hanno sempre funzionato sottoterra.*

Un tremore travolse Stas nel profondo. *Significa che non sei ancora del tutto immortale?*

Forse. Issac non sembrava preoccupato. *Sai, ho appena capito perché Osiris ha costruito il Conclave sotto l'Arcadia… Per impedire l'ingresso ai Seraphim. Ha scelto un rifugio sicuro per le sue creazioni. Bello, eh?*

Se mi stai chiedendo di complimentarmi con quel mostro… non succederà. Astasiya passò le dita sulle sbarre della cella in cerca di un punto cedevole.

È un'ulteriore prova di ciò che ha detto Gabriel, circa il fatto che Osiris stia costruendo un esercito. Si sta preparando da parecchie migliaia di anni e nessuno di noi ne ha mai avuto idea. L'ammirazione nel tono di voce di Issac le ricordò un pochino Aidan. Anche lui avrebbe trovato quella rivelazione affascinante.

Un rumore metallico fece immobilizzare Stas sul posto, anche se con gli occhi scandagliò l'ambiente circostante in cerca della fonte del rumore. *L'hai sentito?*

Sì.

Un'altro cigolio metallico.

Poi dei passi.

Pesanti.

Rumorosi.

Autoritari.

La ragazza premette il pollice sul dispositivo di tracciamento proprio nel momento in cui Osiris fece il proprio ingresso nella stanza.

"Oh, bene, siete tutti svegli," esordì a mo' di saluto. Il taglio elegante dell'abito che indossava era come una maschera per celare tutto il male che vi si nascondeva sotto. Sembrava quasi amichevole, anche con quell'aura spettrale che gli si rifletteva sulla testa calva. "Confido che abbiate dormito bene…"

Nessuno rispose.

Lui rise. "Beh, devo dire di essere sorpreso, soprattutto da te." Si concentrò sulla cella alla sinistra di Astasiya. "Non ho mai sospettato che fossi un Seraphim, Gabriel. Avevo semplicemente dedotto che la genetica che ti avevamo impiantato avesse funzionato. Come hai fatto a ingannare i ricercatori? So che ti hanno prelevato dei campioni di sangue, ma i risultati hanno sempre dimostrato che fossi un mortale."

"È stato facile scambiarli con quelli di un ospedale locale." Stark sembrava annoiato come al solito. "Niente per cui essere troppo esaltati."

"Hai ragione," concordò Osiris. "Sono estasiato dal fatto che tu sia riuscito a mantenere segreta la tua identità così a lungo. Mi dimostra che potresti essermi utile… ma il fatto che tu sia in combutta con Ezekiel, beh… quello è un peccato. Pensavo di averlo domato tempo fa ma ahimé, eccoci qua. Povera Skye. Sopporterà lei il peso delle trasgressioni di Ezekiel, imparerà a odiarlo sempre di più. Come quando l'ho soggiogata a raccontare quella finta profezia su Sethios a Ezekiel. Voglio dire, non posso ucciderlo… Credetemi, ci ho provato."

Il modo in cui lo disse, come se si aspettasse che avessero compassione per lui, fece sì che Stas si mordesse la lingua e si trattenesse dal fare qualche commento sarcastico. Non era quello il momento di prendersi gioco del mostro.

"Per fortuna ha funzionato, non è così? Siete tutti qui ora, proprio come avevo previsto. Beh, come aveva previsto lei. È davvero una profetessa utile, in più mi è servita a dare una punizione a Sethios. Vantaggi su tutti i fronti, dico bene?"

Si fermò e sorrise, lasciando che il peso di quelle affermazioni si depositasse sul suo pubblico.

La profezia era una bugia.

Era un modo per costringerli a reagire, farli cadere dritti nelle mani di Osiris.

Il bastardo li aveva ingannati egregiamente e l'espressione arrogante che aveva sul volto diceva che ne fosse ben al corrente.

"Oh beh, un giorno Ezekiel si sottometterà sul serio, devo solo finire di piegarlo al mio volere, prima."

"E mio padre?" chiese Stas incrociando le braccia al petto. "È questo che stai facendo anche a lui?"

Osiris strinse le labbra e gli occhi gli emisero un bagliore sotto le luci tenui. "Sethios è una causa persa. Tuttavia, nutro ancora qualche speranza nei tuoi confronti. Il tuo legame con Issac mi ha fornito il più delizioso degli allenamenti."

Come fa a sapere del nostro legame di sangue? si chiese Stas scioccata. *È un qualcosa che i Seraphim possono percepire?*

Sì, oppure qualcuno glielo ha riferito, le rispose Issac con il pensiero. *Sospetto che sia la seconda.*

Il che vuol dire che non può esserne sicuro...

"Non sono sicura che ti sarò d'aiuto," gli rispose Stas mentre un'idea le prendeva forma nella mente. "Non so nemmeno come ci si nebulizza."

Osiris le rivolse un sorriso indulgente. "Sei ancora

giovane, praticamente una bambina. Ti insegnerò tutto ciò che c'è da sapere." Spostò l'attenzione sulla cella accanto. "L'offerta vale anche per te. Ti ho sempre ammirato e mi piace il tuo senso pratico verso la vita. C'è un futuro per te qui, se lo desideri."

"Ammesso che me lo guadagni, quel futuro," aggiunse Issac in tono calmo. "È difficile superare un tradimento."

"È vero," concordò Osiris. "Il fatto che tu dica così dimostra ciò che voglio dire. Sei una persona di valore." Si guardò intorno e sorrise in quel modo affascinante che fece venire il voltastomaco a Stas. "Lo siete tutti, a dire il vero. Nei prossimi secoli arriveremo ad avere un accordo, ne sono certo."

Astasiya si sentì raggelare, il cuore minacciò di cederle. *Secoli?* Lanciò un'occhiata alla carcassa alle sue spalle. Sarebbe stato quello il suo destino? Si sarebbe appassita e decomposta lì? Sarebbe diventata un guscio la cui anima vagava alla ricerca di un corpo?

Rabbrividì, quell'immagine la lasciò desolata e intorpidita.

Diventerò come mia madre.

Le apparve l'oceano, le alghe le risalivano gli arti tenendola prigioniera sotto la superficie. Intrappolata per l'eternità. Costretta a morire più e più volte. Quello sarebbe stato un destino peggiore della morte definitiva.

Proprio come nella bara.

Soffocante.

Tuttavia Stas riusciva a respirare, lì.

Quanto tempo sarebbe passato prima che il suo corpo cominciasse a spegnersi? E la mente?

No.

Quello non è il mio destino. Non l'avrebbe accettato, si rifiutava persino di prenderlo in considerazione.

Dentro di lei ardeva la vita.

La creazione.

Il potere.

Non morirò qui.

La sua anima venne avvolta da un'energia che le si riversò nelle vene e in ogni parte del corpo. Contrasse le dita.

Osiris disse qualcosa ma Stas non riuscì a sentirlo sopra il rumore del ruggito che le risuonava nella testa, una leonessa che implorava di essere liberata.

Aprì la porta.

Figurativamente ma anche letteralmente: la sua mente non era più sotto alcun controllo. Apparteneva all'essere potente dentro di lei.

Il metallo si spezzò sotto il volere della ragazza, facendo indietreggiare Osiris di qualche passo. Inarcò le sopracciglia, non per paura ma per stupore. Stas lo spinse ulteriormente con la propria forza mentale, mandandolo contro le scale.

"*Cammina*," ordinò la Seraphim dentro di lei. Era un comando più forte della persuasione, uno che non aveva mai provato prima. Osiris si arrese a quel potere con un sorriso.

"Bellissimo," disse mentre i piedi lo facevano allontanare. "Assolutamente meraviglioso."

Non l'avrebbe più detto, una volta che lei lo avrebbe dominato, distrutto. Si spostarono al piano superiore, Stark e Issac li seguirono. Astasiya li sentiva a malapena, talmente era concentrata sul mostro che aveva davanti.

"Di più," la incoraggiò lui una volta usciti.

Era calata la notte.

Le stelle erano una luce rassicurante sopra le loro teste.

"Mostrami le ali," le chiese Osiris. Il potere dell'uomo si riversò su Stas, facendole esplodere le piume sulla schiena mentre l'anima ascendeva al regno etereo. Per poco non inciampò, aveva il cuore in gola, ma quella punta di stupore negli occhi di lui la fece tornare in sé, così raddrizzò la schiena.

"Non sono alla tua mercé," gli disse mentre un'altra onda di autorità la investiva. "Non mi possiederai mai." Sbatté le ali sulla schiena facendo arrivare a Osiris una folata di vento, una mossa istintiva e potente.

Lui rispose in una maniera simile, le piume color ebano gli sbocciarono intorno e anche lui le fece arrivare una raffica, costringendola a fare un passo indietro.

Tienilo occupato, le disse Issac. *Non fargli vedere.*

Stas non sapeva cosa significasse, era troppo concentrata sull'intento di battersi con Osiris. Lo spirito antico dell'uomo spingeva contro quello di lei, una forza bizzarra che cercava di sminuirle la luce interiore. Faceva male, Stas sentiva dei dolori lungo la spina dorsale ma continuò a lasciare che la propria anima combattesse per uno scopo.

Tutto ciò andava oltre l'energia psichica. Osiris la stava attaccando nel regno etereo e lei non sapeva come combatterlo. Riusciva a malapena a sbattere le ali, a volare, a *nebulizzarsi.*

In più le sembrava che ci stesse andando piano con lei.

Osiris vedeva quel momento come un test.

Una lezione.

Avrebbe voluto esplorare la gamma di abilità di Stas per determinare come utilizzarla al meglio per scopo personale.

No! Astasiya non glielo avrebbe permesso. *Io non sono tua!* Gli mandò un'altra raffica di vento che lui contrastò con un movimento minimo, in volto un'espressione gioiosa.

"Sarai davvero un ottimo tenente," mormorò lui. "Ancora una volta."

Stas ringhiò, si guardò dentro alla ricerca di qualcosa

di più, qualcosa che l'avrebbe scioccato, messo al tappeto. Tuttavia, lui la contrastò dandole altri ordini, le impedì ogni passo, la lasciò sbalordita ed esausta.

A Stas faceva male la schiena, le ali erano stanche di muoversi sopra l'erba e di ballare sotto le stelle. Osiris la stava portando in dimensioni che lei non capiva, l'anima le abbandonava il corpo per poi tornare a ondate, la confusione di tutto ciò che stava succedendo le stordiva i sensi.

Per tutto quel tempo lui la esortò a fare di più, spingere più forte, fargli vedere tutto ciò che sapesse fare, costringendola a partecipare a quel gioco letale che a malapena comprendeva.

Stas cadde con le ginocchia sull'erba, il respiro affannato, le ali a pezzi tutt'intorno a lei. Osiris se ne stava in piedi di fronte a lei, trionfante; le piume color inchiostro di lui li avvolsero entrambi mentre lui la guardava dall'alto al basso.

"Mi sorprendi, Stas. Annientarti sarà il mio più grande successo." Le accarezzò i capelli sussurrando il suo nome. "Sarai il mio più grande…" Venne trascinato all'indietro e spostò l'attenzione su un lato. "*Vera*," ringhiò.

"Ciao, caro." Apparve una Seraphim dalle ali blu scure e un sorriso raggiante. "Dovresti davvero prendertela con un angelo della tua età." Schioccò la lingua. "Sei fuori allenamento."

Osiris crollò lasciandosi a un verso rabbioso tutto di gola. "Ti…" Gli morirono le parole sul nascere e si rotolò sulla schiena, chiuse gli occhi e le piume sparirono.

"Beh, è stato più facile del previsto," commentò Vera. "L'hai fatto stancare, Stas. Brava."

Stas non riuscì a rispondere, anche lei era sopraffatta dalla stanchezza. Non si rendeva più conto del concetto di tempo o spazio o persino di ciò che fosse appena successo.

"L'ha seppellito a circa cinque chilometri di distanza, da quella parte," disse Vera indicando gli alberi. "Cercate la tomba più fresca alla base della montagna. Sotto la terra troverete una bara di cemento, ma fate presto, Gabriel. Non riuscirò a trattenere Osiris per molto." Vera si lasciò andare a un brivido e un'ondata di potere increspò l'aria intorno a lei. "E Skye…" Piegò il collo, le si ruppe la voce. "Al lago, vicino al molo. Non c'è abbastanza tempo…"

"Vai," disse Stark, la sua voce era stranamente vicina ma anche lontana.

"Ma Sethios…" Quello sembrava Ezekiel.

"Ce ne occuperemo io e Issac," intervenne Stark. "Vai a salvare Skye."

La risposta dell'assassino si perse nel rumore del vento che ruggiva nella mente di Stas. Si sentiva distrutta, sola, del tutto confusa.

"Sarà Skye quella a essere tormentata, perché non è sacrificabile." *È la voce di Leela?* "Salvala, ci occuperemo della sua persuasione più tardi. È la sua unica speranza."

Un'altra folata prepotente, un qualcosa che stava lottando per ottenere accesso. Prendere controllo. Comandare. *Osiris*, realizzò Stas. "Lui sta…"

"Portatela via di qui," sbottò qualcuno.

Il mondo intorno a Stas cominciò a cambiare, i suoi dintorni si sciolsero e riapparvero in un istante.

"Qui!" Quella voce maschile le scaldò il cuore. *Il mio Issac.*

"Ho bisogno di un po' di spazio per rompere il cemento," disse Stark, la sua voce era fredda e distaccata.

"Puoi farlo?"

"Sono un Seraphim guerriero. Tieni stretta Stas."

Un'altra raffica.

Le stelle nel cielo cominciarono a fluttuare e a muoversi.

Un paio di braccia calde l'avvolsero, proteggendola. Stas si crogiolò nella familiarità, godendosi le note di sandalo che le penetravano i sensi. *Tesoro.*

Sono qui.

Lo so, gli sussurrò. *Ti sento.*

Gabriel sta usando le ali per spaccare il cemento che tiene imprigionato tuo padre. A quelle parole seguì un'ondata d'urto che la fece sussultare. *Mi sbagliavo, prima. Dovrei davvero aver paura di tuo fratello.*

Stas avrebbe voluto ridere, ma il gesto richiedeva delle energie che non aveva.

Poi si mossero di nuovo. Accidenti, le girava la testa.

"Quanto ci vorrà?" chiese Issac.

"Dipende da quanto Osiris le ha danneggiato l'anima." La voce di Stark era esausta, forse per il fatto che stesse demolendo il cemento?

"Hai detto che i Seraphim non possono morire."

"Questo non significa che un'anima non possa essere attaccata," gli rispose Stark. "Andiamo, Sethios. Svegliati."

Issac sospirò. "Non dovremmo spostar…"

Le braccia intorno a Stas strinsero forte, trascinandola all'indietro nel momento in cui un'ondata di potere le mozzò il fiato.

Energia.

Forza.

Uno scopo letale.

Aprì gli occhi di scatto, il cuore le batteva a mille. *Riconobbe* quell'essenza, l'aveva sognata migliaia di volte.

Un paio di iridi verdi simili alle proprie le si posarono addosso. "Chi cazzo sei, tu?" chiese Sethios, la voce roca dal disuso.

Stas deglutì.

Papà, sussurrò la bambina dentro di lei che lo aveva riconosciuto. Anche con i capelli scuri e scompigliati, la barba, la corporatura magra e l'espressione assente, lei lo *riconosceva*. "Papà," sospirò con il cuore in gola.

Sethios sussultò. "Come, scusa?"

"Osiris l'ha soggiogato affinché dimenticasse," le rammentò Stark. "Fa' in modo che ricordi."

Stas sentiva il cuore battere forte nel petto. "Come faccio?" Riusciva a malapena a reggersi in piedi, a focalizzarsi sul presente... e Stark avrebbe voluto che ribaltasse un ordine di Osiris? "Io... Io non..." Deglutì di nuovo, le faceva male il petto.

Lui non mi riconosce.

Ma io sì.

Io ricordo tutto.

Stas ripensò alle volte in cui l'aveva chiamata *angioletto*. Alle volte in cui l'aveva tenuta in braccio, raccontato storie sulle ali della mamma, su quanto fossero belle quando svolazzavano in giro. Se lo immaginò a sgridarla per aver usato il dono della persuasione in modo improprio, a dividersi coni gelato in segreto, a giocare a nascondino all'aperto. Le aveva insegnato così tanto in poco tempo, le aveva regalato un senso del dovere che non aveva capito fino a poco prima.

Era il suo salvatore.

Suo padre.

Quello che aveva sacrificato tutto per lei.

E in quel momento non si ricordava di conoscerla.

Non ricordava nemmeno la madre.

O niente di ciò in cui aveva sempre creduto.

Era il fantasma di un uomo sotto l'influenza di Osiris.

Stas detestava quella situazione, odiava tutto ciò che quell'essere malvagio aveva portato via lei, a *loro*. Era un mostro. Distruggeva, *feriva*.

Per colpa sua, lei non aveva avuto un'infanzia. Aveva

rubato anni di vita ai suoi genitori, aveva costretto Stas a crescere senza il padre.

Sono il tuo angioletto, avrebbe voluto dirgli in quel momento. *Sono io, Astasiya.* Ma non sapeva come dare voce a quelle parole, non quando lui la stava guardando come se non fosse niente e nessuno.

Lui non mi riconosce.

Il cuore della ragazza cominciò a spezzarsi.

Accidenti, non ha idea di chi io sia. Le scese una lacrima lungo una guancia, sentì la disperazione diffondersi in ogni angolo del corpo. *Come faccio a farglielo vedere?*

Altri ricordi la travolsero, la mente quasi non riusciva a reggere quell'irruzione. L'ultima volta che l'aveva visto le aveva ordinato di correre, di lasciarlo al proprio destino. "Non capivo," sussurrò Stas, sul punto di crollare. "Non capivo perché mi dicessi di correre, ma sentivo il tuo dolore. Santo cielo, lo *sentivo*." Lo sentiva anche in quell'istante, frantumarsi dentro di lei, torturandole l'anima. "Lo sento ancora."

Le cedettero le ginocchia e le braccia di Issac le impedirono di cadere.

Non poteva farlo.

Non sapeva come.

Stas percepiva solo un immenso tormento. Un pezzo di lei si era rotto, per sempre irreparabile. Immaginò la madre pregare sotto le onde, lasciò che ciò alimentasse l'agonia. Il dolore, la sofferenza, fuoriuscì tutto quanto facendola eruttare in un pianto di gola. *Fa male*, si lamentò. *Oddio... fa male!*

"Caro?" sospirò Sethios, inginocchiandosi di fronte a Stas, le mani sul viso della ragazza mentre la costringeva a guardarlo. L'uomo sbatté le palpebre sorpreso, poi si tirò indietro. Strabuzzò gli occhi, spalancò la bocca. *"Astasiya?"*

La terra sotto di loro tremò, un fremito che fece perdere l'equilibrio a tutti.

"Osiris si sta svegliando," disse Stark. "Dobbiamo andare."

Sethios lo fissò. "Gabriel?"

Il Seraphim si lasciò andare a un piccolo sorriso. "È bello riaverti con noi, Sethios." Gli mise una mano sulla spalla. "Aspetta."

Gabriel posò una mano sulla spalla di Astasiya, Issac le si era aggrappato alla vita e in un attimo tempo e spazio si mossero di nuovo.

Era troppo.

Stas non riusciva a tenere gli occhi aperti, a concentrarsi.

La sabbia le sfiorò i sensi.

Seguita da una nuvola di energia maschile confortante.

Dormi, le sussurrò Issac. *Sarò qui quando ti sveglierai.*

ISSAC

Astasiya era fredda come il ghiaccio, la sua mente era vuota.

Issac l'adagiò sul divano nella zona giorno di Gabriel e le si inginocchiò al fianco. "Che succede? Perché non riesco a sentirla?"

"Sta guarendo." Gabriel sprofondò in una delle poltrone accanto, l'espressione stanca. "Combattere Osiris le è costato molto, così come spezzare il potere persuasivo su Sethios."

"In che anno siamo?" chiese Sethios con le mani tra i capelli ormai troppo lunghi. "Ma che diavolo? Perché cavolo tocchi mia figlia in quel modo?"

"Sono legati," gli rispose Gabriel a occhi chiusi. "E lei ha venticinque anni. Fatti due conti. Io ho bisogno di un pisolino."

Sethios cominciò a camminare avanti e indietro; aveva molta energia per essere uno che era appena stato incastonato nel cemento. Issac non aveva idea che l'uomo potesse guarire così in fretta. Quella qualità doveva essere legata alla genetica Seraphim e all'antica stirpe sanguigna.

E ad Astasiya.

Porca miseria.

Aveva brillato come una dea quella sera, le ali avevano sprigionato un potere diverso da qualsiasi altro Issac avesse mai visto. Stas si sbagliava, le sue piume non erano rosa ma opale. Sbrilluccicavano alla luce della luna, riflettendo una serie di colori in tutto il cielo mentre era intenta a battersi con Osiris in una dimensione esistenziale che a Issac faceva venire il mal di testa.

Nel momento in cui i poteri di Astasiya avevano preso il sopravvento, Osiris si era dimenticato di tutti gli altri, aveva avuto occhi solo per la nipote. Issac lo capiva, Stas lo aveva catturato con la sua bellezza, la sua forza, il suo essere. Quando Gabriel lo aveva incaricato di rimanerle al fianco, mantenerla con i piedi per terra e prestarle la propria forza, Issac non si era opposto. Era l'unica opzione possibile: supportarla e osservarla in completa adorazione.

"Come ci è riuscita?" si meravigliò Issac, ricordandosi di come la pelle della ragazza aveva cominciato a brillare fin da dentro le segrete. Anche i capelli le si erano accesi, erano diventati biondo chiaro, fluttuandole intorno come un mantello di seta.

Gabriel lo guardò a occhi stretti. "Dovrai essere più specifico."

"Astasiya, nelle segrete. Come ha fatto a liberarci?"

"Perché tu eri in grado di manipolarle la vista?" ribatté il Seraphim. "Le rune, Wakefield. Osiris le ha messe dappertutto. Stas ha attratto energia dalla propria stirpe sanguigna che le ha conferito il potere. Proprio come hai fatto tu."

"Ma all'inizio non ci riusciva." L'aveva sentita provare e fallire tramite il legame. "Perché sono riuscito ad accedere a quel potere prima di lei?"

"Perché lei non credeva in se stessa. Osiris l'ha spinta al

limite." Gabriel chiuse di nuovo gli occhi. "Il motivo per cui tu non ne hai sofferto è che sei abituato a trarre energia dalle sue rune."

Sethios sbuffò. "Il Conclave. Non mi è mancato per niente quel circo di…"

Un urlo all'esterno lo fece fermare, Gabriel si alzò immediatamente in piedi. Sethios lo seguì fuori mentre Owen arrivò di corsa dal piano superiore. "Ho detto a Mateo che state tutti bene, ma sta cercando di chiamarti," Angelton informò Issac mentre stava uscendo di casa.

L'Ichoriano si accigliò, poi tirò fuori il telefono.

Diciassette chiamate perse.

Più di una dozzina di messaggi.

Il nome di Mateo lampeggiò sullo schermo. Issac premette il tasto per rispondere e poi quello del vivavoce. "State tutti bene?" chiese Mateo preoccupato. Erano tutti giustamente in pensiero per loro, oppure era successo qualcosa. "Avete preso Jonathan?"

"Tua sorella l'ha ucciso," gli rispose Mateo. "Gli ha sparato un proiettile incendiario in mezzo agli occhi."

Issac rimase sorpreso. "Davvero?" Per poco non sorrise. "Beh, non riesco a fargliene una colpa." Anche se ciò cancellava ogni possibilità di vendetta. Era stata una morte fin troppo facile per uno psicopatico del genere, ma Issac si sentiva stranamente in pace. Forse perché era troppo esausto per provare altri sentimenti in quel momento. Con tutto quello che gli era successo intorno, avere una questione in meno di cui preoccuparsi era quasi un sollievo.

Le urla all'esterno si intensificarono e Issac si accigliò. "Forse devo richiamarti, Mateo."

"Aspetta," lo fermò la creatura. "Devi sapere che abbiamo identificato la spia."

"Chi è?" chiese Issac.

"Clara."

L'Ichoriano sbatté le palpebre. "Siete sicuri?"

"Sì, ha chiamato Jonathan durante l'attacco per informarlo che le Sentinelle erano state portate a Hydria. Aveva percepito le loro auree quando Jacque le aveva mollate qui e a quanto pare ne aveva anche riconosciuta una. Le sue azioni sono quasi costate la vita ad Amelia."

Issac strinse forte il telefono. "Era lei la fonte per gli altri collegamenti?"

"Affermativo. Ti manderò il rapporto dettagliato, ma in sostanza, sono riuscito a risalire al computer di lei tramite i dati sul telefono di Jonathan. Gli ha fornito tutto quanto e lui le ha passate a Osiris."

"Il che spiega come abbia fatto a scoprire della collaborazione tra Ezekiel e Gabriel," gli rispose Issac stringendo i denti. "Ha fatto il gioco di Luc allertando John riguardo a una delle altre location?"

"Sì, ma lui non ha agito secondo quelle informazioni. Tom pensa che sia dovuto al fatto che sia rimasto a corto di Sentinelle dopo l'esplosione al FAC e il massacro durante il matrimonio. Controllava le proprietà da remoto e sospetto che alcune di essere fossero state programmate per saltare in aria ma le nostre squadre non ci sono mai entrate, quindi non lo sapremo mai."

"Giusto." Issac si portò una mano sulla nuca, poi fece una smorfia ricordandosi di quella notte. "Quindi stanno tutti bene?"

"Nessuna vittima," gli riferì Mateo. "Tutte le Sentinelle sono ancora vive e rinchiuse in cella. L'unico a morire è stato Jonathan."

"Bene." Forse avrebbero dovuto aggiungere Clara alla lista dei caduti. Come aveva potuto fare una cosa del genere a Aidan? Ai suoi amici, la sua famiglia? A Issac? A che diamine stava pensando?

"Sappiamo perché Clara ha agito in quel modo?" Le parole gli uscirono cattive, avrebbe voluto strangolarla.

Mateo si lasciò andare a un lungo sospiro. "Da quello che Balthazar ha potuto cogliere dalla sua mente, sono mesi che lavora per Jonathan. Sono entrambi degli outsider... Lui non è davvero figlio di Aidan e lei non è mai stata un vero membro dell'harem perché, beh, lo sai, è stata creata per te."

"Stai scherzando, cazzo?!" Lo interruppe Issac furioso. "Lei non mi voleva nemmeno!"

"Forse no, ma non si è mai sentita a proprio agio e sembra che Jonathan abbia fatto leva su questo. Aidan potrà averlo adottato, ma non l'ha *creato* lui. A quanto pare hanno legato molto sull'argomento."

"Perché diavolo non ha detto qualcosa prima?" chiese Issac. "Come faceva a non saperlo nessuno?" Nemmeno lui stesso aveva mai sospettato che Clara potesse essere capace di un tale tradimento. Gli era sempre sembrata così... *felice*. "Ne siamo sicuri?" chiese ancora una volta, aveva bisogno che Mateo glielo dicesse.

"Sì, ci sono sufficienti prove nei messaggi. Ho anche trovato un appunto sul tuo legame con Stas, a quanto pare ha sentito Tristan parlarne con Nadia. È un casino, amico. Gli ha spifferato tutto."

Issac resistette l'urgenza di prendere a pugni qualcosa. Si concentrò su Astasiya e i suoi lineamenti bellissimi e soddisfatti. Le labbra perfette, i capelli biondi e morbidi.

Dopo parecchi respiri sentì finalmente la rabbia scemare. "Non avrei mai sospettato di lei," ammise Issac. "Cazzo, Mateo, come ha potuto?"

"Nadia è sbalordita e arrabbiatissima," gli rispose lui. "Anche Tristan. Lo sono tutti, Sire, vogliono il suo sangue."

"E a ragione." Issac non era favorevole alle uccisioni,

ma se Clara li stava tradendo da tutto quel tempo... "Se lo merita."

"Sì," aggiunse piano Mateo. "Lucian e gli altri stanno ancora discutendo del suo destino e di quello delle Sentinelle in custodia. Ci vorranno giorni se non settimane per venirne a capo."

Issac si massaggiò il collo. "Sì, è vero."

Sulla soglia della porta spuntò Leela, aveva i capelli biondi tutti annodati intorno alla testa. "Ho bisogno di te subito."

"C'è altro?" chiese Issac.

"No, siamo immersi fino al collo tra le Sentinelle incazzate, Clara è stata catturata. A dire il verso il resto può aspettare, ma volevo che sapessi che non fosse stato Tristan."

"Non ho mai pensato che potesse essere lui," gli rispose Issac, in piedi. "Grazie, Mateo."

"Sire." La chiamata si concluse.

Issac si rimise il telefono in tasca. "Di cosa hai bisogno, Leela?"

"Che tu metta fine alle sofferenze di Skye." Gli fece cenno di seguirla. "Stas sta bene, Skye no."

Issac dedusse che le urla provenissero da lei. Attraversò la soglia e i sospetti vennero confermati. Una donna dai capelli neri stava urlando in spiaggia, aveva entrambe le mani intrappolate in quelle di Ezekiel e stava cercando di trascinarlo in acqua.

Issac le si insinuò nella mente, era curioso di vedere a cosa stesse assistendo. Gli si mozzò il fiato.

Nella mente di Skye regnava il caos.

Immagini di suicidio.

Lei che implorava qualcuno in ginocchio.

Che si annegava nel fondo dell'oceano.

Pianti disperati.

Osiris che la legava al letto di un lago. Ezekiel che la salvava. La visione di una dea bionda che attraversava le nuvole. Lampi.

Di nuovo il desiderio di tagliarsi le vene.

Una pistola, quella di Ezekiel, che le sparava un colpo dritto in testa.

Issac non riusciva a capire quanto fosse vero e quanto desiderio. La dea bionda stava ballando di nuovo, avvolta dal potere, un paio di ali color opale che brillavano.

Aya.

Sangue.

La testa di Stas che rotolava per terra, lo sguardo assente.

Issac inciampò all'indietro, strappandosi dalla mente della donna con il cuore che gli batteva all'impazzata. "Ma che diavolo?!" Si portò le mani al petto. "*Ma che cazzo?!*"

"Falla dormire," gli disse Leela. "Altrimenti uscirà fuori di testa da sola."

"È già fuori di testa!" Si accasciò contro una parete della casa, poi guardò attraverso la finestra del soggiorno per assicurarsi che Aya stesse ancora dormendo profondamente. La mente della bionda era tranquilla, fin troppo. "Santo cielo." Issac non avrebbe più voluto vedere quelle immagini.

"Osiris l'ha soggiogata a suicidarsi se qualcuno l'avesse mai sottratta alla sua custodia. Nella sua mente c'è il risultato di quella persuasione. Falla dormire così potremo capire come annientare quel potere."

"Ma lui non è qui." Non dovrebbe bastare a indebolire l'effetto? "Gabriel ha detto che Osiris non può raggiungerci qui." Tecnicamente si trovavano nel regno dei Seraphim, dal quale Osiris era bandito. Agli altri era stato consentito l'accesso tramite delle rune o qualsiasi altro rituale magico avesse messo su Gabriel. Issac era troppo stanco per analizzare il tutto in quel momento. Stavano bene, quello era l'importante.

"Non importa, è un'Ichoriana. L'ha creata lui quindi la coercizione rimane viva." Leela gli afferrò una spalla. "Riprenditi e fai dormire quella donna, subito."

Accidenti, lo faceva sembrare così facile. "Si è appena immaginata la testa di Astasiya che se ne andava in giro rotolando. Dammi un cazzo di minuto."

Leela sussultò. "Cosa?"

"Già."

"Qui?"

Issac deglutì. "No, non c'era sabbia." Si passò una mano sul volto. "Era una profezia?" chiese dolcemente, sperando di aver capito male.

Leela scosse la testa. "No, le profezie vengono pronunciate ad alta voce. Lei non ha fatto altro che urlare in preda all'agonia. I Destinati lavorano con le probabilità. Loro *vedono* tutto, ogni esito possibile. Solo quelli che vengono esplicitati hanno possibilità di realizzazione."

"E lei non ha mai profetizzato la morte di Astasiya?"

"Non che io sappia, no."

Beh, ciò lo faceva sentire meglio. Si scrollò di dosso lo shock e guardò di nuovo attraverso il vetro. La sua Aya era rimasta immobile, il viso dolce e addormentato.

"Va bene," mormorò Issac. "Proverò ad aiutarla a dormire." Ma non sarebbe stato semplice.

Le si insinuò nuovamente in testa, sussultò davanti alle immagini crude che le attraversavano i pensieri. "Si sta immaginando che una lama le trafigga il cuore," mormorò.

"Uno dei tanti modi in cui è morta," lo informò una nuova voce di donna. Vera. Le sue piume blu gli apparvero al fianco, aveva lo sguardo stanco. "Riesco a vedere il giorno in cui Osiris l'ha soggiogata, ma non posso riscriverlo, lui è più forte di me."

"Sethios sarebbe in grado di annullarlo?" chiese Leela.

Vera scosse la testa. "Al momento non è abbastanza forte. È stato rilasciato dal controllo di Osiris da troppo poco tempo."

"Stas?" suggerì Leela. "Una volta sveglia, ovviamente."

"Dopo ciò che ho appena visto posso dire che lei ha sicuramente abbastanza potere, ma non sono sicura che sappia come usarlo. Forse i due insieme?" Vera sospirò. "Mi metterò in contatto con alcuni dei nostri alleati per vedere se qualcuno ha dei suggerimenti. Per il momento concordo con l'idea di farla riposare." Alzò gli occhi argento su Issac. "Fammi vedere i tuoi talenti, giovanotto."

"Giovanotto?" ripeté lui.

"Hai solo qualche centinaio di anni, no? Sei un bambino per me, ma fammi vedere che sai fare. Fammi capire perché una creatura potente come Stas ha scelto te come compagno." Fece un cenno verso Skye. "Aiutala."

"Va bene, poi tu potrai spiegarmi che cosa hai fatto a Osiris." Qualunque cosa fosse stata, aveva messo l'antico essere in ginocchio, al tappeto. Issac voleva sapere se sarebbe stata in grado di rifarlo. Tuttavia, prima si concentrò sul proprio compito: si focalizzò sui recettori visivi di Skye e l'accompagnò nell'oblio.

Le urla si calmarono, le palpebre le si fecero pesanti ed Ezekiel la prese tra le braccia. "Che diavolo è appena successo?" chiese guardandosi intorno per la spiaggia con sguardo feroce.

Issac finalmente cominciò a unire tutti i pezzi del puzzle.

Skye era la ragione per cui Ezekiel aveva deciso di rimanere al fianco di Osiris.

L'assassino l'amava.

E Osiris aveva usato quell'amore a proprio vantaggio, proprio come aveva programmato di usare Issac contro Stas, per addestrare un nuovo animaletto.

"Ezekiel," lo chiamò Vera. "Issac ha calmato la mente di Skye per darle un sollievo temporaneo. Digli cosa vorresti che sognasse"

L'assassino lanciò uno sguardo color ebano a Issac. "Cosa sta sognando in questo momento?"

"Niente," gli rispose Issac.

"Bene." Sollevò Skye tra le braccia. "Fa' che resti così il più a lungo possibile." La portò verso la casa e si fermò sulla soglia, poi si voltò verso Issac. "Grazie."

L'Ichoriano ricambiò con un cenno. "È il minimo che possa fare." Lo pensava davvero. Dopo tutto ciò che quelle persone avevano fatto per Astasiya, le tribolazioni e i tormenti a cui erano sopravvissuti, aiutare una profetessa a dormire sembrava un gioco da ragazzi in confronto.

"Per rispondere alla tua domanda su Osiris... ho decostruito la sua mente per riscrivere il suo passato," gli spiegò Vera. "Ciò che l'ha messo a tappeto è stato il trauma. Beh, quello insieme a ciò che aveva fatto Astasiya prima del mio coinvolgimento."

"Lei manipola i ricordi," spiegò meglio Leela. "Ed è molto brava a farlo."

"Quindi hai alterato il suo passato?" le chiese Issac aggrottando la fronte.

"Sì, ma solo temporaneamente. È troppo forte perché l'effetto sia permanente. Anche per Astasiya è lo stesso, nel corso degli anni ha svelato molte delle mie distorsioni, al punto che restituirle i ricordi è stato piuttosto facile."

"Qualcuno mi aggiorni," esordì Sethios approcciandosi alla spiaggia con espressione confusa. "I miei ricordi degli ultimi decenni sono... incasinati."

"Lo farò una volta che ti sarai fatto una doccia, ti sarai

rasato quella barba oscena e tagliato i capelli," gli rispose Vera. "Hai un aspetto orribile."

"Caspita, grazie per l'interesse, Vera. Ora ditemi, dove diavolo è Caro?"

Leela e Vera sussultarono visibilmente.

Gabriel incrociò le braccia al petto. "Da qualche parte sul fondale dell'oceano."

"*Cosa?*" Sethios sbatté le palpebre, nello sguardo un bagliore lontano. Strizzò le labbra. "Non riesco a percepirla." Si guardò intorno, poi si portò una mano al petto. "Perché non riesco a percepirla? Accidenti, perché non me ne sono accorto?" Si toccò i capelli sporchi. "Che cazzo è successo negli ultimi…" Lasciò cadere la frase, l'attenzione gli cadde all'interno della casa.

Sethios si mosse e Issac lo seguì a ruota, dal momento che quel pazzo si stava dirigendo dritto verso Astasiya.

Si fermò di colpo e per poco Issac non gli andò a sbattere sulla schiena.

"Astasiya," disse piano Sethios, accovacciandosi accanto a lei vicino al divano. "Accidenti, assomiglia a Caro." Alzò una mano come per sfiorarla ma si fermò. "Venticinque?" chiese.

"Sì," gli confermò Gabriel dalla soglia.

"Come sta? È andato tutto secondo i piani?" chiese Sethios. "Ha effettuato del tutto il passaggio? Ha già le ali? Sono azzurre come quelle della madre?" Guardò Gabriel con le lacrime agli occhi. "Sa almeno della mia esistenza? Di quella di Caro?"

"Sa chi siete e ci ha aiutati a farvi scappare," gli rispose Stark, seduto sulla poltrona più vicina al divano. "Sta ancora imparando, sulla sua identità, come persuadere, tutto quanto. Siamo riusciti a tenerla al di fuori del mondo soprannaturale fino alla scorsa estate, quando ha incontrato Wakefield."

Sethios si irrigidì, spostando l'attenzione su Issac. Un paio di occhi verdi simili a quelli gloriosi di Astasiya si fissarono sull'Ichoriano. "E ora sei *legato* a mia figlia?"

"Esatto," gli rispose Issac, imperturbato dalla brutalità che si celava sotto l'apparenza del famigerato Sethios. Era conosciuto per la sua crudeltà, per essere il braccio destro di Osiris e per avere la capacità di influenzare. Erano in molti a essere terrorizzati da lui.

Ad Issac non importava un fico secco dei poteri dell'uomo.

"Astasiya è bellissima e leale, a volte troppo. Tiene agli altri più che a se stessa ed è una delle donne più forti che abbia mai conosciuto. Ha affrontato Osiris per liberare te, ha incanalato il suo dolore per la tua perdita e quella di Caro per frantumare i rimasugli della persuasione di tuo padre, si è aggrappata a me per qualche secondo di conforto prima di crollare. Le ho promesso che sarei stato qui al suo risveglio e non ho intenzione di infrangere la promessa." Inarcò un sopracciglio per porre enfasi sull'affermazione e assicurarsi che Sethios leggesse tra le righe.

Non ti metterai tra me e la mia Aya.

"Ti ricorda qualcuno?" chiese Vera, nascondendo un sorriso dietro una mano.

"Oh, sì," Leela sorrise. "Quei due andranno molto d'accordo, credo."

"Oppure si uccideranno a vicenda," mormorò Vera. "Dovremmo fare una scommessa?"

"Voi due non siete cambiate di una virgola," osservò Sethios, che aveva ancora lo sguardo puntato su Issac. "Vedremo se si dimostrerà degno."

"Lo ha già fatto," rispose una voce assonnata dal divano. Astasiya guardò il padre con occhi stanchi.

Issac si inginocchiò accanto a lei e le accarezzò una

guancia. "Stai bene, tesoro?" Non riusciva ancora a percepirla, il che lo fece preoccupare.

"Sono solo stanca," mormorò lei crogiolandosi nel suo tocco. "E voi non fate che parlare."

Issac sorrise. "Scusa, tesoro. Vuoi che ti porti di sopra?"

"Mmmh." Stas chiuse di nuovo gli occhi e allungò una mano verso di lui. "Sì, per favore."

Issac la prese in braccio, si alzò in piedi e incrociò lo sguardo di Sethios. "Continueremo la chiacchierata dopo che Astasiya si sarà riposata."

Sethios brillò di approvazione e annuì, tuttavia non si spostò dal cammino di Issac. Alzò una mano e le carezzò il mento. "Sono fiero di te, angioletto," le sussurrò. "Grazie per avermi salvato."

Stas aprì leggermente gli occhi. "Angioletto," ripeté con un piccolo sorriso. "Mi era mancato questo nomignolo. E anche tu. E la mamma."

"Mi sei mancata anche tu," le rispose Sethios con le lacrime agli occhi. "Ora riposa, ci aggiorneremo quando avrai dormito. Poi parleremo anche di tua madre."

"Oceano," mormorò Stas rabbrividendo. "È freddo, è da sola. Ma mi ha detto di trovarti, quindi l'ho fatto." Sbadigliò, gli occhi ridotti a una fessura, il corpo abbandonato alla presa di Issac. "Ti ho trovato."

"È vero," concordò Sethios. "E insieme troveremo la mamma."

Stas annuì poi si accoccolò sulla spalla di Issac. "Sì, dormire. Mmmh, profumi di buono."

Issac ridacchiò e le accarezzò una guancia col mento. "Andiamo a fare un pisolino, tesoro."

"Sì," mormorò lei con gli occhi chiusi.

Sethios si spostò, l'espressione dolce mentre studiava la figlia. Quando Issac s'incamminò verso il corridoio, lo sentì dire: "Ditemi che non possono procreare."

"Si tratta di un comando o di una domanda?" gli chiese Leela, divertita.

"Qualunque cosa ti faccia rispondere," ringhiò lui. "Astasiya è troppo giovane per rimanere incinta. È a malapena un'adulta. E accidenti, è già *legata* a qualcuno?! Voi avreste dovuto proteggerla!"

Le parole di Sethios vennero accolte da delle risa. "Cosa credi che abbia fatto quell'uomo fino ad ora?" gli chiese Vera in tono sarcastico. "L'ha tenuta d'occhio dal primo giorno che l'ha incontrata. Per quanto riguarda la domanda sulla procreazione... chiedi alla regina della fertilità."

Leela ridacchiò. "Regina della fertilità? Davvero? Sono ancora arrabbiata per ciò che hai fatto a Balthazar. Si ricorda di me, Vera, accidenti."

"Mi hai detto di modificargli i ricordi e io l'ho fatto. Questo non vuol dire che abbia cancellato ogni singolo dettaglio."

Beh, *quello* sì che era interessante.

"Possiamo parlare della procreazione?" le interruppe Sethios. "Ho bisogno di sapere che mia figlia non mi farà diventare nonno nel bel mezzo di tutto questo casino."

"Rilassati, Sethios. Il ciclo fertile dei Seraphim si basa sui secoli, non i giorni o i mesi. Beh, a meno che Jonathan non ti alteri la genetica, a quanto pare."

"Cosa?"

"È una storia lunga che riguarda la migliore amica di Stas," mormorò Leela. "Comunque, tua figlia non sarà fertile finché non raggiungerà i cinquecento anni d'età o giù di lì; tuttavia, se vuoi davvero farle il discorsetto delle api e dei fiori, posso darti qualche dritta."

"Santo cielo," borbottò lui, che sembrava ancora più sconvolto. "Ieri aveva appena sette anni... Pensare di parlare di sesso..."

"Sei preoccupato che Issac faccia alla tua piccolina ciò che a te piace fare a Caro?" lo provocò Vera. "Non preoccuparti. Non ho visto alcun ricordo riguardante dei giochi coi coltelli."

Oh, mio Dio, non ho bisogno di sentir parlare di mio padre che s'intrattiene con mia madre! Urlò Astasiya tra i pensieri, facendo sì che Issac per poco non la lasciasse cadere a terra.

Beh, almeno la loro connessione funzionava ancora.

Scusa, tesoro, le rispose scuotendo la testa per cancellare il chiacchiericcio che si stavano lasciando alle spalle. *Ora andiamo di sopra.*

Sappiamo chi è la spia? chiese Stas ancora insonnolita mentre Issac l'adagiava sul letto degli ospiti, lo stesso in cui l'aveva ritrovata quelli che sembravano essere secoli prima.

Clara. Il nome gli uscì come un ringhio mentale. *Non so ancora il motivo ma non preoccuparti, gli Hydraiani la stanno gestendo.*

La uccideranno?

Non lo so, ammise Issac. *Dipende da quali sono state le motivazioni e se è pentita.*

Si spogliò della camicia e dei pantaloni sporchi, poi fece lo stesso con la maglietta e i jeans di Stas. La ragazza aprì gli occhi, nei quali si nascondeva un piccolo sorriso. *Stai cercando di sedurmi? Perché non credo di essere pronta per una performance, in questo momento.*

"Prima hai bisogno di dormire," mormorò lui. "Mi assicuro solo che saremo pronti per quando ti sveglierai."

"Quindi mi stai seducendo *sul serio.*" Gli occhi le brillarono di gioia.

"È una seduzione preventiva." La infilò sotto le coperte e scivolò accanto a lei. "Mmmh, ora posso influenzare anche i tuoi sogni. Potrebbe rendere le cose ancora più interessanti."

Stas fu presa da un fremito e le si dilatarono le pupille. *È considerato abuso di potere infilarsi nella mente di una donna mentre dorme?*

Solo se lei non vuole. Issac inarcò un sopracciglio. *Tu lo vuoi?*

Stas gli si accoccolò vicino, il viso nel collo, le labbra che gli sfioravano il battito cardiaco. *Io lo voglio sempre.*

Lo stesso vale per me. L'attirò a sé. *Sei stata assolutamente spettacolare oggi, tesoro. Ma devo dirti una cosa ed è piuttosto importante.*

Astasiya si agitò. *Cosa?*

Beh, si tratta delle tue ali... Iniziò lui combattendo l'impulso di sorridere.

Che cos'hanno?

Issac sospirò. *Cambiano davvero colore.*

Stas sussultò tra i pensieri. *Sul serio?*

Sì, sono opale, non rosa.

Opale? ripeté lei.

Lui le baciò una tempia. *Sì, opale.*

Mi piace più del rosa.

Issac fece una smorfia con le labbra. *Ho pensato che potesse essere così.*

Astasiya si zittì, la mente si calmò di nuovo. Issac realizzò che fosse frutto della stanchezza, l'anima di Stas stava chiedendo di riposare. Eppure la loro connessione continuò a galoppare, i loro cuori battevano all'unisono. Respiravano allo stesso ritmo.

Sarebbero stati legati per sempre.

Per l'eternità.

Niente avrebbe potuto dividerli, nemmeno Osiris.

Sei il mio sempre, Aya, le sussurrò lui stringendola a sé. *Qualsiasi cosa tu abbia bisogno, io sono qui. Ovunque tu andrai, io ci sarò. Siamo una squadra, io e te. Non importa quali saranno gli ostacoli, le prove, non lascerò mai il tuo fianco. Questa è la mia promessa per te, sempre e per sempre. Per tutto l'universo e oltre, ti amerò sempre.*

Stas rimase in silenzio per così tanto tempo che Issac pensò si fosse addormentata. Poi gli chiese: *Perché sembra una proposta di matrimonio?*

Issac sorrise. *Non lo è.*

Oh. Gli sembrò quasi delusa.

È la mia promessa di matrimonio, le sussurrò. *Durante la cerimonia di Elizabeth e Jayson non riuscivo a smettere di pensare a cosa ti avrei detto io, come ti avrei esternato i miei sentimenti. Le parole mi sono venute facili, la certezza di esse mi completava in un modo che mi sembrava semplicemente giusto. Avevo intenzione di dirtele quella sera... Non ne ho avuta la possibilità, quindi lo sto facendo ora.*

Stas si rigirò tra le braccia di lui e il suo sguardo assonnato trovò quello di Issac mentre gli prese il volto tra le mani.

"Sei il mio sempre, Issac," gli disse, la voce morbida ma chiara. "Prometto di onorarti, amarti, di essere onesta con te e di rispettarti. Di lavorare insieme a te e non contro di te. Di rimanere per sempre al tuo fianco, non importa quali saranno gli ostacoli o le missioni. Di fidarmi di te, sempre e per sempre. Per tutto l'universo e oltre, ti amerò."

Issac sentì gli occhi bruciare per l'emozione, la gola ispessirsi mentre pronunciò la parola: "Sempre."

"Sempre," rispose lei. *Ora puoi baciare la sposa,* aggiunse con il pensiero, facendo ridere Issac.

Il matrimonio perfetto, le sussurrò lui.

Con l'uomo perfetto, concordò lei. *Il mio sempre.*

Il mio sempre, ripeté Issac, poi la baciò appassionatamente. *Ti amo, Aya.*

Ti amo anche io.

EPILOGO: SETHIOS

ASTASIYA ERA FUORI ALL'APERTO, LA TESTA ALL'INDIETRO per godersi il sole caldo. Continuava a entrare e uscire dalla forma eterea, le bellissime ali l'avvolgevano brillanti per poi sparire e ricomparire di nuovo. Il sorriso infantile diceva che lo stesse facendo apposta.

"Finalmente ha capito come ci si nebulizza," mormorò Issac, che si era unito a Sethios sulla porta scorrevole in vetro. "Prima vuole andare a trovare Elizabeth.

"Intendi la sua amica, vero?" chiese Sethios, si ricordò il nome dalla lunga lista di particolari sulla vita di Stas che gli aveva fornito Leela. "È incinta?"

Issac annuì. "Sì, non penso partorirà prima di un altro mese, ma è tutto molto strano. Leela sembra avere la questione sotto controllo."

"Immagino di sì, ha aiutato anche Caro a partorire Astasiya." Sethios studiò l'espressione felice della figlia. "Devo trovare Caro."

"E vuoi l'aiuto di Astasiya," ipotizzò l'intuitivo uomo che gli stava accanto, Sethios trovava l'intelligenza di Issac rispettabile.

"Sì."

"Allora diglielo," gli rispose Issac facendolo sembrare come il compito più facile del mondo.

"Come?"

Era strano chiedere a un altro uomo come parlare alla propria figlia, ma le loro non erano circostanze normali. Dopo tutto ciò che Sethios aveva passato non era tanto sicuro di sapere come parlare alle persone in generale, figurarsi il sangue del suo sangue.

"Sii onesto e diretto." Lo affrontò Issac. "Si sente ancora un po' offesa per essere stata tenuta all'oscuro per tutti questi anni. La verità ti ripagherà."

Sethios annuì. "Quello posso farlo, io…" Si fermò per via dell'apparizione di due uomini sulla spiaggia e sentì la rabbia ribollirgli alla vista del cipiglio di Astasiya, che fece un passo indietro non appena il più alto le si avvicinò. "Chi è quello?"

"La mia progenie," mormorò Issac strizzando gli occhi. "Tristan."

Un Ichoriano. Sethios non lo riconosceva. "Cosa è in grado di fare?"

"Controllare il suono," gli rispose Issac con espressione soddisfatta.

"Riesci a sentirlo in questo momento?"

"Non direttamente, ma Astasiya è rilassata e compiacente, il che mi dice tutto ciò che devo sapere." Fece un cenno con il capo. "Uniamoci a loro."

"Yo," li salutò un ragazzo dai capelli scompigliati, gli occhi grigi guardarono Sethios con interesse. "Il papà di Stas. Fico." Poi entrò in casa senza voltarsi indietro.

Sethios aggrottò la fronte. "Chi cazzo è quello?"

"Jacque, un Hydraiano. Teletrasportatore, è il Guardiano primario di Luc."Issac guardò Sethios. "Lo vedrai spesso."

"Giusto." Sethios si passò una mano tra i capelli, finalmente più corti grazie all'intervento di Vera e un paio di forbici. A quanto pareva ripulire lui era più importante di trovare Caro. L'unica ragione per cui lui aveva acconsentito era che il suo angelo non si era ancora messo in contatto.

Dove sei, amore? Pensò per la millesima volta.

Niente.

Caro aveva chiaramente tagliato il legame, ma Sethios non sapeva in che modo. Gabriel sospettava che fosse per via del trauma e che Caro volesse proteggere Sethios.

Diciotto anni.

Per qualcuno della loro età poteva sembrare un battibaleno, ma per il cuore di Sethios rappresentava un'eternità.

Mi manchi, angelo.

"...lo rendi felice. Grazie." L'accento particolare di Tristan suonava leggermente alterato dal tempo e dalla ormai non più nuova posizione geografica.

"Questa potrebbe essere la cosa più carina che tu mi abbia mai detto, Tristan," gli rispose Astasiya con un sorriso. "Attento o la considererò una richiesta di amicizia."

Tristan ridacchiò. "Non mi arrischierei così tanto, piccola."

"Già, come immaginavo." Astasiya scosse la testa. "Il tuo migliore amico è ancora uno stronzo, solo più tollerabile."

Issac rise. "Ricevuto." Guardò Sethios e poi di nuovo Tristan. "Ti va una passeggiata, amico? Dobbiamo discutere di alcuni dettagli."

Il viso di Tristan si adombrò ma annuì. "Certo, Sire."

Quell'appellativo formale fece irrigidire Issac.

"Saranno molti, i dettagli." Si chinò per baciare una guancia di Astasiya. "Ci metterò un po' di tempo."

Lei annuì. "Immaginavo."

Issac guardò il padre di Stas. "Sethios."

"Issac," ricambiò lui.

Astasiya guardò i due uomini allontanarsi con sguardo innamorato.

Sethios si trattenne dal fornire la propria opinione e decise invece di porle una sorta di domanda. "Gabriel mi ha detto che sei cresciuta a Havre."

Lei sorrise. "Sì, con i Davenport." Alzò le sopracciglia. "Oh, dovrei chiamarli. Probabilmente saranno preoccupatissimi per me."

Sethios si accigliò confuso. "Perché?"

"Perché non ci sentiamo dalle vacanze, è stato…" Stas aggrottò la fronte. "Accidenti non so nemmeno che giorno è, o mese, per quel che vale."

"No, intendo dire perché dovrebbero essere preoccupati? Pensavo sapessero tutto." Almeno quello era quanto aveva suggerito Gabriel.

"Cosa? No, non sanno niente di questo mondo." Stas cominciò a ridere, ma il suono andò a morire. "Aspetta, perché pensavi che lo sapessero?"

"Tuo fratello mi ha parlato di loro, ieri sera, durante la sessione di aggiornamento. Ha menzionato il fatto che loro fossero a conoscenza della tua abilità di persuasione, quindi ho pensato che fossero a conoscenza anche di tutto il resto."

"*Che cosa?*"

Gabriel scelse quel momento per nebulizzarsi, le piume rosse brillarono alla luce del sole. Appena vide l'espressione sul volto di Astasiya aggrottò la fronte. "Che è successo?"

"I Davenport sanno che sono una Seraphim?" gli chiese con voce squillante.

"Oh… quello." Gabriel assunse una forma corporea e le ali sparirono. "Ehm, non esattamente. È complicato."

"Rendilo semplice," gli ordinò Stas. A Sethios ricordò Caro. Quasi sorrise davanti a quella furia familiare nello sguardo della figlia, così si coprì la bocca con una mano.

Gabriel sospirò. "Pensaci, Stas. Non avrebbero potuto crescerti senza sapere assolutamente niente. Quindi gli ho detto tutto ciò che gli serviva sapere. Gli ho parlato della tua capacità di persuadere e potrei avergli detto che discendi da una stirpe di angeli che avrebbero sempre vegliato su di te."

Astasiya spalancò la bocca ancora prima che Gabriel potesse finire.

Ma le rivelazioni continuarono.

"Vera mi ha aiutato a tenere sotto controllo la situazione negli anni, modificando i loro ricordi quando necessario. Per esempio, quando sei partita per il college ha cancellato loro i ricordi che li rendevano consapevoli dei tuoi doni e quando hai cominciato a lavorare per il FAC ha rimosso i loro ricordi di me. Quindi significa che ora non sanno più nulla."

Stas lo guardò scioccata. "Hai giocato con la mente dei miei genitori per *anni*?"

"Tecnicamente è stata Vera," le fece notare Gabriel.

Sethios incrociò le braccia divertito.

"Vera," ripeté lei. "Stai davvero incolpando Vera?" Stas gli si scagliò contro e Gabriel sparì per riapparire dall'altro lato della ragazza.

"La violenza," si nebulizzò di nuovo per evitare il pugno della sorella, "non è mai," e ancora, "la rispos… aaah!"

Astasiya aveva anticipato la sua mossa e lo aveva colpito dritto in faccia con un pugno impressionante, il tutto in stato etereo. Gabriel atterrò di sedere con un tonfo.

"Sei in forma, angioletto," si complimentò Sethios.

Stas si mise in piedi, torreggiando su Gabriel con le mani sui fianchi. "C'è altro che non mi hai detto, stronzo?"

"Perché vengo incolpato di tutto?" chiese Gabriel massaggiandosi la faccia. "Ezekiel, Sethios, Leela, Vera… persino la *mamma* ha avuto il proprio ruolo in tutto questo."

"Ma abbiamo lasciato il comando a te," gli fece notare Sethios.

L'angelo borbottò qualcosa e si rimise in piedi sulla sabbia. "Non posso nemmeno ritirarmi in casa mia, dal momento che pullula di ospiti. Dico sul serio, che cosa ho fatto per meritarmi questo destino?" Si avvicinò alla porta sul retro mentre Astasiya gli lanciava un'occhiataccia alle spalle.

"Penso di odiarlo."

"È un peccato, angioletto," le rispose Sethios piegando la testa su un lato.

"Perché mai?"

"Perché passeremo molto tempo con lui nelle prossime settimane, forse mesi." Le toccò il naso nel modo in cui era solito fare quando lei era bambina, principalmente dopo qualche marachella. "Abbiamo bisogno del suo aiuto per trovare la mamma."

Nella mente di Stas si accese un ricordo che le fece ammorbidire i lineamenti. "Una volta mi ha promesso che l'avremmo cercata insieme."

"Non ha detto una bugia." Sethios si mise le mani in tasca e guardò in alto, verso il cielo. Pensò alla donna che adorava, l'angelo dei suoi sogni.

Dove sei, amore? Perché mi hai allontanato dalla tua mente?

Quando lei non rispose, di nuovo, Sethios incontrò lo sguardo della figlia. "È di questo che volevo parlarti, in realtà."

"Della mamma?"

Sethios annuì. "Di andarla a cercare." Sentì il petto stringersi e il senso di colpa insediarsi nello stomaco. Il suo angelo aveva tagliato il legame perché lui l'aveva delusa? Perché aveva sentito il tormento che Osiris gli aveva inflitto? Perché aveva perso fiducia?

Sethios deglutì. Avrebbe potuto passare giorni a rimuginarci sopra, ma niente gli avrebbe riportato indietro il suo angelo.

"Ho bisogno di te per trovarla," ammise dolcemente. "Per favore." Non usava spesso quella parola, ma in quel momento gli sembrò appropriata. "So di essere praticamente un estraneo per te, che fidarti di me non sarà facile e chiaramente anche Gabriel non ha fatto nulla per guadagnarsi la tua fiducia."

Non si stava spiegando tanto bene e non le stava chiedendo nulla in modo comprensibile.

Si passò le dita tra i capelli e sospirò a lungo.

Riproviamoci.

"Ciò che intendevo dire è che lavorare insieme come una squadra è l'unico modo per trovare tua madre. So per certo che mio padre l'ha nascosta in un punto impossibile da localizzare, ma l'ho lasciata lì a soffrire per…"

"Papà," lo interruppe lei, quella singola parola fu come una carezza per il cuore ghiacciato di Sethios. "Non mi devi spiegazioni, anche io voglio trovarla."

Oh, giusto. "Ti ho mai detto che mi ricordi tua madre?"

"Un paio di volte." Stas sorrise, l'espressione ancora più simile a quella di Caro. "Quando partiamo?"

Sethios la studiò "Appena possibile."

"Bene." Astasiya fece un passo indietro. "Allora è meglio che perfezioni l'arte della nebulizzazione." Fece apparire le ali. "Torno subito." La bionda sparì e Sethios scosse la testa.

Saresti molto orgogliosa di lei, Caro, pensò lui sorridendo. *È coraggiosa e impavida proprio come te.*

Niente.

Incurvò le spalle, poi chiuse gli occhi. *Torna da me, amore. Mi manchi.*

Fece un passo in avanti, l'anima addolorata. Poi un sussurro lontano gli solleticò i pensieri.

Le parole erano deboli, come portate da una leggera brezza.

Liberami, Sethios…

Liberami.

Sethios e Caro torneranno in *Cercatore di Sangue.* Non mancheranno anche Issac e Stas.

Se siete dei fan della Serie della Maledizione degli Immortali, potrebbe piacervi anche la serie dell'Alleanza di Sangue.

Sethios e Caro torneranno in Cercatore di Sangue

I Seraphim non provano emozioni.
I Seraphim non amano.
I Seraphim non reagiscono.

Queste sono le regole secondo cui ogni essere superiore
deve vivere.
Caro le ha infrante tutte per lui.

Ora è persa nel mare, in punizione
per aver scelto un abominio (un vampiro) al posto del
dovere.

Sethios le ha promesso di andarla a cercare, di salvarla,
ma a ogni respiro la speranza si trasforma sempre di più in
disperazione.

Sethios la troverà in tempo? Oppure la mente di Caro cederà il posto alla follia?

Benvenuti nel mondo della Maledizione degli Immortali. L'Alto Consiglio di Seraph è pronto per ricevervi...

————

Era quella la sua vita, il suo scopo, il suo significato.

Caro amava quell'uomo, Sethios. Quel maschio che le aveva mandato in frantumi tutte le convinzioni e aveva fatto breccia nella più dura delle certezze.

Caro si era aggrappata a lui, in lacrime, il tempo passato insieme era stato sempre troppo poco. Il sacrificio che avrebbero compiuto avrebbe cambiato il mondo, ma cosa sarebbe successo se non ne fossero usciti vincenti?

Caro non avrebbe voluto dare voce a quella paura, alla consapevolezza di cosa stava per succedere. Perché quando avrebbe fallito nel tentativo di trovare Astasiya, sua madre l'avrebbe localizzata. Caro avrebbe sopportato la riabilitazione e sarebbe sopravvissuta.

Quello era il suo scopo, l'unico segreto che non avrebbe mai rivelato. Sethios sarebbe stato per sempre impresso nell'anima di Caro e nemmeno il Consiglio sarebbe riuscito a separarli. Ci avrebbero provato e avrebbero fallito. Lei sarebbe sempre tornata da lui.

"Ti amo," le sussurrò lui con le labbra che le sfioravano un orecchio. "Ti amerò per sempre."

"Ti amo anche io," sospirò lei. Era davvero Caro. La sua voce, il suo cuore, il suo corpo e la sua anima. Era caduta in quel ricordo, rapita e intrappolata, non avrebbe mai lasciato la presa.

Sethios la guardò intensamente. "Torna da me, Caro."

"Sono proprio qui."

"Torna da me, angelo."

Lei si accigliò. "Sono qui."

"Mi manchi."

Non aveva senso. Come faceva a mancargli? La stava tenendo tra le braccia, almeno una parte di lei. Solo che tutto cominciò a sfocarsi, il ricordo le scivolò tra le dita e la avvolse come in una gabbia di vetro.

Caro aggrottò la fronte. *Dove sono?*

AMAZON

Serie della Maledizione degli Immortali

Caro lettore,

Grazie mille per aver letto *Legami Angelici*. Considero questo libro come il capitolo finale di una lunga storia, che ho chiamato amorevolmente "l'era di Jonathan lo stronzo." E ora è morto.

Questa è la storia più emozionante che abbia mai scritto e sono abbastanza sicura che mio marito pensi che sia pazza, date le ore passate a piangere davanti al computer. Ma ne è valsa la pena, per donare a Stas e Issac l'inizio del loro "per sempre felici e contenti".

Hai letto bene? Ancora non è finita…

Alza le sopracciglia

C'è ancora tanto da esplorare in questo mondo… Dalle relazioni alle stirpi Seraphim a Osiris… sarà un bel viaggio e non vedo l'ora.

Se hai qualche teoria riguardo la trama o le relazioni future, assicurati di unirti al gruppo di lettori e/o al gruppo di discussione Immortal Curse, su Facebook. Mi troverete spesso lì :)

Il prossimo libro è *Cercatore di Sangue* e segue le vicende di Sethios alla disperata ricerca di Caro. Ci saranno anche Stas, Issac, Stark e gli altri.

Oh, gli Anziani potrebbero presto diventare zii.. Riesci a immaginare una piccola versione di Lizzie e Jayson che scorrazzano qua e là? Amo già l'idea!

Nel frattempo, sentiti libero di unirti alla newsletter per ricevere anteprime, anticipazioni dei capitoli ed estratti speciali. Potrei anche avere una serie di scene tagliate in arrivo.

Grazie di nuovo per aver letto i miei libri!

Con amore,

Lexi C. Foss

RINGRAZIAMENTI

Questo libro mi ha quasi uccisa. Non credo che sarei sopravvissuta senza le persone menzionate in seguito. Molta gente non si rende conto di quanta emozione viene riversata nella scrittura. Si impiegano mesi a trovare le parole giuste e un esercito per renderle perfette.

Mio marito è sempre la prima persona che ringrazio. Sopporta le mie scadenze folli, le mie pazze abitudini riguardanti il sonno e mi ricorda spesso di mangiare. Mi riempie anche di caffeina, il che da solo è un ottimo motivo per aggiudicarsi il primo posto in questo elenco. In tutta serietà, senza di lui non avrei potuto inseguire i miei sogni e gli sono molto grata per tutto il sostegno e l'amore.

Poi c'è Bethany, la mia editor. Senza di lei nessuno sarebbe in grado di leggere questo libro. Sarebbero solo un mucchio di sciocchezze scribacchiate su un foglio. Chiedeteglielo, lei ve lo confermerà. Quindi grazie Bethany per aver perfezionato la mia arte e avermi permesso di impazzire dietro alle scadenze. Uno di questi giorni riceverai un manoscritto in tempo. Anzi, sarà in anticipo, però non morire dalla sorpresa! Ho bisogno di te!

Insieme a Bethany c'è Allison, la mia lettrice alfa, che molla tutto per aiutarmi quando sono in ritardo, (qualcuno percepisce una correlazione?). Lei mi fa stare con i piedi per terra, trova le parole ripetute troppe volte e mi aiuta a spiegare ciò che non voglio spiegare. Per esempio, dico sul serio... chi se ne frega se Balthazar ha tipo tre mani? Sono sicura che le usi tutte in modo saggio.

Tracey: Grazie per aver letto *Legami Angelici* e avermi dato un feedback, spero davvero che tu ti sbagli riguardo le bambole voodoo…

Casey: Grazie per avermi permesso di rapirti per ore e aver lavorato insieme a me, probabilmente presto dovremo farci un giro in macchina… ho altre idee di cui parlarti. Non vedo l'ora di scrivere la bibbia della serie!

Louise e Melissa: Vi voglio un mondo di bene. Grazie per mantenere vivi i miei account social quando ho bisogno di sparire. Vi apprezzo più di quanto possiate mai immaginare.

Barb, Joy, Katie e Laura: Grazie per le vostre revisioni! Non so come facciate, ma vi adoro.

Julie: Ah, questa copertina! L'adoro! Grazie, dea delle copertine! Apprezzo tutti i tuoi disegni, specialmente quelli per questa serie.

Thom: Grazie per aver "interpretato" Issac. Nella mia testa la copertina gli piace molto, quindi penso che ne faremo uscire un'altra molto presto ;)

Dan: Grazie per essere stato il mio "esperto di armi". Tom approva.

Famous Owls: Voi mi fate sentire viva. Grazie per il vostro sostegno, per i vostri tag sui social, le condivisioni, i commenti, l'affetto e l'amicizia.

Ai lettori: Grazie per esservi fidati di me con la storia di Stas e Issac. Spero che non mi abbiate odiata troppo…

Grazie a tutti! <3

La scrittrice di Bestseller per *USA Today* Lexi C. Foss è
un'autrice persa nel mondo della tecnologia. Vive ad
Chapel Hill, in North Carolina, con suo marito e i loro figli
pelosi. Quando non scrive è impegnata a mettere crocette
sulla lista dei posti che vuole visitare. Nella sua scrittura si
ritrovano molti dei luoghi in cui è stata, tra cui il mitico
mondo di Hydria, basata su Hydra, nelle isole greche. È
eccentrica, consuma troppo caffè e ama nuotare.

www.LexiCFoss.com
https://www.facebook.com/LexiCFoss
https://www.twitter.com/LexiCFoss

I Libri di Lexi C. Foss

Alleanza di Sangue

La Vergine di Sangue

Sangue Reale

Il Morso dell'Alfa

Anime Ribelli

Il re vampiro

Un morso crudele

Dark Provenance

La figlia della morte

Reject Island

Carnage Island: Artigli Crudeli & Morsi Proibiti

Serie della Maledizione degli Immortali

Le Leggi del Sangue

Legami Proibiti

Cuore di Sangue

Legami di Sangue

Legami Angelici

Cercatore di Sangue

Fardello di Sangue

Legami Malvagi

Re di Sangue

www.ingramcontent.com/pod-product-compliance
Lightning Source LLC
Chambersburg PA
CBHW030756260626
47169CB00001B/83